Una
PROMESA
AUDAZ
Y
MORTAL

BRIGID KEMMERER

UNA PROMESA AUDAZ Y MORTAL

Traducción de Estíbaliz Montero Iniesta

Argentina – Chile – Colombia – España
Estados Unidos – México – Perú – Uruguay

Título original: *A Vow so Bold and Deadly*
Editor original: Bloomsbury
Traductora: Estíbaliz Montero Iniesta

1.ª edición: marzo 2022

ISBN: 978-84-17854-40-9
E-ISBN: 978-84-19029-13-3
Depósito legal: B-1.248-2022

Fotocomposición: Ediciones Urano, S.A.U.

Impreso por: Rodesa, S.A. – Polígono Industrial San Miguel
Parcelas E7-E8 – 31132 Villatuerta (Navarra)

Impreso en España – *Printed in Spain*

صداقتك لا تقدر
بثمن...بدونك لما
كنت احيا ٢٠٢٠

BOSQUE DE HIELO
DE IISHELLASA

RÍO CONGELADO

SYHL SHALLOW

VALLE
WILDTHORNE

PLANICIES
BLACKROCK

EMBERFALL

COLINAS
DEL NORTE

VALLE VALKINS

FORTALEZA
HUTCHINS

BAHÍA
CASTELLAN

CASTILLO
DE IRONROSE

POSADA
CROOKED BOAR

SILVERMOON
HARBOR

PUNTO
COBALTO

BAHÍA RUSHING

OCÉANO

Capítulo uno

Grey

El tiempo ha empezado a cambiar, permitiendo que el viento frío baje de las montañas y se cuele bajo el cuero y la piel de mi chaqueta. En Syhl Shallow hace más frío que en Emberfall, pero hacía tanto tiempo que no experimentaba el paso gradual del otoño al invierno que el cambio de estación me ha deleitado.

Los demás están agrupados en torno a las llamas que arden en el hogar central del salón principal del Palacio de Cristal, bebiendo la primera tanda de vino de invierno del cocinero, pero Iisak detesta el calor, así que estoy desafiando al frío y a la oscuridad en la veranda para jugar a los dados con el scraver. La única llama que arde aquí fuera es una solitaria vela encerrada en un tarro de cristal posado sobre la mesa, entre nosotros.

Iisak agita los dados plateados y los deja caer sobre la mesa.

—Infierno de plata —murmuro mientras cuento el resultado de su tirada. Se me dan bien las cartas, pero los dados parecen odiarme. Con las cartas hay cierto elemento de estrategia, de elección, pero los dados no se mueven más que por el destino. Lanzo una moneda a la mesa, aceptando su victoria.

Iisak sonríe y, mientras la oscuridad pinta sus ojos negros y su piel gris de sombras aún más oscuras, la luz de la luna hace relucir sus colmillos.

Se guarda la moneda en el bolsillo, pero es probable que más tarde se la dé a Tycho. Se preocupa por el niño como una vieja abuela. O quizá como un padre que echa de menos al hijo que una vez perdió.

—¿Dónde está nuestra joven reina esta noche? —pregunta.

—Lia Mara está cenando con una de sus Casas Reales.

—¿Sin ti?

—Solicitaron una audiencia privada, y ella tiene la obligación de tenerlos contentos. —Las Casas Reales ya presionaban a la antigua reina antes de que fuera asesinada, pero Karis Luran gobernaba con puño de hierro y pudo mantenerlas a raya. Ahora que Lia Mara está en el poder y en Syhl Shallow abunda la desesperación por conseguir recursos, la presión para hallar rutas comerciales a través de Emberfall parece haberse duplicado, sobre todo porque Lia Mara no desea gobernar como lo hizo su madre.

Me encojo de hombros y me guardo los dados en una mano.

—Aquí no todo el mundo se siente cómodo con la magia, Iisak.

—Eso lo he supuesto por la multitud, Su Alteza. —Echa un vistazo a los alrededores de la oscura veranda, que está desierta salvo por los guardias que permanecen junto a la puerta.

—Bueno —digo, sin querer mojarme—. Esta noche hace frío.

Pero tiene razón. Es probable que sea por la magia.

Me llevo bien con la mayoría de los guardias y soldados de Syhl Shallow, pero percibo una distancia que no sé definir del todo. Cierto recelo. Al principio creía que era porque me tenían por alguien leal a Emberfall y porque apoyé a Lia Mara cuando mató a su madre para reclamar el trono.

Pero con el paso del tiempo, ese recelo se vuelve más evidente cada vez que curo una herida o rechazo a un oponente en el campo de entrenamiento. Resulta más patente cuando voy a la armería a guardar mis armas y las conversaciones se interrumpen o los corrillos se dispersan.

Un fuerte viento sopla por la veranda, haciendo que la vela titile y se apague.

Me estremezco.

—Lo que yo decía.

—Deberíamos aprovechar nuestra intimidad —dice Iisak, y su voz suena más baja, casi un susurro, nada que pueda llegar a oídos de mis guardias.

Coloco un dedo sobre la mecha y hago un movimiento circular, dejando que las estrellas de mi sangre bailen a lo largo de las yemas de mis dedos. Lo que antes parecía un reto, ahora no supone ningún esfuerzo. Una llama cobra vida.

—Creía que ya lo estábamos haciendo.

—No necesito más monedas tuyas.

Sonrío.

—Me parece perfecto, porque solo me quedan unas pocas.

No me devuelve la sonrisa, así que adopto una expresión más seria. Iisak es un rey por derecho propio, aunque ha jurado pasar un año a mi servicio. Estaba atrapado en una jaula en Emberfall, en la que Karis Luran lo mantenía encadenado. Le he ofrecido liberarlo una docena de veces, pero siempre se niega. Es una clase de lealtad que no estoy seguro de merecer, sobre todo porque sé lo que ha perdido: primero, a un hijo que desapareció, y después, su trono en Iishellasa. Cuando me pide atención, hago lo posible por dársela.

—¿Qué necesitas? —digo.

—La gente de Syhl Shallow no es la única que teme a la magia.

Frunzo el ceño. Está hablando de Rhen.

Mi hermano.

Cada vez que lo pienso, algo en mi interior se retuerce con fuerza.

—Una vez dijiste que no querías estar en guerra con él —dice Iisak.

Bajo la mirada a los dados que tengo en la palma de la mano y les doy vueltas entre los dedos.

—Sigo sin querer.

—Has empezado a preparar un ejército en nombre de Lia Mara.

Cierro los dedos alrededor de los cubos plateados.

—Sí.

—Las arcas de Syhl Shallow están cada vez más vacías. Es probable que solo dispongas de una oportunidad para enfrentarte a él. Las pérdidas de la última batalla contra Emberfall ya fueron considerables debido a la criatura en la que se convirtió el príncipe Rhen. No habrá posibilidad de un segundo asalto. —Hace una pausa—. Y le concediste sesenta días para que se preparase para la batalla.

—Lo sé.

—Por mucho que anheles preservar vidas, este tipo de batallas implican pérdidas.

—Eso también lo sé.

Otra ráfaga de viento recorre la veranda, apagando la llama de nuevo. Esta vez, ha sido Iisak quien ha atraído al viento. He aprendido a identificar la sensación que deja su magia, cómo vive en el aire de la misma forma en que la mía vive en mi sangre.

Lo fulmino con la mirada y reavivo la llama.

Otra ráfaga. Entrecierro los ojos. Iisak siempre presiona. Cuando empecé a practicar para controlar mi magia, lo encontraba frustrante, pero he aprendido a disfrutar del desafío. Sostengo el dedo ahí y la llama lucha por permanecer encendida. Las estrellas inundan mi visión mientras intento mantener viva la magia. El viento se ha vuelto lo bastante fuerte como para que me piquen los ojos y se me mueva la capa. Las alas de Iisak se agitan, pero la llama no se apaga.

—¿Recuerdas que he dicho que tenía frío? —le pregunto.

Él sonríe y deja que el viento se aleje hacia la nada.

En la repentina ausencia de su magia, mi llama se eleva un momento, lo cual envía chorretones de cera vela abajo, y la suelto.

—Quizá sea buena idea enseñar al pueblo de Lia Mara lo útil que puede ser la magia —dice.

Pienso en la gente a la que he curado con mi magia. En la forma en la que logro mantener a los enemigos alejados de mí y, poco a poco, de cualquiera que luche a mi lado.

—Ya lo he hecho —digo.

—No me refiero solo a que tengáis que reforzar la potencia militar.

Estudio su expresión.

—Quieres decir que debo usar la magia contra Rhen. —Hago una pausa—. Eso es justo lo que él teme.

—Le has dicho que vas a enviar a un ejército. Estará preparado para toma represalias. Estará preparado para luchar a distancia, como lo hacen los reyes.

Pero estará impotente contra la magia.

Sé que lo estará. Ya lo está.

—Rhen te conoce —dice Iisak—. Él espera violencia. Espera un asalto armado. Espera un ataque eficaz y brutal, como el que envió la propia Karis Luran. Tú has reunido a un ejército y eso es como si hubieras hecho un voto.

—No lo subestimes. —Pienso en las cicatrices de latigazos que tengo en la espalda. En las que tiene Tycho—. Cuando está acorralado, Rhen es capaz de demostrar una brutalidad muy eficiente.

—Sí, Su Alteza. —Iisak hace que la llama parpadee de nuevo y esta hace brillar sus ojos negros—. Y tú también puedes.

CAPÍTULO DOS

Rhen

Una vez más, es otoño en el castillo de Ironrose. El primer viento fresco de la temporada entra por la ventana y me estremezco. Hace meses que no necesito un fuego por las mañanas, pero hoy el aire muerde de tal forma que hace que me entren ganas de llamar a un criado para que encienda la chimenea.

No lo hago.

Durante lo que pareció casi una eternidad, solía temer el inicio de esta estación porque indicaba que la maldición había comenzado de nuevo. Volvería a tener dieciocho años recién cumplidos y estaría atrapado en una repetición interminable del otoño. Estaría solo con Grey, el antiguo Comandante de mi Guardia, intentando encontrar a una chica que me ayudara a romper la maldición que me atormentaba a mí y a todo Emberfall.

Este otoño, Grey no está.

Este otoño, tengo a una chica a mi lado.

Este otoño, supongo, tengo diecinueve años por primera vez. La maldición se ha roto.

No lo parece.

Lilith, la hechicera que una vez me atrapó con su maldición, ahora me tiene atrapado de otra forma.

Harper, la primera chica que rompió la maldición, la «princesa de Dese» que juró ayudar a mi pueblo, está en el patio que hay bajo mi ventana, practicando con la espada junto a Zo, su mejor amiga. Zo también fue una vez su guardia, hasta que ayudó a Grey a escapar. No voy a quitarle a Harper a su mejor amiga, pero no puedo permitirme tener una guardia cuya lealtad esté dividida.

La tensión ya está por las nubes.

Harper y Zo se alejan la una de la otra, respirando con dificultad, pero Harper recupera la postura casi de inmediato.

Eso me arranca una sonrisa. Su parálisis cerebral hace que el manejo de la espada sea todo un reto —algunos dirían que es algo *imposible*—, pero Harper es la persona más decidida que conozco.

A mi espalda, una voz habla en tono ligero.

—Ah, Su Alteza. Es *adorable* ver cómo la princesa Harper cree que puede sobresalir en esto.

Pierdo la sonrisa, pero no me muevo de la ventana.

—Lady Lilith.

—Perdóname por interrumpir tus cavilaciones —dice ella.

No digo nada. No la perdono por nada.

—Me pregunto cómo le irá en las calles de su Dese si no logras vencer a los invasores de Syhl Shallow.

Me quedo inmóvil. Me amenaza a menudo con llevarse a Harper de vuelta a Washington D. C., donde yo no tendría ninguna esperanza de llegar hasta ella. Donde Harper no tendría nada ni a nadie en quien confiar y ninguna forma de volver a Emberfall.

Lilith ignora mi silencio.

—¿No deberías estar preparándote para la guerra?

Sí. Probablemente debería hacerlo. Grey me dio sesenta días para entregar Emberfall antes de ayudar a Lia Mara a tomar este país por la fuerza. Ahora está en Syhl Shallow, preparándose para liderar un ejército contra mí. Nunca estoy seguro de si su principal motivación son los recursos (porque sé que el país está desesperado por acceder a las rutas comerciales) o si lo motiva más reclamar el trono que una vez dijo que no deseaba.

Sea como fuere, atacará Emberfall. Me atacará a mí.

—Estoy preparado —digo.

—No veo a ningún ejército reunido. Ningún general conspirando en tus salas de guerra. No...

—¿Ahora eres estratega militar, Lilith?

—Sé cómo es una guerra.

Quiero rogarle que se vaya, pero eso solo hará que se quede más rato. Cuando Grey estaba atrapado aquí conmigo, me consolaba el hecho de que nunca sufría en soledad.

Ahora sí, y es... agonizante.

En el patio de abajo, Harper y Zo vuelven a entrechocar las espadas.

—No persigas su hoja, milady —le digo.

Se separan y Harper se gira para mirarme, sorprendida. Sus rizos castaños se enroscan en una trenza rebelde que le cuelga sobre un hombro, y lleva brazaletes de cuero y una coraza dorada como si hubiera nacido siendo de la realeza y empuñando un arma. Está muy lejos de ser la chica cansada y polvorienta que Grey sacó de las calles de Washington D. C., hace tantos meses. Ahora es una princesa guerrera, con una larga cicatriz en una mejilla y otra en la cintura, ambas cortesía de la horrible hechicera que está detrás de mí.

Cuando me mira, sus ojos siempre escudriñan mis rasgos, como si sospechara que estoy ocultando algo. Como si estuviera *enfadada* conmigo, aunque no lo diga.

Lilith espera en las sombras, a mi espalda. En el pasado, Harper me invitó a sus aposentos para protegerme de la hechicera. Ojalá pudiera volver a hacerlo.

No he estado en sus habitaciones en meses. Entre nosotros hay demasiadas cosas sin hablar.

—No sabía que estabas mirando —dice Harper y envaina su espada como si estuviera disgustada.

—Solo ha sido un momento. —Dudo—. Perdóname.

En cuanto lo digo, me gustaría poder retirarlo. Parece que me estuviera disculpando por otra cosa. Aunque supongo que lo estoy haciendo.

Debe de oír el peso que cargan mis palabras, porque frunce el ceño.

—¿Te he despertado?

Como si durmiera alguna vez.

—No.

Me mira fijamente y yo le devuelvo la mirada, y desearía poder desenredar toda la maraña emocional que pende entre nosotros. Ojalá pudiera hablarle de Lilith. Ojalá pudiera ganarme su perdón y recuperar su confianza.

Hay muchas cosas que me gustaría deshacer.

—No sé a qué te refieres con lo de perseguir la hoja —dice al final.

—Podría enseñarte —me ofrezco.

Se le congela la expresión, pero solo durante un instante. El corazón me da un vuelco en el pecho. Aguardo a que se niegue. Ya se ha negado antes.

Pero luego dice:

—De acuerdo. Baja.

El corazón me da un vuelvo, hasta que Lilith habla a mi espalda.

—Sí —dice ella—. Adelante, Alteza. Muéstrale el *poder* de tu *arma*.

Me doy la vuelta y la fulmino con la mirada.

—Vete de aquí, Lady Lilith —susurro furioso—. Si tanto te preocupan mis preparativos para la guerra, te sugiero que encuentres alguna forma de ser útil, en lugar de atormentarme cada vez que necesitas un entretenimiento pueril.

Se ríe.

—Como digas, príncipe Rhen.

Extiende una mano como para tocarme la mejilla, y yo retrocedo de golpe, hasta que choco con la pared. Su tacto puede ser como el fuego, o peor.

La sonrisa de Lilith se ensancha. Cierro las manos en puños, pero ella desaparece. Desde el patio de abajo, oigo que Harper me llama:

—¿Rhen?

Inspiro, tenso, y vuelvo a la ventana. El sol ha empezado a iluminar el cielo, pintando sus oscuros cabellos con chispas de oro y rojo.

Se supone que me estoy preparando para la guerra, pero siento que ya estoy en mitad de una.

—Permíteme que me vista —digo—. Bajaré en un momento.

CAPÍTULO TRES

Harper

Me sorprende que Rhen baje. Me sorprende que estuviera mirando siquiera, la verdad. Desde que Grey le dio el ultimátum, Rhen se ha escondido en reuniones con Grandes Mariscales de ciudades lejanas, con asesores militares o con su Guardia Real.

Lo cual está bien. Cuando *yo* estoy con él, una pequeña bola de ira arde en mis entrañas, y nada parece poder apagarla.

La ira me hace sentir culpable. Todo lo que él hace, lo hace por su reino. Por su pueblo. Ser un príncipe, ser un *rey*, requiere sacrificios y decisiones difíciles.

No importa cuántas veces me lo recuerde, no logro olvidar lo que les hizo a Grey y a Tycho.

No soy capaz de olvidar que volví aquí en lugar de irme con mi hermano.

En lugar de irme con Grey.

Me vuelvo hacia Zo, pero ella ha envainado su espada. Su mirada es tensa.

—Debería volver a mis aposentos.

No quiere estar aquí con Rhen. Dudo y luego frunzo el ceño.

Zo llegó al castillo hace meses, cuando Rhen intentaba reunir a su gente para defender Emberfall contra la invasión de Syhl Shallow. Había sido aprendiz del Maestro de la Canción en Silvermoon

Harbor, pero tenía conocimientos de arquería y esgrima, así que se presentó como candidata a la Guardia Real y Grey la eligió y me la asignó como guardia personal.

Nos hicimos amigas muy deprisa, algo nuevo para mí después de la caótica vida que dejé atrás en Washington D. C. Es inteligente y fuerte, con un sentido del humor ácido, y a veces me quedaba despierta hasta bien entrada la noche cuando ella estaba apostada frente a mi puerta. Nos preguntábamos qué le había pasado a Grey después de que se rompió la maldición, susurrábamos sobre los rumores de la existencia de un heredero desaparecido o reflexionábamos sobre lo que le podría ocurrir a Emberfall si Syhl Shallow volvía a atacar.

Pero entonces encontraron a Grey escondido en otra ciudad y al parecer conocía la identidad del heredero desaparecido, pero se negó a revelársela a Rhen. Rhen lo torturó para obtener la información y la consiguió, pero no de la manera que esperaba. Grey conocía la identidad del heredero desaparecido porque *él* era el hermano mayor de Rhen. Era un hechicero con magia en la sangre. Era el heredero al trono.

Él nunca lo había sabido. Tampoco Rhen.

Ayudé a Grey a escapar después de que Rhen lo torturara.

Zo me ayudó.

Le costó su puesto en la Guardia Real. Grey me contó una vez que sus guardias renuncian a la familia y a las relaciones precisamente por ese motivo. Ella le prestó juramento a Rhen, pero actuó por mí. Rhen nunca es frío con ella, tiene demasiado sentido de la política como para eso. Pero ahora hay algo afilado entre ellos. Como la bola de ira que yo misma siento en las tripas y que no desaparece, que no estoy segura de que vaya a desaparecer.

Quiero rogarle a Zo que se quede, porque cada momento que paso con Rhen parece sembrado de espinas. Pero pedírselo me parece egoísta.

Es probable que pedirle que ayudara a Grey también fuera egoísta. Zo y yo somos amigas, pero ella era mi guardia. ¿Me ayudó por amistad o por obligación? Ni siquiera estoy segura de que importe. Me ayudó y ahora se ha quedado sin trabajo, un trabajo que adoraba.

Rhen no es despiadado. Le dio el sueldo de un año y le escribió una carta de recomendación. Guarda ambas cosas en su habitación, pero no se ha ido y él no la ha obligado a hacerlo.

Quería ser guardia. Renunció a su puesto de aprendiz. Dice que no quiere dejarme sola mientras la situación sea tan precaria, pero una parte de mí se pregunta si es que no quiere volver a casa cargando con el peso de las decisiones que tomó. De las decisiones que tomé *yo*.

He dudado durante demasiado rato. Rhen entra por la puerta del patio, seguido por dos de sus guardias. Es alto y atractivo, con el pelo rubio y los ojos marrones, y su vestimenta es siempre muy intricada, desde la empuñadura ornamentada de la espada que lleva en la cadera hasta los botones de plata tallados a mano de su chaqueta. Se mueve con determinación y gracia atlética, sin dudar nunca. Se mueve como un príncipe. Como un rey. Un hombre nacido para gobernar.

Pero soy capaz de ver algunos cambios sutiles. Las sombras bajo sus ojos se han vuelto ligeramente más oscuras. Su mandíbula parece más afilada, sus pómulos son más pronunciados. La inquietud se ha instalado en sus ojos en las últimas semanas.

Sus guardias ocupan un lugar junto a la pared mientras él cruza el patio hacia nosotras. Zo suspira.

—Lo siento —le susurro.

—Tonterías. —Hace una reverencia a Rhen, a pesar de que lleva calzones y armadura—. Su Alteza.

—Zo —la saluda con frialdad. Sus ojos giran hacia mí—. Milady.

Respiro hondo para intentar decir algo que alivie la tensión entre ellos, pero Zo dice:

—Si me perdona, estaba a punto de volver a mis aposentos.

—Por supuesto —dice Rhen.

Me muerdo el labio mientras ella se aleja.

—Está huyendo de mí —dice Rhen, y no hay ninguna pregunta en su mirada.

Me envaro de inmediato.

—No está *huyendo*.

—Desde luego, parece una retirada.

Vaya. Desde luego, alguien parece un idiota.

—A Zo se le permite estar cabreada, Rhen.

—A mí también.

Eso impide que mi boca forme las palabras que iba a decir. No sabía que seguía enfadado con Zo. Me pregunto si todavía estará enfadado conmigo, si no soy la única con este núcleo ardiente de ira en las entrañas.

Antes de que pueda preguntarle nada, desenvaina su espada.

—Enséñame lo que has aprendido.

Llevo la mano en la empuñadura, pero no desenvaino. No estoy del todo segura de por qué, sobre todo después de haberle dicho que viniera a enseñarme. Tal vez sea porque ha sonado como una orden. Tal vez sea porque parece estar de un humor beligerante. En cualquier caso, no quiero enfrentarme a él con un arma.

Desvío la mirada.

—No quiero seguir con esto. —Me giro hacia la puerta por la que acaba de llegar—. Debería ir a vestirme para el desayuno.

Oigo que desenvaina su espada y luego su mano me retiene el brazo con suavidad.

—Por favor.

Es una palabra rota. Una palabra desesperada que abre un pequeño agujero en mi ira.

—Por favor —dice de nuevo, muy suave—. Por favor, Harper.

Tiene una forma mágica de decir mi nombre, su acento suaviza los bordes de cada *r* para convertir un par de sílabas en un gruñido y una caricia a la vez, pero eso no es lo que me llama la atención. Es el *por favor*. Rhen es el príncipe heredero. El futuro rey. Él no suplica.

—¿Por favor qué? —pregunto en voz baja.

—Por favor, quédate.

Se refiere a este momento, pero siento que es algo más grande. Que abarca más.

Un recuerdo titila en mis pensamientos, de hace un año. Mamá ya estaba enferma, el cáncer le invadía los pulmones, y papá se había gastado los ahorros de la familia intentando cubrir aquello de lo que el seguro no quería encargarse. Tomó malas decisiones para conseguir el dinero, decisiones que pusieron a nuestra familia en peligro. Cuando mamá se enteró, nos dijo a Jake y a mí que recogiéramos nuestras cosas. Papá lloraba en la mesa de la cocina, rogándole que se quedara. Recuerdo a mi hermano mayor metiendo cosas en una bolsa de lona mientras yo estaba sentada en su cama con los ojos abiertos como platos.

—Todo irá bien, Harp —seguía diciendo Jake—. Tú recoge tus cosas.

No iba bien. Nada iba bien. En ese momento, la idea de marcharme era aterradora. Recuerdo que me alivió que mamá cediera, que nos quedáramos. Que *ella* se quedara.

Más tarde, cuando las cosas empeoraron, recuerdo desear que no lo hubiera hecho. Miro a Rhen a los ojos y me pregunto si estoy tomando las mismas decisiones. Jake se fue con Grey. Mi hermano estará en el otro bando de esta guerra.

Tomo aire y lo expulso.

—No quiero pelear.

No estoy hablando de espadas, y creo que Rhen lo sabe. Asiente.

—¿Qué te parece si, en vez de eso, paseamos?

Dudo.

—De acuerdo.

Me ofrece su brazo y yo lo acepto.

Capítulo cuatro

Rhen

Mis guardias nos siguen mientras caminamos. La mano de Harper en mi brazo es ligera, como si fuera a apartarse en cualquier momento. Grey solía decir que yo planeaba mis movimientos veinte pasos por delante, y tenía razón, pero ahora todos mis movimientos parecen estar dirigidos por otro. No puedo planificar veinte movimientos cuando es posible que la hechicera cambie de rumbo después del segundo o del tercero o del decimoquinto.

Tengo muchas ganas de contarle a Harper lo de Lilith, pero eso puede salir mal de muchas maneras.

He guardado este secreto durante más de trescientas estaciones. Puedo volver a guardarlo.

—Estás enfadada conmigo —digo en voz baja.

Harper no responde, pero en realidad no era una pregunta. Lleva semanas enfadada. Meses.

El camino empedrado empieza a estrecharse a medida que nos acercamos al sendero arbolado que se adentra en el bosque. Supongo que girará cuando lleguemos a la linde, para que nuestro paseo sea corto, pero no lo hace. Nos internamos en la penumbra matinal del bosque, dejando que el silencio nos engulla. Los árboles aún no han cambiado del todo, pero las hojas rojas y doradas abundan y flotan en el aire hasta que bajan a cubrir nuestro camino.

—En mi primera noche aquí —dice Harper—, cuando cabalgué por estos bosques y pasé de sudar por el calor a temblar en mitad de una tormenta de nieve, fue el primer momento en que de verdad me creí lo de la maldición.

La miro.

—¿No fue por la música que sonaba sola?

—Bueno, eso fue... interesante. Pero pasar de principios de otoño a finales de invierno fue literalmente una bofetada. —Hace una pausa—. Y luego encontrar a Freya y a los niños... —Sacude la cabeza.

—Ah. Viste hasta dónde había caído mi reino. La verdadera profundidad de la maldición.

—¡No! No he querido decir eso.

—Lo sé. Pero sigue siendo verdad. —Yo también lo recuerdo, la vez que Grey y yo salimos tras Harper después de su intento de fuga, cuando me preocupaba lo que pudiera encontrar. Había pasado tantas estaciones confinado en el castillo de Ironrose que ni siquiera yo era consciente de lo difícil que se había vuelto la vida para mis súbditos. Sabía que pasaban hambre y eran pobres, pero no me había dado cuenta de hasta qué punto. No se me había ocurrido que pudiera hacer nada por ellos a menos que rompiera la maldición.

Harper me demostró que estaba equivocado, que la maldición no me impedía dar a mi pueblo lo que necesitaba, y luego rompió la maldición de todos modos.

Sin embargo, Lilith sigue aquí. Sigue haciéndome la vida imposible, pero de otra manera. Pongo la mano sobre la de Harper, que descansa en mi brazo, y ella me mira sorprendida. Por un instante creo que va a retirarla, pero no lo hace. Es una concesión muy pequeña, pero significa mucho.

Por eso Lilith tiene tanto poder sobre mí. Hay demasiadas emociones agitándose en mi pecho. Necesito inspirar hondo.

—¿Pasa algo? —dice ella.

De todo. Pero no puedo decir eso.

—Solo nos quedan seis semanas antes de que Syhl Shallow ataque, y no importa cuántas veces planee la forma de alcanzar la victoria, siento que estoy destinado a fracasar.

Se queda callada un momento y vuelve a mirar el camino.

—¿Crees que Grey ganará?

Espero que no. No tengo ni idea de lo que hará Lilith si él vence. No tengo ni idea de lo que le pasará a Emberfall.

—Lia Mara vino una vez a mí en busca de paz —digo—. Y Grey se ha aliado con ella. Y ha empezado a hacerse querer por mi pueblo. Ya has oído lo que pasó en el pueblo de Blind Hollow. —Mis guardias trataron de capturar a Grey y acabaron peleando contra la gente del pueblo. Al parecer, Grey utilizó magia para curar a quienes resultaron heridos en la refriega—. Saben que Emberfall aún es débil. Grey no tenía que avisarnos de sus intenciones.

—Oigo un «pero» en camino.

—Pero… una cosa es ser un gobernante que desea la paz y otra totalmente distinta es ser un súbdito que desea venganza. Puede que tengan aliados aquí, pero no estoy seguro de qué apoyo tienen en Syhl Shallow. Lia Mara es una mujer. Grey es un hombre. —La miro—. Al igual que tú y yo, milady.

—¿Crees que les costará mantenerse en el poder?

—Creo que se enfrentarán a muchos desafíos, al margen de si ganan o pierden esta guerra. Creo que no será fácil que el poder pase de una mujer como Karis Luran, que conservó su trono mediante la violencia y el miedo, a una como Lia Mara, que parece valorar la compasión y la empatía.

Harper mantiene la mirada al frente.

—Bueno, yo también valoro esas cosas.

—Lo sé.

Mis palabras caen en el espacio que queda entre nosotros. Ella espera que diga que también valoro esas cualidades, y las valoro, pero no de la misma forma. No de una forma que le importe a ella.

Siento que el abismo que nos separa es enorme.

Harper frunce el ceño cuando no digo nada más.

—Supongo que la compasión y la empatía tampoco nos están haciendo ganar adeptos *a nosotros*.

Dudo.

—A pesar del daño que Syhl Shallow ha causado a Emberfall, puede que no sea fácil para mi gente reunirse a mi alrededor, cuando toda mi pretensión al trono depende de la línea de sucesión, que pone a Grey por delante de mí. Cuando su magia parece beneficiosa, no una amenaza. Cuando mis promesas de apoyo militar se han agotado y han demostrado no ser exactas.

—Por Dese —dice Harper.

—Sí.

—Y eso es por mi culpa.

Suena amargada y arrepentida a la vez. La detengo y la miro.

—Milady. No es posible que te sientas responsable de no poseer un ejército.

Suspira y echa a andar de nuevo.

—Bueno, pues así es como me siento. —Echa un vistazo a los guardias que nos siguen y luego baja la voz—. Era una mentira, Rhen. Y ahora todos me miran como si los hubiera defraudado o como si estuviera trabajando con el enemigo.

—Tu hermano, el «príncipe heredero de Dese», huyó a Syhl Shallow con Grey —digo. No puedo evitar la tirantez de mi voz—. ¿Cómo no iban a hacerlo?

No dice nada. Su mano está tensa contra mi brazo.

—Esto es una mierda —dice al final.

—En efecto.

—Entonces, ¿qué podemos hacer?

Habla en plural. Un detalle muy pequeño, pero que hace que se me tense el pecho y que me sea difícil tragar. Seguramente, es más de lo que merezco. Quiero atraerla contra mí, enterrar la cara en su cuello y recordarme que está viva, que está *aquí*, a salvo.

Pero está enfadada conmigo, con las decisiones que he tomado.

Me obligo a contentarme con su mano en mi brazo. Con el plural.

Ella me ha exigido acción. Cuando Lilith me lo pidió, me resistí. Cuando Harper lo pide, quiero saltar.

—Muchos de mis Grandes Mariscales han cerrado sus fronteras —digo—. Parece que no están dispuestos a reconocer mi derecho a gobernar. Pudimos detener la rebelión en Silvermoon Harbor, pero hubo que pagar un precio. Sería un tonto si asumiera que mi gente está contenta. —Hago una pausa—. Tal vez deberíamos seguir el ejemplo de Grey.

—¿Quieres declarar la guerra?

—No. Quiero solicitar que haya unidad.

Se estremece.

—¿Quieres volver a Silvermoon ahora? Ya daba bastante miedo cuando fuimos. —Se queda callada un momento y sé que está recordando nuestra primera visita a Silvermoon Harbor, cuando nos tendieron una emboscada. Y nos habrían matado, de no haber sido por Grey—. ¿Y si llegamos a las puertas y te disparan?

—No lo harán —digo.

—¿Cómo lo sabes?

—Porque no tengo intención de ir hasta ellos. —Un plan ha comenzado a tomar forma en mi mente—. Estoy pensando en invitarlos aquí.

Capítulo cinco

Harper

Freya, mi dama de compañía, me ata los lazos de un vestido con corsé. El corpiño es de seda blanca, con puntadas rojas y ojales dorados bordeados de rubíes que adornan la capa superior de gasa roja brillante que se derrama sobre las enaguas carmesíes. Los cordones del corpiño son de raso dorado. El escote es bajo y atrevido, y si intento agacharme, experimentaré un fallo de vestuario. Por lo general, en mi armario predominan más los pantalones y los jerséis (los blusones de lana, como los llama Freya), pero tengo docenas de vestidos impresionantes para cuando necesito arreglarme. Sin embargo, esto es, con diferencia, lo más bonito que me he puesto nunca. Incluso mis botas son de cuero rojo con adornos dorados en el tacón.

Rhen envió un mensaje a todos sus Grandes Mariscales hace una semana, y llevo temiendo esta «fiesta» desde el momento en que la mencionó, pero es agradable sentirse guapa durante cinco minutos. Por mucho que intente no pensar en ello, la cicatriz de mi mejilla y mi cojera al andar son un recordatorio constante de que nunca seré una belleza clásica o elegante sin esfuerzo. Confío en mis puntos fuertes, pero eso no significa que no piense en los débiles.

En los últimos tiempos, me he preguntado si el haber elegido quedarme aquí es una debilidad.

Pero ¿a dónde iría? No puedo volver a Washington D. C., y aunque pudiera, ¿qué haría? Desaparecimos en mitad de la noche mientras nos enfrentábamos a un hombre con pistola. Es probable que hayan vaciado el apartamento de nuestra familia y se lo hayan alquilado a otra persona. No tengo carné de identidad, ni documentos, nada.

Sin previo aviso, pienso en mi madre y el recuerdo de su muerte casi me asfixia. La perdimos por culpa del cáncer. Perdimos todo lo demás por culpa de mi padre.

Se me hace un nudo en el pecho y no puedo respirar.

—Aquí, mi señora —dice Freya—. Mire. —Me pone de cara al espejo.

Dice mucho de este vestido que me haya arrancado de la espiral descendente de mis pensamientos. En el espejo, es incluso mejor de lo que parecía sobre la cama.

—Freya —respiro—. ¿Dónde has *encontrado* esto?

—Lo encargó Su Alteza. —Sus ojos azules se encuentran con los míos en el espejo y baja la voz—. Con los colores de Emberfall.

—Ya veo. —Pierdo la sonrisa. No es solo un vestido bonito. Es una declaración política.

—Por lo que tengo entendido —añade mientras me alisa las faldas—, también encargó un vestido para Zo.

—¿De verdad?

Asiente.

Freya es diez años mayor que yo, y desde que ayudé a rescatarla junto a sus hijos de un ataque de los soldados de Syhl Shallow, ha sido mi dama de compañía en el palacio. En cierto modo, también ha sido como una madre sustituta. Ella sabe lo de Zo y lo que hicimos por Grey. Sabe que eso ha abierto una brecha entre Rhen y yo, y tal vez una brecha entre Zo y yo.

También podría haber causado tensión entre Freya y yo, porque sé lo que siente respecto de Syhl Shallow. Sus soldados destruyeron su casa y los dejaron a ella y a sus niños temblando en la nieve. Los dejaron sin nada hasta que Rhen le ofreció un puesto aquí en el castillo. Pero la noche en que Rhen mandó que les pegaran a Grey y a Tycho, se sintió tan horrorizada como yo. Nunca pronunció una sola palabra contra Rhen, pero recuerdo la tensión de su mandíbula, la forma en que le tembló la respiración.

Tengo que dejar de pensar en eso. Fue hace meses. Tomé una decisión. Me quedé.

Y no es que Grey no esté planeando devolver el golpe.

—¿Por qué ha encargado un vestido para Zo? —pregunto. Zo no tenía pensado asistir a la fiesta. No le gusta estar en una posición que le recuerde que era una guardia, y está muy claro que todavía le gusta menos estar en la misma habitación que Rhen.

Me pregunto cómo se habrá tomado ella el envío del vestido. Peor aún, me pregunto qué intención habrá tenido él. Cuando se trata de planificación estratégica, Rhen puede ser francamente brillante, pero también es capaz de actuar como un imbécil de proporciones épicas.

Freya me acomoda el pelo sobre el hombro y coloca un pasador aquí y allá.

—Bueno, supongo que esperaba que ella asistiera con usted. —Hace una pausa—. Tal vez Su Alteza quiera una guardia-que-no-sea-una-guardia a su lado. Jamison me ha dicho que los soldados están ansiosos porque se rumorea que Syhl Shallow podría atacar en cualquier momento.

Busco la mirada de Freya en el espejo.

—¿Cuándo has hablado con Jamison?

El soldado fue uno de los primeros en prestar apoyo a Rhen y a Grey cuando los convencí de abandonar los terrenos de Ironrose y ayudar a su pueblo. Es otra persona más que odia a Syhl Shallow, después de que uno de sus soldados le cortara el brazo y destruyera la mayor parte de su regimiento cuando estaba destinado en Willminton. Ahora es teniente del regimiento estacionado en las cercanías, pero rara vez está dentro del castillo.

—Cuando llevé a los niños a visitar a Evalyn la semana pasada —dice—. Lo vimos en el camino de vuelta. —Hace una pausa—. Fue muy amable. Nos acompañó al castillo.

—Ah.

No sé qué pensar acerca de eso. Yo solía pasar mucho tiempo con los guardias y soldados. Me entrenaba junto a ellos. Me incluían en sus bromas y chismorreos. Por primera vez en mi vida, nadie me trataba como a un estorbo. Como si fuera inútil. Sentía que formaba parte del grupo.

Ahora, hasta la última interacción que tengo la siento cargada de sospechas. No me había dado cuenta de lo importante que había sido ese sentimiento de pertenencia hasta que desapareció.

Ahora la única persona con la que entreno es Zo.

Me aclaro la garganta. Ojalá hubiera sabido que Freya iba a ver a Evalyn, porque la habría acompañado, aunque solo fuera una excusa para hablar con alguien. Pero a lo mejor no habría sido bienvenida.

Odio esto.

Llaman a mi puerta y contengo el aliento. Es probable que sea Rhen, así que respondo:

—Adelante.

No es Rhen. Es Zo. La puerta se abre y entra con sus característicos pasos largos, con un vestido de un tono carmesí más intenso que el mío, el corpiño tan oscuro que es casi negro y cordones de color rojo cereza. Sus brazos musculosos están desnudos, sus trenzas caen enroscadas por su espalda y le llegan hasta la cintura.

—Vaya —digo.

Zo sonríe y me ofrece una reverencia.

—Tú también.

—No me habías dicho que ibas a venir.

Se encoge un poco de hombros.

—Yo… no estaba segura de si iba a hacerlo. —Acaricia el vestido con la mano y suspira—. Pero sería una tontería volver a ofender al príncipe heredero.

Frunzo el ceño.

—No pongas esa cara —dice—. De todas formas, me pareció que tal vez querrías tener una amiga.

Contra mi voluntad, las lágrimas me inundan los ojos y doy un paso adelante para abrazarla.

Sus brazos ejercen presión contra mi espalda, pero dice:

—Vas a estropear el duro trabajo de Freya.

—Eres una buena amiga —digo—. No te merezco.

Se echa hacia atrás para mirarme a la cara, sus ojos buscan los míos.

—Sí lo mereces.

Freya se adelanta y empieza a entretejer pequeñas flores blancas en mi pelo. También tiene unas rojas en las manos y espero que las añada a mi tocado, pero se vuelve hacia Zo.

—Toma —dice—. El toque final.

Zo se queda quieta, con sus suaves manos sobre las mías.

En otra vida, estaríamos preparándonos para el baile de graduación, no para una fiesta que en realidad es una excusa para establecer alianzas en previsión de la guerra que se cierne sobre nosotros.

La respiración me sale entrecortada.

Los ojos de Zo están fijos en los míos.

—Ya los convenciste una vez —dice en voz baja.

—Esta vez no tengo ningún ejército —susurro—. No tengo nada que ofrecer.

Me mira con seriedad y se inclina para besarme en la mejilla.

—Entonces tampoco tenías ninguno, princesa.

Es cierto. De alguna manera lo había olvidado. Mi respiración se estabiliza.

Cuando llegué aquí por primera vez, sabía lo que era correcto. Arriesgué mi vida por este país. Lo mismo hizo Grey, mil veces. Nunca habría permitido que nadie me hiciera sentir culpable por ayudar a la gente de Emberfall. Nunca habría permitido que nadie me hiciera sentir que ayudar a Grey había sido una mala elección.

Tampoco debería permitirlo ahora.

Cuando nos dirigimos a la puerta, veo nuestro reflejo en el espejo por el rabillo del ojo. Juntos, nuestros vestidos resultan verdaderamente impresionantes, una clara señal de que apoyamos a Emberfall.

Rhen me pidió una vez que fuera su aliada, que presentáramos un frente unido a ojos de su pueblo. Que estuviera a su lado. Esto... esto es diferente. No soy una valla publicitaria.

La ira, familiar y no del todo inoportuna, se acumula en mi vientre, ahuyentando todo lo demás.

—Espera —digo, deteniendo a Zo—. ¿Freya? —Tiro del lazo de mi corpiño para deshacerlo—. Las dos vamos a necesitar otro vestido.

Rhen no ha escatimado en gastos, y teniendo en cuenta que convocó esta «fiesta» hace solo una semana, estoy segura de que no ha salido barata. La llamada a la lealtad hacia Emberfall es evidente en cada mantel rojo, en cada candelabro de oro, en el enorme escudo que cuelga sobre la chimenea del Gran Salón. Los músicos se han colocado en un rincón, y tocan una melodía animada y vibrante, elegida para proyectar confianza. Las puertas del castillo están abiertas, permitiendo que el aire nocturno fluya por la estancia. Los guardias están situados a intervalos, con sus armas y armaduras relucientes, mientras los sirvientes llevan bandejas cargadas hasta las mesas. Puedo oler la comida desde lo alto de la escalera.

Todavía es pronto, así que en el salón solo hay unas pocas docenas de personas. Serán los verdaderamente leales, los Grandes Mariscales y los Senadores de las ciudades que ya han jurado fidelidad a Rhen. Serán los que quieran ser vistos llegando primero, como si formaran parte del círculo íntimo del príncipe, aunque el propio Rhen aún no se haya dignado a reunirse con ellos. También han traído a sus propios guardias, lo cual no es extraño, pero un puñado de hombres y mujeres armados alineados a lo largo de las paredes no es la mejor bienvenida posible.

Un paje que se encuentra en la parte superior de la escalera se adelanta como si quisiera anunciarnos, pero le hago un gesto para que no lo haga. El corazón me late con fuerza en el pecho y aliso mi falda azul marino con las manos. Lo último que necesito es que

Rhen oiga que nos anuncian sin él. Él se enfadaría y yo probablemente lo tiraría por las escaleras.

Odio sentirme así.

Zo me estudia y, como siempre, casi puede leerme la mente.

—Todavía no hemos sido anunciadas —murmura—. Podemos volver a tus aposentos. Todavía tenemos tiempo de ponernos los vestidos que ha elegido él.

—No. —La miro y deseo poder leer *su* mente—. Es decir... podemos. Si tú quieres.

Clava la mirada en la mía.

—No quería ni siquiera antes.

Eso me hace sonreír. Le aprieto la mano y bajo las escaleras.

Como no nos anuncian, no llamamos mucho la atención. Estoy segura de que Rhen puede identificar a todos los presentes por su nombre, pero yo no los conozco a todos, en especial a los que vienen de ciudades más lejanas. Veo a Micah Rennells, un asesor comercial que se reúne con Rhen una vez a la semana. Es una de las personas menos auténticas que he conocido, y los falsos halagos que prodiga a Rhen me dan ganas de meterme los dedos en la garganta. Zo y yo avanzamos en dirección opuesta, hacia una mesa en la que han colocado copas llenas de vino tinto y champán dorado y brillante.

Guau.

—¿Crees que alguien se dará cuenta de que no vestimos de rojo y oro? —le susurro a Zo, y ella sonríe. Elijo una copa para cada una y me resulta tentador vaciar la mía de un solo trago.

Entonces me doy la vuelta y me encuentro cara a cara con un hombre de baja estatura, de piel curtida, pelo canoso y ojos azules preocupados. Si me lo encontrara en Washington D. C., diría que tiene aspecto de ser un militar jubilado, ya que da la talla: está en forma y se mantiene muy erguido. Sus ropas son elegantes, pero también sencillas: una chaqueta oscura abrochada sobre una camisa roja, pantalones de piel de becerro y botas altas y pulidas con cordones desgastados.

—Milady —dice sorprendido, y su voz es áspera y rasposa, pero no antipática. Me ofrece una reverencia y mira más allá de mí antes de volver a sostenerme la mirada—. Perdóneme. No me había dado cuenta de que se había unido a la fiesta.

Cuando me tiende la mano, la tomo y hago una reverencia.

—No llevo mucho tiempo aquí. —Busco su nombre en mi memoria y no encuentro nada. Me muerdo el borde del labio antes de recordarme que debo evitar ese gesto—. Lo siento mucho. No recuerdo si nos hemos visto antes.

Me ofrece una pequeña sonrisa.

—Nos hemos visto, pero eran otros tiempos, y no he viajado a Ironrose desde que Karis Luran fue expulsada de Emberfall. Soy Conrad Macon, el Gran Mariscal de Rillisk.

Rillisk. Me quedo petrificada. Rillisk es donde Grey se escondió después de haber renunciado a su derecho de nacimiento. Cuando pasamos meses creyendo que estaba muerto.

La expresión de Conrad también permanece inmóvil, y esa mirada preocupada vuelve a sus ojos.

—Me sentí aliviado al recibir la invitación de Su Alteza para asistir esta noche. Hemos oído rumores de que Rillisk puede haber caído en desgracia después de… Después de que el falso heredero fuera encontrado escondido en nuestra ciudad. —Hace una pausa, y una pequeña nota de desesperación aparece en su voz—. Siempre hemos sido leales a la Corona, milady, le aseguro que no teníamos ni idea…

—Por supuesto —me apresuro a contestar—. A Rhen no le cabe la menor duda. —Creo. Espero.

El alivio florece en sus ojos.

—Ah. Bueno. Quizá los rumores se acallen. Desde que el heredero… —Tropieza con sus palabras—. Perdóneme, desde que el *falso* heredero fue capturado en Rillisk, hemos tenido algunos problemas con el comercio y no somos una ciudad portuaria…

—Silvermoon sí es una ciudad portuaria —interviene otro hombre—, y también estamos teniendo problemas.

Me giro y a este lo reconozco. Es el Gran Mariscal Anscom Perry, de Silvermoon Harbor. Tiene pelo abundante, la piel pálida y una cintura gruesa que le exige mucho a su chaqueta. Me gustó el comportamiento amistoso del Mariscal Perry cuando lo conocimos en Silvermoon, pero luego intentó cerrarle las puertas a Rhen.

Para ser sincera, me sorprende que esté aquí.

—Mariscal Perry —lo saludo con serenidad—. Es un placer volver a verlo.

—Pues no es un placer estar aquí —responde, fanfarrón—. La invitación implicaba que me traerían por la fuerza si no me presentaba por propia voluntad. Y me quedan pocos soldados.

Vacilo y miro a Zo, pero ella me sostiene la mirada y hace un ligero movimiento de cabeza. Ya no forma parte de la Guardia Real. No sabe qué mensajes envió Rhen.

—Estoy segura de que lo entendió mal —empiezo.

—¿Está segura? —me corta una voz de mujer. Mariscal Earla Vail de... uf, no consigo acordarme. Es de algún lugar al norte de aquí, de un pueblo cerca de las montañas que llevan a Syhl Shallow. Tiene más de setenta años, el pelo grueso y canoso y la piel morena. A pesar de su edad, lleva una espada a un lado de la cadera y una daga en el otro—. ¿Igual que estaba segura de que su padre enviaría un ejército para ayudar a proteger Emberfall?

—El ejército de mi padre no era necesario —digo con fuerza. El corazón me late desbocado detrás de las costillas.

—Emberfall solo salió victoriosa gracias a la princesa Harper —interviene Zo, y hay ardor en su voz.

—Pero hubo bajas. Tal vez el ejército de su padre esté listo para ayudar a Syhl Shallow —dice otro hombre, y ya hay suficiente gente arremolinada a mi alrededor como para que ni siquiera pueda ver quién está hablando.

—Sí —dice Conrad—. ¿Han cambiado las alianzas de Dese? Su príncipe heredero se ha unido a esos monstruos de la montaña.

—Tal vez su princesa lo haya hecho también —dice el Mariscal Vail, mirándome fijamente—. Puede que Karis Luran esté muerta, pero esos soldados de Syhl Shallow masacraron a la gente por *millares*...

Inspiro con fuerza.

—*No soy*...

—¿A qué clase de juego está jugando Dese? —pregunta otra mujer—. ¿Está aquí para distraer al príncipe mientras los ejércitos de su padre prestan apoyo a Syhl Shallow?

—Eso no es lo que está sucediendo —dice Zo, con voz grave y tensa.

—Tal vez hayan mantenido a la princesa Harper al margen de las negociaciones —dice el Mariscal Perry.

—No me han mantenido al margen de las negociaciones —digo con brusquedad, pero oigo un resoplido burlón cerca de mi hombro y dos de los Grandes Mariscales intercambian una mirada. Todos empiezan a acercarse, y me gustaría poder llamar a los guardias. Pero desde que ayudé a Grey, los guardias de Rhen han dejado muy claro que le han jurado lealtad a él, no a mí.

—¿Por qué no la acompaña el príncipe? —prosigue el Mariscal Perry.

—Yo... Bueno, él...

—Milady —dice con suavidad el príncipe Rhen a mi espalda, y yo doy un respingo.

La gente que me rodea se aleja tan deprisa que es como si la arrastraran hacia atrás.

—Su Alteza —lo saludan. Los hombres se inclinan. Las damas hacen una reverencia.

Rhen los ignora y sus ojos encuentran los míos. Se adelanta para tomar mi mano y besarme los nudillos, pero soy incapaz de leer nada en su expresión.

—Perdóname —dice, usando mi mano para acercarme. Su voz es cálida y baja de una forma que no he escuchado en... una temporada—. No me había dado cuenta de que me retrasaría tanto.

Trago saliva.

—Perdonado.

Se gira para mirar a la gente, sin dejar de envolverme la mano con la suya.

—La noche es joven. ¿Quizá podamos dedicar una hora a disfrutar de la compañía del otro antes de empezar a discutir sobre política? —Señala con la cabeza a los sirvientes que colocan la comida en las mesas—. O al menos esperar hasta que la comida esté servida. Sería una pena desperdiciar estos manjares. Anscom, el criado que está en la esquina, está sirviendo licores azucarados. Recuerdo lo mucho que disfrutó de una copa con mi padre.

El Mariscal Perry de Silvermoon se aclara la garganta.

—Esto... sí. Por supuesto, Su Alteza.

Rhen les ofrece un asentimiento y luego me mira.

—¿Vamos, milady?

¿A dónde? Pero me ha rescatado y no está siendo un imbécil, así que asiento.

—Sí, por supuesto.

Se vuelve para echar a andar, manteniéndome cerca de él, sus pasos lentos y lánguidos.

Levanto la mirada hasta su rostro.

—¿A dónde vamos?

Me acerca y se inclina un poco, sus labios me rozan la sien de una forma que hace que me sonroje y me estremezca ante lo inesperado del gesto. Había olvidado que podía ser así. Tampoco ha dicho nada sobre el vestido.

Luego dice:

—A bailar.

Casi tropiezo con mis pies.

—Espera. Rhen...

—Chist.

Me lleva hasta la pista de baile con suelo de mármol y apoya la mano en mi cintura.

Estamos rodeados de decenas de personas, muchas de las cuales acaban de acusarme de traición. No me esperaba que fueran...

así, y definitivamente no quiero bailar delante de ellas como si nada de eso me hubiera molestado. Pero tampoco quiero montar un espectáculo mayor que el que ya he protagonizado.

—Odio bailar —susurro.

—Lo sé. —Rhen se gira hacia mí y su mano encuentra la mía—. Y yo odio que me metan en maniobras políticas para las que no estoy preparado. Sin embargo, aquí estamos.

Mi boca forma una línea, pero ahora la música es más lenta y no estoy tan desesperada como antes. Dejo que me guíe.

—Estás loco.

—¿Lo parezco? —pregunta, afable.

—Ajá.

—Creía que lo estaba ocultando de forma admirable. —Hace una pausa y sus ojos buscan los míos—. ¿Es tu intención que estemos en desacuerdo, milady?

Lo estudio, tratando de entenderlo. Hay una parte de mí que se alegra de que esté enfadado, de que no sea yo la única que está luchando contra el resentimiento.

Hay una parte de mí que también siente una tristeza inconmensurable. Como si pudiera darle un puñetazo en la cara y luego salir corriendo mientras sollozo.

—Si lo es —continúa Rhen—, ojalá hubieras acudido a mí, en lugar de demostrárselo a todo Emberfall.

Frunzo el ceño y aparto la mirada. Puede que él sea capaz de parecer feliz mientras todo esto sucede, pero yo no. La música se arremolina en la habitación y recuerdo aquella primera noche en que me enseñó a bailar en un acantilado de Silvermoon. Cuando le dije: «Quiero asegurarme de que es real». Él también quería que fuera real, y durante mucho tiempo sentí que lo era.

Pero entonces empecé a dudar de mí misma. A dudar de él.

Cuando no digo nada, la voz de Rhen se vuelve cuidadosa.

—¿Te ha disgustado el vestido que he mandado que te enviasen? —Hace una pausa y su voz adquiere cierto matiz—. ¿O la descontenta era Zo?

—Era *yo* —digo—. Si estás enfadado conmigo, no te desquites con ella.

Parece un poco incrédulo.

—¿Crees que lo haría?

—Creo que harás lo que quieras.

Su mano aprieta la mía y me hace girar con más brusquedad de la necesaria.

—He sido más que justo con Zo.

Es probable que sea cierto, y miro hacia otro lado.

—De acuerdo.

Está callado, pero soy capaz de sentir la tensión de su cuerpo. Nadie más se ha atrevido a entrar en la pista de baile, así que tal vez puedan sentirla también.

—No quiero ser un peón —digo, tensa—. Ese vestido me hace parecer uno.

—Lo dudo bastante.

Supongo que lo dice como un cumplido, pero parece un comentario despectivo.

—Me ha hecho *sentir* como uno. —Trago saliva y se me forma un nudo en la garganta—. Así que le he pedido a Freya que me buscara otro. —Él toma aire, y yo añado—: Tampoco te desquites con ella.

No se inmuta ante mi mirada.

—No les he hecho nada a tus amigas, milady. Y nunca las haría responsables de *tus* acciones.

—¿Es una amenaza? —exijo saber.

Parpadea, sorprendido.

—¿Qué? No. Yo no...

—Porque Grey se pasó la vida haciendo todo lo que le pediste, y la primera vez que no lo hizo, lo colgaste de ese muro.

Retrocede como si lo hubiera abofeteado. Ya no estamos bailando. De repente hay una distancia gélida entre nosotros. La música fluye por la pista de baile, pero los dos estamos inmóviles en el centro. El público ha enmudecido y una gran tensión flota en el ambiente.

A mí también me falta el aliento.

Ni yo puedo creerme que haya dicho eso.

Hasta que las palabras han salido de mi boca, nunca me había admitido a mí misma que *sentía* eso.

La mirada de Rhen podría cortar el acero. También podría la mía, estoy segura.

Zo aparece a mi lado.

—Milady —dice con suavidad—. Hay un asunto que requiere su atención.

Siento que mi cuerpo se ha convertido en piedra. Rhen no se ha movido y yo no puedo respirar. Es probable que una bofetada hubiera suscitado menos interés.

Tal vez tenga razón, debería haberlo hablado con él en privado. Pero no puedo deshacer lo que ya está hecho. No puedo deshacer lo que se ha dicho.

Me agarro las faldas y le hago una reverencia.

—Su Alteza.

Sin esperar una respuesta, sin siquiera una mirada hacia atrás, salgo a zancadas del vestíbulo.

Capítulo seis

Rhen

Había olvidado que Harper podía ser así.

Ahora mismo, estoy tan enfadado que quiero decirle a Lilith que se vaya al infierno, que puede llevarse a Harper de vuelta a Washington D. C. y que me alegraré de ello. Estoy solo en medio de la pista de baile, y aunque nuestras palabras no han sido pronunciadas bastante fuerte como para llegar muy lejos, no se puede disfrazar nuestra discusión como algo distinto de lo que ha sido. A pesar de lo molesto que estoy con Zo, me alegro de que se haya llevado a Harper antes de que pudiéramos decir algo más.

Dustan cruza a zancadas la pista de baile para detenerse frente a mí.

—Milord.

Ha sido mi Comandante de la Guardia desde que Grey se fue. Es fuerte, competente y en general muy apreciado. Formaba parte de un ejército privado en el oeste antes de que yo pidiera más guardias y fue uno de los primeros en prestarme juramento. Mientras que Grey podía ser estoico y distante, Dustan es más jovial y mantiene una buena relación con los guardias. Fue una elección fácil en un momento de desesperación.

Pero, aunque es bueno haciendo lo que le digo, a veces me gustaría que fuera mejor haciendo lo que *no* digo.

Grey habría impedido que Harper entrara a la fiesta sin mí.

Grey habría intercedido antes que Zo. Grey habría...

Tengo que dejar de pensar en Grey. Se ha ido. Es mi enemigo.

Lo colgaste del muro.

Las palabras son como una daga clavada en el pecho y es difícil respirar con ella ahí. Ojalá Dustan me hubiera traído un vaso de licor azucarado. Es probable que Grey tampoco lo hubiera hecho, pero se le habría ocurrido decirle a un sirviente que se encargara de ello.

—Ve tras ella —le digo.

Él frunce el ceño.

—Milord...

—Ve tras ella —digo de nuevo. El castillo está lleno de gente cuyas motivaciones (y lealtades) estarían bastante dispersas en un mapa. Harper acaba de convertirme en un objetivo, pero ella misma también se ha convertido en uno—. Mantenla a salvo. Asegúrate de que no salga del recinto.

—¿Cree que lo haría?

Recuerdo las numerosas veces en las que Grey y yo tuvimos que correr tras ella al principio.

—Ahora mismo, me sorprendería más que se quedara aquí. —Me doy la vuelta.

Él duda.

—Pero...

Me doy la vuelta y debe de haber hielo de sobra en mis ojos, porque me hace un gesto con la cabeza y dice:

—Sí, milord. Ahora mismo.

Grey no habría dudado.

Un sirviente se acerca por fin con una bandeja y agarro una copa de vino. Necesito todo mi autocontrol para no bebérmelo todo de un trago. Así pues, me bebo la mitad.

Uno de los Grandes Mariscales se acerca. Conrad Macon, de Rillisk. Debido a la distancia de su ciudad con Ironrose, no lo conozco bien, pero eso no es malo. Los únicos Grandes Mariscales a los que conozco bien son los que viven cerca o los que estaban enfrentados con mi padre.

Conrad ha respondido con rapidez a cualquier petición desde que Grey fue capturado dentro de sus fronteras. Y se ha presentado aquí esta noche.

—Perdóneme —dice, y su tono es conciliador—. No era mi intención causarle tensión a la princesa.

—Hay tensión más que suficiente para todos —digo—. Usted no es la causa de ella.

Parece aliviado al escuchar eso.

—Ah... Sí, milord. Estoy de acuerdo. —Duda—. Tengo entendido que estáis preparando al ejército para otro ataque de Syhl Shallow.

Ahora sí me acabo la bebida.

—Sí.

—Rillisk tiene un pequeño ejército privado, como sabe —dice—. Sé que ha tenido... conflictos con Silvermoon. Pero he estado hablando con el Gran Mariscal del Valle Wildthorne y creemos que, juntando nuestros soldados, podríamos presentar una fuerza bastante grande en el oeste, que podría tener la potencia suficiente como para evitar que cualquier otra ciudad intente desertar y defender el gobierno del falso heredero.

Mis pensamientos seguían enredados en lo que me había dicho Harper, pero esto me llama la atención.

—¿Cree que sus fuerzas armadas serían suficientes para enfrentarse a Syhl Shallow?

—Bueno, el Mariscal Baldrick tiene una mujer a su servicio que ha sido capaz de conseguir cierta información sobre los soldados de Syhl Shallow.

—Una espía —digo.

Esboza una mueca.

—Más bien es una mercenaria —dice en voz baja—. Por lo que tengo entendido, no es barata. Pero fue capaz de infiltrarse en sus fuerzas en el pasado y evitó que Valle Wildthorne sufriera muchas pérdidas.

Si hay algo que tengo, es dinero a espuertas. Durante cinco años, en Emberfall no hubo mucha actividad de la familia real, porque no tenía necesidad de gastar ni una sola moneda de cobre. Es parte de la razón por la que Syhl Shallow está tan desesperado por conquistarnos.

—Que el Mariscal Baldrick concierte una reunión con esa mercenaria —digo—. Si el dinero es un problema, haré que a ella le merezca la pena. Me gustaría oír más, pero directamente de sus labios.

—No será necesario —dice Conrad—. La ha traído con él.

Chesleigh Darington es más joven de lo que esperaba, de unos veinticinco años, con el pelo oscuro hasta la cintura, piel aceitunada y ojos grises calculadores. Tiene una cicatriz en la mejilla similar a la de Harper, aunque la de Chesleigh se extiende hasta el nacimiento del pelo, por encima de la oreja, donde la melena le ha vuelto a crecer en un estrecho mechón blanco. A diferencia del resto de las mujeres de la fiesta, lleva pantalones (de piel de becerro negra), botas con cordones y una túnica fina de color morado intenso. Va más armada que la mayoría de mis guardias y me fijo en que varios de ellos se acercan cuando se reúne con nosotros en una mesa de la esquina.

El Mariscal Baldrick y el Mariscal Macon se sientan a la mesa y beben sorbos de vino. Parecen orgullosos de haber aportado algo. En otra vida, podría despreciar su regodeo, pero esta noche quiero que la gente los envidie. Quiero que la gente busque mi favor. Necesito que Emberfall esté entero para enfrentarnos a Grey. Él ya se ha ganado el cariño de muchos de los pueblos del norte y yo piso terreno pantanoso en lo que se refiere a Silvermoon Harbor. Es un milagro que el Mariscal Perry haya aparecido esta noche.

Ojalá Harper no hubiera salido furiosa de aquí.

Recorro con el dedo el tallo de mi copa de vino y presto atención al asunto en cuestión.

—¿Crees que tienes información sobre los militares de Syhl Shallow? —le pregunto a Chesleigh.

—No solo acerca de su ejército —responde—. Puedo cruzar la
frontera a voluntad.

Frunzo el ceño.

—¿Cómo?

—Hablo syssalah. Estoy familiarizada con sus costumbres y han
llegado a verme como a una ciudadana más.

Me apoyo en la mesa.

—¿Cómo?

—Nací allí.

Los Grandes Mariscales de la mesa intercambian una mirada,
pero es Baldrick el que se aclara la garganta.

—Chesleigh es leal a Emberfall.

Mis ojos no se apartan de los suyos.

—¿Por qué?

—Porque su reina asesinó a mi familia. —Sus palabras son pla-
nas y carentes de emoción, su mirada es fría. Pero yo fui un monstruo por culpa de una hechicera y maté a mi propia familia, así que
mi tono es el mismo cuando hablo de ello. Sé cuánta rabia, furia y
pérdida pueden ocultar un par de ojos fríos.

—Cuando su ejército llegó por primera vez al paso de montaña
—continúa—, me sorprendió lo fácil que era perderse entre sus filas.
Pocas personas en Emberfall hablan syssalah, y aún menos gente se
acercaría a un soldado de Syhl Shallow sin demostrar miedo después de lo que han hecho. Las mujeres audaces son más raras aquí,
pero son comunes en Syhl Shallow.

—¿Y te dejan cruzar la frontera? —pregunto—. ¿Así de fácil?

Me dedica una oscura sonrisa conspiratoria.

—Creen que soy una espía.

No le devuelvo la sonrisa.

—¿Cómo sé que no lo eres?

—¿Cómo sabe que alguien no lo es? —Mira a los Grandes Mariscales y luego vuelve a mirarme—. Entiendo que su... *princesa* de

Dese no ha traído las fuerzas militares que prometió. Que la familia real pereció mientras estaba bajo la protección del rey de Dese. Tal vez *ella* sea la espía.

—Creía que estábamos aquí para hablar de lo que tú puedes ofrecer —digo.

—En efecto. —Hace una pausa—. Le puedo asegurar que mi palabra es de fiar.

—Demuéstralo.

Se echa hacia atrás en su silla y da un sorbo a su bebida.

—No trabajo gratis, Su Alteza. Las mujeres tenemos que comer.

Es muy atrevida. Ya veo por qué no tendría problemas para integrarse en Syhl Shallow. Estoy acostumbrado a los discursos con intenciones ocultas de los hombres de esta mesa, así que una petición directa es casi... refrescante.

—Cincuenta monedas de plata —digo sin pestañear.

Ella sonríe.

—Doscientas.

El Mariscal Macon resopla y el otro murmura una maldición, pero yo sonrío.

—Debes de estar hambrienta.

Sus ojos brillan.

—No tiene ni idea.

—Cincuenta —repito.

—¿No va a negociar?

—Todavía no.

Me estudia durante mucho rato.

—Hay un pasaje estrecho a través de las montañas, a tres o cuatro días de camino al noroeste de aquí. No es lo bastante ancho como para que las tropas pasen por él, pero de este lado no está vigilado.

Me enderezo.

—¿Y?

—Es lo bastante amplio como para permitir que pase un pequeño contingente de soldados cada vez, y después de que sus fuerzas arrasen muchas de sus ciudades más pequeñas, podrían empezar a acampar dentro de Emberfall. —Hace una pausa—. Sin previo aviso.

Me quedo inmóvil.

—¿Ya ha comenzado?

Se encoge de hombros y toma un sorbo de vino.

Entrecierro los ojos.

—Podría averiguarlo yo mismo enviando exploradores.

—Sí, y tardaría una semana y probablemente perdería a esos exploradores. —Apura su copa y luego sonríe. Parece auténtica y hace que su expresión pase de ser calculadora a algo más intrigante—. ¿Vale eso otras ciento cincuenta monedas de plata, Su Alteza?

No. No lo vale.

—Cien ahora —le digo—. Cien cuando haya verificado lo que me has dicho.

—¿Arriesgará a sus hombres de todos modos?

—Prefiero arriesgar a unos pocos ahora que arriesgar a todo mi ejército por tu palabra. —Hago una pausa—. Ahora, dímelo.

—Sus fuerzas ya han acampado en el lado occidental de las Planicies Blackrock, justo en la base de las montañas.

Los Grandes Mariscales jadean. Yo no.

—¿Cuántos?

—Al menos mil.

Infierno de plata. Un millar de soldados enemigos han acampado en mi país y yo no tenía ni idea.

Una parte de mí se queda helada al pensarlo. Grey me avisó. Incluso *Lilith* me avisó. No quería creerlo.

Tengo que reprimir un escalofrío. Miro a uno de mis guardias.

—Busca al General Landon. —Me hace un rápido gesto con la cabeza y se va corriendo. Vuelvo a mirar a Chesleigh—. Te pagaré y comprobaré tu historia. Si me estás diciendo la verdad, vuelve a Ironrose en una semana y te daré el resto.

Ella no se mueve.

—Puedo hablarle de algo más que de los soldados, Su Alteza.

—¿De qué más?

Enarca las cejas.

—Hay una diferencia entre el hambre y la codicia —digo.

—¿La hay? —pregunta ella con inocencia.

—Ciento cincuenta ahora.

Vacila, y me doy cuenta de que está sopesando si jugar conmigo para obtener más. Nunca he hecho un trueque con mercenarios, pero he visto a mi padre hacerlo y sé por experiencia que una vez que fijas una cantidad, te pedirán más la próxima vez. Hoy no conseguirá más que eso de mí y quizá mi expresión me delate.

—Se ha formado una facción en Syhl Shallow —dice—. Hay muchos que temen a la magia. Muchos otros que no la quieren entre su gente. Hay registros y libros mayores sobre los hechiceros, sobre las cosas que podían hacer, sus vulnerabilidades. —Hace una pausa—. Hay quienes se oponen a la reina y a su alianza con el forjador de magia.

Me quedo quieto.

—¿Eres parte de esta facción?

—Podría serlo.

—¿Cuán vulnerables son?

—He oído que puede imbuirse magia en cierto tipo de acero forjado en los bosques de hielo de Iishellasa. Ese acero puede ser moldeado para portar magia dentro de sí mismo o puede causar heridas que son impermeables a la magia. Muchos de esos artefactos se han perdido con el tiempo, pero algunos aún pueden encontrarse en las aldeas de Syhl Shallow donde antaño vivían los herreros.

—Es un disparate —exclama uno de los Grandes Mariscales.

Pero no es absurdo. Una vez Grey llevó un brazalete de plata que la hechicera había atado a su muñeca. Le permitía cruzar el velo hasta Washington D. C.

No tengo ni idea de dónde ha ido a parar. Pero sé que esa cosa existe.

Mi respiración se torna superficial y mis pensamientos se aceleran. ¿Hay algún arma que pueda dañar a Lilith? ¿Acaso la solución ha estado en Syhl Shallow durante todo este tiempo?

—He oído un rumor sobre una de esas armas —dice Chesleigh. Se encoge de hombros—. Sin duda hay otras.

—Un arma así podría usarse contra el falso heredero —oigo murmurar a uno de los Grandes Mariscales.

No, pienso. *Un arma así podría usarse contra Lilith.*

Parece arriesgado. No hay pruebas. No hay nada seguro. No es como si pudiera preguntarle a la propia Lilith. Incluso ahora, quiero echar una mirada alrededor, como si ella pudiera estar escuchando nuestra conversación.

—¿Podrías conseguir esa arma?

Sus ojos brillan.

—Saldrá caro.

—Puedes poner tú misma el precio.

Capítulo siete

Harper

El sol se puso hace horas y los mozos de cuadra hace tiempo que se han ido a dormir. El silencio es pesado a mi alrededor, pero no me importa. El silencio significa que estoy sola. No estoy del todo segura de a dónde voy, pero esta vez no voy a arrastrar a Zo conmigo. La he enviado de vuelta a su habitación y le he asegurado que me dirigiría a la mía.

En vez de eso estoy en los establos, y este vestido es adecuado para montar. Ensillo a Ironwill en tres minutos y estoy sobre su lomo en uno. En realidad, no sé a dónde voy, pero no quiero estar *aquí*. Chasqueo la lengua con suavidad y atravesamos al trote la puerta del establo.

Una mano aparece de la nada y sujeta las riendas.

—¡So! —grita una voz masculina.

Ironwill se asusta, luego gira y retrocede.

Jadeo y me inclino hacia un lado. El caballo se tambalea y sus herraduras golpean frenéticamente los adoquines. Intento agarrarme a él, pero voy a chocar contra el suelo. Me va a *doler*.

Pero entonces alguien me atrapa. Unos brazos se cierran a mi alrededor, deteniendo la caída.

Está oscuro y la mitad de la gente de Emberfall odia a Rhen en este momento, así que grito y forcejeo, mi mano encuentra la daga en mi cintura.

—Milady. *Milady*. —Es la voz de Dustan. Mis pies se posan en el suelo con brusquedad.

Intento enderezarme la capa, apartarme el pelo rebelde de la cara. Estoy jadeando, mi aliento crea nubes en el aire. Otro guardia sujeta las riendas de Ironwill y el caballo brinca, sacudiendo la cabeza.

Fulmino a Dustan con la mirada. Llevo meses ignorándolo, desde que participó en lo que Rhen le hizo a Grey. Desde que fue él quien le dijo a Zo que quedaba relevada de sus funciones. Desde que pasó de ser alguien que creía que podía ser un amigo a alguien por quien he llegado a sentir resentimiento.

Sigo con el corazón en la garganta.

—¿A ti qué te pasa?

No parece más feliz de estar aquí que yo.

—Su Alteza me ordenó que no la dejara salir de los terrenos del castillo.

NO ME DIGAS.

Respiro con dificultad, mis pensamientos están llenos de veneno. Ahora me está bloqueando el camino, como si estuviera preparado para que le pegase o para que echase a correr.

Ambas posibilidades parecen una buena idea.

—Devuélveme mi caballo —digo.

Parece sentirse agitado.

—Mis órdenes son mantenerla a salvo dentro de los terrenos del castillo.

—Estoy aquí. Estoy bien. —Doy un paso adelante y tomo las riendas, pero Dustan se adelanta.

—Si me obliga, cumpliré las órdenes encerrándola en sus aposentos.

Finjo un grito ahogado.

—¿Eso harás? Cuánta *caballerosidad*.

Ignora mi tono.

—¿No habría hecho Grey lo mismo?

Me quedo helada. Recuerdo una vez en la que Rhen y yo estábamos discutiendo y saqué una daga. Grey exhibió un cuchillo para detenerme y Rhen dijo:

—Te arrancará el brazo si se lo ordeno.

Se lo pregunté a Grey más tarde. *Sigo órdenes, milady. No le guardo rencor.*

Está claro que él hubiera hecho lo mismo.

Eso me quita parte de las fuerzas.

Frunzo el ceño y empiezo a avanzar. Dustan da un paso para impedírmelo.

Aprieto los dientes.

—Voy a quitarle la silla de montar —digo en voz baja—. Si te parece bien.

Me estudia durante un largo rato y luego retrocede. Le quito las riendas de las manos al otro guardia y acaricio la mejilla de Ironwill. Da un mordisco al aire y agita la cola con aspecto de estar ofendido.

Me gustaría ser ágil y flexible, tener el tipo de habilidades que me permitieran saltar a la grupa de Ironwill y salir de aquí al galope, pisoteando a Dustan en el proceso. Pero no lo soy y no puedo hacerlo, y si lo intentara, es probable que Dustan me arrastrara hasta mi habitación para encerrarme allí.

De nuevo en el establo, aflojo la cincha y le quito la silla de montar. No estoy atrapada, pero me siento como una prisionera. Cambio la silla de montar por un cepillo y paso las suaves cerdas contra el pelaje de Will. En algún momento, Dustan da la orden a los demás guardias de que salgan de los establos, pero él se coloca al otro lado del pasillo para apoyarse contra la pared opuesta.

Lo ignoro, concentrándome en el cepillo, y el silencio se instala a nuestro alrededor. Mi ira se agita, buscando un objetivo, dejándome tensa e inquieta. Una brisa fría se cuela en el establo, reprimo un escalofrío y me acerco más al caballo. No sirve de nada y me estremezco aún más mientras tomo una respiración temblorosa entre dientes.

—Milady. —Dustan habla a mi espalda, pero no me giro.

—Vete.

—Debería volver al castillo, si tiene frío.

—No.

No dice nada y me pregunto si sigue ahí de pie o si ha vuelto a su sitio al otro lado del pasillo.

No consigo decidir si estoy siendo grosera o si él está siendo un imbécil y, para ser sincera, no me importa. Dejo de cepillar a Ironwill y aprieto la frente contra su cuello para inspirar su aroma a heno y a caballo. Es cálido y familiar, y fue una fuente constante de consuelo para mí al principio.

He aprendido que, cuando desapareces, debo comprobar primero los establos.

Eso me dijo Grey en mi segundo día en Emberfall.

En contra de mi voluntad, se me llenan los ojos de lágrimas y se me cierra la garganta. Perdí a mi madre por el cáncer, luego perdí a mi amigo cuando Grey huyó y después perdí a mi hermano cuando partió para ayudar.

Y yo soy la idiota que se quedó aquí. Porque creía en Rhen. Porque creía en Emberfall.

Retengo las lágrimas, pero lo hago en silencio, porque no quiero que Dustan se entere. Vuelvo a temblar y me aprieto el abdomen con los antebrazos.

Dustan suspira. Un momento después, una capa cae sobre mis hombros.

Me giro y estoy segura de que hay fuego en mis ojos, porque Dustan levanta las manos.

—No hace falta que pase frío para fastidiarme.

La capa conserva el calor de su cuerpo y quiero devolvérsela, pero eso me parece mezquino y la verdad es que tengo frío. Me trago las lágrimas que estaban por salir y vuelvo a apoyar el cepillo contra el pelaje del caballo, usando un poco más de fuerza de la necesaria.

—No hace falta que finjas ser amable.

Dustan guarda silencio un momento.

—He escuchado lo que le ha dicho a Su Alteza. En el Gran Salón.

—Bien por ti. Estoy segura de que todo el mundo lo ha oído.

—¿De verdad cree que por eso dio la orden de hacerles aquello a Grey y a Tycho? ¿Como una especie de... represalia?

—No quiero hablar contigo, Dustan.

—¿Y cree que, si me hubiera negado a obedecer, el príncipe simplemente habría elegido otro camino? —Hace una pausa—. ¿O cree que me habría relevado de mis funciones y luego habría dado la orden a otro?

El cepillo recorre el largo del hombro de Ironwill.

—¿Cree —continúa Dustan— que Grey se habría negado a cumplir esa orden, si se la hubieran dado?

No. No se habría negado. Tengo que tragar con fuerza.

—Las *últimas palabras* de Grey —dice Dustan a mi espalda— fueron un juramento a una hechicera que casi destruye Emberfall. Puede culpar a Su Alteza por su elección y puede culparme a mí por seguir la orden que dio, pero Grey podría haberse limitado a admitir la verdad...

—Ya es suficiente. Por favor. —Una estúpida lágrima resbala por mi mejilla.

No quiero que Dustan tenga razón, pero la tiene. Grey me dejó ver destellos de lo que podría ser, gentil y amable, pero había una razón por la que lo llamaba «el Temible Grey». Había una razón por la que al principio lo encontraba aterrador.

Y aunque no quiera admitirlo, había una razón por la que Rhen tenía que actuar con tanta dureza como lo hizo para obtener una respuesta.

Grey nunca habría cedido. Le rogué que le dijera a Rhen lo que sabía. Se lo *rogué*, y se negó. No sé si lo hizo por orgullo o si fue algo que le inculcaron cuando estaba en la Guardia Real, pero Grey nunca habría entregado esa información.

Rhen no podía parar hasta que la obtuviera. No con todo Emberfall en peligro.

Tomo aire y luego lo expulso. Por fin me giro y miro a Dustan. Está de pie en la puerta de la caseta, apoyado en el marco.

—Todavía te odio —digo.

—Sí, milady. —Su expresión es inescrutable. Me pregunto si también me odia.

Pero parte de la tensión entre nosotros se evapora. No toda, ni mucho menos, pero la suficiente como para que pueda sentirlo. No fingimos, ni hay motivos ocultos. Puede que ahora mismo no nos *gustemos*, pero nos entendemos.

Me gustaría que fuera así de fácil con Rhen, pero hay demasiado entre nosotros. Comprender por qué Dustan siguió la orden y por qué Rhen la dio es una cosa. Haber visto las consecuencias es totalmente diferente. Saber que aquello no había estado dirigido a un criminal que conspirara contra el país, sino a Grey.

Como si mis tumultuosos pensamientos lo hubieran convocado, las puertas del establo principal se abren y el propio Rhen las atraviesa. Dustan se pone en guardia de inmediato.

Me giro otra vez hacia el caballo.

—¿Tan pronto se ha acabado la fiesta?

Durante unos instantes no dice nada, y luego:

—Comandante, déjenos.

Oigo la retirada silenciosa de Dustan, y entonces nos quedamos solos. Acaricio con el cepillo el pelaje del caballo, pero Rhen debe de haberse acercado a la puerta del establo, porque Ironwill cambia el peso y se gira, obligándome a retroceder. El caballo agudiza las orejas y estira el cuello para resoplar sobre las manos de Rhen.

Traidor.

Rhen le acaricia la cara al caballo.

—Me sorprende no haberte encontrado a diez kilómetros de distancia.

—Has ordenado a Dustan que no me dejara salir de aquí.

—La mitad de Emberfall parece dispuesta a actuar en mi contra. Syhl Shallow está listo para atacar. —Hace una pausa y habla en voz baja—. Estoy seguro de que sabes que le he ordenado que te retuviera aquí por tu seguridad, no como mi prisionera. —Otra pausa—. Especialmente después de que les hayas demostrado a mis Grandes Mariscales que tenemos un desacuerdo.

No digo nada. Hasta el último músculo de mi cuerpo está tenso, esperando una discusión en toda regla que termine lo que hemos empezado en la pista de baile.

Pero... no lo hace.

La paciencia de Rhen siempre me sorprende. Espera que todo se haga cuando él lo ordena, pero de alguna manera es más poderoso cuando no da ninguna orden y, en cambio, se limita a... esperar. Continúo cepillando a mi montura, acompañando cada pasada del cepillo con la palma de la mano; encuentro consuelo en el calor del caballo y en la repetición del movimiento. Al final, relajo los hombros. Ya no siento que el pecho vaya a derrumbársome.

—Lo siento —digo en voz baja, y mientras pronuncio esas palabras, descubro que lo digo en serio—. No debería haber hecho eso... ahí.

—No merezco una disculpa —dice, y su voz suena igual de baja—. De hecho, siento que soy yo quien te debe una.

Cuando ve que no digo nada, añade:

—Estás muy enfadada conmigo. —Vacila—. Creo que entre nosotros ha habido demasiadas cosas sin decir durante demasiado tiempo.

Lo miro de reojo, pero sus ojos están fijos en Ironwill, que apoya la cabeza en el pecho de Rhen. Él posa la mano sobre la mejilla del animal y sus largos dedos acarician el liso pelaje que tiene en el hueco de la mandíbula.

Me acuerdo del día en que Rhen se convirtió en un monstruo, una criatura invocada por la magia de Lilith, empeñada en destruir todo lo que encontraba a su paso. Nunca se había comportado con docilidad ante nadie en su forma de monstruo, nunca había *reconocido* a nadie, ni siquiera a Grey. Pero conmigo se calmó. Era enorme, de al menos tres metros de altura, mitad dragón y mitad caballo, con colmillos, garras, y escamas y plumas de colores luminiscentes y brillantes. Pensé que iba a matarnos a todos, pero apoyó la cabeza contra mi pecho y soltó un resoplido cálido por encima de mis rodillas.

El recuerdo es tan poderoso que se me corta la respiración. Vuelvo a mirar a Ironwill.

—¿Milady? —dice Rhen.

Sacudo ligeramente la cabeza.

—¿Qué...? —Necesito aclararme la garganta—. ¿Qué es lo que ha quedado sin decir por tu parte?

—Debería haber hablado contigo sobre Grey antes de tomar una decisión sobre qué hacer.

Contengo la respiración.

—Creí... —empieza, y luego vacila—. Creí que entendías mis razones, pero quizá...

—Las entiendo. —Vuelvo a mirarlo. La voz me sale áspera—. Entiendo tus razones. —Tengo que volver a mirar al caballo—. Cuando hiciste aquello —susurro—, me resultaste mucho más aterrador de lo que nunca me habías parecido como monstruo.

Inhala con brusquedad, pero no lo miro. No puedo mirarlo.

—Porque tomaste una *decisión* —digo, y se me quiebra la voz—. Porque eras *tú*. Porque era alguien que me importaba. Porque fue horrible.

Se me caen las lágrimas y aprieto la frente contra el cuello del caballo. Enredo los dedos en la crin de Ironwill.

—Porque necesitabas hacerlo. Porque no quería saber que *tú* podías hacerlo.

—Harper. —De repente está a mi lado, la voz suave y rota. Su dedo me roza la mejilla; su toque es ligero como una pluma, como si le preocupara que me apartara de él.

No lo hago En cierto modo, me pregunto si le he dado la espalda durante demasiado tiempo.

Sus ojos arden al clavarse en los míos.

—Por favor, Harper, por favor, tienes que saber algo. —Le rogué que me lo dijera—. Después de lo que hizo Lilith, no podía... no podía poner en riesgo a mi gente. —Esas sombras torturadas se mueven en su mirada—. Perdóname. Por favor. ¿Crees que no me costó *nada* tomar esa decisión?

La emoción de su voz hace que se me forme un nudo en la garganta y que se me llenen los ojos de lágrimas. No es la disculpa, es el reconocimiento de que se sintió herido y perdido, igual que yo. Espero que su disculpa rebote en el pozo de ira que tengo en el estómago, pero no sucede. Por primera vez, me doy cuenta de que la mayor parte de la ira no es contra la gente que me rodea. No es contra Rhen.

Es contra mí misma.

Él tomó decisiones, pero yo también. Sus decisiones se basaron en Emberfall. Las mías, en Grey.

Los dos estábamos equivocados y los dos teníamos razón al mismo tiempo, y el darme cuenta de ello es lo que por fin alivia la ira y hace que se desplace y sea un poco más soportable.

Suspiro y presiono la cara contra su pecho mientras sus brazos me rodean, apretados contra mi espalda bajo la capa, atrayéndome hacia él. Siento su aliento en el pelo, su corazón palpitando junto al mío.

Estar en el círculo que forman sus brazos me hace sentir bien. De alguna manera, lo había olvidado.

—Quiero que se acabe este extraño circuito de espera —digo contra él.

Se queda callado un momento y luego dice:

—No sé qué significa eso.

Parpadeo y se me escapa una risa sorprendida. Ha conocido a suficientes chicas de Washington D. C. como para que mis expresiones no lo descoloquen, así que cuando ocurre, me pilla por sorpresa.

Me echo hacia atrás y lo miro.

—Es como... —No tengo ni idea de cómo explicarle lo que es el circuito de espera de un avión, y ni siquiera importa—. Lo que quiero decir es que no me apetece seguir haciendo lo mismo una y otra vez, esperando a que pase algo que nos saque de esta situación.

—Él frunce el ceño, así que añado—: No quiero seguir peleándome contigo.

—Yo tampoco. —Me seca una lágrima de la mejilla con una caricia—. Debería habértelo dicho.

Y yo debería haber preguntado. Debería haberlo *sabido*. Me sorbo la nariz.

—Tú... tenías que hacerlo. Y yo te habría detenido.

—No. Me habrías ayudado a encontrar un camino mejor. —Sus ojos no se apartan de los míos—. Siempre me ayudas a encontrar un camino mejor.

Ahí radica parte del problema. No sé si *había* una forma mejor. Hizo lo que hizo para proteger Emberfall. La primera obligación de Rhen es para con su gente, nunca se lo ha ocultado a nadie. Pero sus sentimientos por mí también son importantes. Ahora que estoy aquí, con su aliento en mi pelo y su corazón latiendo contra el mío, no creo que me haya equivocado al quedarme.

Nos quedamos ahí de pie durante mucho rato, su mano acariciando mi espalda y la mía recorriendo los botones de su pecho, hasta que el momento cambia y se hace más pesado. Más dulce. Más cálido. Tomo aire, o puede que lo haga él, porque mi nombre es un ronroneo susurrado en sus labios, y entonces su boca encuentra la mía.

Al principio duda, como si aún le preocupara que me fuera a apartar, pero no lo hago y enseguida actúa con más seguridad. Sus manos se posan en mi cintura, atrapándome contra él. Su lengua roza la mía y mis dedos se enredan en su pelo. Hacía mucho tiempo que no me besaba así y me deja sin aliento. El fuego se apodera de mi cuerpo. Al principio es el pequeño destello de una llama, pero empieza a correr deprisa por mis venas para enviar calor a todas partes. Él emite un gemido grave con la garganta y, antes de que esté preparada, mi espalda choca con la puerta del establo.

—Auch. —Me río.

—Perdóname —dice Rhen de nuevo, y realmente parece arrepentido.

—Sobreviviré.

En sus ojos se enciende una luz y Rhen me empuja hacia el interior, dejando que la puerta se cierre. Aprovecho la estrecha

separación que nos ha concedido de repente y le arranco los botones de la chaqueta y la hebilla del cinturón de la espada de un tirón.

Entonces su boca vuelve a reclamar la mía y mis dedos dejan de
funcionar.

Los de él, no. Oigo de lejos cómo su arma golpea el suelo y luego su chaqueta desaparece. Ahora puedo sentir el calor de su piel a
través de la camisa y los largos músculos de su espalda. Me pasa
una mano por la parte delantera del corsé, encendiendo un fuego
cuando las yemas de sus dedos rozan la piel apenas expuesta de mis
pechos, y maldigo el hecho de que Freya haya atado los nudos con
tanta fuerza.

A lo mejor *debería* haber usado ese otro vestido.

La idea me hace sonrojar y aferrarme a él, porque no es normal
que sea tan atrevida. Hemos dormido el uno al lado del otro docenas de veces, pero nunca nos hemos *acostado* por cientos de razones diferentes. Una de ellas es que la última mujer con la que se
acostó lo maldijo para toda la eternidad.

Él nunca lo ha dicho tal cual, pero si tuviéramos que ordenar las
razones, apostaría mucho dinero a que esa estaría entre sus cinco
primeras.

Es probable que el hecho de que siempre parezcamos estar en
desacuerdo también estuviera bastante arriba.

Me hace sentir bien que vuelva a besarme. Que me *abrace*. A
veces Rhen es tan duro, tan resuelto y desafiante, que olvido que
puede ser amable. Tierno. Me olvido de que con sus besos puede
encender una cerilla y convertir mis entrañas en una hoguera.

—Te he echado de menos —digo en voz baja, porque es cierto,
tan cierto que casi me hace llorar de nuevo.

Se queda quieto, cosa que no esperaba, y luego exhala contra
mi cuello. La respiración se le entrecorta. Sus manos reducen la velocidad, me sujetan con fuerza, me mantienen quieta. Ahora su
cuerpo emana una tensión diferente, un susurro de tristeza flota en
el aire.

Me apoyo en él.

—¿Rhen?

Tarda una eternidad en levantar la vista y mirarme a los ojos. El pasillo está en penumbra, sus ojos son dos charcos de oscuridad. Me toca la mejilla, el roce de sus dedos es ligero al principio, hasta que su palma acaba contra mi mandíbula y su pulgar recorre mis labios.

—Este es el vestido que llevaste por primera vez en Silvermoon.

Frunzo el ceño.

—¿Te acuerdas?

—Parecías una reina. —Sus ojos vuelven a encontrar los míos—. *Pareces* una reina.

—Es un gran vestido.

Inspira y expulsa el aire lentamente.

—No te conté lo de Grey porque a veces creo que tu voluntad es más fuerte que la mía.

—¿A veces? —pregunto con sorna pero con delicadeza, porque parece muy frágil.

—Igual que antes —dice—, no te lo dije porque temía ponerte en peligro.

Antes. Tardo un momento en comprender de qué está hablando, pero luego lo entiendo. Antes de que se rompiera la maldición, cuando Lilith lo torturaba noche tras noche porque había estado a punto de encontrar el amor *conmigo*. Básicamente, tuve que obligarlo a entrar en mi habitación porque no quería ponerme en peligro, pero nunca me ha negado nada.

Yo le habría pedido que no hiciera daño a Grey y él no lo habría hecho.

El corazón me da un salto en el pecho. Antes me he equivocado. No es que ponga a Emberfall en primer lugar.

Me pone *a mí* en primer lugar.

—Rhen. —Clavo la mirada en él—. ¿Ha pasado algo en la fiesta?

—La fiesta ha sido un éxito —dice—. He conocido a una mercenaria de Valle Wildthorne que me ha ofrecido información sobre los movimientos de las tropas. Me ha hablado de armas de Syhl Shallow que podían resistir la magia.

—Espera, ¿qué? —Parpadeo—. Hay algo que no me estás contando. —Estudio las afiladas líneas de su mandíbula, las sombras bajo sus ojos, más pronunciados ahora en la oscuridad.

Debería haber preguntado.

Pienso en cómo ha estado estas últimas semanas. En el hecho de que está tenso y nervioso, y que parece que ya no duerme. En el hecho de que se supone que nos estamos preparando para la guerra, pero no parece estar *preparando* nada en absoluto.

Si hay algo que caracteriza a Rhen es que siempre está preparado.

Enderezo los hombros y lo miro.

—No quieres ir a la guerra —intento adivinar.

—Si no lo hago, Grey tomará Emberfall —dice—. Se aliará con Syhl Shallow, y su gente ha masacrado a la nuestra por millares. Él no es un rey, Harper. No tiene experiencia en gobernar un país.

—¿Es eso? —pregunto, entrecerrando los ojos—. ¿O es su magia la que te da miedo?

Se estremece ante la palabra *magia*.

—No creo que Grey quiera hacerte daño —digo en voz baja.

—En realidad, mis temores no conciernen a Grey.

Me quedo quieta. Hay un matiz en su voz que no logro identificar.

—Rhen. —Me acerco de nuevo a él, hasta que respiramos el mismo aire—. Dime de qué tienes miedo.

Por fin, sus ojos se encuentran con los míos.

—De Lilith.

CAPÍTULO OCHO

Harper me mira con el ceño fruncido. Deseo que las palabras retrocedan hasta mi boca de nuevo, para borrar de este momento el nombre de la hechicera.

Harper está encantadora en la penumbra del pasillo del establo, con los rizos un poco salidos de los pasadores y los labios enrojecidos e hinchados de haberme besado. Sus ojos están llenos de desasosiego, y desearía poder hacer retroceder el tiempo un minuto, para robarle esa preocupación de su expresión.

Pero no puedo hacerlo de nuevo. No puedo ocultarle esto por más tiempo.

—¿Lilith? —pregunta.

El nombre todavía tiene el poder de hacer que mi corazón se sobresalte, atemorizado, y echo un vistazo a las esquinas en sombras del establo, como si Lilith pudiera aparecer aquí mismo, ahora mismo.

No lo hace.

Harper frunce el ceño.

—Pero Lilith está muerta.

—No. No lo está. —Tomo aire y bajo la voz—. Ha estado aquí, en Ironrose. Ha regresado con magia, amenazas y un claro deseo de hacerme desgraciado.

Harper da un paso atrás y me duele dejarla ir. Espero ver traición en su expresión, pero no la hay.

Hay resolución.

Cuando habla, su voz es firme.

—¿Cuándo? ¿Dónde está? ¿Qué ha hecho? —Sin esperar respuesta, mira hacia la puerta y levanta la voz—. ¡Dustan! ¡Guardias!

—Milady...

Las puertas se abren de par en par y cuatro guardias entran en el pasillo, con las armas desenfundadas y los ojos en busca de una amenaza.

La fulmino con la mirada y me agacho para recoger mi chaqueta y el cinturón de la espada. Al menos ella está completamente vestida.

—Retiraos —ordeno a los guardias—. No hay motivo de alarma.

—Sí lo hay. —La voz de Harper es como el acero—. Si ella ha vuelto, no deberías estar solo.

Dustan ha envainado su arma, pero pasea la mirada entre nosotros. Es evidente que ha captado la tensión de su voz.

—¿Milord?

Suspiro y meto los brazos por las mangas de la chaqueta.

—Comandante. Me retiraré a mis aposentos.

Harper toma aire para seguir con sus exigencias, estoy seguro, pero le lanzo una mirada inexpresiva y le tiendo la mano.

—¿Me acompañas, milady?

Ella frunce el ceño, pero apoya la mano en la mía. Salimos del establo a grandes zancadas, pero dudo al cruzar el umbral; mi mirada busca a la hechicera en la oscuridad.

Harper se da cuenta, porque su paso también vacila y me mira. Me obligo a seguir caminando.

—Háblame —sisea ella—. ¿Cómo puedes soltar algo así y no decirme nada más?

—Tenía pensado hacerlo, pero has llamado a los guardias.

Es muy *impulsiva*. Una brisa fría susurra contra la piel desnuda de mi cuello y me estremezco. Quiero estar dentro. Quiero estar en mis aposentos. Quiero encerrarme detrás de una puerta tan gruesa que nadie pueda penetrarla.

Nada de eso importaría. Nada detiene a Lilith.

Llegamos a las puertas traseras del castillo y un lacayo pega un bote para mantenerlas abiertas. Una vez que estamos fuera del alcance del aire frío de la noche, me siento mejor. Menos expuesto. Dustan se ha pegado a nosotros, y quiero enviarlo lejos. Ya vi lo que Lilith le hizo a Grey, estación tras estación. No tengo ningún deseo de presenciar cómo padecen mis otros guardias.

Pero está claro que Harper lo ha asustado. Una vez que llegamos a mi habitación, Dustan se planta fuera, junto con otros tres guardias. Toma aire como si fuera a decir algo, pero le cierro la puerta en las narices.

Mis ojos se desvían hacia las esquinas de la estancia antes de mirar a Harper.

—Supongo que debería alegrarme de que no hayas alertado a todo el castillo.

—No te atrevas a enfadarte conmigo.

—No estoy enfadado. Estoy… —Se me entrecorta la voz y suspiro. Apoyo la espada contra la pared y me paso las manos por la cara. No tengo ni idea de cómo terminar esa frase—. Estoy…

Arrepentido.

Resignado.

Agotado.

Y lo peor: *avergonzado.*

Pronunciar esas palabras otorgaría peso a mis faltas, y ya son bastante pesadas.

—No sé lo que siento —digo.

—¿Ha aparecido en la fiesta? —Harper inspira con rabia—. Deberías haber ordenado a Dustan que estuviera contigo. No deberías haberlo enviado tras *de mí*, de entre toda la gente…

Infierno de plata.

—Harper. *Detente.*

Ella para.

—Lilith lleva aquí *semanas*. —Hago una pausa—. Meses.

Observo cómo asimila esa información, cómo su rostro pasa de la preocupación y el miedo a la confusión y el desconcierto. Espero que grite, que esto alimente su diatriba, pero en lugar de eso, se queda pensativa.

—Meses. —Suaviza la voz—. Rhen. *Rhen*. ¿Por qué no me lo habías *dicho*?

Dudo, y ella suspira mientras se aprieta el abdomen con una mano.

—Es por mí. Ha amenazado con hacerme algo.

—Sí.

Harper se presiona la cara con las palmas de las manos y luego exhala un suspiro. Se deja caer en una silla frente a la chimenea.

—De acuerdo. Empieza por el principio. Creía que Grey se la había llevado al otro lado y la había matado.

Me acomodo en la silla que hay junto a ella.

—Lo intentó. Tiene una cicatriz en el cuello y a pesar de todas las otras heridas que Grey trató de hacerle en *este* lado, nunca había tenido ni una cicatriz. Puede que él no sepa que está viva.

—¿Y qué quiere?

—Quiere que gane esta guerra.

—¿Por qué? ¿Por qué le importa?

—Porque quiere gobernar Emberfall. Culpa a mi padre, a mi *país*, de la destrucción de su pueblo. Quiere el trono.

—¿Entonces por qué no te mata?

—Mi disputa con Grey ya nos ha llevado al borde de una guerra civil. Admite sinceramente que no puede reclamar el trono y esperar que todo mi reino hinque la rodilla ante ella. Es poderosa, pero no tanto.

Harper le da vueltas al tema durante un rato. Yo espero, escuchando el chasquido del fuego en el hogar. Este momento me ha aterrorizado durante... una *eternidad*. No quería que Harper lo supiera. No quería que corriera peligro. Pero no me había dado cuenta de lo desesperado que estaba por tener un confidente hasta que me ha exigido la verdad.

Ese pensamiento me tensa el pecho y tengo que tragarme la emoción. Todavía recuerdo la noche en que conocí a la hechicera, cómo intentó enredar a mi padre primero y cómo él tuvo el buen tino de rechazarla.

Yo no, y estoy pagando el precio desde entonces.

La mano de Harper cae sobre la mía.

—No te escondas —dice—. Habla conmigo.

Es más amable de lo que merezco.

—Cuando Grey y yo estábamos atrapados en la maldición, él era la única persona que sabía lo terrible que era. Es... difícil compartir eso contigo. Incluso ahora.

—¿Qué quiere hacer conmigo? ¿Dejar partes de mi cuerpo por todo Emberfall?

—Peor aún. Ha amenazado con devolverte a Dese.

Su mano se queda quieta sobre la mía y su expresión se congela.

—Ah.

Contengo la respiración, preocupado por que Lilith aparezca y cumpla sus amenazas, pero la habitación permanece en silencio. La hechicera no se presenta. El fuego sigue crepitando.

Harper sigue existiendo a mi lado.

—Así que quiere que ganes esta guerra. Quiere que seas el rey. —Harper duda y sus ojos buscan los míos—. Y quiere estar a tu lado una vez que lo seas.

Asiento con la cabeza.

Se queda callada un momento.

—¿De verdad quieres ir a la guerra con Grey?

—No veo otra forma de que Emberfall...

—Para. —Levanta una mano—. ¿De verdad quieres tú, Rhen, ir a la guerra con tu hermano?

Suspiro, me levanto de la silla y me dirijo a la mesa auxiliar, donde descorcho una botella de vino.

—Puede que sea mi hermano de sangre, Harper, pero no es mi hermano. —Hago una pausa para servir—. Huyó en lugar de decirme la verdad. Se plantó delante de mí y guardó el secreto. Me declaró la guerra.

—No, te dio sesenta días…

—Para que me preparara para la guerra. —Vacío el vaso y sirvo otro—. Su carta era bastante clara.

—Decía: *No me hagas hacer esto.*

—No lo he obligado a que hiciera nada. Él puede quedarse allí y yo aquí, y todos en paz. —También me acabo este vaso, sobre todo porque sé que lo que dije no es cierto. Syhl Shallow ya luchaba con desesperación por los recursos y el acceso al comercio antes de que se rompiera la maldición. Mi padre pagaba un diezmo para mantener en secreto la primogenitura de Grey, pero una vez que fui maldecido y mi padre murió, el diezmo dejó de pagarse. Cinco años de plata permanecieron en mis arcas y Syhl Shallow se quedó sin nada.

Por eso Karis Luran envió soldados a mis tierras y por eso Grey promete hacer lo mismo si no me alío con Lia Mara.

Harper aparece a mi lado y me quita el vaso.

—Si Lilith está cerca, lo último que necesitas es estar borracho.

Eso es discutible, pero vuelvo a ponerle el corcho a la botella. No me he emborrachado en meses. No desde la noche en que Grey devolvió a Harper a Washington D. C. Antes de que supiéramos lo de su derecho de nacimiento. Antes de que se rompiera la maldición.

Eres incorregible. No tengo ni idea de cómo te he aguantado durante tanto tiempo.

Palabras de Grey. La única vez que lo he visto borracho. Con toda probabilidad, las palabras más ciertas que me ha dicho nunca.

Estuvo conmigo en los parapetos del castillo antes de que me convirtiera en un monstruo por última vez. Quería sacrificarme. Iba a saltar. Estaba aterrorizado.

Él se acercó y me tendió la mano.

Se me hace un nudo en la garganta. Descorcho la botella y bebo directamente de ella.

—Vaya —dice Harper.

—En efecto. —La voz me sale ronca.

Esta vez me quita la botella. Me dejo caer en una de las sillas colocadas frente al fuego y me paso las manos por la cara.

—¿Por qué no me lo habías dicho? —dice en voz baja.

—Porque no puedo perderte de nuevo —respondo—. No podría ponerte en peligro.

Se queda callada un rato y no tengo el valor de mirarla. Las semanas de enfado ya han sido bastante malas. No tengo ningún deseo de ver decepción o censura en su expresión.

Entonces sus dedos se deslizan por mi hombro y se acurruca en la silla conmigo; sus faldas caen sobre mi regazo y su cabeza se hunde en el hueco que hay bajo mi barbilla. Es cálida, sólida, y me hace sentir seguro.

No me odia, y casi me estremezco de alivio.

—Por eso has montado esa función para los Grandes Mariscales —dice—. Porque tienes que darle un buen espectáculo a Lilith.

—Tiene que ser más que un espectáculo si queremos tener alguna oportunidad contra Syhl Shallow. —Hago una pausa—. Pero sí.

—Ojalá me hubiera puesto el vestido.

—Nunca te he considerado un peón —le aseguro, y lo digo en serio—. Puedes vestir como quieras.

Se queda callada un rato, respirando en mi cuello durante tanto tiempo que mis pensamientos empiezan a dispersarse e ir a la deriva, ya sea por el cansancio o por el vino. O por ambas cosas.

—Solías soportar los tormentos de Lilith para que no hiciera daño a Grey —susurra Harper.

Recuerdo el sufrimiento interminable que la hechicera nos hacía pasar a ambos. Algunos días era por aburrimiento, mientras que otros parecía ser por venganza o un castigo por crímenes que solo ella comprendía. Nada de lo que hiciera nos mataría, no mientras la maldición siguiera en vigor, pero el dolor era muy real.

Yo desviaba su atención de Grey cuanto podía. Él no se había ganado la maldición, había sido yo. Debería haber huido durante la primera temporada, cuando cambié por primera vez.

A veces me gustaría que lo hubiera hecho.

—Era lo único que podía hacer —le digo a Harper—. Solo su lealtad lo mantuvo a mi lado. Nadie merece una eternidad de tortura por eso.

—Grey me dijo una vez que era su deber sangrar para que tú no lo hicieras.

Lo sé. Lo oí decir esas palabras.

Pensé en ellas cuando vi cómo un látigo le abría la piel de la espalda.

Echo de menos esa botella de vino.

—No tenías que cargar con todo —dice Harper—. Y tampoco tienes que hacerlo ahora.

—No sé cómo derrotarla...

—Juntos —dice ella—. Como lo hicimos la última vez.

Suena muy segura.

—Sí, milady —susurro, y deposito un beso a lo largo de su sien.

Me gustaría sentir lo mismo.

—Su Alteza.

Me tiemblan los párpados. La habitación está fría y a oscuras, y tengo el brazo izquierdo entumecido. El cuerpo dormido de Harper resulta pesado, su respiración es lenta y ligera contra mi piel. El fuego se ha reducido hasta ser solo brasas.

—Chist —dice la voz—. No despiertes a tu princesa.

Parpadeo despacio, mis ojos buscan un rostro en las sombras. No es habitual que un criado entre en mis aposentos después de que me haya retirado a dormir.

Entonces, enfoco bien las facciones finas de Lilith y me sobresalto.

—Chist —repite Lilith—. Odiaría que se despertara y me obligara a llevarla de vuelta a Dese.

El corazón me ha dado un vuelco por el pánico y late tan fuerte que estoy seguro de que va a despertar a Harper.

—Déjame —susurro—. Por favor, Lilith.

—Le has contado la verdad —dice ella.

Hace que suene como una debilidad, y yo aprieto la mandíbula.

—No voy a ocultar tus crímenes por más tiempo.

—No he cometido ningún crimen. —Se acerca más, hasta que sus labios están a un suspiro de los míos. Sus ojos brillan en la oscuridad.

Me quedo muy quieto. Daría hasta la última moneda de plata de Emberfall a mi nueva espía si pudiera aparecer con un arma que detuviera a Lilith en este momento. Mis dedos anhelan agarrar con fuerza a la chica que tengo entre mis brazos, como si pudiera mantenerla a salvo por pura fuerza de voluntad.

—He hecho los preparativos para la guerra. Me enfrentaré a Grey. He cumplido con lo que me pediste.

—Buen chico —susurra. Sus labios rozan los míos y yo retrocedo. Harper se remueve entre mis brazos.

Lilith sonríe.

—No importa lo que le digas, ella no puede cruzar el velo sin mi ayuda. Si me la llevo, no tendrás forma de alcanzarla.

—Haré lo que me pidas —digo—. Tienes mi palabra.

—Bien. —Pasa un dedo por la cicatriz de la mejilla de Harper antes de que pueda apartarla.

Harper se despierta de golpe y se lleva la palma de la mano a la mejilla. Su respiración es rápida y acelerada.

—Rhen. ¿Qué...? ¿Quién...? Tú. —Se queda muy quieta en mis brazos.

—Sí. Yo. —Los ojos de Lilith relucen, peligrosos, en la oscuridad, y sisea las palabras como una serpiente—. Tú, débil y rota, sin valor alg...

Harper salta de mis brazos y me doy cuenta un momento después de que me ha quitado la daga del cinturón.

—¡No! —grito. Recuerdo la última vez que le lanzó un arma a la hechicera.

Pero Harper no la lanza. Clava la hoja en el estómago de Lilith, haciendo uso de su peso en el movimiento y provocando que la hechicera caiga al suelo. Harper se arrodilla sobre su brazo y luego cierra el puño de la mano libre sobre el pelo de Lilith.

Se inclina para acercarse a ella.

—Adelante —susurra—. Llévame a casa. Veamos cuánto tiempo vives en mi lado.

El viento se arremolina en la habitación, haciendo que las velas se apaguen y las llamas de la chimenea parpadeen. Lilith jadea, ya sea por la conmoción o por el dolor.

—Te haré *pagar*...

—Rhen está haciendo lo que tú quieres que haga. ¿Esa cicatriz te la hizo Grey? Apuesto a que puedo hacerte una más grande.

—Harper. —No puedo respirar—. Harper, por favor.

Lilith está prácticamente babeando de rabia.

—Acabaré contigo...

—Pues hazlo. Pierde la única ventaja que tienes. —Harper se inclina todavía más cerca—. Tú eres la débil —susurra. Lilith grita de rabia y golpea con su mano libre el brazo de Harper.

Harper grita y se echa hacia atrás. Tiene tres largas franjas de sangre en el bíceps.

La puerta se abre de golpe. Los guardias entran, atraídos por sus gritos.

Lilith desaparece, dejando solo la daga y una mancha de sangre en el suelo.

Harper se pasa una mano por el brazo. Está casi resollando.

—¿Es grave? —dice—. No puedo mirar.

Clavo la vista en ella y mis ojos tardan un momento en abandonar su rostro. Tiro de sus dedos con cautela. La manga del vestido está destrozada, los cortes sangran sin control.

Dustan aparece a mi lado y se arrodilla.

—Brandyn —dice a uno de los guardias—. Trae a un médico. La princesa necesitará puntos de sutura.

Harper suspira.

—Más cicatrices. Genial.

No puedo dejar de mirarla, asombrado.

—¿Qué? —pregunta.

No tengo palabras.

—¿Cómo... cómo has...? —Me interrumpo—. *¿Cómo?*

—La odio —dice simplemente—. No ha sido difícil. ¿O te refieres a cómo he sabido que tenía que clavarle la daga así?

—¿A quién? —pregunta Dustan.

—Sí —digo.

—Tranquilo. —Harper recoge el arma, la limpia en los faldones de su arruinado vestido y me la tiende, con la empuñadura por delante. Su mirada es fiera y decidida—. Zo me ha enseñado.

CAPÍTULO NUEVE

Lía Mara

Cuando me imaginaba siendo reina, mis sueños implicaban que mi pueblo encontrara por fin la paz. Gobernaría con firmeza y amabilidad en lugar de con la brutalidad despiadada de mi madre y mis súbditos prosperarían. Nadie me temería. Nunca *quise* que me temieran. Creí que mi gente se regocijaría.

Nunca pensé que alguien me rogaría que cercenara miembros justo en medio de mi salón del trono.

—Su Majestad —susurra Clanna Sun, la mujer que solía ser la principal asesora de Madre, que ahora es *mi* principal asesora—. Tendrá que tomar medidas.

—Debería cortarle las manos —gruñe la mujer que tengo delante. Se llama Kallara y es dueña de una pequeña granja al norte, junto al río Congelado. Sus manos son nudosas y tiene la piel curtida tras toda una vida de duro trabajo—. Aunque una manzana caiga del árbol, eso no la hace gratis.

—¡Yo no he robado ninguna manzana! —replica el hombre, otro terrateniente llamado Bayard—. La planté en *mi* tierra.

—Es *mi* tierra —grita Kallara.

—¡Mía! —ruge él. Tiene las mejillas rojas y los ojos desorbitados de furia.

—No es de extrañar que un hombre carezca de inteligencia para medir la distancia —dice Kallara—. Tal vez nuestra sabia reina me conceda tus tierras y pueda ponerte a trabajar en los campos que te corresponden.

—¡*Estaba* en los campos que me corresponden!

—Córtales las manos a ambos —murmura Nolla Verin, mi hermana, desde su trono a mi lado. Ellia Maya, otra consejera que siempre ha mantenido una relación cercana con mi hermana, se ríe en voz baja. Nolla Verin le dedica una sonrisa.

Suspiro y miro por la ventana. El príncipe Grey está fuera con Jake y Tycho a su lado, supervisando el entrenamiento de nuestros soldados. Al principio, Grey se sentaba conmigo mientras yo escuchaba las quejas de mis súbditos, pero no todo el mundo habla la lengua de Emberfall y él todavía está aprendiendo syssalah. No es un defecto, pero he oído susurros sobre arrogancia e ignorancia, y no estoy segura de qué es peor. Mi pueblo ya cuestiona si soy lo bastante despiadada para gobernar tras la muerte de mi madre.

Todo esto es mucho más complicado de lo que imaginaba. A mi lado, Nolla Verin se aclara la garganta con énfasis.

Aparto los ojos de la ventana y miro a Clanna Sun.

—¿De quién es en realidad ese terreno?

—Ambos tienen escrituras que demuestran la propiedad de los acres, Su Majestad.

Por supuesto que sí. Contengo otro suspiro.

—Una falsificación, seguro —resopla Kallara.

—Ya es suficiente. —Nunca habrían discutido así delante de mi madre. Echo un vistazo a la otra punta de la estancia, donde los escribas anotan cada palabra que decimos—. Escribas —digo—. Revisad la exactitud de las escrituras. Verificad el sello de mi madre. —Miro a Kallara y a Bayard—. Nos reuniremos de nuevo dentro de una semana.

—¡Una *semana*! —exclama Kallara—. Eso es absurdo.

—Las manos —susurra Nolla Verin—. Córtaselas, hermana.

Ellia Maya da un paso adelante. Lleva trenzada su larga cabellera oscura y se comporta como una soldado. Fue oficial del ejército antes de demostrar su valía durante la última batalla en Emberfall, tras la cual mi madre le concedió un puesto de consejera.

—Una pena menor haría que los demás dudaran en contradecirla.

—¡Sí! —Nolla Verin esboza una sonrisa dulce—. ¿Quizá solo una mano, entonces?

Parece que está bromeando, pero detecto un trasfondo de frustración. Ella ya les habría cortado las manos.

A decir verdad, Nolla Verin no permitiría que los súbditos expresaran sus quejas en absoluto.

Un mayordomo se adelanta para que los campesinos le entreguen las escrituras. Bayard le da la suya sin dudar y me ofrece una reverencia.

—Aprecio su sabiduría, Su Majestad.

En cambio, Kallara se aferra al papel.

—Su madre *nunca* me habría cuestionado.

Mi madre nunca la habría tolerado. De hecho, dudo de que alguna de estas personas hubiera tenido el valor de presentar esta queja en el Palacio de Cristal. Tanto Nolla Verin como Clanna Sun han mencionado que el número de personas que solicitan mediación se ha multiplicado por diez.

Por un lado, es lo que quería. Menos violencia, menos sangre. Menos muerte.

Menos miedo.

Por otro lado, no lo es.

—Entrega las escrituras —le digo con sequedad.

Kallara da un paso atrás.

—Esto es ridículo. —Enrolla el papel en un tubo—. Bien. Póngase del lado de un hombre, entonces. No debería sorprenderme. —Escupe a Bayard—. *Fell siralla*.

—No me he puesto del lado de un hombre —digo—. Te he pedido que entregaras tus escrituras para poder decidir justam...

Me escupe, me da la espalda y se dirige a la puerta.

Nolla Verin, Ellia Maya y Clanna Sun retienen el aire. El resto de los súbditos que esperan su turno intercambian miradas incómodas.

Mi madre habría hecho ejecutar a Kallara aquí mismo. O puede que no la hubiera ejecutado enseguida. Habría hecho que los guardias la redujeran de alguna forma dolorosa y luego habría dejado su cuerpo sangrante sobre el suelo de piedra, como advertencia para cualquier otro que se atreviese a tal insolencia.

No puedo hacer eso. No puedo.

Nolla Verin me echa una ojeada y, cuando ve que no digo nada, se levanta.

—¡Guardias! —dice—. Detenedla.

Me doy la vuelta para mirar a mi hermana. No debería dar órdenes por mí. De todos modos, dos guardias se han separado de la pared y retienen a Kallara por los brazos. Ahora ha empezado con los insultos. Bayard me mira con los ojos muy abiertos.

—No me mires así —susurra Nolla Verin—. Debes actuar. Sabes que debes hacerlo.

Vuelvo a mirar a los guardias.

—Quitadle las escrituras. Así determinaremos de quién es la tierra en realidad.

—Y cortadle la lengua —dice Nolla Verin—. Por escupir a la reina.

—Espera. ¿Qué? ¡No! —exclamo, pero el guardia ya ha sacado un cuchillo y mis palabras se pierden en el sonido de los repentinos gritos de protesta de Kallara. La sangre brota de la boca de la mujer y le cae por la parte delantera del vestido. Sus gritos se convierten en gemidos, un sonido húmedo e incoherente. Las rodillas le ceden, pero los guardias la mantienen erguida.

Me quedo petrificada, mi propia respiración es muy superficial. En la zona baja del estrado, Bayard se ha puesto pálido. Veo que varios de los demás asistentes se remueven y miran hacia la puerta, como si sus quejas debieran esperar a otro día.

Este tipo de violencia no me resulta ajena, pero sigue siendo molesta. No la quiero en mi sala del trono. No quiero que sea llevada a cabo por orden de mi hermana.

Debes actuar. Sabes que debes hacerlo.

Ojalá hubiera tenido otro minuto. Otro segundo.

Pero Kallara se estaba marchando. Me ha escupido. Me ha insultado.

Ha desobedecido una orden.

Y yo no he hecho nada. Me tiemblan las manos por muchas razones.

—Sacadla de aquí —digo, en voz baja y tensa, y los guardias empiezan a arrastrarla. Miro a Bayard—. Las tierras son tuyas a menos que las escrituras demuestren lo contrario. Vuelve dentro de una semana para el veredicto.

—Sí. —La voz se le quiebra un poco—. Sí, Su Majestad. —Me hace una apresurada reverencia y retrocede.

Me giro para mirar a Nolla Verin.

—No vuelvas a hacer eso.

—¿Has oído lo que ha dicho? Alguien tenía que hacerlo.

—Me habría encargado yo. No hace falta que me desautorices.

—Se estaba marchando. ¿Ibas a enviarle una carta?

Lo peor de todo es que mi hermana tiene razón. Vuelvo a echar un vistazo por la ventana. En el campo de entrenamiento, los soldados se han dividido en varios grupos para combatir. He perdido de vista a Grey y a los demás, lo que significa que se han unido a la lucha.

Considero lo que Kallara acababa de decir antes de que los guardias le quitaran la capacidad de hablar. *Póngase del lado de un hombre, entonces. No debería sorprenderme.*

Madre nunca gobernó con un hombre a su lado, y yo fui educada en la creencia de que ninguna reina necesitaba a un rey para gobernar con eficacia. Pero Grey es el verdadero heredero al trono de Emberfall y gobernar juntos podría traer la paz a nuestros dos reinos.

Nunca creí que alguno de mis súbditos fuera a ver a un hombre a mi lado como otra señal de debilidad.

Pienso en todas las reuniones a las que Grey no ha sido invitado. Las cenas, las fiestas. Los susurros sobre si de verdad apoyará a Syhl Shallow contra su país natal, Emberfall. Las preguntas sobre si soy lo bastante fuerte para gobernar, al querer a un hombre a mi lado en el trono.

No sé si eso significa que debería hacer que Grey estuviera aquí para todo esto o si es mejor que esté en el campo de entrenamiento.

Sé lo que pensaría mi madre.

Algunas de las personas que estaban esperando audiencia se han marchado.

No es por mí. Es por mi hermana.

Suspiro y miro a los guardias que quedan.

—Esperaréis a *mi* orden antes de actuar. ¿Entendido?

—Sí, Su Majestad.

Sus palabras suenan huecas. No sé cómo arreglar eso. Ahora Nolla Verin está cuchicheando con Ellia Maya. Supongo que deben de estar hablando de mí, pero entonces la consejera asiente y se levanta para salir de la habitación. Cuando mi hermana vuelve a mirarme, su expresión no es en absoluto de arrepentimiento. Parece presumida.

Tengo que esforzarme para no fruncir el ceño. Clanna Sun da una palmada.

—¿Quién es el siguiente? Que avance el próximo número.

Una chica con una capa larga y oscura camina arrastrando los pies. Es bajita, de hombros anchos y con una cabellera castaña lacia que le cuelga por la mitad de la cara. Parece muy joven para acercarse a la reina con un asunto que espera que yo resuelva, pero tal vez sea por la vacilación de su andar. Parece estar temblando.

Eso me ablanda el corazón. Estos son los súbditos a los que quiero ayudar. Los que habrían tenido miedo de acercarse a Madre.

—Aproxímate —digo con suavidad.

—Sí, Su Majestad —susurra. Me mira de reojo y se dirige al estrado. Habla muy bajito, vacila un poco antes de cada sílaba—. Me siento realmente agradecida por esta audiencia con usted. Yo... Le he traído un regalo. —Algo hecho de cristal brilla en la sombra de su capa.

Le tiendo la mano.

—Ven —digo de nuevo—. No tengas miedo.

Acepta mi mano y sube al estrado. Sus dedos temblorosos son diminutos, y tiene la palma húmeda. Varios anillos de piedra adornan sus dedos. Su mirada se posa en Nolla Verin y en Clanna Sun y se humedece los labios.

—¿Qué puedo hacer por ti? —le pregunto.

Saca su regalo. Es una botella de cristal, con el cuello envuelto en seda dorada y roja. Chasquea los dedos y las piedras de sus anillos chispean y prenden fuego a la seda. Se crea una pequeña llama.

Se me entrecorta la respiración y me echo hacia atrás. Un guardia se adelanta y yo levanto una mano.

La chica sonríe. El cristal brilla bajo la llama, la seda se desintegra en chispas que caen a sus pies.

—Su regalo, Su Majestad.

Dudo. Es preciosa, como una lámpara con una mecha en el exterior.

—La magia te destruirá —susurra.

Entonces lanza la botella contra las piedras bajo mis pies y el fuego estalla a nuestro alrededor.

CAPÍTULO DIEZ

Grey

Lo mejor de la esgrima es que no necesita traducción.

La mayoría de los soldados hablan bien el idioma de Emberfall, pero hay otros tantos que no, y muchos *eligen* no hacerlo. He descubierto que muchos cambian al syssalah cuando no quieren que entienda lo que dicen.

Todavía no hablo su lengua con fluidez, pero he aprendido lo suficiente como para saber cuándo están hablando de mí. Sé que no confían en mí, ni en mi magia. Muchos de ellos creen que soy demasiado joven, demasiado leal a Emberfall, demasiado extraño. Demasiado... hombre. *Fell siralla* fue una vez un mote cariñoso entre Lia Mara y yo, pero he aprendido que aquí, en Syhl Shallow, es un auténtico insulto. *Hombre estúpido*. Nadie tiene el valor de decírmelo a la cara, pero lo veo en sus ojos. Oigo la expresión murmurada en voz baja cuando doy una orden con la que no están de acuerdo.

En Syhl Shallow, los hombres son apreciados por su fuerza y sus habilidades para la lucha, lo que a primera vista parece bueno, hasta que descubrí que significa que los hombres son valorados sobre todo por su capacidad para llevar cargas pesadas y morir en la batalla.

Definitivamente, no se me estima por ninguna habilidad relacionada con la magia.

A pesar de los retos a los que me enfrento, soy más feliz en el campo de entrenamiento, con una espada en la mano. El idioma y la política no importan una vez que la espada empieza a volar. Lo único que importa es la habilidad.

Me enfrento a seis oponentes. Cuatro son soldados del ejército de Syhl Shallow, dos mujeres y dos hombres. Uno es mi guardia, Talfor, y el otro es Jake, mi mejor amigo y aliado más cercano. Iisak se eleva en lo alto, alimentando su poder con el aire. Me ha llevado mucho tiempo reconocer la sensación que deja su magia, porque no está formada de estrellas y chispas como la mía. Es un ligero toque de brisa en un día tranquilo, un mordisco de lluvia fría en la mejilla cuando el sol está en lo alto, una aguja de hielo que se desliza bajo mi armadura y me hace temblar. Puede ralentizar el aire y hacer que los movimientos de mis adversarios sean una fracción de segundo más lentos. A mí también me ralentizaría, pero puedo usar mi magia para acelerar el movimiento de mi espada. Siento la resistencia de su magia y la atravieso, deteniendo las seis hojas a la velocidad del rayo.

Uno de los hombres, un capitán llamado Solt, esquiva mi espada y me ataca por el centro, usando su fuerza bruta.

La magia de Iisak hace que la caída de su hoja sea más lenta, pero de alguna manera duele más. El soldado saca una daga y me apunta con ella a la garganta, pero soy rápido y uso mi brazalete para bloquearla antes de que se acerque.

—No podrás atravesarlo todo —dice, y su voz resulta afilada.

Al Capitán Solt no le gusto. No es el único.

Me escabullo de su agarre e intento recuperar mi arma, pero él le da una patada hasta que queda fuera de mi alcance y entonces procura inmovilizarme. Es un segundo demasiado lento pero tiene la fuerza necesaria para compensarlo, y ambos acabamos rodando, agarrándonos el uno al otro, luchando por imponernos. Me retuerce el brazo hacia atrás y no me extrañaría que me lo arrancara de cuajo. Lo más probable sería que Solt me matara si creyera que puede salirse con la suya. Saboreo tierra y sangre con la lengua, pero mi espada está a solo unos centímetros, tal vez...

Una ráfaga de viento helado atraviesa el campo.

—*Magia* —dice Iisak.

Ah. Sí. *Magia*. Chispas y estrellas brillan en mi visión, y lanzo mi poder hacia el suelo. De la hierba seca surge un fuego que nos rodea.

Solt maldice y me suelta, retrocediendo y golpeándose la manga allí donde se le ha prendido el fuego. Los ojos se le oscurecen a causa de la irritación. A nuestro alrededor, los combates de entrenamiento han llegado a su fin y ahora somos el centro de atención. Los demás soldados se apartan de la zona carbonizada y hablan en voz baja en syssalah.

Dejo que las llamas se apaguen mientras otra ráfaga de viento frío recorre el terreno. Jake se acerca a mí y me tiende una mano para que me ponga en pie. La acepto, luego recupero mi espada y la envaino.

Sin embargo, mi mirada no se aparta de Solt.

—Ese no era el objetivo del ejercicio.

—Estábamos luchando —responde en tono sombrío—. Has usado la magia. Ese era tu plan, ¿no?

Pronuncia *magia* con el mismo tono que emplearía para acusarme de tramposo. No es burlón, pero sí despectivo.

Todo esto parece peligrosamente cerca de la insubordinación, si es que no estamos ya en ese punto. Pero él goza del respeto de la mayoría de los soldados presentes y es bueno con la espada. Lo necesito como aliado, no como enemigo. Sin embargo, la tensión entre nosotros espesa el aire.

Aquí hay un único soldado más que no desconfía (o desprecia) mi magia. Tycho está a poca distancia, envainando su propia espada. Solo tiene quince años y es pequeño para su edad, pero pidió una oportunidad para entrenar con los reclutas. Al principio, los soldados más jóvenes se negaban a entrenar con «el chico», pero Tycho tumbó a uno de ellos en menos de veinte segundos, así que ahora lo toleran de mala gana.

Está observando el enfrentamiento entre Solt y yo.

Jake se acerca.

—Repitámoslo —dice con ecuanimidad. Jake es muy bueno como pacificador, se le da bien despejar la tensión sin necesidad de que nadie ceda terreno.

—De acuerdo —digo. Levanto la mirada al cielo y silbo a Iisak. Los soldados murmuran de nuevo y vuelven a formarse.

Esta vez no necesito ninguna traducción. Han permitido a regañadientes que el scraver nos ayudase a entrenar, pero no lo ven como a un aliado. Karis Luran lo tuvo esclavizado y ahora está atado a mí, pero no confían en él.

En realidad, la mayoría no confía *en mí*.

Iisak aterriza en el suelo a mi lado y pliega las alas.

—Su Alteza —dice, con la voz ronca. No tiene por qué llamarme así, y le he dicho que no lo hiciera, pero dice que, de ese modo, les recuerda a los demás mi papel aquí.

—Cinco minutos —le digo—. Y repetimos.

En palacio suena un cuerno y me sobresalto. Al igual que la mayoría de los que me rodean. El cuerno vuelve a sonar antes de que pueda hablar. Luego una tercera vez, seguida de una pausa. Es más fuerte que sus cuernos de batalla, casi ensordecedor.

A mi alrededor se desata un jadeo colectivo.

Miro a Talfor, mi guardia.

—¿Qué significa?

Se ha puesto pálido.

—Un ataque.

—¿Rhen? —dice Jake. Se le ha tensado la voz—. ¿Está atacando?

—No —dice Talfor—. Un ataque contra la reina.

Lia Mara está en sus aposentos, tumbada en la cama, pero es difícil ver más allá de la multitud de guardias y consejeros que la rodean. Apenas tiene los ojos abiertos y el tono de su piel es ceniciento. A medida que me acerco, me fijo en las lágrimas que brillan en sus mejillas y se me hace un nudo en el pecho mientras el corazón me da un vuelco. Nolla Verin está de rodillas junto a su hermana, agarrando la mano de Lia Mara y besándole los nudillos. A su otro lado está Noah, que antes era médico en Washington D. C., pero que ahora es conocido como sanador de Dese. Está presionando un rollo de tela chorreante contra sus piernas.

Entonces veo la carne ampollada y enrojecida. La sangre. La tela carbonizada. El hollín en la túnica y las mejillas de Nolla Verin.

—Ya viene —murmura Nolla Verin. Cuando me ve en la puerta, abre los ojos de par en par—. Grey. Ha habido un ataque. —Se le quiebra la voz—. Había... Ella... Tienes que curarla.

Ya estoy junto a la cama, tirando de la tela empapada, buscando el origen del daño.

—Despacio —dice Noah mientras me aferra la muñeca—. Despacio. Hay muchos cristales.

Entonces veo la pequeña pila que tiene a su lado, la sangre fresca reluce en todos los fragmentos.

Dudo, mis ojos encuentran los suyos.

—¿Qué ha pasado?

—Algún tipo de botella bomba. —Debo de estar mirándolo con expresión de no entender nada, porque dice—: Un cóctel molotov. No sé cómo lo llamáis aquí. Una bomba incendiaria...

—Magia —sisea alguien.

—*No es magia* —dice Noah con énfasis—. Esto se ha hecho a propósito, pero no ha sido magia.

—¿Cómo lo sabes? —exige Nolla Verin.

—El príncipe estaba usando fuego en el campo de entrenamiento —dice uno de los consejeros—. Tal vez su magia haya fallado...

—¡No era magia! —se queja Noah—. Si me traéis una botella y aceite para lámparas, puedo hacer otra aquí mismo.

Jadean.

—El sanador ha amenazado...

—No es una amenaza —intervengo con brusquedad. Miro a Jake por encima del hombro, pero ya está empezando a sacar a la gente de la habitación. Esta vez, con más cuidado, tiro de las sábanas empapadas. La piel que hay debajo está muy quemada, el olor es enfermizamente dulce. Hay pequeños fragmentos de cristal adheridos a la piel.

Lia Mara hace una mueca de dolor e intenta moverse. Abre los ojos de golpe. Un sollozo escapa de su garganta.

—Tranquila —digo en voz baja—. Tranquila. —Inspiro y presiono con las manos la zona más dañada mientras cierro los ojos e invoco las estrellas de mi magia. Su respiración se agita, y deseo que mi magia sea más rápida, pero sé por experiencia que, si intento forzarla, las estrellas se dispersarán en la nada.

Pero hay mucho tejido dañado. Puedo sentir su angustia. Puedo oírla en cada respiración.

—¿Qué ha pasado? —pregunto, y mi voz suena áspera y baja.

—Una chica —dice Nolla Verin, y su tono es feroz, pero las lágrimas también reposan en sus mejillas—. Ha subido al estrado con el pretexto de formular una petición. Ha dicho que tenía un regalo, algo que parecía un farol. Pero luego se lo ha arrojado a los pies y ha estallado. Las ropas de Lia Mara han ardido, las cortinas también, había fuego por todas partes...

—¿Dónde está la chica? —pregunto.

—Está muerta, Alteza —dice uno de los guardias que ha permanecido en la sala. Su tono es inexpresivo, como si no hubiera otro destino para alguien que se atreviera a atacar a su reina.

Entiendo el impulso, pero cuando estaba en la Guardia Real, intentábamos dejar a la gente viva para interrogarla. Ahora no tendremos forma de saber quién la ha enviado o si de verdad trabajaba sola.

Lia Mara respira más despacio y con más calma. La piel de sus pantorrillas ya no está roja y en carne viva. Los fragmentos de cristal restantes se han deslizado hasta caer entre las sábanas. Levanto la vista y encuentro sus ojos.

—¿Dónde más te duele?

Ella sacude la cabeza rápidamente.

—En ninguna parte. Estoy bien.

—No estás bien —dice Nolla Verin—. Te han atacado.

Noah retira los paños húmedos. Mira a los guardias.

—Mandad que alguien traiga sábanas limpias.

Los guardias dudan. Intercambian miradas.

No sé si es por mí o por Noah, pero queda claro que es una vacilación nacida de la desconfianza, y me alegro cuando Nolla Verin suelta:

—*Ahora*.

Los sirvientes traen sábanas limpias y ropa nueva. Nolla Verin sale al pasillo para hablar con Ellia Maya. Jake me dice que se informará de lo sucedido y luego sale también de la habitación. Me quedo con los brazos cruzados y observo cómo cambian las sábanas y las mantas. Noah espera a mi lado.

—¿Estás seguro de que no ha sido magia? —le pregunto en voz baja.

—Creo que han querido que lo pareciera. —Hace una pausa—. Cuando la gente tiene miedo de algo, es fácil reforzar ese temor.

Pienso en los soldados del campo de entrenamiento, moviéndose con incertidumbre cuando practicamos los ejercicios. Pienso en las voces de los asesores de Lia Mara cuando Noah ha mencionado el arma.

Ahora que el peligro más inmediato ha pasado, el miedo de mi pecho se ha disipado y ha dejado espacio para que la ira se agolpase.

Nadie debería haber sido capaz de causar tanto daño.

Probablemente sería mejor que fuera Jake el que hiciera averiguaciones sobre lo ocurrido. De mí, al ser un príncipe, se espera que sea políticamente correcto y actúe con control.

Ahora mismo, no quiero responder a ninguna de esas dos descripciones.

Una vez que los sirvientes se marchan, Lia Mara mira a Noah.

—Tienes mi agradecimiento, como siempre.

Él sonríe y me da una palmada en el hombro antes de girar para irse.

—Esta vez, ha sido Grey el que se ha encargado de todo.

Ella me mira y estoy seguro de que mi estado de ánimo no es un secreto.

—Perdóname por haber interrumpido tu sesión de entrenamiento —dice. Hace una pausa—. Puedes volver al campo si quieres.

No logro decidir si se está burlando de mí o si está intentando hacerse la valiente, pero no importa. No me va a despachar con tanta facilidad como a Noah y a sus consejeros.

—Te han atacado. No pienso salir de esta habitación.

—Tendrás que irte *en algún momento* —dice.

Ahora estamos solos, pero sus guardias esperan junto a la puerta abierta. Es raro que tengamos privacidad total y, aun así, hay muchos chismorreos sobre mi relación con su reina.

—Si deseas descansar, me quedaré en el salón.

Extiende una mano.

—No. —Su mirada encuentra la mía y, en ese momento, veo su miedo, su incertidumbre—. Quédate.

Me adelanto para tomar su mano y me acomodo en un lado de la cama, sentándome junto a ella en el silencio de sus aposentos. Debería haberse mudado a las habitaciones de la reina hace meses, pero sigue residiendo en la misma estancia que ocupaba cuando nos conocimos, cuando era una princesa, cuando Nolla Verin estaba destinada a ser reina.

Sus heridas se han cerrado por completo y le han cambiado las sábanas, pero su ropa sigue manchada de sangre y las marcas de hollín permanecen en su piel. Debería llamar a un sirviente, pero ella entrelaza los dedos con los míos, así que no me muevo.

—*Fell vale* —dice Lia Mara, y yo bajo la mirada.

Un hombre amable. Estoy lejos de ser eso. Quiero luchar hasta tumbar algo contra el suelo. Hay una parte de mí que lamenta que ya hayan matado a la atacante, por razones que no tienen nada que ver con el interrogatorio.

—No me siento muy amable ahora mismo —digo.

Utiliza mi agarre para incorporarse y sentarse. Debería protestar, pero antes de que pueda hacerlo, se mete en el círculo de mis brazos, con la espalda pegada a mi pecho y la cabeza acurrucada bajo mi barbilla. Atrae mi brazo hacia su regazo, la abrazo con fuerza y suspiro.

—¿Ves? —dice con dulzura—. Amable.

—Debería estar a tu lado cuando celebres las audiencias con tu gente —digo.

No dice nada, y añado:

—Habría visto sus intenciones. La habría detenido antes de que te hiciera tanto daño.

Lia Mara empieza a desabrocharme el brazalete y yo quiero resistirme, pero sus dedos son ligeros y suaves y por lo general no tengo posibilidad alguna cuando ella quiere algo.

—No puedes saberlo —dice.

—Sí, lo sé.

Toma aire para protestar y la hago girar en mis brazos para poder mirarla. Le pongo las manos en la cintura y, aunque no soy nada brusco, se estremece.

Me quedo inmóvil.

—Perdóname. ¿Te sigue haciendo daño?

—Solo estoy un poco dolorida.

Vuelvo a alimentar mis manos con magia y me inclino para acercar la cabeza a la suya.

—Tus guardias no deberían haber permitido que se aproximara tanto. No sé si ha sido un error o si ha sido deliberado, pero, en cualquier caso, yo debería estar a tu lado.

No dice nada, pero siento su vacilación.

—¿Qué? —le digo.

—Había otra mujer discutiendo con un hombre sobre la propiedad de un terreno. Mis guardias obedecieron la orden de Nolla Verin antes de que pudiera contradecirla.

—¿Eso ha sido antes de que te atacaran?

—Sí.

—No son leales —digo de inmediato—. Deberías elegir a otros.

—Es mi hermana. Iba a ser reina. *Son* leales.

—No deberían haber seguido su orden. —Hago una pausa—. Y ella no debería haber dado ninguna.

Lia Mara no dice nada. Detesta la discordia. Sé que quiere la paz para su pueblo y para el mío, en Emberfall. Quiere gobernar sin violencia ni miedo.

No estoy seguro de que su pueblo quiera ser gobernado de esa manera.

Se inclina de nuevo hacia mí. Su aliento es cálido y dulce contra la piel desnuda de mi cuello.

—¿Qué habrías hecho tú? —dice en voz baja.

—No creo que quieras oír lo que habría hecho.

Mi voz es oscura y ella gira la cabeza para mirarme.

—No podrías haberte abierto camino con una espada.

—No. Habría despedido a los guardias. Como mínimo, les habría exigido un juramento allí mismo. Y habría despedido a tu hermana.

—¿Qué? ¡No!

—Nolla Verin *iba* a ser reina, pero *no* lo es. Ya hay suficientes dudas en Syhl Shallow para que ella te socave y haga que tus guardias la obedezcan. Me preocupa que este ataque envalentone a otros.

—Ella me está apoyando.

—Te está haciendo débil.

Lia Mara se queda muy quieta contra mi pecho y, por un momento, me preocupa que mi rabia se haya apoderado de mí. No quiero que *nosotros* estemos enfadados.

Pero entonces me doy cuenta de que el corazón le late con fuerza. Sus dedos se agarran con desesperación al brazo con el que la rodeo. No está enfadada.

Está *asustada*.

Eso roba parte de mi ira, sustituyéndola por un feroz instinto protector. Le rozo la sien con los labios.

—No temas —le digo con suavidad, las mismas palabras que una vez le dije en Blind Hollow, después de que un soldado de Emberfall le pusiera un cuchillo en el cuello—. Nadie volverá a tocarte.

Capítulo once

Lía Mara

Por la mañana, los tapices y la alfombra de terciopelo han sido reemplazados, por lo que mi salón del trono tiene el mismo aspecto que ayer, pero todavía hay un olor acre a humo o a tejido quemado que parece aferrarse al aire. Me gustaría que la presencia de Grey a mi lado hoy no me hiciera sentirme más tranquila, pero así son las cosas. Madre nunca portaba un arma delante de su gente, porque decía que eso implicaba que no confiaba en ellos. Pero Grey va armado de la cabeza a los pies y no lo oculta. Su expresión es cerrada y hermética, más distante y fría que nunca. La princesa Harper lo llamó una vez «el Temible Grey» y tenía razón. Cuando tiene este aspecto, resulta verdaderamente aterrador.

Jake también está aquí, junto a la pared, con los guardias. Debería estar en el campo de entrenamiento, pasando tiempo con Noah o practicando esgrima con Tycho, pero en vez de eso está en mi habitación y sus fríos ojos evalúan a todo el que entra por las puertas. Es mucho menos estoico que Grey, un poco menos serio y más irreverente, pero se ha vuelto tan peligroso como el príncipe con espada que se encuentra a mi lado.

Y aunque confío en ambos, está claro que mis guardias no lo hacen. He escuchado suficientes susurros en los pasillos esta mañana como para saber que todos sospechan de la magia como origen del ataque que sufrí ayer. Supongo que es más fácil pensar lo peor de Grey y sus compañeros que imaginar que alguien de Syhl Shallow actuaría en contra de la Corona. La idea hace que me estremezca. No quiero pensar en que mi gente me quiera muerta. No quiero pensar en ser un fracaso como reina.

Grey dijo que Nolla Verin podría estar debilitando mi posición, pero no es ella. Soy yo.

De todos modos, hoy mi hermana no está aquí. Me ha dicho que estaría trabajando con Ellia Maya, intentando determinar de dónde vino la mujer que me atacó. Iisak dice que no era una hechicera, pero ella debía de saber que la gente sospecharía de la magia, que sus acciones incrementarían la desconfianza que existe hacia Grey y sus vínculos con Emberfall. Según la ley, si me hubiera matado, podría haber reclamado el trono ella misma. Pero Nolla Verin podría haberle enterrado una espada en el vientre y recuperarlo.

¿Era ese el objetivo? ¿Que mi hermana se adueñara del poder? ¿Cree la gente que eso sería mejor?

Ojalá pudiera sentirme como ayer, optimista sobre la posibilidad de gobernar de forma diferente a como lo hizo mi madre, pero llevo toda la mañana rígida en mi silla, preguntándome quién podría ser una amenaza ahora. Eso me hace estar tensa y distraída, y más de una vez Clanna Sun ha tenido que inclinarse y susurrar:

—Su Majestad, están esperando una respuesta.

Cada vez que alguien se acerca a mí, pienso en la chica. En la explosión. En el dolor punzante, en la forma en que los cristales se me clavaron en la piel.

—Lia Mara.

Es la voz de Grey, baja e intensa y solo para mí. Parpadeo y lo observo.

Su mirada se encuentra con la mía y luego se dirige hacia abajo. Me doy cuenta de que he cruzado ambos brazos sobre el abdomen. Respiro de forma temblorosa.

Trago saliva, me enderezo y vuelvo a mirar a la anciana que está de pie ante el estrado. Me observa confundida. Ni siquiera recuerdo su queja. Algo sobre gallinas o gallineros, o tal vez algo del todo diferente. Puede todavía no haya formulado ningún reclamo. Sus manos se enroscan sobre el asa de una cesta.

—¿Su Majestad? —pregunta.

Sí, debería decir. *¿Cuál es tu queja?* Pero sigo observando la forma en que sus manos se aferran al asa. Me pregunto si oculta un arma. Una gota de sudor me resbala por la frente.

Esto es ridículo. Debe tener ochenta y cinco años.

Pero soy incapaz de hablar.

—La reina ha estado atendiendo peticiones toda la mañana —le dice Grey a Clanna Sun, aunque sus ojos están puestos en mí, y sus siguientes palabras son una petición, no una orden—. ¿Tal vez podríamos descansar durante un rato?

Debería negarme. *Quiero* negarme.

Pero no lo hago.

Espero que Grey me devuelva a mis aposentos o quizás a la biblioteca, que ha sido mi refugio desde que era una niña. En lugar de eso, me lleva hasta las grandes puertas de la parte delantera del palacio, que se abren a las fuentes y a una larga escalera de mármol que desciende a la ciudad.

Los guardias nos seguirán adonde vayamos, pero dudo en el umbral.

Soy una tonta. Nunca he tenido *miedo* de mi gente. Me niego a empezar ahora.

Grey no dice nada, pero estoy segura de que se ha dado cuenta. Se da cuenta de todo.

Las calles de esta parte de la ciudad están llenas de peatones, caballos y carruajes. No es habitual que la reina las recorra, así que atraemos más de una mirada, antes de que la gente se apresure a hacer una reverencia. Mis guardias se abren en abanico para que haya una buena distancia entre nosotros y las demás personas, aunque Jake nos sigue más de cerca.

Miro a Grey.

—¿A dónde vamos?

—Hay una taberna no muy lejos de aquí que sirve rodajas de ternera fritas sobre masa de pastelería. *Hushna Bora*. ¿La conoces?

Hushna Bora. El Caballo Salvaje. No la conozco, pero me encanta que piense en una taberna. Nolla Verin lo encontraría escandaloso. *La reina*, me la imagino siseando, *no debería comer con plebeyos*. Mi madre tampoco se habría dignado a entrar en una taberna, lo cual ya es tentador en sí mismo, aunque Grey no hubiera mencionado la comida.

Pero una taberna estará llena de gente. Llena de extraños.

—Apenas has comido en el desayuno —dice Grey—. Y he pensado que te gustaría dar un paseo. —Su voz suena relajada, no revela tensión ni preocupación, pero entonces su mano se posa sobre la mía y me da un suave apretón.

Esta es una de las cosas que más me gustan de él. Podría asumir el control con facilidad. Podría haber tomado las riendas en el salón del trono y yo no lo habría detenido. Podría interrogar a mis guardias y exigir cosas.

Pero no lo hace. Tampoco está doblegándose. Está... me está *apoyando*.

Baja la voz.

—El rumor del ataque se extenderá. Es importante que aparentes no tener miedo.

Vuelvo a tragar saliva. Tenso los dedos sobre el brazo de Grey.

—Tengo miedo. —Pronuncio las palabras en voz muy baja, porque no quiero oírlas.

—Lo sé. —Hace una pausa—. Pero también sé que eres más fuerte que tu miedo. —Asiente con la cabeza y respira hondo, como si no fuera consciente de que sus palabras me han iluminado con una calidez que no sabía que me faltaba—. ¿Hueles la comida? Dejemos que su reina los sorprenda.

La comida está tan rica como ha prometido Grey. Los dueños nos han hecho un hueco en un rincón oscuro, pero estamos cerca de la chimenea, por lo que hace calor, y los guardias han formado un muro entre nosotros y el resto de los clientes, así que estamos a salvo. Jake y uno de los guardias de Grey están jugando a los dados en una mesa cercana a la barra, donde podrán estar atentos por si hay problemas. Por primera vez en toda la mañana, he podido respirar hondo.

Para ser sincera, parece la primera vez en *semanas*.

—¿Mejor? —pregunta Grey.

Lo miro a los ojos y asiento.

—Mejor. —Hago una pausa—. Casi desearía que pudiéramos quedarnos aquí el resto del día. —Desvío la mirada, avergonzada por haberlo admitido—. Pero eso sería esconderse.

—No pienses en ello como en esconderse. Piensa en ello como… en un posicionamiento estratégico.

Hago un sonido muy poco elegante.

—Y lo dice alguien que nunca se esconde de nada.

—Me escondí contigo en el bosque durante días.

—Eso fue diferente.

—¿En qué sentido? —Hace una pausa y su voz cambia, se vuelve irónica—. Y me posicioné estratégicamente en Rillisk durante meses.

He oído sus historias sobre Rillisk, sobre cómo huyó de Ironrose y aceptó un trabajo como mozo de cuadra. Sobre cómo trabajó en las sombras con Tycho hasta el día en que se ofreció a luchar para ocupar el lugar de un hombre que estaba herido y terminó desenmascarándose ante Dustan, el Comandante de la Guardia Real de Rhen.

—Iisak me preguntó una vez por qué acepté un trabajo cerca de los escalafones más bajos de la sociedad de Emberfall —dice Grey.

Picoteo un trozo de masa que queda en mi plato.

—¿Y por qué lo hiciste?

Se encoge un poco de hombros.

—En realidad, no estoy seguro. Me gustan los caballos. Sabía cómo hacer el trabajo. —Su voz se ha vuelto pesada y él vacila mientras juguetea con el mango de su cuchillo—. Mi vida estuvo muy entrelazada con la pérdida, el miedo y la angustia durante mucho tiempo. Creo que anhelaba... simplicidad.

Por la maldición.

—Ojalá Rhen anhelara lo mismo.

Grey frunce el ceño.

—Para serte sincero... creo que sí la desea. —Hace una pausa—. A veces me pregunto si sus acciones, en lugar de deberse únicamente al miedo a la magia, no habrán sido producto del resentimiento por que la maldición se hubiera roto y que él siguiera atrapado. Envidia porque yo pude encontrar la libertad mientras que él no.

Respiro, porque lo que les hizo Rhen a Grey y a Tycho fue realmente terrible y esto parece agravar más sus acciones.

—No puedes excusar lo que hizo, Grey.

—Por supuesto que puedo. —Clava los ojos en los míos—. Hui de mi derecho de nacimiento, pero eso me permitió escapar, por un tiempo. Me permitió encontrarme a mí mismo de una manera que nunca fue posible durante la maldición. Rhen nunca tuvo esa oportunidad.

Me apoyo en la mesa.

—Mandó que te *azotaran*...

—La hechicera lo *torturó*. Muchas veces, y fueron cosas peores que una flagelación. —Ahora tiene los hombros tensos, su mano aún descansa contra el cuchillo, su mirada es fría y oscura—. Había días en los que... en los que... en los que ella...

Se interrumpe de repente y suelta un largo suspiro, algo muy poco habitual en él.

—Bueno. Es probable que tu madre admirara sus métodos. Pero Rhen nunca permitió que Lilith me torturara. —Sus ojos se apartan de los míos—. Así que lo torturó a él. Estación tras estación.

Grey rara vez habla de la época de la maldición, cuando estaba atrapado a solas con Rhen en el castillo. Cuando lo hace, su tono se vuelve pesado. Se culpa de muchas cosas, lo sé, pero es la primera vez que me entero de este detalle sobre Rhen.

Es la primera vez, la única vez, que he sido capaz de reunir un mínimo de simpatía por ese hombre.

—Nunca me lo habías dicho —susurro.

Él mira hacia otro lado.

—Lo hecho, hecho está.

Extiendo una mano y la apoyo sobre la suya. Tiene cicatrices a lo largo de la muñeca que estropean la suavidad de su piel, de antes de que supiera usar la magia para curarse. No son nada comparadas con las cicatrices que tiene en la espalda por lo que le hizo Rhen.

Grey se tensa un momento cuando lo toco. He aprendido que siempre se sobresalta con las caricias suaves, porque ha pasado mucho tiempo sin ellas. Está tan acostumbrado a estar solo que el contacto y la amabilidad le resultan extraños.

Se relaja muy deprisa y luego gira su mano para capturar la mía.

—Nada de esto importa si vamos a marchar hacia Emberfall para reclamar su reino.

—¿Crees que hay alguna posibilidad de que ceda? —pregunto—. Le dimos sesenta días.

—Cuando me arrastraron delante de él encadenado, Rhen me liberó y dijo que deberíamos haber sido amigos. —Grey vacila—. En ese momento, pensé que podría ceder. Que podría ofrecerme la libertad. —Otra pausa—. Que podría confiar en mí cuando dije que intentaba protegerlo.

En vez de eso, la noche siguiente, Rhen encadenó a Grey y a Tycho a un muro y ordenó a sus guardias que buscaran un par de látigos.

—No va a ceder —digo.

—No. —La expresión de Grey vuelve a ser fría, la emoción de hace unos momentos ha quedado encerrada bajo llave—. Yo tampoco lo haré.

—¿Cómo van *tus* esfuerzos con el ejército?

Grey gruñe y se levanta.

—Muchos de tus soldados no parecen querer la magia con ellos en el campo de entrenamiento. —Hace una pausa—. Muchos no parecen quererme *a mí* allí en absoluto.

—Pero tú eres nuestro *aliado* —respondo con ferocidad.

—Hace no mucho tiempo, era tu enemigo —dice—. Hay soldados a los que me enfrenté en la batalla y a los que ahora comando. Para mí no sería fácil, así que puedo entender que a ellos les cueste.

Tenso la mandíbula. Sé que tiene razón. Tal vez sea una ingenua por pensar que podría ser de otra manera.

—Así que estamos a punto de liderar a un ejército dividido contra Emberfall para enfrentarnos a un país dividido.

—Sí. —Suspira con fuerza—. Nuestra misión de *paz*.

Yo también suspiro. Me parece mal conseguir la paz con un ejército, pero no puedo sacrificar a mi pueblo por el orgullo de un príncipe maldito.

Una camarera avanza entre los guardias para venir a retirar nuestros platos.

Cuando se acerca a mí, un rayo de luz hace brillar un vaso. Me viene a la mente el recuerdo de la mujer que me atacó, jadeo y me alejo.

Aria, mi guardia, está a mi lado en menos de un segundo. Desenvaina la espada. Igual que lo hace Grey.

La chica grita y deja caer un plato. Los restos de comida se esparcen por el suelo. Palidece, se arrodilla y balbucea una disculpa.

Grey y Aria intercambian una mirada, y luego los ojos de él me examinan.

—No pasa nada —digo en syssalah—. Estoy bien. Ha sido una confusión...

La chica jadea, a punto de echarse a llorar.

—Perdóneme, Su Majestad, perdóneme...

—No pasa nada. —Yo también jadeo un poco—. Levántate. Por favor.

La dueña de la taberna se apresura a acercarse, una mujer mayor con una mata de rizos grises recogidos en un apretado moño en la nuca. Agarra del brazo a la temblorosa muchacha y la obliga a levantarse.

—Perdónenos, Su Majestad. Me encargaré de que sea castigada. —Entonces, sin dudarlo, echa una mano hacia atrás como si fuera a abofetear a la chica, allí mismo, delante de mí.

—¡No! —La silla chirría cuando me pongo en pie. Agarro la muñeca de la mujer. Había tomado bastante impulso y solo he amortiguado el golpe.

Pero la mujer retrocede a trompicones.

—Yo... Su Majestad... Perdóneme... Creía... Creía... —Parece consternada. A la muchacha se le entrecorta la respiración mientras hace oscilar su mirada entre la tabernera y yo, con expresión aturdida.

Supongo que creían que yo habría apreciado la bofetada, o que me habría desquitado con *ella*.

Seguro que mi madre lo habría hecho.

—Sé lo que creías —digo—. Pero los castigos no me complacen. La chica no ha hecho nada malo. —Me enderezo y miro a Aria y a Grey—. Envainad vuestras armas. Aquí nadie ha tenido intención de hacer daño.

Obedecen. La chica hace una reverencia y se agacha para recoger el plato. Vuelve a susurrar disculpas y le tiemblan las manos. La tabernera se retuerce las manos, insegura.

La miro.

—El príncipe Grey me ha hablado muy bien de su taberna y me complace descubrir que la comida ha sido excelente. Su camarera ha sido muy diligente. Les damos las gracias a ambas. Me aseguraré de decirle a mis Casas Reales que cenen aquí también.

La mujer jadea.

—Su Majestad.

El corazón me late a toda velocidad en el pecho.

—Nos gustaría terminar nuestra comida, si fuera tan amable.

—Sí. —Hace una reverencia—. Sí, por supuesto. Haré que les traigan otra botella de nuestro mejor vino.

Se retira. Nos sentamos. Siento las mejillas calientes y no estoy segura de poder mirar a Grey a los ojos. Me avergüenza haber montado una escena.

Pero entonces se inclina hacia mí.

—Como he dicho —murmura, y hay orgullo en su voz—, eres más fuerte que tu miedo.

Eso me hace levantar la vista. Me he asustado por... nada. Casi hago que una chica reciba una bofetada por mi culpa, y tal vez algo peor.

—No me siento muy fuerte.

Clavo la vista en la camarera, que ahora está en el lado opuesto de la taberna, hablando con dos compañeros. Miran un par de veces en nuestra dirección.

—Ellos parecen creer que lo eres —dice Grey.

Me sonrojo.

—Me alegro de que me hayas traído aquí.

—Yo también. —Extiende una mano para rozarme la mandíbula con las yemas de los dedos y yo me quedo quieta. Al igual que cuando soy cariñosa con él, su suavidad me pilla por sorpresa, sobre todo porque acaba de ponerse en pie con un arma en la mano. Es una faceta de sí mismo que rara vez muestra, especialmente en público.

Se retira y suspira.

—Aunque no puedo alejarme del campo de entrenamiento todo el día. —Duda, sus ojos no se apartan de los míos—. Quizá los soldados deberían ver a su reina.

—Me alegro de que ahora seas mi aliado —digo. Arquea las cejas y me sonrojo, porque suena muy estéril en voz alta—. No me gustaría enfrentarme a ti en una batalla.

—A mí tampoco me gustaría enfrentarme a ti en una batalla.

—Mentiroso —digo, y me río, pero también me pongo seria—. Nunca podría vencerte.

—Al contrario. —Me toma la mano y me besa las yemas de los dedos—. Conoces todas las formas posibles de hacerme ceder.

Capítulo doce

Grey

He pasado lo que parecen cien vidas siendo un guardia, pero nunca he sido un auténtico soldado. Aun así, sé cómo luchar, cómo entrenar como parte de una unidad. Sé cuándo los soldados están comprometidos con una causa, unidos en su deseo de apoyar a sus líderes.

Sé lo que parece cuando no es el caso.

Bajo el mando de Karis Luran, los soldados y los guardias compartían un feroz sentimiento de unidad. Servir a su reina era un honor, pero también un castigo rápido y brutal para los que no estaban a la altura. Recuerdo estar en este mismo campo con Karis Luran a mi lado, viendo cómo un oficial al mando atravesaba con una daga la mano de un hombre que había sido demasiado lento durante un ejercicio. Ella había asentido para mostrar su aprobación.

Lia Mara nunca habría tolerado un castigo así.

Estos soldados esperaban que Nolla Verin ocupara el trono, una chica que, a los dieciséis años, era tan despiadada y calculadora como su madre. Pero, por ley, Lia Mara es la reina, y los soldados que han sido entrenados para ser lo más agresivos posible parecen tambalearse cuando se enfrentan a una líder que evita la brutalidad.

No estoy seguro de si esperaba que los soldados fueran mejores o peores en presencia de Lia Mara, pero son los mismos, lo que dice bastante. Nunca muestran verdadera insubordinación, pero tardan un segundo más de lo que deberían en seguir las órdenes. Me sostienen la mirada un momento más de lo necesario. Murmuran y se remueven incómodos e intercambian miradas cuando creen que no presto atención.

Durante semanas, he pensado que se debía a una falta de confianza en mí.

Hoy, al verlo frente a Lia Mara, me pregunto si es una falta de confianza *en ella*. Puede que con su amabilidad haya inspirado gratitud en esa camarera, pero eso no funcionará aquí.

Mis ojos recorren los grupos que entrenan, los oficiales más experimentados dirigen los ejercicios de los nuevos reclutas. No me sorprende ver a Nolla Verin entre ellos, con el pelo recogido en dos trenzas idénticas que lleva enroscadas en la nuca. Los soldados que luchan *con ella* no son para nada desafiantes ni esquivos, pero es probable que los inmovilizara contra el césped si lo fueran. Espero ver a Tycho en el grupo, pero cuando echo un vistazo a los reclutas más jóvenes, descubro que no está en el campo de batalla.

—Jake —llamo—. ¿Dónde está Tycho?

Se aleja de su grupo y se aparta de la frente el pelo húmedo por el sudor mientras da una ojeada a los reclutas.

—No tengo… ni idea.

Solt, el capitán que más problemas me da, lidera el grupo que está entrenando frente a mí, y bufa sin dejar de parar estocadas con su espada.

—Lo más seguro es que esté adulando a ese demonio —dice en syssalah, y su oponente, un recluta más joven llamado Hazen, resopla de risa.

Se refieren a Iisak. Puede que Solt piense que no le entiendo, pero sí lo hago.

A todas luces, Lia Mara sí lo comprende.

—El scraver es un amigo y un aliado —dice con frialdad—. Como lo es Tycho.

Solt desarma a Hazen con facilidad, pero ninguno de los dos se lo está tomando en serio ahora.

—Sí, Su Majestad. —La saluda con su espada, tocando el lado plano de la hoja con la frente, pero no hay deferencia en su tono. Al contrario, hay un toque de burla.

Lia Mara toma aire para replicar, pero su mirada recae en la espada que él lleva y parece quedarse petrificada.

Es como en la taberna, pero esta vez él sí va armado.

Si yo puedo sentir su miedo, es probable que todos los demás también. Veo el momento en el que los ojos de Solt demuestran que se ha percatado, porque hay un parpadeo de sorpresa, seguido rápidamente de un destello de desdén. Incluso la expresión de Hazen se ensombrece con descaro cuando murmura en voz baja con uno de los otros soldados.

Solt resopla con displicencia, luego envaina su espada y se aparta para permitir que otros dos soldados se enfrenten.

—Capitán —espeto.

Lia Mara me da la mano.

—Grey. —Sus dedos están tensos contra mi palma, su voz apenas es un susurro. Espera que haga lo que hizo Nolla Verin, o probablemente lo que hicieron sus guardias. Espera que la socave, que me imponga sobre ella. Tal vez incluso crea que sacaré mi propia espada y derramaré su sangre aquí mismo, en la hierba. Distingo a Nolla Verin observando la escena y está claro que ella lo haría.

Yo no.

—Repite el ejercicio —digo.

Solt vacila y entrecierra los ojos, pero se da la vuelta. Hazen frunce el ceño y se aparta de la fila mientras me lanza una mirada oscura.

Aquí no le gusto a nadie.

Pero repiten el ejercicio. Las espadas chocan y desprenden chispas a la luz del sol.

La pelea termina exactamente igual que antes. Ejecutan los movimientos, apenas se esfuerzan. Siguen la orden al pie de la letra, pero nada más. Hazen le murmura algo a Solt.

No conozco la palabra que ha utilizado, pero el tono es suficiente.

—Otra vez —digo.

Vuelven a pelear.

—Otra vez.

Otra vez. Otra vez. Otra vez.

Ambos respiran con dificultad cuando se separan por décima vez, pero la insolencia ha desaparecido de los ojos de Hazen. Cuando les ordeno que lo hagan de nuevo, asiente y agacha la cabeza para quitarse el sudor de los ojos.

Pero Solt no levanta su espada. Su pecho sube y baja con rapidez.

—Ya hemos practicado suficiente —dice con esfuerzo.

Clavo la mirada en él y espero.

Me sostiene la mirada, hasta que el momento cambia, espesándose por culpa de la animosidad. Hemos llamado la atención de los grupos de combate más cercanos, porque muchos de ellos se han separado para observar y sienten la tensión entre nosotros igual que ayer. Jake ha enfundado su arma, pero se ha acercado como si viera que se avecinan problemas.

Al principio no me llevaba bien con Jake, pero esa situación no se parecía en nada a esta. En aquel caso éramos él y yo. Ahora soy yo contra un ejército. Un ejército que se espera que luche en mi nombre. Un ejército lleno de hombres y mujeres que podrían *morir* en mi nombre. A sus ojos, soy joven y no me he puesto a prueba, soy un hombre de un reino enemigo que se ha aliado con una chica que le ha robado el trono a su hermana.

Una chica que se aferra a mi mano en lugar de ordenar que arrastren a Solt por encima de unos cristales rotos o lo que se le hubiera ocurrido a Karis Luran.

Solt no ha apartado la mirada y la ira que veo en sus ojos oscuros me hace pensar que podría desenfundar su espada contra mí en lugar de contra Hazen. Esta vez de verdad, nada de entrenamiento.

Solt da un paso adelante y mi mano se posa cerca de la empuñadura de mi arma.

Pero Hazen golpea la parte plana de su espada contra las grebas del otro hombre.

—Capitán. —Su tono es resignado. Sumiso—. *Rukt.*

Pelea.

Solt murmura en voz baja y saca su espada. Ahora está cansado, así que es un poco más lento, sus movimientos son más laboriosos. Es un hombre que confía en la fuerza en lugar de en la velocidad. Por primera vez, Hazen lo da todo en el ejercicio. Presiona con fuerza contra la defensa de Solt y es recompensado con una apertura. Desarma a su oponente y Solt suelta un juramento.

—Hazen —digo—. Te has ganado un descanso.

Hazen está jadeando, tirando de las hebillas de su peto.

—Gracias. —Vacila, y luego me hace un gesto con la cabeza—. Su Alteza.

Me quedo helado. Desde que murió Karis Luran, puede que sea la primera vez que alguien me ofrece algún tipo de deferencia en este sentido.

Mantengo los ojos fijos en Solt.

—Otra vez. —Mi mirada se dirige a otro soldado, uno que se ha reído cuando Solt ha hecho el comentario sobre Tycho—. Baz.

Baz ya no se ríe. Se apresura a obedecer. Solt me fulmina con la mirada, pero lucha cuando Baz desenvaina la espada.

A mi lado, Lia Mara habla; su voz es baja y tranquila, solo está dirigida a mí.

—¿Cuánto tiempo lo vas a obligar a hacer esto?

—Hasta que se lo tome en serio. —Suena mezquino, incluso petulante. En cierta manera lo es, pero, por otro lado, no lo es. Necesito que me respeten. Necesito que la respeten *a ella*. Estamos en dos caras opuestas de la misma moneda: yo me siento tan frustrado como Solt. Al menos él puede quemar su ira en el campo.

Pero con cada día que pasa, nos acercamos más al momento en que todos tendrán que tomarse esto en serio, o los soldados de Rhen nos liquidarán. Mi magia no puede proteger a todo el ejército.

—Podría negarse a luchar —dice.

—Su orgullo no le permitirá hacerlo.

Y no lo hace. Solt se enfrenta a Baz durante seis asaltos.

Ha aprendido la lección con Hazen y gana los seis, y me mira con burla cuando le digo:

—Otra vez.

Ya nos hemos ganado la atención de la mayoría de los soldados y no me importa. Solt respira con dificultad. La sangre dibuja rayas en sus mangas, donde ha descuidado la defensa; la mancha es rosa donde se ha diluido con el sudor. Le tiemblan los brazos.

Con orgullo o sin él, no ganará muchos más asaltos. Me doy perfecta cuenta. Por otra parte, la desesperación siempre es una buena aliada.

—Otra vez —repito. Baz tose, pero levanta su espada. Echo un vistazo a los demás soldados. Ahora nadie parece desafiante.

Tenía razón. En este asalto, Baz es capaz de quitarle la espada de la mano a Solt. El soldado cae. Baz tiene un arma contra la garganta del otro en menos de un minuto.

—Baz —digo—. Te has ganado un descanso.

Baz da un paso atrás y asiente con la cabeza. Mira a Hazen y luego me mira.

—Gracias. Su Alteza.

Solt recupera su espada y se pone en pie. Tiene la respiración agitada. Parece que quiere vomitar en la hierba. No, en realidad, parece que quiere atravesarme y luego vomitar sobre mi cadáver.

Bien. Tomo aire para decirle que lo repita.

—Suficiente —dice Lia Mara—. Si es tan amable, príncipe Grey.

La miro. Su voz suena fuerte y clara.

—Por supuesto —digo.

Solt sigue jadeando, el sudor le gotea por la mandíbula, pero la mira sorprendido.

—Mi madre te habría escarmentado para dar ejemplo —le dice ella—. Te habría quemado los dedos o te habría obligado a tragar aceite hirviendo. Estoy segura de que lo sabes. —Cuando él no dice nada, enarca las cejas—. Contéstame, por favor.

Por favor. Ellos ven sus cortesías como una debilidad. Rhen también lo hizo. Se equivocan. No es débil en absoluto.

La respiración de Solt se ha ralentizado un poco, y asiente con la cabeza.

—Sí, Su Majestad.

—Crees que yo no seré tan cruel —dice ella—. ¿Es eso correcto?

Duda. Si Karis Luran hiciera esa pregunta, sería una trampa. También sería una trampa por parte de Rhen. Pero Lia Mara es franca en su amabilidad, y creo que eso es lo más inesperado aquí. Observo cómo un parpadeo de incertidumbre cruza su expresión. Se pregunta si la ha presionado demasiado.

—No creo que vaya a gobernar como lo hizo su madre. —Los ojos de Solt miran en mi dirección un segundo, pero ella se da cuenta.

—El príncipe Grey puede ser tan despiadado como mi madre —dice—. Puede que tú no lo hayas visto, pero yo sí. Tienes suerte de que respete mi esperanza de gobernar sin violencia. Creo que te habría ordenado luchar hasta que tu mano estuviera demasiado débil para sostener esa espada. Siento la tentación de dejar que lo haga. —Hace una pausa—. Pero eres un buen soldado. Puedo ver tu fuerza y tu talento. No me gustaría que se desperdiciaran. No me obligues a ello.

Es un buen discurso, pero sus dedos agarran los míos con una fuerza mortal. Soy el único que puede sentir su incertidumbre. Esto no es como en la taberna. Ni siquiera es como cuando fue atacada por un enemigo claro. Se trata de uno de sus soldados, y le preocupa que la obligue a actuar.

Pero me gustaría que pudiera verse a sí misma como lo hago yo. Como la ven ellos, en este momento. Porque así es cuando resulta más impresionante, cuando su fuerza brilla a través de sus palabras.

Rhen fue un tonto al rechazarla cuando fue en busca de paz. Incluso hoy, yo los he hecho pelear, pero ella los ha hecho parar.

Solt asiente y se arrodilla. No hay arrepentimiento en su mirada, pero hay una pizca de respeto, lo cual es mejor.

—Sí, Su Majestad.

Lia Mara me mira.

—Debería volver a palacio. Tengo deberes que atender. ¿Te veré en la cena?

—Sí, por supuesto. —Hago una pausa—. ¿Debo acompañarte de vuelta?

Sus ojos se encuentran con los míos y sé que oye lo que no estoy diciendo.

¿Quieres que me quede a tu lado?

Lia Mara levanta la barbilla.

—Puedo arreglármelas sola.

—No me cabe la menor duda. —Le levanto la mano para besarle los nudillos y se sonroja.

—Bueno —dice con timidez—. Tal vez no deberías tardar demasiado.

Eso me hace querer seguirla de inmediato. Pero tengo un campo lleno de soldados y he ganado terreno. No puedo perderlo ahora.

Cuando se aleja, vuelvo a mirar a Solt y le ofrezco una mano para que se ponga en pie. Él la mira con sorna durante una fracción de segundo, pero debe de pensárselo mejor, porque me la agarra.

No soy ningún tonto. No hay el más mínimo cariño entre este hombre y yo.

Empieza a apartarse de mí, pero no dejo de aferrarle la mano con firmeza.

—Se ha equivocado.

Él duda mientras su mirada pasa de mi mano a mi cara.

—¿Equivocado?

—Ha dicho que te habría ordenado luchar hasta que no pudieras sostener la espada. —Me inclino, manteniendo la voz en un susurro—. Se ha equivocado. Te la habría atado a la mano.

CAPÍTULO TRECE

Cuando anuncio que es hora de un descanso en el campo de entrenamiento, Tycho todavía no ha aparecido. Solt ha hecho un comentario sobre el scraver, pero a Iisak el deber lo motiva tanto como a mí. No se llevaría a Tycho sin decírmelo, y el propio Tycho no se saltaría los ejercicios. El manejo de la espada le gusta más que respirar.

Los soldados han empezado a regresar a sus dependencias mientras los sigo con la mirada. Debería volver al castillo para ver cómo está Lia Mara, pero la preocupación se ha instalado en mi pecho al darme cuenta de que Tycho ha desaparecido, y todavía no se ha evaporado de mis pensamientos.

Jake ha envainado sus armas y se acerca a mi lado.

—Ojalá Lia Mara no te hubiera parado los pies —dice en voz baja a pesar de que la mayoría de los soldados ya se han alejado—. Quería verlo vomitarse las botas.

—Yo también —digo, y él sonríe.

Cuando no le devuelvo la sonrisa, me pregunta:

—¿Qué pasa?

—Tycho se ha perdido el entrenamiento.

—La jefa de su unidad ha dicho que esta mañana no se sentía en plena forma y ha pedido permiso para saltarse la comida del mediodía. ¿Quieres ir a los barracones a echar un vistazo?

Los reclutas más jóvenes duermen en el edificio más alejado del campo de entrenamiento, cerca de los establos y de la linde del bosque que se adentra en las montañas. Tycho tiene una habitación en el palacio, pero con el paso de las semanas cada vez se queda más noches aquí para afianzar su relación con los soldados.

Comprobamos los barracones y los establos, pero no lo encontramos. Cuando pasamos por delante de la armería, Solt se está echando agua en la cara con un cubo, hablando en voz baja con otra oficial superior. Ella debe de llamarle la atención sobre el hecho de que estamos cerca, porque nos mira y se quita el agua de los ojos. Su mirada podría cortar el acero.

—Su Alteza —dice en syssalah, su tono es tan frío que bien podría estar diciéndome que cavase mi propia tumba.

Reduzco la marcha, pero Jake me agarra del brazalete y me arrastra hacia delante.

—Mátalo después. Vamos. Si Tycho no se encontraba bien, a lo mejor ha ido a la enfermería.

El palacio tiene dos enfermerías. Una de ellas cuenta con una curandera llamada Drathea, una mujer mayor con la boca rodeada de arrugas y expresión hosca que asegura que es mejor dejar las artes curativas a la mente femenina. No quería tener nada que ver con Noah, que en su primera semana en Syhl Shallow demostró que se le daba mejor que a ella rebajar la fiebre, coser heridas y tratar dolencias. A pesar de su talento, Noah sigue despertando recelo e incertidumbre en muchos de los habitantes del palacio. No sé si es por su supuesta lealtad hacia mí o hacia Emberfall, o por si creen que tiene magia propia, pero Lia Mara no quiere que su gente se sienta incómoda. Le ha proporcionado a Noah un espacio en el extremo norte del palacio, lo cual permite que esté más cerca del campo de entrenamiento y de los barracones.

Una vez le pregunté a Noah cuántas personas acuden a él después de que Drathea no logre curar sus males, y me dijo con mucha cortesía que no llevaba la cuenta. Y entonces Jake se inclinó hacia mí y susurró:

—He visto sus notas. Han sido setenta y seis.

Sé a quién acudiría Tycho.

Para cuando atravesamos el palacio, mi preocupación se ha convertido en una tensión que me rodea las entrañas y de la que no puedo deshacerme. Tycho no es ingenuo, pero es joven. No es demasiado confiado, pero es inocente.

Estaba tan preocupado por la seguridad de Lia Mara que no he dedicado ni un momento a pensar en la suerte del resto de mis amigos. Nadie se atrevería a molestar a Iisak a menos que quisiera verse la piel arrancada a tiras mientras exhala su último aliento, y Jake es más que capaz de valerse por sí mismo. Noah es inteligente y cínico, y se ha hecho querer por la gente de aquí lo suficiente como para no tener que enfrentarse al mismo tipo de aceptación a regañadientes que yo soporto cada día.

Pero Tycho... Respiro de forma tensa y superficial cuando entro en la enfermería.

—Noah. ¿Has visto...?

Me detengo en seco. Noah está sentado en un banco junto a una mesa baja llena de instrumentos. Tycho está a su lado. Tiene un gatito naranja en el regazo, que le está mordisqueando uno de los dedos

—Grey. —Tycho se levanta de un salto al verme y deja al gatito sobre la mesa. El animal me sisea, luego araña la madera, salta al suelo y se escapa.

Tycho me mira, después a Jake y por último a la luz que se desvanece tras la ventana.

—Infierno de plata. —Hace una mueca—. Me he perdido el segundo entrenamiento.

—Sabía que al final vendríais aquí. —Noah nos mira—. Hola, Jake.

—Sep —dice Jake. Hay un plato con frutos secos, queso y fruta olvidado en la esquina de la mesa junto a Noah. Jake lo aparta para apoyar la cadera en la madera y luego se apodera de dos manzanas.

Me lanza una y la atrapo en el aire, pero no aparto la vista de Tycho. Lleva el uniforme militar, ribeteado de color verde y negro, los colores de Syhl Shallow. Sigue teniendo abrochadas la coraza forrada de cuero y las grebas, aunque su espada y sus brazaletes están en el suelo, junto a la mesa. Su pelo rubio luce más corto que cuando éramos mozos de cuadra en el negocio de Worwick, y su cuerpo está un poco más delgado, un poco más musculoso por todo el tiempo que pasa con una espada en las manos. Pero en él hay una juventud que aún no ha sido robada, una cara que aún espera a ser cincelada.

También hay una sombra en sus ojos, algo que no había visto en meses.

Entrecierro los ojos.

—¿Te encuentras mal?

—Yo... no. Estoy bien. He tenido... He tenido... —Titubea.

Frunzo el ceño. No quiero parecer irritado, porque esto no es propio de Tycho, pero mi posición aquí es muy precaria. No puedo reprender a Solt por no tomarse en serio los entrenamientos si mis propios amigos se los van a saltar. No puedo esperar un frente unido por parte de los soldados de Syhl Shallow si no puedo conseguirlo dentro de mi propio círculo.

—¿Qué ha pasado? —pregunto.

—Nada. —Traga saliva—. No me he dado cuenta de que las horas transcurrían tan rápido.

Antes de quedar atrapado en la maldición con Rhen, fui testigo de cómo la familia real de Emberfall bailaba alrededor de la verdad con facilidad, así que sé reconocer una mentira cuando la oigo.

—Nunca antes me has mentido —digo—. No empieces ahora.

Tycho se sonroja.

—Grey —dice Noah. El tono relajado ha desaparecido de su voz—. Déjalo.

Me quedo muy quieto. El día ha sido demasiado largo y ha estado demasiado lleno de amenazas, tanto dentro como fuera del palacio. No quiero tener que preocuparme por las medias verdades y la indecisión.

Tycho debe de leer los pensamientos oscuros que se esconden tras mis ojos, porque se agacha para recoger sus brazaletes y armas.

—Perdóname —se apresura a decir, y habla en voz baja y arrepentida.

Tal vez Jake también pueda percibir mi estado de ánimo, porque dice:

—Tycho. Busca a la jefa de tu unidad y a ver si puedes hacer los ejercicios ahora.

Tycho se dirige hacia la puerta, pero en un momento dado, vacila.

Noah mira a Jake, y deben de compartir algún mensaje tácito, porque Jake se endereza y se aparta de la mesa.

—¿Sabes qué? No importa. Lo haré yo. —Da otro mordisco a su manzana—. Vamos, T.

Una vez que se han ido, la enfermería se queda muy silenciosa. No me gusta estar en desacuerdo con Noah. Tiene una sensibilidad muy tranquila: nunca es agresivo, nunca es prepotente. Su valentía es simple, sin complicaciones. Como el día en que dejó atrás Ironrose y a Rhen, cuando Noah siente algo con fuerza, se muestra tranquilo y sereno, pero su voluntad es férrea.

La mía también.

Él clava la mirada en mí.

—Solo tiene quince años, Grey.

—Yo tenía diecisiete cuando me uní a la Guardia Real.

Resopla.

—Tal vez lleves demasiado tiempo atrapado en los veinte, porque hay una gran distancia entre los quince y los diecisiete.

Lo más probable es que tenga razón en ambas cosas, pero no me gusta.

—Cuando tenía quince años, intentaba llevar la granja de mi familia.

—¿Y qué tal salió la cosa?

Su voz suena serena, no cruel, pero de todos modos las palabras me impactan como si fueran un dardo. Ya sabe cómo resultó la cosa. Mi familia estuvo a punto de morir de hambre. Es la razón por la que me uní a la Guardia Real: podía renunciar a mi familia y ellos serían recompensados con creces por mi servicio en el castillo. No necesito que me recuerden mis fracasos o mis sacrificios, sobre todo ahora.

—¿Buscas pelea conmigo, Noah?

—No. —Su tono no cambia.

—Yo no obligué a Tycho a que entrara en el ejército —digo con ferocidad. Doy un paso adelante—. Fue decisión de él unirse a los reclutas. No le exigí...

—Oye. —Levanta una mano, y su tono es apaciguador—. Sé que estás bajo mucha presión. Solo te pido que te lo tomes con calma, ¿de acuerdo?

Dudo y me paso una mano por la nuca. No estoy frustrado con Noah. Ni siquiera con Tycho, en realidad.

Si soy del todo sincero conmigo mismo, mi frustración tampoco es causada por los soldados aquí.

Me siento frustrado con Rhen. Conmigo mismo.

Suspiro y me apoyo en la mesa.

Algo me golpea el tobillo, con fuertes golpecitos que puedo sentir a través del cuero de las grebas. Bajo la mirada y veo que el gatito ha salido de debajo de la mesa y está aporreando los cordones de mis botas con las patitas. Me inclino para acoger a la criatura entre mis manos.

Al instante me clava unas garras que parecen rivalizar con las de Iisak. Lo suelto con un juramento y se escapa para esconderse de nuevo bajo la mesa. Tengo arañazos sangrantes en los dedos

Noah se ríe.

—Ese gatito solo deja que lo toquen Tycho e Iisak. —Alcanza un pedazo cuadrado de tela—. Los arañazos de los gatos se infectan con facilidad. Deja que te traiga... —Se detiene en seco y me mira con seriedad cuando las heridas de mis dedos se cierran por arte de magia—. Bueno. No importa. Se me había olvidado.

El ambiente entre nosotros vuelve a ser sereno. La tensión ha disminuido un poco. Tal vez todo fuera cosa mía para empezar.

—¿Qué ha pasado? —pregunto—. ¿Por qué ha venido Tycho aquí?

Noah vacila.

—No quiero traicionar su confianza.

—Si los otros reclutas lo están molestando, debería saberlo.

Me dirige un ligero movimiento de cabeza.

—No creo que estén haciendo nada malo. Creo que... simplemente están siendo soldados. —Hace una pausa—. Cuando los guardias se llevaron por primera vez a Tycho de Rillisk, también se escondió en la enfermería conmigo.

En Ironrose. Cuando Rhen me capturó. Los guardias tomaron prisionero a Tycho para usarlo como influencia sobre mí. Él se aferró a las sombras y se negó a hablar con ellos.

Cuando trabajábamos para Worwick, en Rillisk, Tycho también tenía miedo de los soldados. Se esfumaba cuando venían al torneo o se quedaba a mi lado en los establos. Pasé una eternidad como espadachín, pero Tycho nunca me tuvo miedo en Rillisk. Fue la primera persona en la que confié. Puede que yo fuera la primera persona en la que él confió.

Yo también guardaría tu secreto, Hawk.

Hawk.

Nunca me tuvo miedo porque no era un espadachín. Fui un mozo de cuadra, luego un forajido y luego un príncipe renuente.

Ha crecido tanto aquí que lo había olvidado.

—¿Quiere dejar el ejército? —le pregunto a Noah en voz baja.

—Si le preguntaras eso, creo que le romperías el corazón.

Lo miro sorprendido y Noah añade:

—Le preocupa decepcionarte.

Echo un vistazo por la ventana. Al otro lado del campo, Jake y Tycho se han colocado en posición de combate, la luz mortecina alarga sus sombras. Los hombres como Solt confían en la fuerza en lugar de en la velocidad, y a veces eso los vuelve perezosos y demasiado confiados. Tycho nunca da nada por sentado y eso se ve en sus habilidades siempre que está en el campo. Es parte de la razón por la que se ha ganado el respeto de los demás reclutas. Está dispuesto a arriesgar su vida en esta guerra y lo demuestra cada día. Y no porque crea en Syhl Shallow o en mi derecho a gobernar. Porque cree en mí.

—Tycho nunca me ha decepcionado —digo.

—A lo mejor necesita oírlo.

Pienso en ello un momento, sin saber qué decir. Siento que estoy fallando en muchos aspectos.

Una mano golpea la jamba de la puerta y una mujer mayor de piel morena vacila en el umbral. La reconozco como una de las propietarias de una tienda de la ciudad que trabaja el metal. Sus ojos se pasean entre Noah y yo.

—Sanador —dice en syssalah. Extiende la mano, que está envuelta en un paño húmedo. Dice algo más, pero solo reconozco las palabras «quemar» y «forjar».

Noah puede curar muchas dolencias, pero una quemadura grave dolerá durante semanas y probablemente dejará cicatrices.

—Puedo ayudarte —le digo, pero ella retira el brazo y lo aprieta contra el cuerpo con recelo.

—*Nah* —dice mientras sacude la cabeza—. *Nah runiah.*

Sin magia. Frunzo el ceño.

Noah le habla, y su tono es reconfortante, tranquilizador. Me mira.

—Todavía sirvo para algo —dice.

Su tono es irónico, pero hay un trasfondo en sus palabras que no consigo descifrar.

Tomo aire para preguntarle a qué se refiere, pero él está frunciendo el ceño en dirección a la mujer, intentando hacerle preguntas y entender sus respuestas en un syssalah bastante deficiente. Me dirijo en silencio hacia la puerta, y la mujer parece aliviada de que me vaya.

—Grey —me llama Noah, y vacilo en el pasillo—. Que conste —dice— que tú tampoco nos has decepcionado nunca.

—No juzgues eso demasiado pronto —respondo, pero él ya se ha perdido en su paciente, y mis palabras van a la deriva sin ser escuchadas, mientras las suyas se alojan en mi corazón, y actúan a la vez como un consuelo y un recordatorio.

Tengo una hora hasta la cena, así que me aprieto las hebillas del peto y salgo para reunirme con Jake y con Tycho.

Capítulo catorce

Lía Mara

La tarde se alarga y me descubro mirando por las ventanas con demasiada frecuencia. Es difícil quedarse sentada, quieta, y prestar atención mientras los consejeros y representantes de mis Casas Reales hablan de nuestros preparativos para la guerra. Es imposible concentrarse en los almacenes de grano y en la cosecha tardía cuando mi cerebro quiere fijarse en cada destello que detecta en la mano de alguien. El palacio me hace sentir claustrofobia, como si estuviera atrapada en un pasillo con asesinos escondidos detrás de cada puerta, mientras que el campo de entrenamiento me hace sentir vulnerable y expuesta. No me gusta ninguna de las dos opciones. Me siento aliviada cuando puedo retirarme a mis aposentos para vestirme antes de la cena.

Mi dormitorio siempre ha sido un santuario y eso no ha cambiado. Pido una bandeja de té caliente y me encierro para acurrucarme en el diván que tengo junto a la ventana. Solía esconderme aquí y leer cuando me aburría de la política de la corte y de las maquinaciones de mi madre.

O, más bien, solía *posicionarme estratégicamente* aquí. La idea me hace sonreír. Puedo ver a Grey desde mi ventana. Parece que han encontrado a Tycho, porque están entrenando con Jake en la casi penumbra.

Pero mientras observo, la sonrisa se me borra de la cara. No estaba preparada para la tensión existente entre él y los soldados, en especial con los oficiales. En Syhl Shallow es obligatorio cumplir un año de servicio militar, pero muchos de los hombres y mujeres que entrenan aquí han hecho de ello su carrera. Antes se lo consideraba un *honor*.

Pocas de las personas que he visto hoy parecían considerarlo ya un honor.

No sé si es por mí o por Grey. O por los dos.

Llaman a mi puerta y doy un respingo, con el corazón golpeándome con fuerza contra las costillas. Tengo que recordarme que un asesino no llamaría a la puerta y que de todos modos mis guardias no dejarían que mucha gente llegara tan lejos. Lo más seguro es que sea el té que acabo de pedir.

En cualquier caso, me tomo un momento antes de responder:

—Adelante.

Mi hermana atraviesa la puerta casi antes de que yo dé permiso y deja que el pesado panel de madera se cierre tras ella. Todavía lleva la armadura y las armas con las que ha entrenado, pero de alguna manera las lleva con más elegancia que las túnicas con cinturón que usamos en la corte. Su pelo trenzado está reluciente y sus mejillas siguen coloradas por el frío del aire exterior.

—Llevo toda la tarde esperando para hablar contigo —dice—. Deberías haber dejado que Grey hiciera pelear a ese hombre hasta que tosiera sangre sobre las botas. Madre lo habría hecho.

Como si yo no comparara mis fracasos con las victorias de mi madre cada segundo de cada día.

—Hola, querida hermana —saludo, escueta—. Por favor, no dudes en hablar con libertad.

Apoya las manos en las caderas.

—¿Qué estás haciendo aquí? Creía que ibas a reunirte con los asesores para discutir el tema de las reservas de alimentos para el invierno.

—Lo he hecho. —Vuelvo a mirar por la ventana—. ¿Qué estás haciendo tú aquí? Me sorprende que no estés todavía entrenando y haciendo que algún pobre soldado pida clemencia.

—Ellia Maya ha podido descubrir la identidad de la mujer que te atacó —me informa—. Vivía en la ciudad, no muy lejos del palacio. Creemos que no trabajaba sola.

Me quedo muy quieta, pensando en cómo Grey y yo hemos recorrido las calles de la ciudad esta misma mañana. Reprimo un escalofrío.

Nolla Verin no ha terminado.

—Ellia Maya ha dicho que su casa estaba llena de documentos sobre la historia de los hechiceros. Hay registros de armas impermeables a la magia que se usaron contra ellos en el pasado.

—¿Armas?

—No se ha encontrado ninguna. —Vacila—. Pero eso no significa que no existan. La chica había redactado cartas para las Casas Reales pidiéndoles que se opusieran a nuestra alianza con la magia. No era la única que las había firmado.

Esta vez sí me estremezco. Sabía que la desconfianza hacia la magia era fuerte en Syhl Shallow, pero no estaba preparada para una oposición organizada.

—¿Cuántas personas? —pregunto en voz baja.

—No muchas. Los guardias las están rastreando. —Nolla Verin hace una pausa—. Parece que muchas han huido. Están registrando sus casas de arriba abajo.

No digo nada, y mi hermana se acerca más a mí.

—Lia Mara. —Pone una mano sobre la mía—. Después de lo que pasó ayer... ¿estás bien?

La miro sorprendida. Nolla Verin puede ser tan insensible, tan brutalmente práctica, que olvido que también puede ser cariñosa y solícita.

Como no respondo, se sienta a mi lado en el diván. Huele a sudor, a cuero y a sol, y eso me recuerda que en un principio Madre la eligió a ella como heredera. A veces me pregunto si esto no se le daría mejor que a mí. Solt no se habría mostrado desafiante en el campo de entrenamiento. La asesina no se habría atrevido a acercarse. Para empezar, no me imagino a Nolla Verin escuchando quejas insignificantes.

Todavía me irrita que ayer haya dado órdenes en la sala del trono, pero también me da envidia que haya tenido la fuerza de tomar medidas duras cuando yo no he podido.

—Lia Mara. —Habla en tono suave y extiende la mano para tocarme, y yo me doy cuenta de que he vuelto a abrazarme la cintura.

—Me siento como una tonta —susurro, y luego, contra mi voluntad, mis ojos se llenan de lágrimas.

Nolla Verin chasquea la lengua y me atrae hacia ella. Es más joven que yo, pero ahora me siento como una niña. Me apoyo en su hombro y los extremos de sus armas se me clavan en las curvas mientras ella me acaricia el pelo que me cae por la espalda.

—Ya está, ya está —dice después de un momento—. Dime a quién puedo apuñalar por ti.

Suelto una risita y me enderezo mientras me enjugo las lágrimas.

—No tienes remedio.

—Estoy comprometida con la causa. —Solo es una burla a medias. Sus ojos buscan los míos—. Cuando Madre me nombró su heredera, cuando anunció su intención de que me casara con el príncipe Grey, lo hizo sin ceder su capacidad de gobernar. El pueblo de Syhl Shallow no tenía nada que temer.

Resoplo.

—Pero ahora temen *mi* reinado.

—Sí —se limita a contestar—. Temen la magia. Temen tu alianza con un príncipe de una tierra enemiga. —Endurece el tono—. Cuando deberían temerte *a ti*.

—No quiero que nadie *me tema*.

—Ah. Así que esperas que te sean leales a base de mimos. —Pone los ojos en blanco y se lleva las manos al pecho en un ademán burlón—. ¡Por favor, no me hagáis daño, asesinos! ¿Alguien quiere un dulce?

—Basta ya. —Aparto sus manos y me pongo de pie—. Quiero que mi gente sepa que me preocupo por ellos. Quiero que confíen en mi habilidad para protegerlos sin hacerles toser *sangre en las botas*.

Frunce el ceño.

—Entonces debes demostrarles que no tolerarás ninguna sublevación. Que no tolerarás la deslealtad.

—No necesito ser *cruel*...

—No. —Señala el campo—. Pero les estás pidiendo que luchen por ti. Me estás pidiendo *a mí* que luche por ti.

—No tienes que hacer nada que no...

—Ay, *hermana*. —Nolla Verin suelta un juramento—. ¿Cómo puedes pedirles que luchen *por ti* cuando ni tú quieres luchar *por ti misma*?

Esas palabras hacen que me detenga y la miro fijamente. ¿Es eso lo que he estado haciendo? No lo sé. No sabría decirlo.

—Podría luchar por mí misma si no sintieras la necesidad de dar órdenes en mi nombre —digo con fuerza.

Ella responde chasqueando la lengua:

—No sentiría tal necesidad si no fueras tan permisiva con que los campesinos te escupan en la cara.

—No necesito cortarle la lengua a nadie para demostrar un argumento.

—¡A lo mejor deberías! Nadie diría que tienes un argumento que *demostrar*.

La fulmino con la mirada. Ella me la devuelve.

Ojalá no hubiera llorado sobre su hombro. Me hace sentir inconmensurablemente débil, sobre todo porque está frente a mí vestida con cuero y acero, recién salida del campo de entrenamiento, cuando yo estaba escondida en mi habitación.

Me enderezo.

—Gracias por compartir tus pensamientos —digo entre dientes—. Ahora tengo que prepararme para la cena.

Suena un golpe en la puerta, pero ninguna de los dos se mueve.

—Adelante —respondo por fin.

Es una doncella con la bandeja de té que he pedido. Es joven, con las mejillas sonrosadas y el pelo rojo recogido en un moño en la nuca. Sus ojos están fijos en la bandeja, que es casi tan ancha como ella. Entra en la habitación y se hinca en una reverencia que hace tintinear los platos. Tiene que aclararse la garganta.

—Su M-Majestad.

Sus ojos se fijan en Nolla Verin y la voz le tiembla mientras deja la bandeja en una mesa auxiliar.

—Su Alteza. ¿Les sirvo una taza a los dos?

Nolla Verin se cruza de brazos y dice:

—Por supuesto.

Justo a la vez, yo digo:

—Mi hermana ya se iba.

—De acuerdo —decimos los dos a una.

Yo también me cruzo de brazos. La chica vacila y luego debe de decidir que esto significa que mi hermana se queda, porque coloca dos tazas tambaleantes en sus platillos. El sonido del líquido cayendo suena con fuerza en el tenso espacio que nos separa.

La chica levanta el platillo con una mano y se acerca a mí. No alza la mirada y la forma en que tiembla el plato hace que me pregunte si mi madre la habrá reprendido en el pasado. Me recuerda a la camarera de la taberna.

—Gracias —digo con amabilidad, pero no aparto la mirada de mi hermana.

Alcanzo el platillo.

La chica lo suelta y hace otra reverencia. Luego, sin previo aviso, su mano se abalanza sobre mí.

Estoy tan concentrado en Nolla Verin que casi no lo veo venir, pero hoy mis nervios están al límite y mi cuerpo se agacha hacia un lado sin que yo participe voluntariamente en el movimiento.

De todos modos, no importa. Nolla Verin es mejor luchadora de lo que yo nunca seré y ya ha desenvainado un arma. La daga de mi hermana se clava en el pecho de la chica y mi taza de té acaba destrozada en el suelo antes de que me dé cuenta de lo que ha pasado.

—¡Guardias! —Nolla Verin está gritando, pero mi mirada sigue fija en la chica del suelo. Está jadeando, ahogándose en su propia sangre. Agita las manos sin fuerza sobre la hoja incrustada en su pecho.

—Tú... tú... —jadea.

Nolla Verin le da una patada en las costillas y la chica abre los ojos de par en par.

Emite un fuerte sonido de asfixia mientras sus pulmones piden aire.

Mi hermana la escupe.

—Tienes suerte de que vayas a estar muerta antes de que pueda darte tu auténtico merecido.

Agarro a mi hermana del brazo.

—Para. —Clavo la mirada en la chica mientras los guardias se arremolinan en mis aposentos, con las armas desenfundadas—. Yo. ¿Yo qué?

Sus párpados se cierran. Sus manos agarran la hoja.

—Nos alías con monstruos.

Entonces sus ojos dejan de moverse y sus manos dejan de luchar, y simplemente está ahí, muerta.

El ataque causa tanto revuelo que me pregunto si volveré a encontrar un momento de paz, pero en cierto modo no me importan el caos, las preguntas, el intenso escrutinio de Grey o de mi hermana cuando interceptan a los guardias. Clanna Sun me ruega que me traslade a los aposentos de la reina, pero no quiero salir de mi habitación. Siento que es mi último refugio. Los sirvientes se llevan el cadáver y las alfombras de terciopelo del suelo, y las sustituyen con eficacia mientras me quedo en una esquina e intento no buscar armas ocultas.

Pasan varias horas antes de que los últimos guardias y consejeros se marchen, dejando atrás solo a Nolla Verin y a Grey, que mantienen una acalorada discusión al otro lado de la puerta. La voz de Nolla Verin suena baja, pero mi hermana ya ha dejado clara su postura. Lo más seguro es que quiera ejecutar a todos mis guardias y empezar de nuevo. Puede que ya haya dado la orden para hacerlo. Puede que la gente obedezca.

La idea me hace enfadar. No quiero saberlo.

Ese pensamiento me hace fruncir el ceño. *Debería* querer saberlo.

Nolla Verin tenía razón. Debería luchar por mí misma. La prueba de ello estaba literalmente jadeando en mi suelo.

Me estremezco y me acerco a la ventana, que hace tiempo que muestra oscuridad al otro lado. La habitación está caldeada gracias al fuego de la chimenea, pero de todos modos el frío se cuela por las juntas de la ventana. Debería correr las cortinas para bloquear la corriente, pero ya me siento suficientemente atrapada. La escarcha brilla en los bordes del cristal y sé que Iisak debe de estar en el tejado.

Nos alías con monstruos.

Tal vez lo haya hecho, pero ahora mismo es tranquilizador. No esperaría que nadie entrara por una ventana de un tercer piso, pero una vez Grey trepó por una cuerda para colarse en estos aposentos, así que sé que no es imposible.

La puerta emite un suave clic, y no sé si me provoca más pánico la idea de estar sola o de ser atacada, pero el pavor se arremolina en mi interior antes de que pueda detenerlo.

Nolla Verin se ha marchado y Grey está solo junto a la puerta. Sus ojos oscuros buscan en mi rostro y no dudo de que puede leer hasta la última de mis preocupaciones en mi expresión.

—He mandado que traigan algo de comer. —Hace una pausa—. Tu hermana ha seleccionado a los guardias apostados en el pasillo. Vigilaré junto con ellos cuando llegue la comida. Jake me relevará a medianoche...

—No, por favor. —Las palabras salen como un susurro y él se detiene para mirarme.

—Lia Mara. Ya te han atacado dos veces. —Duda—. No me sentiría cómodo volviendo a mis aposentos...

—No. Quería decir... —Se me entrecorta la voz—. Quería decir que no quiero que te vayas.

Entrecierra un poco los ojos y me gustaría que no se le diera tan bien ocultar cualquier emoción. Un brote de calor se apodera de mis mejillas y tengo que apartar la mirada. Rara vez estamos solos. Incluso cuando lo estamos, son solo unos momentos, con una puerta abierta y un guardia cerca. A mi gente le preocupa tanto la idea de que necesite a un hombre a mi lado que he hecho todo lo posible para tranquilizarlos, para demostrar que mi alianza con Grey será *ante todo* en beneficio de mi pueblo.

Pero ahora está aquí, con la puerta cerrada y la noche presionando contra los cristales de las ventanas.

No contesta y tengo que volver a mirar hacia el exterior.

—Perdóname —digo a toda prisa—. Estoy siendo inapropiada. —Hago una pausa—. También estoy siendo una tonta.

—No estás siendo ninguna de las dos cosas. —Habla a mi lado y casi pego un salto. Ha cruzado la habitación con mucho sigilo. Está cubierto de cuero y espadas, como siempre, pero el destello de luz sobre la plata me hace pensar en lo que ha dicho Nolla Verin sobre las armas que podrían resistir su magia.

—Nolla Verin ha dicho que hay rumores de armas que podrían usarse contra un hechicero. —Levanto la vista y lo miro a los ojos—. Contra ti.

—También me lo ha contado. —Me dirige una mirada ecuánime—. Si alguien lleva un arma así, es bienvenido a intentarlo.

Me estremezco. Tal vez por eso soy yo el objetivo. Sé defenderme, pero no como lo hace Grey. Ni siquiera como lo hace mi hermana.

Ahora que está cerca, noto un rastro de cansancio en su cuerpo. No me había dado cuenta. Debería haberlo hecho.

—Te has ganado un descanso —le digo.

—Tú también. —Suspira—. El destino siempre parece conspirar contra nosotros.

—El destino. —Él cree en su poder, pero yo no. Alargo la mano y agarro la suya, entrelazando nuestros dedos y pasando el pulgar por el borde de su brazalete, por encima de la muñeca—. No me gusta la idea de que estos ataques puedan estar predestinados. Que todo nuestro ataque a Emberfall pueda estar predestinado.

Se queda callado un momento.

—A menudo encuentro consuelo en la idea de que el destino ya ha trazado un camino más allá de lo que parece imposible.

—¿Esta guerra parece imposible? —No encuentro esa idea tranquilizadora *en absoluto*.

—Sí. —Hace una pausa—. Pero también la maldición. Nuestro viaje hasta Syhl Shallow. Mi huida de Ironrose. —Otra pausa—. Mi infancia. —Me mira—. Tu madre.

Me aferro a su mano y vuelvo a mirar por la ventana. Su presencia es muy cálida a mi lado y de repente soy muy consciente de su cercanía. Creo que no hemos estado solos en mis aposentos con la puerta cerrada desde la noche en que sorteó a los guardias para entrar. Entonces, como ahora, era todo un caballero, obligado por el deber y el honor. Compartimos ciruelas azucaradas sobre el alféizar, intercambiando secretos y robándonos besos, hasta que mi madre irrumpió.

En cuanto pienso en besarlo, me arden las mejillas y tengo que mantener la mirada fija en la ventana. Su palma contra la mía ahora me resulta demasiado cálida, demasiado íntima, pero sería más incómodo soltársela. Está aquí para mantenerme a salvo, eso es todo. Me alegro de que esté recubierto de cuero con multitud de hebillas abrochadas, mientras que yo estoy envuelta en varios metros de tela asegurados con un cinturón. Antes que nada, aliados. Todo lo demás es una mera esperanza que tenemos que negarnos hasta que logremos la paz.

Pero mientras escucho su suave respiración a mi lado, en lo último que pienso es en la paz o en la guerra o incluso en las amenazas contra mi vida. Miro un poco de reojo hasta que vislumbro su perfil en las sombras, la curva de su labio, el ángulo de su mandíbula, el comienzo de una barba que siempre parece robarle un poco de severidad.

Sin previo aviso, se gira para mirarme y se me corta la respiración.

Estoy atrapada en su mirada.

Suena un golpe en la puerta y doy un respingo.

—Descansa. —Grey me levanta la mano para besarme las yemas de los dedos y unas chispas saltan por todo mi brazo, pero luego me suelta—. Debe de ser nuestra cena.

Se dirige a la puerta y me deja derretida en un charco junto a la ventana.

¿El destino tenía que enviar la cena justo en este momento?, quiero preguntar.

Pero no lo hago. Me enderezo la túnica, me pongo en guardia contra la nueva oleada de ansiedad que me provoca la entrada de los sirvientes en mis aposentos y me recuerdo a mí misma cómo ser una reina.

Capítulo quince

Lía Mara

No espero tener apetito, pero una vez que destapan las bandejas descubro que estoy hambrienta. Me sentía tensa e inquieta al pensar en que otro sirviente entrara en mi habitación, pero Grey no ha permitido que el joven cruzara siquiera el umbral. En su lugar, ha ordenado a un guardia que trajera la bandeja y se ha interpuesto entre el guardia y yo mientras este colocaba la comida en una mesa lateral.

Ahora estamos solos de nuevo y la comida humea entre nosotros.

Tengo miedo de tocar cualquier cosa.

Grey me estudia y dice:

—Puedo hacer que un guardia lo pruebe.

Estoy siendo ridícula. De todos modos, tengo catadores en las cocinas.

Pero aun así...

—No, no —contesto después de un momento. Pero no toco la comida.

Grey me lanza una mirada irónica, luego corta rápidamente un pequeño trozo de todo lo que hay en su plato y lo prueba.

Lo miro con los ojos como platos. Su magia lo mantendría a salvo, seguramente, pero...

—Todo bien. —Levanta su plato y hace un gesto para que los intercambiemos—. Toma el mío.

Me siento avergonzada, pero de todos modos cambio el plato con él. Me imagino sentada aquí sola, mirando un plato, viendo cómo se enfría mientras delibero sobre si alguien me envenenará. Estoy tan aliviada de que se haya quedado, de que esté *aquí*, que casi rompo a llorar sobre mi comida. Me seco la humedad de los ojos.

—Te entiendo —dice Grey—. El pollo asado de tu chef también me hace llorar a menudo.

Su tono de voz es tan seco que me hace reír entre lágrimas.

—¿En el buen sentido?

Hace una mueca.

—No. Daría lo mismo que le prendiera fuego.

Me río a carcajadas.

—Es mucho mejor que todo ese marisco de Emberfall. —Hago una mueca.

—Blasfemia. —No sonríe, pero sus ojos bailan, así que sé que está bromeando—. En Rillisk, Tycho y yo solíamos competir por los mejores cangrejos al vapor de la ciudad.

—No estaba segura de que hubiera algo peor que el marisco hasta que has mencionado el ir *corriendo* a por él.

Eso le arranca una carcajada y el sonido se aloja en mi corazón. Es tan reservado que sus sonrisas hay que ganárselas y sus risas auténticas son difíciles de conseguir. Cada vez que ocurre, siento que debería guardar ese sonido en una caja y atesorarlo para más tarde.

Luego dice:

—La camarera, Jodi, era una amiga.

Tal vez sea la forma en la que dice *amiga*, la forma en la que menciona el nombre de una chica o el hecho de que era una camarera, pero algo dentro de mí se despereza y presta atención.

—¿Una amiga? —pregunto, intentando sonar relajada y fracasando miserablemente.

—Sí. Una amiga. Nada más. —Sacude un poco la cabeza—. Yo estaba demasiado… Demasiado perdido en el miedo a que me descubrieran para que alguien pudiera ser algo más.

—¿Por tu posicionamiento estratégico?

—Mmm —responde, evasivo, y yo sonrío. Espero, pero eso es todo lo que dice. Por un momento, me pregunto si es significativo, si hubo algo más entre ellos que no quiere admitir. Pero ya debería saber que para alguien que revela tan poco sobre sí mismo, su franqueza es increíble. Nunca hay ni un indicio de artificio o engaño.

El silencio que se crea entre nosotros no es tenso, y mi emoción anterior se ha suavizado hasta convertirse en algo más cálido. Mejor. Más amable. Me hace desear que nunca tengamos que salir de esta estancia, que mi mundo se reduzca a estos aposentos. Solo él y yo y este fuego rugiente, nada al otro lado de la ventana excepto el cielo nocturno.

Ese pensamiento me hace sentir más egoísta que nunca.

Tengo que aclararme la garganta antes de que las lágrimas vuelvan a aflorar.

—Te he visto en el campo con Tycho. Hace días que no lo veo. ¿Está bien?

—No estoy… No estoy seguro.

No es la respuesta que esperaba, así que levanto la mirada.

—¿Por qué?

—Sospecho que puede sentirse en conflicto con el papel que ha elegido.

—Bueno. —Descorcho una botella de vino y, de alguna manera, me contengo para no servir el triple de lo que normalmente serviría—. No es el único.

—No. —Grey suspira—. No lo es. —Empuja su vaso hacia mí.

Casi nunca bebe. Arqueo las cejas.

Se encoge de hombros.

Le sirvo.

Me he bebido la mitad de mi vaso antes de que él se lleve el suyo a la boca, pero da un pequeño sorbo antes de dejarlo de nuevo en la mesa. Sin embargo, sus ojos siguen mi movimiento, observando la inclinación de mi vaso, o tal vez la curva de mis dedos alrededor del cristal, o mis labios, o mi garganta o...

Debería dejar el vaso en la mesa. Las mejillas me arden, mis pensamientos están a un millón de kilómetros de donde deberían estar.

Él traza con un dedo la base de su vaso y yo me sonrojo.

—Creía que ambos íbamos a ser imprudentes —digo.

Pero por supuesto, él nunca es imprudente. Nunca es descuidado. Grey lo confirma cuando dice:

—Debería estar con tus guardias, Lia Mara.

Lo más probable es que tenga razón, pero esas palabras me atraviesan el corazón. Entonces me doy cuenta de que no se ha movido. Esos ojos oscuros siguen fijos en mí, sus largos dedos continúan trazando círculos interminables alrededor del vaso.

Lucha por ti misma, me ha dicho Nolla Verin.

Trago saliva.

—Quiero que te quedes conmigo —susurro.

Cierra los ojos e inspira, y luego *él* vacía la mitad de su vaso.

Lo deja en la mesa con brusquedad y aparta el vino.

—Infierno de plata. Eso no llevará a nada bueno.

No sé si se refiere a quedarse o al vino, pero quiero retarlo a que se lo beba. Por una vez, quiero verlo perder el control.

La sola idea hace que me sonroje. Al menos uno de nosotros está siendo responsable. La razón por la que está aquí es para mantenerme a salvo. Para mantener alejados a los asesinos. No podrá hacerlo si está borracho.

Me alejo de la mesa y vuelvo a mirar por la ventana, apoyando las yemas de los dedos en el frío del marco. El frío es sorprendente y estabilizador, y respiro hondo.

—Vete si debes hacerlo —digo—. Seguro que mis guardias aprecian la...

Sus manos se posan en mi cintura y jadeo.

—Chist —murmura, manteniéndome quieta. Su aliento me roza el pelo, la piel del cuello. Sus manos son siempre muy suaves, pero puedo sentir su fuerza. El corazón me galopa en el pecho, pero deseo apoyarme en él, dejar que sus brazos me rodeen y capturen mi estruendoso pulso.

—Habrá habladurías —dice, en voz baja y profunda—. Incluso si me limito a montar guardia en tu habitación mientras duermes, tus guardias y sirvientes hablarán. No habrá forma de acallar los rumores.

Pienso en él en el campo, enfrentándose a Solt, haciendo lo que puede para controlar a mis soldados sin desafiar mi deseo de gobernar sin violencia, tratando de mantener el control sin dar la impresión de que me está llevando la contraria. Considero lo que ha dicho Nolla Verin y me pregunto si he estado paralizando a todos los que me rodean con mis propias dudas. He pasado tanto tiempo preocupándome por lo que los demás quieren, por cómo me ven, que no he pensado ni un momento en lo que yo quiero.

—Entonces que hablen —respondo por fin.

—Lia Mara...

—No me importa. —Me giro en sus brazos y lo miro—. Espera. ¿A ti... te importa?

—Sería difícil que tu gente pensara peor de mí. —Grey frunce el ceño—. Pero no deseo que piensen mal *de ti*. —Levanta una mano para acariciar un mechón de pelo que ha caído sobre mi mejilla.

—Yo tengo muy buen concepto acerca de ti —digo en voz baja. Me roza la mandíbula con el pulgar y me estremezco.

—Me alivia que alguien lo tenga. —Su dedo recorre toda la longitud de mi cuello, un contacto muy ligero, como si no estuviera seguro de si debería atreverse. Su tacto es casi ingrávido cuando su mano recorre la pendiente de mi hombro antes de retirarse.

Le agarro la muñeca y clavo los dedos en el cuero. Sus ojos brillan con una luz que viene de alguna parte, y nos quedamos mirándonos.

Me sonrojo más y contemplo su mano con timidez.

—Como si no pudieras deshacerte de mi agarre.

—Como si quisiera hacerlo.

—Como si...

Se inclina para presionar sus labios contra los míos y yo contengo la respiración. Mis dedos siguen enredados en su muñeca, pero siento que él me ha atrapado *a mí*. Su boca es cálida contra la mía, lenta e intensa, y me arranca un sonido bajo de la garganta cuando su lengua roza la mía. No sé si lo suelto o si él se libera, pero de repente sus manos están en mi cintura, encendiendo un fuego en mi interior. Mi espalda choca contra el frío marco de la ventana, provocando el repiqueteo de los cristales.

Jadeo, sorprendida, pero él captura el sonido con su boca, su peso contra mí, contundente y adictivo. Ya nos hemos besado antes, pero ahora parece estar más cerca que nunca. Sus besos se han vuelto más insistentes, más seguros. Son más un reto que una pregunta.

Mis manos recorren los músculos de sus brazos hasta sus hombros, su pecho; buscan piel, pero solo encuentran mucho cuero, muchas armas. Sus dedos juguetean con el borde de mi cinturón, donde tengo un poco de cosquillas, y eso me hace reír y retorcerme... hasta que su otra mano se desliza más abajo, descubriendo mi cadera a través de la túnica, haciéndome sonrojar y jadear de una forma totalmente nueva.

Rompo el beso y entierro la cara en su cuello para respirar con fuerza contra el dulce calor de su piel. No puedo pensar. No puedo hablar. Quiero reír. Quiero llorar.

—Grey —susurro—. Grey.

—*Faer bellama* —dice contra mi pelo—. *Faer gallant.*

Mujer hermosa. Mujer valiente.

Se me llenan los ojos de lágrimas y retrocedo para mirarlo.

Levanta una mano para quitarme las lágrimas y se inclina para rozar con los labios mi mejilla húmeda.

—*Faer vale* —dice.

Mujer gentil.

Mis manos encuentran su cuello, mis dedos acarician el pelo de su nuca mientras inhalo su aroma embriagador.

Empieza a alejarse de mí, pero engancho los dedos en las correas de su pecho y lo retengo con firmeza.

Se detiene, sus ojos buscan los míos, pero yo esquivo su mirada y fijo la mía en las hebillas. Respiro hondo y empiezo a desabrochar una.

Se queda muy quieto.

Me arden las mejillas. Una vez más, nuestras respiraciones resuenan con fuerza.

—Hay muchas hebillas, ¿sabes? —digo, pero me arden las mejillas. No puedo mirarlo.

Sonríe.

—Como ordenes.

Sus manos son rápidas y hábiles, fácilmente tres veces más veloces que las mías, nacidas de una época en la que se entrenó para adornarse con una armadura y enfrentarse a una amenaza inmediata. Pero el cuero y las armas forman un montón en el suelo en cuestión de segundos, lo que lo deja con una camisa de lino y unos pantalones de piel de becerro. Al menos, eso creo. Apenas tengo tiempo de darme cuenta de que sigue vestido antes de que vuelva a besarme.

Ay, antes estaba muy equivocada. Ahora está más cerca que nunca, la tela fina de su camisa no oculta el calor de su piel. En sus besos ya no hay vacilación y bebo de su sabor hasta sentir que me ahogo. Lo más seguro es que pueda sentir el latido de mi corazón contra el suyo, sobre todo cuando su mano recorre mi cuerpo, tirando de mi túnica para subir la seda y desnudarme la pantorrilla, la rodilla. Su mano halla la piel de la parte exterior de mi muslo justo cuando sus caderas se encuentran con las mías.

Se me entrecorta la respiración y me aferro a él. Me olvido de cómo respirar. Me olvido de cómo pensar. Quiero sentirlo todo a la vez. Tiro de su camisa y mis nudillos se ven recompensados con la suave pendiente de su cintura, la agradable curva del músculo que lleva hacia su caja torácica.

Entonces mis dedos se posan sobre los bordes endurecidos de sus cicatrices. No sabría decir si él se queda inmóvil o si lo hago yo.

En cualquier caso, mis manos reducen la velocidad. Se detienen. Se alejan. Grey ha retrocedido unos centímetros. Ahora, sus ojos resultan oscuros e inescrutables.

Solo he visto sus cicatrices una vez, cuando huíamos de Emberfall. Nos refugiamos en una cueva en las montañas y él no se dio cuenta de que yo estaba mirando. Incluso entonces, solo fue un vistazo rápido, un pequeño atisbo de algo terrible. Noah ha visto la peor parte, antes de que se le curaran, pero por lo demás, ha mantenido las marcas ocultas. Incluso cuando la princesa Harper le llevó ropa por primera vez, se negó a que viera lo que le habían hecho.

Tal vez las cicatrices lo hagan sentir vulnerable o tal vez sean un recordatorio de que alguien en quien una vez confió pudo causar tal tormento, pero entre nosotros el aire ha cambiado. Hay una sombra donde hace un momento había luz.

No sé si es compasión por su angustia o asombro por su fuerza, o rabia por lo que le han hecho... o alguna otra emoción que ni siquiera consigo identificar. Sea lo que fuere, vuelvo a acercarme a él y deslizo las manos bajo su camisa. Ahora está tenso, pero se queda quieto. Cuando mis dedos recorren las marcas, se estremece y la respiración se le entrecorta un poco, pero no se aparta.

Me separo de la pared y me aproximo a él para apoyar los labios sobre la piel de la base de su cuello, dejando que mis manos suban por su espalda y sujetándolo contra mí. Siento el latido de su corazón contra el mío, rápido y nervioso como el de un pajarillo atrapado, pero, mientras lo sostengo, mientras mis dedos trazan las cicatrices y mi aliento le calienta el cuello, su tensión se alivia. Se calma. Se asienta. Inclina la cabeza, me besa en la sien, en la mejilla, y enreda los dedos en mi pelo.

—Como ya he dicho —susurra, su voz es cálida—, conoces todas las formas posibles de hacerme ceder.

Esto es diferente de la atracción fogosa de hace un momento. Más poderoso. Más valioso. Esto es confianza. Fe. Esperanza.

Amor.

Me besa el lóbulo de la oreja y le da un pequeño mordisco antes de retroceder. Tira de su camisa y se la quita por encima de la cabeza, y el aire abandona mis pulmones de golpe. La luz del fuego pinta su piel de oro y sombras, y yo me sonrojo y me mareo a causa del deseo y del miedo que se encienden en mi vientre. De repente, me siento tímida y mis manos se agitan contra mi abdomen cuando él se inclina para tirar de los cordones de sus botas. Pero debe de darse cuenta, porque se detiene un instante y me mira.

—¿Debo volver a vestirme? —dice, y no hay censura en su voz, no me juzga.

—No. ¡No! —Sacudo la cabeza muy deprisa. Tengo que hacer que mi voz funcione—. Grey... Grey, deberías saber...

No puedo decirlo. Las llamas están devorando mi capacidad de pensar. Es demasiado encantador, demasiado feroz, demasiado masculino, demasiado... Bueno, *demasiado*.

Se desprende de las botas. Sin previo aviso, da un paso adelante y me alza en brazos. Suelto un gritito y me agarro a su cuello, pero él acerca mucho la cara a la mía. Apoyo la mano libre en su pecho desnudo y tengo que obligar a mis ojos a encontrarse con los suyos.

—¿Qué debo saber? —dice, y su voz es baja y suave, solamente para mí.

—Yo nunca... —susurro.

—Ah. —Me lleva a la cama y ahora le toca a mi corazón el turno de querer escapar de su jaula. Pero me deposita sobre el edredón y se sube a la cama para tumbarse a mi lado. Hay apenas unos centímetros de espacio entre nosotros y quiero eliminar hasta el último de ellos.

Luego dice:

—Yo tampoco.

Eso es tan inesperado que casi me caigo de la cama.

—¡Pero si eras un guardia! ¿Cómo es posible?

Se encoge un poco de hombros.

—Tenía diecisiete años cuando presté juramento a la Guardia Real. Renunciábamos a la familia, así que el cortejo no estaba permitido. Algunos de los otros visitaban las casas de placer de las ciudades, pero eso no era para mí. —Me pasa un dedo por el borde de la túnica, por el hombro, por el cuello y luego por la parte delantera del pecho.

Me estremezco y se me entrecorta la respiración, pero él se inclina para darme otro beso en los labios.

—Tendrás que perdonar mi inexperiencia.

—Tendrás que perdonar la mía —empiezo, pero esa mano suya tan suave se desliza bajo mi ropa, y mi espalda se arquea ante su tacto y descubro que no puedo pensar en absoluto.

—Yo he oído muchas historias —dice contra mi mejilla, su voz burlona mientras arrastra los dientes por mi mandíbula—. Tú has leído muchos libros. —Su pulgar me acaricia una zona muy sensible de la piel y vuelvo a jadear.

Se aleja lo suficiente como para mirarme a los ojos y sonríe.

—Seguro que podremos apañárnoslas.

Capítulo dieciséis

Grey

Rara vez duermo lo suficiente como para que me despierte el sol, pero la habitación está tenuemente iluminada por la luz de la mañana cuando por fin abro los ojos. El fuego se ha convertido en brasas y siento frío en el aire, pero las mantas de Lia Mara son suficiente para mantenerme caliente, en especial con la reina acurrucada a mi lado.

Aún no se ha despertado, pero tiene la frente pegada a mi hombro y su melena roja está extendida en el espacio que nos separa, reluciente bajo la pálida luz del sol. Tiene las rodillas hacia arriba, presionadas contra la parte exterior de mi muslo. Me debato entre el deseo de despertarla para tener el placer de ver sus ojos y el deseo de dejarla dormir para poder seguir observando cómo la luz del sol recorre la curva desnuda de su hombro. Me debato entre querer estar a su lado hasta el fin de los tiempos y querer encontrar a todos los que se atrevan a desearle el mal para atravesarlos yo mismo con mi espada. Me he sentido protector con ella desde hace mucho, con todos mis amigos, pero esto... De repente, esto es diferente. No es una obligación. Es un imperativo. Una urgencia feroz.

Se supone que esta mañana debo reunirme con los oficiales del ejército y los generales de Lia Mara, probablemente en este mismo momento, pero me da la impresión de que no puedo separarme de ella.

Lia Mara inhala profundamente y sus labios se pegan a mi brazo antes de que abra los ojos. Me acerco para retirarle el pelo de la cara y despega un poco los párpados.

—Me preocupaba despertarme y que te hubieras ido —dice con suavidad.

—Sigo aquí. —Dibujo su boca con un dedo y ella me besa la punta—. Aunque tengo que reunirme con tus generales para hablar de los informes de Emberfall...

—Pueden esperar un poco más. —Se acerca hasta que sus piernas se enredan con las mías y me olvido de todo menos del tacto de su piel y el sabor de su boca.

Minutos, horas o décadas después, la luz del sol inunda la habitación. Me abrocho los brazaletes mientras Lia Mara se sonroja al observarme desde debajo de sus mantas.

—Si no dejas de mirarme así —digo—, me veré obligado a pasar el día aquí.

—¿Quieres que parezca una advertencia? Porque suena como una promesa.

Eso me hace sonreír y me inclino para besarla.

—No me tientes, mujer encantadora. —Intenta engancharme el cuello de la camisa con los dedos, pero sonrío y alejo su mano—. Hasta luego.

Se tumba contra las almohadas y finge un mohín.

—Supongo que debo ser reina, al menos un rato.

—Le pediré a Iisak que se quede contigo cuando yo no pueda —la informo, y ella se tranquiliza. Su mohín de burla se convierte en un ceño fruncido.

—De verdad me gustaría que pudiéramos quedarnos aquí —dice con suavidad.

Recojo la vaina de mi espada y me la coloca en la cintura.

—Una vez oí al padre de Rhen, mi padre, supongo, decir que, si no puedes hacer que tu pueblo te ame, debes procurar que te tema. —Hago una pausa—. El respeto rara vez nace de otra cosa.

—Mi hermana dice lo mismo. —Me estudia mientras me abrocho y coloco las armas en su sitio—. No quiero que la gente me tema, Grey. —Su tono es muy suave—. ¿Crees que eso me convierte en una reina débil?

—No. —Me acerco a la cama y apoyo una mano en su mejilla—. Puedes ser una reina fuerte sin ser tu madre, Lia Mara.

En el momento en que pronuncio esas palabras, me doy cuenta de que no sé si son ciertas. Los soldados de su campo de entrenamiento no estarían de acuerdo conmigo. En Emberfall, el rey Broderick nunca fue conocido por ser amable. Y aunque Rhen es devoto de su pueblo, no se opone a ser brutal cuando lo cree necesario. Las cicatrices de mi espalda, las de la espalda de Tycho, son prueba suficiente de ello.

Tal vez Lia Mara pueda leer la vacilación en mis ojos, porque presiona su mano contra la mía.

—Nolla Verin cree que soy demasiado floja.

—Tu hermana es despiadada porque tu madre esperaba que lo fuera. —Hago una pausa—. Ella ansiaba el trono y no conoce otra forma de gobernar.

Me mira fijamente.

—Tú... no confías en ella —dice con cuidado.

—Confío en que se comporte exactamente como lo haría Karis Luran.

Frunce el ceño.

—Nolla Verin dice que tengo que aprender a luchar por mí misma si espero que otros luchen en mi nombre. Madre habría estado de acuerdo.

—Nolla Verin se equivoca.

—¿En serio?

—Eres *la reina*, Lia Mara, y tomaste el trono por la fuerza. Ya sabes cómo luchar por ti misma. He visto tu fuerza y tu valentía innumerables veces. —Me inclino para besarla—. Es el momento de mostrárselas a tu gente.

Jake está esperando en el pasillo cuando por fin salgo de la habitación. Está apoyado en la pared opuesta, con los brazos cruzados sobre el pecho. Si no lo conociera diría que está dormitando, pero he aprendido que a Jake se le da muy bien parecer aburrido y distraído cuando en realidad es todo lo contrario. Cuando me ve, abre los ojos de par en par y se endereza. No estoy seguro de qué es lo que dice mi aspecto, pero se pasa un pulgar por la trabilla del cinturón y sonríe.

—Ah, hola, Grey —dice con demasiada indiferencia—. ¿Has pasado una buena noche?

He sido guardia el tiempo suficiente para reconocer este tipo de burlas, así que lo ignoro y echo un vistazo a las guardias de Lia Mara, que esta mañana son dos mujeres. Solo conozco a una de ellas, una guardia de rostro pétreo llamada Tika que era leal a Karis Luran.

—Nadie debe entrar en los aposentos de la reina sin escolta —les digo a ambas—. Hablaré con el scraver Iisak para que permanezca a su lado durante todo el día.

Intercambian una mirada y Tika asiente. Su expresión no cambia.

—Sí, Su Alteza.

Me doy la vuelta para echar a andar a zancadas por el pasillo, pero no me sorprende en absoluto que Jake se ponga a mi lado.

—No empieces —digo.

—¿Te das cuenta de que te estás sonrojando?

Pues claro que no. Al menos, eso espero.

Él sonríe. *Infierno de plata.*

—Debes de estar agotado —continúa—, después de... *haber montado guardia.*

Lo fulmino con la mirada y me pregunto cuánto voy a tener que aguantar.

—¿Qué? —pregunta con expresión inocente.

Imito su tono siempre irreverente.

—No seas idiota, Jake.

Él baja la voz e imita mi severidad.

—Como usted diga, Su Alteza.

Le doy una torta en la nuca y se ríe, pero enseguida se pone serio. Está más tranquilo cuando dice:

—He esperado a que no nos oyeran para decirte esto, pero... sus guardias iban a irrumpir en la habitación.

—¿Qué? —lo miro sorprendido—. ¿Cuándo?

—Alrededor de la medianoche. —Hace una pausa—. Por lo que parece, existe cierta preocupación por que le hagas daño.

Me detengo en seco en el pasillo y me giro hacia él.

—Que yo le voy a hacer...

—Chist. —Él no se detiene—. Sigue caminando.

Sigo caminando.

—Ha sufrido dos atentados contra su vida cuando yo no estaba cerca.

—Hay muchos rumores. —Hace una pausa—. Su ley dice que quien mate a la reina gobernará Syhl Shallow, ¿verdad? Uno de los rumores con más fuerza es que pretendes matar a Lia Mara y reclamar el trono para ti.

—¿Por qué iba a hacer eso? Ya somos *aliados*. —Nos cruzamos con un criado en el pasillo y mi expresión debe de ser feroz, porque hace una rápida inclinación y se aparta.

—No confían en la magia, Grey. No confían *en ti*. —Respira hondo—. Hay facciones en la ciudad que creen que Syhl Shallow necesita posicionarse contra tu magia. Les preocupa que puedas estar manipulándola para conseguir el control de su ejército y que, una vez que hayan marchado contra Emberfall, tomes el control de todo. Entonces su reina estará muerta y nadie podrá tocarte debido a tu magia...

—Es suficiente. —Suspiro y me paso una mano por la cara.

Creen que la estoy manipulando porque la ven débil. Ella quiere ser una reina pacífica, pero eso significa que cada paso que demos será cuesta arriba. Si tomo el control de su ejército por la fuerza, parecerá que estamos enfrentados. Si no lo hago... nos costará mantenerlos unidos.

No es la primera vez que deseo el consejo de Rhen.

Quiero apartarme esa idea de la cabeza, pero, como siempre, se queda ahí. No estaba exento de defectos... pero él no estaría en esta situación. Fue criado para esto, para *gobernar un reino*. Tiene la habilidad de burlar a sus oponentes cuando se dan a conocer. Por eso fue capaz de expulsar a Syhl Shallow de Emberfall la primera vez y, probablemente, por eso fue capaz de mantener a Lilith a raya durante tanto tiempo.

Por eso necesito que este ejército respete a su reina y me siga. Rhen detectará la más mínima debilidad y la explotará. Mi magia no vale nada si no podemos llevar a nuestras fuerzas hacia Emberfall. Mi derecho sobre el trono no tiene valor si su gente no me apoya.

Una vez le dije a Rhen que no se hundiera en la duda y ahora me enfrento a la misma situación.

Llegamos a la última curva antes del pasillo que lleva a la sala de estrategia y me detengo. Desde aquí oigo la reverberante cacofonía de voces. Nolla Verin está de pie cerca de la puerta con una consejera, Ellia Maya, y parecen estar inmersas en su conversación. Estamos demasiado lejos para oír sus palabras, pero Nolla Verin me dedica una mirada de desaprobación. Quiero devolverle la misma mirada, pero estoy seguro de que llevan esperando un rato, y eso no mejorará mi posición.

Miro a Jake, que se ha detenido conmigo.

—Así que voy a reunirme con generales y oficiales que ya me odian y ahora creen que solo los estoy utilizando como medio para conseguir un fin. —No es de extrañar que Solt y los demás me observen con desdén en el campo de entrenamiento.

Jake me devuelve la mirada con serenidad.

—No te lo tomes a mal, pero... ¿no es así?

Frunzo el ceño.

—¿No es ese el objetivo de un ejército? De cualquier ejército. —Continúa Jake—. Cuando Harper nos arrastró a Noah y a mí por primera vez a Ironrose, esperaba que te pisoteara un caballo, pero aun así caí en esa mierda de «el bien de Emberfall». Aun así, arriesgué mi vida. En gran parte fue por Harper, pero también fue por... —Hace una pausa y pone los ojos en blanco, avergonzado—. Bueno, por ti, idiota. —Hecha una mirada significativa a la estancia—. Siguen aquí. Deben de creer en *algo* de lo que estás haciendo.

No me criaron para ser un príncipe. No soy un general. Ni siquiera fui soldado.

No sé cómo hacerles creer en lo que hago cuando ni *yo* estoy del todo seguro.

—Vamos. —Jake me da una palmada en el hombro—. ¿Necesitas un discurso motivacional antes del partido?

—¿Qué?

—Sin agallas, no hay gloria. Concéntrate en el partido. Ve a por todas o...

—Jake.

—*Grey.* —Me golpea en el centro del pecho, donde el emblema de Emberfall está incrustado en el cuero: un león dorado y una rosa roja entrelazados, rodeados de verde y negro, los colores de Syhl Shallow. La armadura fue un regalo de Karis Luran, en honor a nuestra futura alianza—. Syhl Shallow necesita aliarse con Emberfall para sobrevivir —me dice Jake con ferocidad—. Tú lo sabes. Ellos lo saben. La propia Karis Luran lo sabía.

—Como lo sé yo. —Lia Mara habla desde el pasillo y me giro para mirarla mientras cruza el suelo de mármol a grandes zancadas, con sus guardias detrás. Se ha puesto una túnica nueva de color verde, con un grueso cinturón negro sobre el talle. Su melena roja cae sobre sus hombros en una cortina de seda. Los ojos le brillan, pero el rictus de su boca es solemne, y mi corazón se estremece ante su belleza.

Jake se inclina ante ella y al principio creo que es una burla y que voy a tener que darle un puñetazo. Pero entonces dice: «Su

Majestad», en syssalah, y me doy cuenta de que no lo es. Tal vez *debería* centrarme en el partido.

Ella sonríe.

—Jake. Buenos días.

—Estábamos discutiendo la estrategia antes de reunirnos con los oficiales del ejército —dice.

—He oído parte de esa *estrategia* —dice ella, a quien no ha engañado—. Me gustaría unirme a vosotros. Si fuera posible.

Como si no fueran *sus* generales y oficiales. Como si no le concediera todo lo que me pide.

Asiento con la cabeza.

—Siempre.

Se cuelga de mi brazo y se acerca lo suficiente como para que pueda percibir su aroma, como a naranjas y vainilla.

—Creía que mostrar distancia entre mis fuerzas armadas y yo haría que mi pueblo se diera cuenta de que no me apresuraré a recurrir a la violencia. —Vacila—. Creo que he conseguido todo lo contrario. No quiero que mis soldados supongan que no los necesito. No quiero que mi pueblo piense que somos débiles.

Nunca lo pensarían, quiero decir, pero sería una mentira. Su gente está preocupada e insegura, y eso queda claro.

Es impresionante que lo vea. Es más impresionante que lo *admita*.

—Además —sigue—. No estoy de acuerdo con lo que has dicho. No necesito mostrarles *mi* fuerza.

A esas palabras las dice con más claridad y Nolla Verin se endereza al final de la estancia cuando las oye.

Miro a Lia Mara, sorprendido.

—¿No?

—No. —Mantiene los ojos al frente, sosteniendo la mirada desafiante de su hermana, pero sus dedos se tensan en el pliegue de mi brazo—. No se trata solo de Syhl Shallow. Se trata de forjar una alianza entre nuestros países. Se trata de aprender que la magia puede ser una ventaja, no una amenaza. Se trata de

algo más que de violencia y poder. Se trata de educación, conocimiento y comunicación. —Me mira, y su mirada es intensa—. Si
mi gente debe ver fuerza, entonces tenemos que mostrarles *la
nuestra*.

Capítulo diecisiete

Rhen

Han pasado dos semanas desde que Lilith se dio a conocer. Dos semanas, lo que deja a Emberfall menos de un mes hasta que Grey traiga a sus fuerzas hasta aquí.

No estoy seguro de qué es lo que provoca más temor en mi pecho. Ni siquiera estoy seguro de que importe.

Esta mañana, Harper está de nuevo al otro lado de mi ventana, entrenando con Zo. Cabalgaremos hacia Silvermoon más tarde, porque su Gran Mariscal ha jurado a regañadientes que nos dejará su ejército privado para defender Emberfall, y quiero ver yo mismo el estado de sus fuerzas. Se espera que mi espía, Chesleigh Darington, regrese de Syhl Shallow esta noche con informes sobre su ejército y es posible que con un arma que cree que usaré contra Grey, un arma que espero usar contra Lilith.

Hay demasiadas esperanzas. Demasiados miedos. Demasiadas incógnitas.

El aire se ha vuelto más frío y trae consigo vientos helados que cruzan las tierras de cultivo que rodean Ironrose, la promesa del amargo invierno que está por venir. Los guardias llevan ahora lana bajo la armadura y se han colocado estructuras de acero a las que prender fuego en cada uno de los puestos de los centinelas que rodean el castillo. Han sacado pesados mantos de los cofres y los sirvientes han añadido un edredón de plumas a mi cama. Recuerdo que una vez deseé que el invierno encontrara el castillo, desesperado porque el otoño comenzaba de nuevo al final de cada estación. Olvidé lo rápido que se acortaban los días, cómo el frío encontraba hasta el último rincón de mis aposentos.

Una vez que pasemos el solsticio, la nieve empezará a cubrir los montes entre este castillo y Syhl Shallow, lo que dificultará los desplazamientos. Ya es bastante difícil alimentar a un ejército cuando hay una buena cosecha, y es mucho más difícil que la gente siga motivada para luchar cuando tienen frío y hambre. Eso afectará al ejército de Grey y también al mío.

O, tal vez, no. Tal vez él pueda llenar de comida la boca de sus soldados por arte de magia. Tal vez pueda alejar la nieve y el hielo y atrapar a Emberfall en un otoño perpetuo de nuevo. Tal vez pueda envolverse en magia para ser intocable, como lo fue Lilith.

La idea hace que algo dentro de mí se tense y me provoca un estremecimiento. No quiero pensar que Grey es como Lilith. No quiero pensar en que pueda usar la magia contra mí.

No quiero pensar en que tenga magia siquiera.

Recuerdo una vez, al principio de la maldición, en la que Lilith intentó castigarme porque me negaba a amarla. Nos encontrábamos en el patio, donde las rosas y la madreselva estaban en flor y su perfume flotaba en el aire. Era solo la tercera o la cuarta estación, después de que Lilith viera cómo mi monstruo destruía a mi familia debido a sus hechizos, pero aún mantenía la esperanza ilusoria de que yo fuera a encontrar un lugar para ella en mi corazón.

Me pasó un dedo por la mejilla y su toque hizo aflorar la sangre y envió fuego por mis venas tan deprisa que caí de rodillas. Grey la agarró de la muñeca e intentó detenerla, pero ella se volvió contra él. Le rompió los huesos de los dedos, uno por uno. Cuando trató de retroceder, ella lo agarró por la muñeca y esos huesos también se le rompieron. Luego uno de la pierna, porque se desplomó. Recuerdo ver el hueso sobresaliendo de la tela de sus pantalones. El sonido de los huesos quebrándose todavía me persigue.

—¡Para! —le grité, tosiendo mi propia sangre—. ¡Para!

Pero ella no se detuvo. Sacó su espada y se la clavó en el abdomen. Cuando él cayó al suelo, la arrancó de un tirón y se la clavó directamente en el hombro, inmovilizándolo en el césped frente a mí.

Con su mano libre, Grey intentó desenfundar otra arma, pero ella le agarró también esa muñeca y procedió a romperle el resto de los dedos. Recuerdo el sonido de su respiración, entrecortada y llena de pánico, mientras trataba de liberarse con unas manos que no funcionaban. La maldijo, maldijo al destino, maldijo la magia.

Pero nunca me maldijo.

Conseguí arrastrarme hasta su lado y le aferré el brazo.

—Por favor —le rogué.

—¿Ahora quieres suplicar? —canturreó, con voz ligera y dulce a pesar de la sangre que manchaba la hierba a su alrededor. Extendió la mano para sujetarme la mandíbula y me estremecí, esperando que me doliera, pero sus dedos contra mi piel me resultaron fríos.

—Me gusta cuando imploras —susurró ella, inclinándose para acercarse más—. Ruega un poco más.

Entonces me rompió la mandíbula y, cuando grité, me hizo caer de espaldas. Se arrodilló sobre mi pecho mientras me partía las costillas con su magia. Procedió a sacarme todos los dientes de la boca con los dedos desnudos, dejándolos caer en mi garganta hasta que me ahogué entre huesos y sangre y supliqué la muerte. Sus faldas se amontonaban a mi alrededor en un montón de seda, y una abeja zumbaba en algún lugar cercano, o tal vez era yo, gimiendo por el dolor y la desesperación.

No sé si fue ella quien respondió a mis plegarias o si lo hizo el destino, pero recobré la conciencia en mi sala de estar como si la tortura nunca hubiera tenido lugar, con Grey a mi lado, y la maldición dando comienzo una vez más. Sin embargo, los recuerdos no habían desaparecido. Durante mucho tiempo, me parecieron una pesadilla de la que acababa de despertar. Cerraba los ojos y oía los huesos rompiéndose. Tragaba y saboreaba la sangre.

Esa noche, le ordené a Grey que no me defendiera de Lilith.

—He jurado defenderle —dijo.

—Eres el único guardia que queda —espeté, como si eso fuera de algún modo un fallo, porque no me daba cuenta de lo significativo que era. Pero la maldición ya era suficiente tormento. No podía soportar la perspectiva de ver cómo destruía a otra persona, estación tras estación, para su propio entretenimiento, por una decisión que había tomado yo—. Si no obedeces mis órdenes, *te irás.*

Se quedó... hasta que se marchó. Y aquí estamos.

Grey devolverá la magia a Ironrose y se llevará algo que no quiero dar. Y hay una pequeña parte de mí que cree que me lo merezco todo.

Al otro lado de mi ventana suena el entrechocar de las espadas y Harper grita. Un arma repiquetea contra los adoquines.

Doy una zancada hacia la ventana.

—¡Harper!

—Estoy bien. Estoy bien. —Acepta la mano extendida de Zo y se pone de pie. Mis ojos examinan su silueta, pero no hay sangre, ninguna fuente obvia de daño.

Harper levanta la vista hacia mí y me alivia ver que la ira que solía nublar sus ojos se ha disipado. Nuestros momentos juntos ahora me recuerdan a las últimas semanas de la maldición, cuando Harper se enteró de que la hechicera me atormentaba noche tras noche, por lo que apenas se separaba de mi lado, ni de día ni de noche.

Debería estar protegiéndola. En cambio, parece que es ella la que siempre me protege.

Se sacude el polvo.

—Esto se me da fatal.

—Estás persiguiendo su hoja de nuevo, milady.

Recoge su arma de donde ha caído.

—Ven a enseñármelo. —Clavo la vista en ella y observo cómo los rizos se han desprendido de sus trenzas y el viento ha pintado de

BRIGID KEMMERER • 157

rosa sus pómulos. Hace semanas estuvimos justo así y me preocupaba que me odiara. Ahora me preocupa que se compadezca de mí.

—Por supuesto —digo.

Para cuando llego al patio, Zo ha desaparecido. Hace una semana, veía sus frecuentes retiradas como una debilidad. Algo digno de desprecio.

Desde el momento en que Harper le clavó la daga a Lilith, he lamentado esos pensamientos.

Dustan y otros tres guardias me han seguido hasta el patio, pero toman posiciones a lo largo del muro. Reprimo un escalofrío y pienso que ojalá hubiera traído una capa.

Harper alza su espada, así que yo desenvaino la mía, pero me doy cuenta de que no nos hemos enfrentado así en meses, no desde antes de que Grey fuera arrastrado hasta el castillo encadenado. Su postura es mejor de lo que recuerdo, más equilibrada, lo cual sé que es un esfuerzo constante para ella. Algo más que agradecer a Zo, supongo, porque Harper no acepta entrenar con nadie más.

Empiezo con un ataque simple desde arriba, y ella lo bloquea con facilidad para contraatacar después. Sus movimientos son precisos pero fruto de la práctica, aunque me impresiona su velocidad. Pero cuando vuelve a bloquear y yo retrocedo para reagruparme, ella sigue el movimiento.

Eso la desequilibra y le arranco la espada de la mano.

—Uf —dice mientras reclama el arma.

—No necesitas perseguir a tu oponente —digo—. Si alguien es de verdad tu enemigo, volverá a por ti.

Se detiene y me mira fijamente, y me doy cuenta de lo que he dicho. Me pregunto si estará pensando en Grey, en que no ha intentado venir a buscarme.

Yo estoy pensando en Lilith, de quien no puedo deshacerme.

Los ojos de Harper brillan llenos de desafío mientras se recompone.

—No soy muy paciente.

—Como si tuvieras que decírmelo. —Su convicción es una de las primeras cosas que admiré de ella. Alzo mi espada.

Volvemos a la lucha. Y otra vez. A la octava, una gota de sudor brilla en su frente, pero su expresión revela una determinación feroz. Le preocupa su equilibrio, la debilidad de su flanco izquierdo, pero su juego de pies es casi impecable. Debe de ser el resultado de un riguroso entrenamiento y una cuidadosa repetición, porque no es algo que le resulte natural. Es impresionante, pero también me hace sentir un poco de tristeza en el pecho.

Yo le enseñé cómo sostener un arco, cómo bailar, cómo disponer un ejército. Pero en lo que se refiera a la esgrima, primero aprendió de Grey.

No sé si estoy distraído o si por fin la he convencido para esperar, pero no viene a por mí cuando me retiro. No estoy preparado para eso, así que cuando ataco, ella sí está lista y atrapa mi espada con su guardia. El metal choca con el metal, y luego nos quedamos casi inmovilizados. Nuestro aliento se convierte en nubes rápidas que flotan entre nosotros en el aire frío.

Tiene los ojos muy abiertos y llenos de sorpresa, así que sonrío.

—Bien hecho.

Sus mejillas se tiñen de rosa.

—¿Me has dejado hacer eso?

—Milady. —Finjo estar herido—. Eso me ofende.

El rosa de sus mejillas se convierte en un verdadero rubor. Estamos muy cerca, con las espadas cruzadas entre nosotros, pero no hay tensión.

Me gustaría tener algo que poder darle. Algo que hiciera desaparecer el escozor de todos mis fallos. Sé que no puedo deshacer lo que he hecho ni borrar los errores que he cometido. El perdón no se puede comprar, pero tampoco estoy del todo seguro de cómo podría ganármelo.

Se humedece los labios y luego desengancha su espada de la mía.

—Gracias por la lección.

Levanto una mano para apartar un mechón de pelo de su mejilla y cuando se inclina hacia mi contacto, dejo que mi mano se quede ahí y le acaricio con el pulgar el borde del labio. Tengo muchas ganas de inclinarme y besarla, pero incluso eso me parece precario. Con Harper, todo debe ser ganado. La paciencia obtiene recompensa.

En vez de eso, la beso en la frente.

—Deberías vestirte para nuestro viaje a Silvermoon —digo, y la voz me sale áspera.

—Freya ya me ha preparado un vestido. —Su mirada busca la mía de nuevo—. No tardaré mucho.

Dustan le sostiene la puerta cuando se acerca, pero ninguno de mis guardias la sigue al interior del castillo. No lo harán a menos que yo lo ordene. Han jurado protegerme a mí, no a ella. Hay tantos rumores sobre los fracasos de Dese, sobre el verdadero heredero al trono, por no mencionar las amenazas reales de Lilith, que incluso si les ordenara mantenerla a salvo, no estoy del todo seguro de si alguien decidiría arriesgar la vida en su nombre. El único de mis guardias que lo ha hecho se está aprestando para librar una guerra contra mí.

Cuando me doy la vuelta para entrar en el castillo, me doy cuenta de que eso no es cierto.

Los aposentos de la Guardia Real se encuentran en el nivel más bajo del castillo, al final del largo pasillo que discurre tras la pista de entrenamiento, en el lado opuesto a las cocinas y los aposentos de los sirvientes, y lo más cerca posible de los establos. Tengo pocas ocasiones para venir aquí abajo y de hecho no recuerdo la última vez que estuve. Cuando Grey y yo quedamos atrapados por la maldición, él eligió unos aposentos cercanos a los míos, porque no tenía mucho sentido que mi único guardia permaneciera donde no pudiera oírme.

Al girar por el sombrío pasillo, un recuerdo largo tiempo enterrado sale a la superficie. Debía de tener seis o siete años, y ya era bastante mayor como para haber aprendido a escapar de los vigilantes ojos de mi niñera o de mis tutores. Y bastante joven como para sentir curiosidad por los espacios del castillo que no se me permitía frecuentar. En mi memoria, buscaba las mazmorras, porque mi hermana Arabella insistía en que estaban embrujadas, pero me encontré en este pasillo, con los ojos abiertos como platos cuando me di cuenta de que las voces fuertes y enfadadas que había oído desde el hueco de la escalera no eran de fantasmas ni de prisioneros, sino de unos guardias que estaban manteniendo una acalorada discusión.

Hasta ese día, nunca había visto a un guardia dar un paso en falso. Nunca había oído a uno hablar en un tono que no fuera comedido y prudente, siempre mostrando deferencia hacia la familia real.

Pero aquella mañana vi cómo un guardia empujaba a otro contra el muro de piedra y otros dos intentaban separarlos. Sus palabras se convirtieron en una ardiente retahíla de blasfemias que habrían hecho sonrojar a mi madre, pero yo me sentía *fascinado*.

Entonces uno de ellos me vio, porque soltó una maldición y siseó:

—El príncipe. *El príncipe*.

Se separaron de golpe y se pusieron en guardia. Me sorprendió tanto su reacción que yo también lo hice. Ahora sé que probablemente tenían miedo de ganarse una reprimenda, pero a mí me preocupaba que me encontraran aquí y mi padre se enfadara. No era tan pequeño como para no haber aprendido las ramificaciones de su temperamento.

Uno de ellos debió de hallar por fin el valor para despegarse de la pared (o tal vez leyó mi propio miedo), porque se acercó y dijo:

—Su Alteza. ¿Se ha perdido?

No recuerdo qué aspecto tenía, ni siquiera cómo se llamaba. No tengo ni idea de por qué estaban discutiendo, ni de si continuaron una vez que me alejé. Solo recuerdo que su voz era amable y que sabía que no tendría problemas. Recuerdo que se sobresaltó cuando le di la mano, como hacía cuando iba a dar un paseo con mi niñera.

Recuerdo que fue la primera vez que me di cuenta de que los guardias de mi padre (*mis* guardias) tenían pensamientos y sentimientos y hacían cosas que no tenían nada que ver con la familia real; que todos prestaban un juramento, pero que significaba algo diferente para cada hombre o mujer que lo hacía.

Ese recuerdo desencadena otro. Este es menos bienvenido.

¿Te arrepientes de tu juramento?

No me arrepiento.

Esta es nuestra última estación, Comandante. Debe saber que puede hablar con libertad.

Estoy hablando con libertad, milord.

Se me tensa el pecho y respirar se convierte en un esfuerzo. No quiero pensar en Grey, pero, como siempre, mis pensamientos hacen caso omiso de lo que *quiero*.

Me detengo frente a una puerta al final del pasillo. Dustan y Copper, otro de mis guardias, me han seguido hasta aquí y siento su curiosidad en el aire que nos rodea, pero no me preguntan nada.

Por norma general se anuncia mi presencia, pero mi relación con Zo ya es tensa, y no quiero tanta ceremonia, así que llamo a su puerta.

—¡Uf! —grita, su voz amortiguada tras la madera maciza—. Marchaos, idiotas.

Enarco las cejas y me giro para mirar a Dustan. Él me devuelve la mirada sin pestañear.

—Es posible que algunos de los guardias alberguen cierto resentimiento por el hecho de que haya permanecido en sus aposentos.

—¿Eres uno de ellos?

—No, milord.

Me pregunto si será cierto. Debe de sentir al menos un poco de resentimiento si permite que esta situación continúe sin control.

Se aclara la garganta.

—No se hace querer. Su violín se oye por los pasillos horas antes del amanecer.

Casi sonrío. No es de extrañar que Zo y Harper sean amigas.

—Puedo *oíros* ahí fuera conspirando —dice Zo desde el otro lado de la puerta; su tono es cortante—. ¿No tenéis nada mejor que hacer con vuestro tiempo? —Se oye el ruido de la cerradura y la puerta se abre. Zo sostiene una daga en una mano y la otra está cerrada en un puño.

Tras echarme una mirada, sus ojos se abren como platos.

—¡Oh! —Baja la daga—. Su Alteza. Yo... perdóneme... —Hace una reverencia—. No debería... mis palabras no eran...

—Para mí. Lo sé. ¿Puedo entrar?

La sorpresa desaparece de sus ojos y es reemplazada por una pizca de sospecha. Por un momento creo que se negará, y no estoy seguro de lo que haré en tal situación. Es posible que una parte de ella quiera usar esa daga conmigo.

Pero no lo hace. Da un paso atrás y abre la puerta de par en par.

—Por supuesto.

Entro en sus aposentos. La habitación es pequeña, pero está bien equipada, como todos los alojamientos de los guardias. No hay ventanas, porque la Guardia Real no puede ser vulnerable a los ataques, pero hay unos estrechos listones entre los ladrillos para que entre aire fresco. En una esquina cuelga un gran farol que proyecta sombras sobre las paredes encaladas. En la otra esquina hay una pequeña estufa de leña que aporta calidez al ambiente. A los pies de la cama hay un amplio arcón y en la pared principal hay un armario estrecho. La mesa está cubierta de libros, pergaminos y un juego de escritura. En la pared del fondo hay un estante para guardar armas y armadura, pero Zo ya no tiene mucho de eso, y en uno de los estantes guarda su violín.

Dustan y Copper me han seguido al interior y apenas hay espacio para que todos estemos de pie. Zo me observa mientras examino el estado de sus habitaciones y su mirada se dirige a los guardias apostados a mi espalda. Cuando mis ojos vuelven a encontrarse con los suyos, traga saliva.

—Me habría ido sin oponer resistencia, Su Alteza —dice en voz baja.

Frunzo el ceño.

—¿Cómo dices?

—Los guardias son innecesarios. Habría seguido su orden. Sé... —Vacila y parece que se prepara para algo—. Sé que cree que desafiaría a la Corona, pero yo no...

—Zo. ¿Crees que estoy aquí para hacer que te echen?

Da otra ojeada a Dustan y a Copper.

—Yo... ¿sí?

—No —digo—. Creo que actué con demasiada precipitación cuando te despojé de tu puesto en la Guardia Real.

Esa mirada cínica vuelve a aparecer en los ojos de Zo.

—¿Ah, sí?

—Milord —dice Dustan, con la voz tensa.

Lo ignoro.

—Sí —digo—. Actuaste para proteger a Harper. Seguiste su orden. ¿No es así?

—Sí, Su Alteza —dice despacio—. Lo hice. —Vuelve a mirar a Dustan—. Si está aquí para ofrecerme de nuevo mi puesto en la Guardia Real, no creo que funcione.

—No es esa mi intención.

—Ah. —Frunce el ceño—. Entonces... ¿por qué está aquí?

—Me preocupa Harper. La hechicera ha dado a conocer sus amenazas. El ataque de Syhl Shallow es inminente. Es posible que tengamos espías entre nosotros. Muchas de mis ciudades se han negado a reconocer mi gobierno. Todo Emberfall corre peligro.

El cinismo se desliza en su expresión.

—Lo sé. —Hace una pausa—. Yo también me preocupo por Harper.

—Porque es tu amiga.

—Sí.

Miro a Dustan.

—Tengo entendido que la Guardia Real ha expresado... descontento por el hecho de que sigas integrando sus filas.

Ella frunce el ceño como si tratara de averiguar el rumbo de la conversación.

—Harper no quiere que me vaya.

Le ofrezco una sonrisa astuta.

—Y he oído que disfrutas entreteniendo a los otros guardias durante las primeras horas del amanecer.

—Les encanta —afirma con rotundidad.

—Te ofrezco otros aposentos —digo—. Unos frente a los de Harper. —Hago una pausa—. Y me gustaría que nos acompañaras cuando dejemos Ironrose dentro de unas horas.

Me estudia.

—¿Por qué?

—Me da la sensación de que ella estaría más segura si te tuviera cerca. Al igual que yo.

Sus ojos se tornan un poco rojizos y toma aire para responder, pero luego debe de pensárselo mejor, porque no dice nada.

—Te pido que seas sincera —digo. Sus ojos se desplazan hasta los guardias que tengo a mi espalda, así que añado—: Dustan. Copper. Esperad en el pasillo.

Lo hacen, pero dejan la puerta abierta. Ya no temo a Zo más de lo que temo a la propia Harper, así que extiendo la mano y le cierro la puerta en las narices a mi Comandante de la Guardia.

—Tú y yo hemos estado en desacuerdo —digo—. No deseo prolongar la situación.

Vuelve a hacer una reverencia.

—*Por supuesto*, Su Alteza. —El sarcasmo en su tono no es fuerte, pero está ahí.

—Te he pedido que hablaras con sinceridad —le digo con naturalidad—. ¿No me crees?

—Creo que le importa Harper. Creo que quiere algo de mí y que resulta *inconveniente* que tengamos un conflicto. —Veo cómo vuelve a levantar un muro—. Para empezar, no creo que entienda por qué tenemos este conflicto.

Su tono es frío y franco, así que dejo que mi tono coincida con el suyo.

—Actuaste desafiando mis órdenes y perdiste tu puesto en la Guardia Real. ¿Qué es lo que se puede malinterpretar?

—No desafié una orden. No lo traicioné. No traicioné mi juramento. —Ahora tiene los hombros tensos, y sus ojos brillan, iracundos—. Protegí a Harper. Habría ido a por Grey ella sola y usted lo sabe perfectamente. Nos puso a todos en una situación imposible.

—*Yo* estaba en una situación imposible —digo, nervioso.

—¡Lo sé! —responde con ferocidad—. ¡Todos lo sabemos!

—No sabes... —Empiezo, pero me detengo. Como siempre, mi enfado, mi frustración, no es con la persona que tengo delante. Me interrumpo y suspiro. La estufa de leña crepita en la esquina. Cuando puedo volver a hablar, mi voz es más comedida—. Si entiendes las circunstancias, ¿por qué estamos teniendo este conflicto?

—¿Está preguntando *por qué*? —Parece incrédula—. Porque Harper es mi *amiga*.

Es una razón muy simple. O debería serlo. Pero no lo es.

—Harper y yo hemos resuelto nuestras diferencias —afirmo.

—Hasta la próxima vez, cuando *no* las resuelvan.

Casi me estremezco. Empiezo a arrepentirme de haber venido aquí y no sé si es porque me está desafiando o porque tiene razón al hacerlo.

—¿Así que vas a odiarme para... siempre? ¿Es esa tu postura al respecto, Zo?

Toma aire como si tuviera la intención de escupir fuego, pero se detiene y deja que salga en un suspiro.

—No. No lo odio. —Hace una pausa—. Pero tiene un reino entero que lo apoya y un reino entero al que proteger. Harper no tiene a nadie y aun así se queda. Por usted.

Esas palabras me afectan como si me hubiera pegado. De repente siento un nudo en el pecho y me cuesta respirar.

—Su hermano le pidió que se fuera —continúa Zo en voz más baja—. Que se fuera con ellos. A Syhl Shallow.

—Lo sé.

—Grey no se lo pidió.

No aparto la mirada de ella mientras el impacto de esas palabras se hunde en mi interior. Grey no se lo pidió y Harper no se fue.

Pero podría haberlo hecho, si él se lo hubiera pedido.

No me gustan las dudas que ha sembrado esta conversación. Harper se quedó. *Se queda*. Por mí. Igual que Zo se queda por ella.

—Creo que tengo una deuda de gratitud contigo —le digo. Enarca las cejas, pero no he terminado—. Y te debo una disculpa. —Bajo la voz—. Harper no ha mencionado que los guardias te estaban acosando.

Zo sacude la cabeza.

—Ella no lo sabe. Y entiendo su frustración.

Nos quedamos en silencio un momento. Me pregunto cuánto tiempo más de privacidad me dará Dustan antes de abrir la puerta para asegurarse de que Zo no está alimentando la estufa de leña con partes de mi cuerpo.

—¿De verdad creíste que iba a echarte del castillo? —pregunto.

—Por supuesto.

Por supuesto. Me recuerda a la forma en que Harper me encaró en la pista de baile, cuando me dijo que no descargara mis frustraciones con sus amigos. Eso hace que me pregunte si todos esperan lo peor de mí.

Esta sensación no me es desconocida, pero ahora es diferente, cuando no estoy atrapado por la maldición, cuando las decisiones son solo mías y sus consecuencias son de largo alcance.

No me gusta.

—En realidad —digo—, venía a ofrecerte un nuevo puesto.

—Como... ¿qué?

—Como guardia.

Parece exasperada.

—La Guardia Real no...

—No serás mi guardia —digo—. Serás la guardia de Harper.

Cierra la boca de golpe.

—Hay demasiada incertidumbre en mi reino ahora mismo —digo—. No importa las órdenes que dé, sé que la Guardia Real valorará mi vida por encima de la de ella. Tú, creo, no lo harás.

No dice nada. Ahora tiene los ojos cerrados y no sé si está a favor de esta idea o si le molesta que se lo haya pedido.

—Has entrenado con la Guardia Real —continúo—. Eres más que adecuada para protegerla cuando estemos en público.

Todavía no ha dicho nada, así que le sostengo la mirada.

—O puedes negarte. Podemos seguir como hasta ahora.

—¿Le ha preguntado a Harper si le parece bien?

Esa pregunta me desconcierta.

—No. No lo he hecho.

Ella suspira. No dice nada.

—Bueno —digo—. Tienes mi agradecimiento por tu consideración. —Empiezo a girar hacia la puerta. La decepción no es una emoción que me resulte desconocida *en absoluto*.

Pero entonces me doy la vuelta antes de alcanzar la manilla.

—Zo. Por favor. —Hago una pausa—. Tenías razón. Harper se arriesgará sin dudarlo.

—Lo sé. Estoy tratando de decidir si debo aceptar antes de que Harper tenga la oportunidad de negarse.

Eso me hace sonreír.

—¿Así que no te estás negando?

—Por supuesto que no. —No me devuelve la sonrisa—. ¿Cuánto está dispuesto a pagar?

—¿Qué salario te resultaría conveniente, Zo?

Entrecierra los ojos y nombra una cifra que constituye más del doble de lo que ganan los guardias.

No sé si se trata de un esfuerzo por desafiarme en nombre de Harper o en el suyo propio pero, en cualquier caso, no importa.

—Hecho —digo sin vacilar, y los ojos casi se le salen de las órbitas—. Enviaré a los sirvientes para que te ayuden a trasladar tus pertenencias. Nos gustaría salir hacia Silvermoon en una hora. Confío en que estarás preparada.

—Pero... ¿sí? Sí. —Se aclara la garganta—. Su Alteza.

—Bien. —Me acerco a la puerta.

—¿Sabe? —dice detrás de mí— Por Harper, lo habría hecho gratis. —Hace una pausa—. Tenía curiosidad por saber cuánto valía para usted.

—Te habría dado diez veces más. —Pienso en el momento en que Harper le clavó una daga en el pecho a Lilith. Tengo que apoyar una mano contra el vientre para sacudirme la repentina emoción que me embarga—. Por Harper, te lo habría dado todo.

CAPÍTULO DIECIOCHO

Harper

Me alegro de que por fin haga frío fuera, porque una de las cosas que más echo de menos de Washington D. C. es la facilidad para conseguir un desodorante. Freya tiene media docena de frascos de lociones, pociones y polvos para hacerme oler bien, pero ninguno de ellos evita que sude. Estoy a punto de desabrocharme los brazaletes cuando doblo la esquina para dirigirme al pasillo, pero oigo que alguien habla en voz baja en la habitación contigua a la mía y me detengo en seco. La voz de Freya me resulta familiar, pero tardo un momento en identificar la de Jamison. Solo lo he conocido como guardia temporal y luego como soldado, como un hombre que perdió un brazo en la batalla y vio cómo el ejército de Syhl Shallow destruía a todo su regimiento, pero que estaba dispuesto a volver a ponerse un uniforme para servir a Rhen.

El lento y suave murmullo de su voz me pilla por sorpresa. Está claro que Freya lo conoce como algo más que eso. Vacilo cuando voy hacia la puerta y una pequeña sonrisa encuentra mi cara. Ella mencionó a Jamison la noche de la fiesta de Rhen, pero sus susurros hacen que me pregunte si hay algo más entre ellos que una simple amistad.

Me muerdo el labio y avanzo para entrar en mi habitación en silencio, ya que no quiero molestarlos. Las cosas aquí son muy precarias, muy inciertas, y me llena de esperanza recordar que el amor puede florecer en cualquier lugar, incluso en los momentos más oscuros.

Pero entonces oigo la respiración entrecortada de Freya, y Jamison dice:

—Debo hacerlo. *Debo hacerlo.*

¿Está llorando? La puerta está abierta, así que me agarro al quicio y golpeo el marco con los nudillos. Se separan, pero no tan rápidamente como para que no me fije en que estaban apretados el uno contra el otro y que la mano de Jamison acariciaba la melena que le cae a ella por la espalda.

Freya se limpia los ojos a todo correr. Algunos mechones rubios se han soltado de las cintas que los apartan de la cara y tiene las mejillas moteadas de rojo. Jamison tiene una mancha de humedad en el hombro del uniforme, pero se pone en guardia cuando me ve.

—Milady —me saluda.

—Ay, milady —dice Freya. Vuelve a frotarse los ojos—. Perdóneme.

—No te disculpes. —Dudo bajo el marco de la puerta—. ¿Estás bien?

—Por supuesto. Por supuesto. —Pero la respiración se le entrecorta de nuevo.

Mis ojos barren la habitación buscando a los niños, pero no están.

—¿Los niños están bien?

—¡Oh! Sí. Dahlia y Davin están abajo, en las cocinas. El bebé está al lado, dormido. —Suelta un largo suspiro y se alisa las faldas con las manos. A su lado, Jamison permanece estoico y en silencio. No puedo leer nada en su expresión.

—Ah —digo—. Bueno. Bien.

Yo no digo nada. Ellos no dicen nada. De repente, todo esto es muy incómodo.

—He oído... bueno, que estabas llorando. Yo... ¿sabes qué? No importa. No es asunto mío. —Me alejo de la puerta—. Yo solo... estaré en mi habitación.

Me siento como una idiota. Me arde la cara, y decido encerrarme en mis aposentos. Me quito los brazaletes, me desabrocho el cinto de la espada, y luego tiro las armas y la armadura en una pila junto al fuego para dejar que el cuero sudado se seque. Suspiro e intento desatarme el corsé de lino deshuesado, que es un buen sustituto del sujetador deportivo, pero que se anuda en la espalda. Nunca he entendido por qué hay tanta ropa que requiere ayuda para ponérsela y quitársela. Algunos días, daría cualquier cosa por una camiseta.

La puerta se abre con un susurro y no me giro porque todavía me arde la cara.

—Lo siento mucho —digo—. No quería interrumpir. Estabas llorando. Quería asegurarme de que estuvieras bien.

Los fríos dedos de Freya apartan los míos y ella misma se encarga de las lazadas a lo largo de mi columna vertebral, pero no dice nada. No sé si está enfadada o si todavía está emocionada y quiere algo de espacio.

—Puedo hacerlo yo misma —digo en voz baja—, si necesitas estar con Jamison ahora mismo.

Sus dedos tiran con fuerza de los cordones, apretando tanto la tela contra mi caja torácica que ni siquiera puedo tomar aire para gritar.

—No, querida —dice una voz despiadada que definitivamente no es la de Freya—. Creo que necesito estar contigo.

—Lilith. —Apenas puedo jadear su nombre. Forcejeo para que no me agarre e intento girarme, pero ella me aprieta aún más los cordones. Una camiseta se rompería con semejante presión, pero este corsé está hecho para durar. Siento que se me van a romper las costillas dentro de un segundo. Trato de tomar aire, pero apenas puedo respirar. Tiro del escote, pero no cede.

Acabo de tirar todas mis armas en un rincón. Como una *idiota*. Tengo que tragarme el pánico. Tengo que pensar.

Por suerte, dispongo de meses de entrenamiento con Zo a los que recurrir.

Lanzo el codo hacia atrás y me complace oír a Lilith gruñir, pero no me suelta.

En vez de eso, siento como si sus dedos atravesaran el corsé y se hundieran en la piel de mi espalda, y lo único que experimento es fuego. Hielo. Un millón de agujas me perforan la columna vertebral. No puedo ver. No puedo respirar.

—¿Lo ves? —dice, y su voz es como un rugido y un susurro a la vez—. No necesito matarte para controlarlo a él. Solo tengo que dejar un recordatorio de lo que puedo hacer.

Estoy tendida en el suelo. Ella se ha subido a mi espalda. Creo que he vomitado del dolor. No podría asegurarlo. Detecto el sabor de la sangre y la bilis. Me duele todo y estoy sollozando contra el mármol.

—Lo sé —canturrea—. Soy realmente terrible.

No puedo responder. No hay suficiente organización en mis pensamientos para hablar. Creía que conocía el dolor. Creía que era muy feroz y valiente, y ahora estoy llorando en el suelo.

—Te pones de su lado —sisea Lilith—, como si fuera digno de ello. Como si él mismo no hubiera causado un millón de daños.

Aprieto los dientes para combatir el dolor atroz que siento. Sé lo que Rhen le hizo a su pueblo, pero sé que lo hizo cuando era un monstruo despiadado creado por la propia Lilith. Se culpa de todo ello, pero no debería.

—Él... Él nunca... Él nunca...

—¿Ah, no?

Se me oscurece la visión, pero el dolor persiste. De repente, mis pensamientos se inundan de recuerdos: Grey y Tycho encadenados a la pared del patio, con antorchas parpadeando en la oscuridad y las sombras bailando mientras Rhen daba una orden. Una línea de fuego me recorre la espalda, como la mordedura de un látigo, e intento gritar, pero la voz me sale entrecortada y rota.

—Estoy segura de que también crees que yo provoqué esto —dice con maldad, y su aliento me calienta la oreja. Me alejo—. Pero no tuve nada que ver —dice, y la imagen cambia, convirtiéndose en una habitación de las del castillo. Rhen está de pie junto a una mesa en sus aposentos, abrochándose su chaqueta, pero parece... diferente. No sé por qué.

—Mis guardias harán que venga su carruaje —dice, y su voz suena fría, desapasionada—. He ordenado que traigan el té.

—Pero, Su Alteza...

No puedo ver a la mujer que habla, pero conozco esa voz. Es Lilith. Lo estoy viendo a través de sus ojos. Por el ángulo, debe de estar mirándolo desde la cama.

Esto debe ser antes de la maldición. Me siento aterrorizada y fascinada.

La escena continúa. Se oye un golpe ligero en la puerta y un joven sirviente entra llevando una bandeja de té y varias exquisiteces. Rhen lo ignora por completo y el muchacho parece estar acostumbrado a no recibir ninguna atención por parte de la realeza. Coloca la bandeja en la mesa, pero cuando inclina la tetera para llenar una taza, esta se descentra ligeramente, se cae y acaba hecha añicos en el suelo de mármol. El té lo salpica todo, incluidas las botas de Rhen. El chico se estremece y mira a Rhen.

—Per-perdóneme, Su Alte...

—Guardias. —Rhen ni lo mira.

Un guardia aparece en la puerta, y me sobresalto al darme cuenta de que es Grey. De nuevo, como Rhen, parece ligeramente diferente. No es más joven, solo... no es el mismo. Tal vez sea la expresión de sus ojos o el peso de su presencia... o tal vez sea algo que aún no ha perdido o ganado.

Antes de que Grey tenga oportunidad de decir algo, Rhen le da una orden.

—Sácalo de aquí. Haz que se arrepienta. —Le hace un gesto a Lilith y le dice—: Adiós, milady.

Luego se dirige hacia la puerta.

La mirada de Grey es gélida. Agarra del brazo al muchacho, que está acobardado.

El Temible Grey.

A mi espalda, la Lilith del presente susurra:

—Son todos unas bestias, ¿no?

La visión se oscurece y el dolor vuelve tan deprisa que grito.

Lilith retuerce los dedos y siento como si me arrancara los huesos a través de la piel.

—Crees que soy la villana —dice, y el dolor me lame las venas—. Crees que yo soy el monstruo. ¿Pero quién tomó las decisiones, Harper?

Me ahogo en un sollozo. Sigo boca abajo sobre el mármol y mis lágrimas se acumulan en el suelo.

—La familia de Rhen mató a mi gente —dice—. ¿Y me culpas por querer vengarme? Lo has visto por ti misma, ya era un monstruo antes de que yo llegara.

—No —jadeo—. No, tú eres el...

—Espero ver movimiento militar, princesa —sisea—. Espero verlo cediendo ante mí, no ante ti. ¿Queda claro?

Sacude los dedos. En mi visión aparecen unas manchas y el mármol que hay debajo de mí se vuelve negro.

Por un momento creo que me he desmayado, pero no, el suelo ha cambiado. Estoy tumbada sobre asfalto. Intento levantar la cabeza y veo el hormigón gris pálido de un bordillo y los listones oxidados de una alcantarilla. Hay un envoltorio de chocolatina enganchado, con los extremos revoloteando al viento.

Estoy de vuelta en Washington D. C.

—¡No! —grito. Si me deja aquí, no tengo forma de volver. No tendré manera de ayudar a Rhen. No tendré manera de...

Oigo el claxon de un coche y giro la cabeza. Un todoterreno se dirige hacia mí.

Grito y se desvanece. Vuelvo a mis aposentos, con el grito resonando aún en mi garganta.

—Recuerda —dice Lilith, su aliento caliente en mi oído—. Puedo controlarte con tanta facilidad como a él.

—¡No! —grito. Procuro hacer fuerza contra su peso, como si pudiera quitármela de encima—. No.

Una mano me agarra por el hombro y me da la vuelta. Me levanto de golpe y me giro con ímpetu, gritando de rabia y arañando con las manos.

—Milady. *Milady*. —La voz masculina me obliga a quedarme quieta y me doy cuenta de por qué mis dedos estaban aferrando cuero y hebillas en lugar de piel y seda.

Dustan está arrodillado a mi lado y me aferro a su armadura como si me fuera la vida en ello. No me ha roto la columna vertebral. No me ha roto nada en absoluto. Siento la espalda húmeda, aunque no sé si es sudor o sangre, y tengo el abdomen irritado y adolorido. Tiemblo con tanta fuerza que los dientes me castañetean. Respiro de forma ruidosa y presa del pánico. Dustan y yo no somos amigos, pero tampoco enemigos. No consigo soltar los dedos. En lugar de eso, apoyo la cara contra su armadura y lloro.

No sé cuánto tiempo me quedo aquí sentada, pero no es mucho. Rhen no puede encontrarme así. Ya lo aterroriza bastante que Lilith vaya a volver. Aflojo el agarre y me alejo de Dustan para descubrir que no está solo. Freya y Jamison están detrás de él y hay otro guardia en la puerta.

Me limpio los ojos.

—¿Estoy sangrando?

Dustan me examina la cara y luego echa una mirada a mi cuerpo.

—No. —Hace una pausa—. ¿La hechicera ha estado aquí?

—Sí. —Ojalá pudiera dejar de temblar. Freya jadea. Su mano se aferra a la de Jamison.

Dustan comienza a enderezarse y toma aire como si fuera a dar una orden al guardia que espera en el vestíbulo, y sé (sencillamente *lo sé*) que va a llamar al príncipe. Rhen absorberá mi pánico y mi miedo, como hace siempre, y permitirá que los suyos se dupliquen. Lilith seguirá controlándolo.

Me pongo en pie e ignoro las manchas que aparecen en mi visión para tomarme del brazo de Dustan.

—Comandante. —Mi voz suena como si estuviera hablando con un montón de gravilla en la garganta—. No puedes decírselo a Rhen.

Mira mi mano y baja la voz.

—Milady. No puedo mantener esto en secreto...

—Claro que sí. Dustan, debes hacerlo.

Me sostiene la mirada y su expresión dice que no puede en absoluto.

—Por favor. —Clavo los dedos en su brazalete. Grey nunca habría cedido, pero puede que Dustan lo haga—. Por favor, Dustan. Ella quiere... que él movilice al ejército. Quiere obligarlo a actuar. No podemos dejar que se salga con la suya. No así.

Su mirada es dura y no creo que esté de acuerdo, pero entonces Jamison da un paso adelante.

—Si esta hechicera quiere acción militar, la tendrá. Su Alteza ha ordenado que las fuerzas partan hacia la frontera.

Parpadeo.

—¿En serio?

Freya asiente. Sus mejillas aún están rosadas por el llanto, pero se le han secado las lágrimas.

—Sí —afirma—. Jamison es parte del regimiento asignado al paso de montaña.

Los miro a ambos. Quiero que sean buenas noticias, porque Lilith se calmará, pero no lo son. El regimiento asignado al paso de montaña será el primero en encontrarse con las tropas de Syhl Shallow.

Y, probablemente, el primero en morir.

Como siempre, aquí todo es demasiado complicado.

No puedo pensar. No puedo *pensar*.

Me froto la cara con las manos e inspiro.

—Dustan. Por favor. ¿No ves que está intentando usarme para manipularlo?

—Sí. Lo veo.

—Entonces no podemos *dejar* que ella...

—También sé que él gobierna Emberfall. —Hace una pausa—. No usted.

—Mira —digo—. Vamos a ir a Silvermoon. Él está intentando reunir apoyo, ¿verdad? Si le contamos lo que ha pasado, puede que no vaya. —Todavía me duelen las entrañas y trato de no pensar en lo mucho que me va a doler montar a caballo dentro de una hora. Intento no pensar en el hecho de que Rhen podría no dejarme salir de mi habitación si se enterara de lo que Lilith acaba de hacer.

Evito pensar en lo que Rhen les hizo a Grey y a Tycho cuando se sintió traicionado. Lilith acaba de mostrarme cómo actuó Rhen cuando un chico derramó té en sus aposentos. Nunca he visto a Rhen hacer algo así, pero sé que todavía hay una pizca de eso dentro de él.

Intento no pensar en cómo reaccionará Rhen si Dustan le oculta algo.

—Deja que se lo cuente yo —le ofrezco—. Solo... espera y déjame hacerlo cuando volvamos. —Sigue sin parecer que Dustan vaya a ceder, así que le digo—: ¡Son solo unas horas! ¿Qué más da?

Me mira fijamente durante un largo rato y luego suspira. No sé si es un asentimiento o exasperación, pero en cualquier caso, no le ordena al otro guardia que vaya a buscar a Rhen. Da un paso atrás y se dirige a la puerta.

—Será mejor que os preparéis, milady. Su Alteza estará listo para partir en breve.

—Sí. Sí, por supuesto. —Empiezo a tirar de la cinta del corpiño que probablemente habrá que cortar después de que Lilith la haya apretado tanto—. Freya, ¿podrías...?

—Sí, milady. Ahora mismo. —Se aleja de Jamison mientras le dedica una larga mirada.

Espera. No quería interrumpir lo que fuera que había entre ellos.

—No. Lo siento. Puedes terminar... lo que sea que estuvieras haciendo.

Jamison sacude la cabeza.

—Debo volver a mi regimiento, milady. —Agarra con fuerza la mano de Freya antes de que pueda apartarse, se inclina ante ella y le da un beso en los nudillos—. Enviaré un mensaje cuando pueda.

Luego se marcha y los ojos de Freya se llenan de lágrimas.

—Lo siento —susurro—. Tú y Jamison... no lo sabía.

—Apenas me reconozco —dice—. Solo hemos estado hablando. —Se limpia las lágrimas de las mejillas y cuadra los hombros—. Perdóneme. Deberíamos...

Doy un paso hacia delante y la envuelvo en un abrazo. Me duele el abdomen, lo siento tirante y tengo que esforzarme por apartar de mi cabeza lo que Lilith ha dicho sobre Rhen mientras me aferro a mi amiga.

Freya no es como Rhen. Me deja abrazarla y aprieta la cara contra mi hombro, pero solo por un momento. Comienza a alejarse.

—Estoy siendo inapropiada...

—He llorado en tu hombro una docena de veces —la interrumpo—. Puedo devolverte el favor.

Eso hace que la respiración se le entrecorte y dice:

—He perdido mucho y no quería atreverme a esperar... No puedo pensar en ello. —Se aleja—. ¿Ha oído al Comandante? Debe vestirse.

Yo tenía razón sobre el corsé. Nos vemos obligadas a cortar la cinta para soltarlo. Las dos permanecemos calladas y contemplativas mientras me ayuda a ponerme las distintas piezas de un vestido más elegante, y luego me insta a sentarme en un taburete frente a un espejo para intentar domar mis rizos.

En el espejo, sus ojos siguen rojos e hinchados.

Odio esto. Todo. Cada vez que tengo un descanso de cinco minutos en los que consigo no preocuparme, algo nuevo aparece para darme de lleno en la cara. O me apuñala por la espalda o lo que sea que haya hecho Lilith.

—Puedo pedirle que deje a Jamison aquí —digo en voz baja—. Que lo asigne a...

—No —responde, seca—. Y de todos modos, él no querría eso. Considera un gran honor proteger Emberfall. —Hace una pausa—. Al igual que yo.

—Lo sé. —Trago saliva—. Yo también.

Posa la mano en mi hombro y me da un apretón.

—Lo sé. Su valentía ahora es una prueba de ello. Su valentía *cada día* es una prueba de ello.

Levanto una mano para apoyarla sobre la suya y le devuelvo el apretón. De repente, siento los ojos húmedos.

—Una vez me dijiste que cuando el mundo parece más oscuro, es cuando existe una oportunidad mayor para la luz.

Su reflejo asiente, pero luego sus ojos se humedecen de nuevo.

—A veces me preocupa que la luz pueda apagarse con demasiada facilidad.

—Entonces la encenderemos de nuevo —digo, aunque no estoy segura de que eso sea cierto. Pero no puedo contemplar su cara llena de lágrimas y decir otra cosa. Una vez más, me acuerdo de mi madre, de cómo permaneció al lado de mi padre durante tanto tiempo, a pesar de que él seguía tomando decisiones equivocadas. Pienso en Rhen y me pregunto si estaré haciendo lo mismo. Mi voz casi flaquea y me obligo a estabilizarla—. La encenderemos una y otra vez, las veces que haga falta.

Sus ojos se encuentran con los míos y su respiración se estabiliza.

—Sí, milady.

Una mano golpea el marco de la puerta y me giro, esperando ver a Rhen, pero en su lugar me encuentro con Zo, completamente vestida con la armadura de cuero que lleva la Guardia Real. Tengo que mirarla dos veces. Parece seria y estoica, y me enderezo.

—¿Zo?

Algo en su severo semblante cambia y esboza una pequeña sonrisa.

—Su Alteza me ha contratado.

Casi me caigo del taburete.

—¿Has vuelto a la Guardia Real?

—Pues… no. Voy a ser *tu* guardia. Y solo tuya.

Me gustaría abrazarla, pero ahora que lleva el uniforme es probable que no sea lo más conveniente. Vuelvo a apretar la mano de Freya.

—¿Lo ves? —le digo—. Otra luz.

Capítulo diecinueve

Rhen

Antes de la maldición, tenía sirvientes que me ayudaban a vestirme y a prepararme, ayudas de cámara y criados que me tendían la ropa, me afeitaban la cara o me abrochaban las hebillas. Sirvientes que me habrían metido la comida en la boca si lo hubiera pedido.

Cuando la maldición se apoderó de mí y todo el personal del castillo huyó (o murió), solo me quedó Grey. Durante semanas, me sentí impotente. No tenía ni idea de dónde guardaban mis calzoncillos mis ayudas de cámara. Ni los calcetines. Llevé botas sin calcetines durante un tiempo, simplemente porque no los encontraba. Nunca me había afeitado y, cuando lo intenté, estuve a punto de cortarme la garganta.

Recuerdo haber encontrado a Grey fuera de mis aposentos, en posición de firmes en el desierto y silencioso pasillo.

—Comandante —dije con brusquedad—. Me enseñará a afeitarme.

Me miró fijamente durante mucho rato y me sentí como un tonto malcriado, en especial cuando me fijé en el afeitado perfecto que estaba claro que él había logrado mientras que yo estaba allí de pie, presionando un pañuelo de seda contra el cuello para detener la hemorragia.

Esperé a que su expresión se transformara en desprecio. Que suspirara por dentro. Éramos las dos únicas personas que quedaban en el castillo y no habría podido hacer mucho al respecto. Él podría haber convertido el momento en algo humillante.

No lo hizo.

—Sí, milord —respondió, sosegado—. ¿Tiene lo necesario?

Esperaba que el recuerdo me escociera, pero por alguna razón no lo hace.

Desde que se rompió la maldición, he contratado a sirvientes para que cubrieran la mayoría de los puestos en el castillo, pero no me he molestado en sustituir a los que me servían en mis propios aposentos. Algo que parecía una necesidad ahora siento que es una frivolidad.

Hoy, sin embargo, deseo que un sirviente me ayude a decidir cómo vestir. Cuando visito las ciudades de mi reino, suelo llevar chaquetas entalladas y botas pulidas, seda y brocado con adornos de plata u oro. Nunca soy tan ostentoso como lo hubiera sido mi padre, pero lo suficiente como para que indique quién soy. Ni un súbdito, ni un soldado. Un príncipe, su futuro rey.

Para esta visita a Silvermoon, sin embargo, necesito estar listo para comandar a un ejército.

Me ato los lazos de una gruesa camisa de lino y luego la cubro con una ornamentada armadura de cuero. La coraza está forrada de tela roja que hace juego con la rosa carmesí y el león dorado de la insignia que llevo en el centro del pecho, y en el cuero hay una corona de oro remachada directamente sobre mi corazón. Me abrocho el cinturón con la vaina de la espada y añado una daga. Luego me pongo unos brazaletes con cordones que me cubren los antebrazos y me llegan hasta los nudillos. Siento su peso, sólido, seguro y sorprendentemente tranquilizador. Tal vez sea yo el que necesite que me recuerden quién soy, no mi gente.

Me miro en el espejo de cuerpo entero y aparto la vista. Hace meses que no me pongo esta armadura, no desde que Grey y yo nos vimos obligados a aventurarnos fuera de los terrenos de Iron-rose para perseguir a Harper, cuando Syhl Shallow hizo públicas sus amenazas por primera vez. No tengo ningún deseo de perder-me en esos recuerdos ahora mismo. Elijo una capa del perchero y me la abrocho sobre los hombros.

Cuando salgo de mi habitación, Dustan y Copper me esperan en el pasillo.

—Que traigan los caballos —digo—. Voy a ver a la princesa Harper.

Copper me hace un gesto con la cabeza y se dirige hacia las escaleras, pero Dustan se coloca detrás de mí.

—Milord —dice a mi espalda. Habla en voz baja.

—Comandante.

Todavía no veo a Zo en el pasillo, pero la puerta de Harper está abierta. La luz se derrama sobre la alfombra.

—Debo hablar con usted antes de que vea a la princesa.

No me detengo.

—Si sigues teniendo dudas sobre Zo...

—La hechicera ha estado en el castillo.

Hay muy pocas cosas que pueda decir que me hagan detener-me, pero eso lo consigue. Me doy la vuelta.

—¿Qué?

—La hechicera visitó a la princesa Harper. Ella...

—¿Cuándo? —exijo—. ¿Por qué no me lo has dicho enseguida? —El pánico envuelve mi corazón y avanzo a zancadas por el pasillo—. ¿La ha herido? ¿La ha...?

—Milord. Deténgase. —Casi me agarra del brazo—. ¡Por favor! —ruega—. Permítame terminar.

Me detengo. Estoy respirando demasiado deprisa. Vuelvo a echar una mirada a su puerta.

—No ha sido hace mucho —dice a toda prisa, su voz es un susurro apresurado—. La princesa ha salido ilesa. La hechicera solo la ha amenazado. —Hace una pausa—. Pero la princesa Harper me ha pedido que le ocultara esta información.

El pulso me sigue retumbando en los oídos. ¿Lilith ha ido a por Harper? ¿La ha amenazado? Sé cómo se hace entender la hechicera y tengo que reprimir un escalofrío.

Pero entonces mis pensamientos asimilan las últimas palabras de Dustan.

La princesa Harper me ha pedido que le ocultara esta información.

No puedo moverme. Durante días, me ha aterrorizado la posibilidad de que la hechicera regresase.

Ahora ha sucedido y Harper ha tratado de ocultármelo. Lo siento como una traición. No debería, pero así es. No es diferente de las muchas veces que yo le he escamoteado información, pero la furia y el miedo siguen girando y enredándose en mis entrañas.

Entonces se me ocurre otra cosa. Miro a Dustan a los ojos.

—¿Ha ocurrido esto en otras ocasiones?

—No que yo sepa.

Hace un momento el peso de la armadura parecía tranquilizador, pero ahora parece una farsa. Como si solo estuviera fingiendo ser competente. Le oculté la verdad a Harper porque quería mantenerla a salvo. No quería que ella fuera imprudente y arriesgara su vida en mi nombre.

Me oculta la verdad porque no cree que yo pueda soportarla.

Me obligo a respirar con normalidad. Quiero encararme con ella. Quiero esconderme. Me siento resentido. Humillado. Asustado.

Enfadado.

Harper debe de creer que Dustan va a guardarle el secreto, porque si no estaría ahora mismo en el pasillo, suplicándome.

—¿Quién más lo sabe? —pregunto, y la voz me sale áspera.

—Copper. Freya. El soldado Jamison.

Así que no solo le ha pedido al Comandante de mi Guardia que guardara un secreto, lo ha hecho delante de más gente. Creía que habíamos encontrado la forma de que nuestra relación se basara en la honestidad y el respeto mutuos, pero quizás estaba equivocado. Tenso la mandíbula.

—Bien —digo. Me doy la vuelta para recorrer la distancia que queda hasta los aposentos de Harper.

Recuerdo que el segundo día que estuvo aquí recogió alimentos de las cocinas para llevárselos a las personas que más sufrían. Grey y yo tuvimos que perseguirla (otra vez) y le pregunté por qué no había pedido ayuda.

Porque creía que no lo harías, había dicho.

La vergüenza se me enroscó en las entrañas en ese instante.

Este momento se parece mucho a aquel.

Me detengo en su puerta. Una parte de mí estaba preocupada por encontrarla temblorosa y ansiosa, un poco rota después de enfrentarse a Lilith. Pero no es así. Está resplandeciente con un vestido violeta destinado a montar a caballo, un corsé de cuero negro atado a la cintura y un cinturón para la daga que le cae sobre una cadera. Lleva el pelo recogido en dos trenzas sujetas a la cabeza, de las que se escapan algunos rizos, y los ojos delineados con kohl oscuro. No parece tener miedo. Parece una princesa guerrera.

Estaba hablando en voz baja con Freya y con Zo, pero se detiene en seco cuando me ve. Abre los ojos de par en par.

—Rhen.

¿Tan poca fe tienes en mí?, quiero preguntar.

Creo que sé la respuesta, y una parte de mi rabia se marchita igual que mi confianza. Siento que nos estamos mirando a un kilómetro de distancia. Odio esto.

Muchas palabras esperan la oportunidad de escapar de mis labios, pero lo único que digo es:

—He mandado preparar los caballos, milady.

Cuando me doy la vuelta, Dustan está aceptando un trozo de papel que le entrega un sargento que me hace una rápida reverencia. Dustan se apresura a leerlo y dice:

—Chesleigh Darington ha vuelto de Syhl Shallow con información.

Mi espía. Tengo una guerra que librar. Hay cosas más importantes en riesgo que mi orgullo.

Harper aparece en la puerta.

—Rhen —dice—. ¿Qué pasa?

Dejo a un lado cualquier emoción y digo:

—Nada de nada. —Miro a Dustan—. Dile a Chesleigh que estamos a punto de partir hacia Silvermoon Harbor.

—Haré que los sirvientes preparen una habitación para que espere...

—No. Haz que le den una montura fresca. Quiero que venga con nosotros.

Capítulo veinte

Me ha aliviado mucho saber que Rhen ha contratado a Zo para que montara a mi lado hoy, pensar que por fin estamos en sintonía y que trabajamos por un objetivo común que satisfaga a Lilith. Pero ahora que estamos cabalgando hacia Silvermoon, él actúa con tanta frialdad y distancia como siempre y ha elegido cabalgar junto a su espía en vez de conmigo. Debería alegrarme: está hablando de estrategia militar y pasando a la acción. Pero todavía me duele el abdomen por lo que me ha hecho Lilith, lo cual hace que me sienta incómoda y de mal humor mientras cabalgamos durante varios kilómetros y no puedo evitar pensar que algo ha pasado entre *nosotros*.

Puede que sea Chesleigh. He oído su nombre en una docena de ocasiones, a veces con reverencia y a veces con desprecio, sobre cómo exige montañas de plata a cambio de información valiosa sobre Syhl Shallow, sobre que posee información sobre una facción que se opone a la magia. Se ha congraciado con los generales de Rhen y, a todas luces, también con el propio príncipe. Por alguna razón, me había imaginado a una soldado curtida, alguien mayor y hastiada por la guerra y la política. No esperaba a alguien con menos de diez años más que yo, alguien con una confianza brutal y una habilidad evidente, alguien que ha captado la atención de Rhen no con coqueteos o halagos, sino con pura competencia.

No quiero sentirme resentida con ella. Sobre todo, no por esas cosas. Nos va bien tener a alguien competente trabajando con nosotros. Pero no dejo de pensar en que he pasado meses aprendiendo a encontrar el equilibrio cuando manejo la espada para poder protegerme, mientras que esta mujer ha ido a Syhl Shallow y ha vuelto con algo que ofrecer al reino. Lilith me está utilizando para manipular a Rhen en esta guerra y ni siquiera puedo detenerla. Me hace sentir más un estorbo que una ayuda.

No me gustan estos pensamientos.

No puedo deshacerme de ellos.

Recuerdo que cuando llegué a Emberfall, creí que sería muy fácil ayudar a la gente de Rhen. Metí unos cuantos pasteles y empanadas en una mochila y los llevé a la posada.

No bastará para alimentar a todos mis súbditos, había dicho Rhen.

No, pero alcanzará para algunos, Rhen, había respondido yo.

Algunos, pero no todos.

Recuerdo haber pensado que eso tendría que ser suficiente. Y lo fue, durante un tiempo. Pero el *todo* comprendía a mucha gente.

Sigo pensando en las lágrimas de Freya por Jamison. Ella *sí* que ha perdido mucho.

Zo acerca su caballo al mío.

—Has hablado muy poco desde que hemos salido de Ironrose. —Me escudriña—. ¿Te encuentras mal?

—No, estoy bien. —No puedo decir que me siento insegura. Enderezo la espalda y me obligo a recomponerme—. Estaba escuchando.

Chesleigh habla de los soldados estacionados justo dentro de la frontera de Emberfall.

—No han encontrado oposición, así que han duplicado sus efectivos —dice—. Han acampado a unos cincuenta kilómetros al noroeste de Blind Hollow, en la base de las montañas. Pero tienen órdenes de mantener la posición.

No han encontrado oposición porque no tenemos suficiente gente para luchar en esta guerra a largo plazo. Me pregunto si esa es la razón por la que Rhen va a enviar al regimiento de Jamison a la frontera, para evitar que Grey gane más terreno del que ya tiene.

—Al menos Grey sigue respetando los sesenta días —digo.

Rhen me mira por encima del hombro.

—Yo no consideraría que hacer acampar a sus fuerzas en mis tierras sea *respetar* nada en absoluto.

Su tono es amargo. Antes de que pueda comentarlo, Chesleigh dice:

—Yo tampoco. —Me mira—. ¿Tiene *usted* alguna experiencia en estrategia militar, milady?

Vale, ahora sí quiero estar resentida con ella.

No, eso no es cierto. Es una simple pregunta. Una pregunta sincera.

—Muy poca —respondo.

—Su *hermano* era el líder del ejército de su rey, ¿es eso correcto? —Mira de reojo a Rhen—. Y luego huyó con ese traidor.

—Jake no es un traidor —digo.

Chesleigh mira a Rhen y luego me mira.

—El príncipe Jacob es el segundo al mando de Grey. Se entrena con su milicia y no responde ante nadie más que Grey o la propia reina. Si no es un traidor, entonces nunca fue leal a Emberfall, y tal vez tampoco a Dese.

Espera. *Espera.* Sus afirmaciones me impactan como balas de ametralladora, como si no pudiera reaccionar antes de que me hicieran más daño. No he visto a Jake desde el día en que él y Grey volvieron al castillo, desde el momento en que declararon la guerra, desde que mi hermano cenó conmigo y dijo:

—Sí, Harp, voy a volver. —Luego hizo una pausa y dijo—: Tú también podrías venir.

Y no lo hice.

Sabía que él y Grey habían superado el odio inicial que habían sentido el uno por el otro. Sabía que mi hermano estaba en el otro bando de esta guerra.

Nunca creí que fuera la mano derecha de Grey. Nunca me planteé que estuviera conspirando contra Rhen. Contra nosotros. Cuando estaba aquí, en Emberfall, él y Noah se mantenían al margen. Desde luego, nunca se esforzó para que Rhen le tomara cariño, y en honor a la verdad, Rhen no se apresuró a remediarlo.

Pero mi hermano nunca ha dudado en hacer lo que cree que hay que hacer, incluso si eso significa ensuciarse las manos. Por primera vez, me pregunto qué opinará sobre esta guerra. ¿Estará posicionándose *contra* Rhen? ¿O defendiendo *a* Grey?

¿O *ninguna* de las dos cosas? ¿Estará eligiendo por sí mismo, optando por algo en lo que cree?

¿Estaré en el bando equivocado?

Me pregunto si esto es lo que le ocurrió a mi madre, si se sintió agobiada por la duda en lo referente a mi padre y sus elecciones. No lo sé. La escena que Lilith me mostró sigue reproduciéndose en mi cerebro, esa en la que Rhen le ordenó a Grey que arrastrara al sirviente y lo sacara de sus aposentos por derramar un poco de té.

Son todos unas bestias, ¿no?

Rhen se ha girado hacia Chesleigh sin hacer caso de sus comentarios sobre Jake. No sé si es por amabilidad hacia mí o si de verdad no le importa. En cualquier caso, ese viejo nudo de ira tan familiar se ha vuelto a enroscar en mi estómago y lucha por un hueco contra la incertidumbre.

—Antes de que te fueras —le dice, tenso—, mencionaste que había ciertos... artefactos en Syhl Shallow.

Artefactos. ¿Qué clase de artefactos? Odio que esté tan claro que hay secretos que me sigue ocultando.

O tal vez no sean secretos en absoluto. Tal vez sean solo cuestiones militares que no se molestaría en compartir.

Necesito desconectar el cerebro.

—Usted mencionó que podía poner mi precio —dice ella.

Algo se me tensa en el pecho.

—No me imagino a Rhen diciendo eso.

Me mira y, si sus ojos pudieran disparar rayos láser, lo harían.

—En esta ocasión, lo hice.

Pero ¿qué *problema* tiene? Aprieto los dientes. Una vez me dijo que nunca ofreciera todo lo que tengo, porque alguien lo pediría. ¿Y si Chesleigh pide todo el reino? ¿Qué está dispuesto a sacrificar por conseguir una ventaja en esta guerra?

Chesleigh no lo pide todo.

—Mil monedas de plata —exige.

El corazón me da una sacudida. Es mucho dinero. Rhen ofreció quinientas monedas de plata por encontrar al heredero y la gente estaba dispuesta a matarse entre sí para reclamar la recompensa. A mi espalda, Zo suelta un gritito.

—Dime qué tienes —dice Rhen.

Chesleigh saca una daga del cinturón y se la muestra.

—Hecha de acero de los bosques de hielo de Iishellasa —dice—. Impermeable a la magia.

Rhen le arrebata el arma y la sopesa durante un momento. El arma parece antigua, con cuero trenzado alrededor de la empuñadura, ya muy fino en algunos puntos como consecuencia del desgaste. Pero la hoja en sí es de plata pulida y parece lo bastante afilada como para cortar la piedra.

Rhen vuelve a mirarla.

—Podría ser tan solo una daga.

Ella se encoge de hombros.

—En efecto. Podría serlo. A pesar de todo, la hoja cortará la carne. Hace una pausa—. No tengo ningún hechicero a mano. ¿Y usted?

Impermeable a la magia.

No tengo ningún hechicero a mano.

Miro fijamente a Rhen, pero él está mirando a Chesleigh.

—Mil monedas de plata. —Desliza la daga en su cinturón—. Hecho.

¿Pretende usar esa arma contra Grey? ¿O contra Lilith?

¿O contra ambos?

Me asusta la respuesta, porque creo que ya la sé. Es como cuando eligió colgar a Grey del muro. No me lo dijo, porque yo no quería saberlo. Ahora tampoco quiero saberlo. No quiero pensar que esté planeando matar a Grey.

Pero, claro, es la guerra.

En un movimiento que no sorprende a nadie, Rhen ha decidido informarse sobre la estrategia.

—¿Qué fuerzas le quedan a Syhl Shallow? —dice.

—Al menos mil soldados —lo informa—. Han estado entrenando duro. Dos veces al día.

—Sus soldados estarán en forma y preparados para la batalla —dice Rhen—. Al igual que los míos. Esta mañana he dado órdenes de enviar un regimiento a la frontera.

Al menos *eso* lo sé. Me animo a añadir:

—Jamison lo ha mencionado antes.

—Sí —dice Rhen, y su tono es casi cortante—. He oído que has hablado con el teniente.

Tomo aire para gritarle, pero Chesleigh gira la cabeza un poco y soy consciente de que tenemos la atención de todos los miembros del grupo con el que viajamos. A mi lado, Zo murmura:

—Milady.

Cierro la boca con fuerza. Dejo que mi caballo retroceda un poco, poniendo distancia entre él y yo. Estoy tan... algo. Ni siquiera soy capaz de distinguir mis propias emociones, pero siento ganas de enseñarle a Rhen el dedo corazón, y al menos eso es mejor que sollozar.

Ojalá no hubiera venido. Ni siquiera estoy segura de por qué se me necesita ahora, especialmente cuando montar a caballo me parece una tortura, cada paso provoca una sacudida en mi cuerpo y me recuerda lo que ha hecho Lilith.

Cuando llegamos a Silvermoon y dejamos a los animales en la caballeriza, Rhen dice:

—Milady, seguramente te aburrirán mis negociaciones con el Gran Mariscal. Chesleigh puede acompañarme para discutir nuestros planes. —Su tono es un poco frío—. ¿Quizá te gustaría pasear por el mercado con Zo? —Me tiende una bolsa llena de monedas.

Puede que haya sido capaz de mantener la boca cerrada durante el viaje, pero no puedo aguantar más. Le devuelvo las monedas.

—Tengo mi propio dinero. Gracias. —Le hago una reverencia agresiva y me doy la vuelta.

A mi espalda, oigo que Chesleigh se ríe y dice algo en voz baja.

Cierro las manos en puños. Lo único que me impide lanzar un puñetazo es que Chesleigh parece poder tumbarme sin romperse una uña.

Zo se apresura a decir:

—Venga, milady. ¿Qué puesto quiere visitar primero?

—Vamos a ver al arquero —digo, sin hacer ningún esfuerzo por bajar la voz—. Me da la sensación de que más tarde voy a querer un arma.

Lo que es realmente triste es que nunca viajo a ningún sitio sin Rhen, así que *no* tengo mi propio dinero.

A pesar de mis tumultuosas emociones, me alegro de estar recorriendo los puestos mientras corre la brisa de finales de otoño en lugar de estar escuchando a Rhen y al Gran Mariscal. En realidad, solo sé un poco de estrategia militar básica, a pesar de las múltiples veces que he visto a Rhen estudiar sus mapas con detenimiento y discutir la colocación de las tropas con sus asesores. Cuando son pequeñas figuritas de acero sobre un mapa, es fácil olvidar que de lo que se trata es de determinar las ubicaciones de soldados reales que se espera que maten o defiendan. A mí me preocupan las personas. No me gusta elucubrar las formas más eficientes de matarlas. Durante meses, tuve pesadillas sobre la primera invasión de Syhl Shallow, cuando Rhen era un monstruo que destrozó a los soldados. Noche tras noche, oía los gritos de los hombres y mujeres a los que les había cercenado miembros, o los gritos de personas con los intestinos desprendidos, o veía los ojos en blanco de aquellos que no volverían a respirar.

Y vamos a hacerlo de nuevo. Debería haber dejado que Lilith me llevara de vuelta.

—Harper —me llama Zo, y yo trago saliva y parpadeo.

—Lo siento —digo—. Ha sido un día largo. —Hago una pausa—. Gracias por alejarme de Rhen. No sé por qué está siendo tan... lo que sea. —Parpadeo para retener las lágrimas—. Me encanta verte otra vez con la armadura.

Zo sonríe.

—Me encanta volver a llevarla. —Se encoge de hombros en un gesto despectivo—. Me preocupaba que te molestara que Su Alteza no te lo preguntara primero.

—No. —Me apresuro a negar también con la cabeza—. No, me he sentido culpable desde... siempre. Fue culpa mía que perdieras tu trabajo.

Me mira como si estuviera loca.

—No. No lo fue.

—No debería haberte hecho ir tras Grey...

—Tú no me obligaste. —Toma aire y lo expulsa entre dientes—. No habrías necesitado obligarme.

Pienso en ese momento en el pequeño patio detrás de la posada, cuando Grey y Tycho estaban tan heridos por los azotes que apenas podían mantenerse en pie. Entonces, aunque Lia Mara no estaba destinada a ser reina, se ofreció a concederles un pasaje seguro a Syhl Shallow. Les ofreció escapar de Rhen.

—Me he preguntado mil veces si debería haberme ido con ellos —digo en voz baja, como si las palabras necesitaran valor para ser pronunciadas.

Zo asiente, con una expresión reflexiva que me hace pensar que se está preguntando lo mismo.

—¿Tú habrías ido? —pregunto, y mi voz es muy suave porque no estoy segura de querer la respuesta.

De todos modos, lo más probable es que ni siquiera sea la pregunta correcta.

¿Debería haber ido yo?

Como siempre, no sé si estoy más enfadada con Rhen o conmigo misma.

—Sí —dice Zo, y me estremezco. Ella me mira—. Habría ido, si tú hubieras querido ir. Pero no te quedaste solo por el príncipe. Te quedaste por Emberfall. —Suelta un juramento y mira hacia otro lado—. Los guardias deberían saberlo. Su Alteza debería saberlo.

Las lágrimas vuelven a inundarme los ojos y son demasiadas para que parpadear sirva de algo. Estoy segura de que ahora parezco sumamente regia. Echo un vistazo a los puestos de los mercaderes y veo que mucha gente me mira con oscura curiosidad, pero hay algunos atisbos de franca hostilidad. Rhen no es muy popular aquí, en Silvermoon. Supongo que yo tampoco lo soy. O tal vez no sepan quién soy. Es la primera vez que visito una ciudad sin Rhen a mi lado.

Sea como fuere, eso hace que las lágrimas se me sequen muy rápido.

Ojalá hubiera aceptado la bolsa de monedas. Rhen siempre dice que un poco de dinero honrado en la palma de la mano de alguien puede cambiar las lealtades. Sonaría insensible y manipulador si viniera de cualquier otra persona, pero he visto su generosidad hacia su pueblo, la forma en que ha impulsado los negocios y el comercio en todo Emberfall. Grey tiene partidarios aquí, gente que preferiría verlo a él en el trono porque muchos culpan a Rhen de la caída del reino durante la época de la maldición. Pero olvidan que Rhen fue quien salvó a este país de caer en la ruina.

Lo veo aquí en Silvermoon, veo los cambios que se han producido desde la primera vez que visité la ciudad. Ya nadie está delgado. La ropa, aunque sencilla, no está desgastada. Los zapatos y las botas parecen de buena calidad y no tienen agujeros. En los puestos de comida, hay platos apilados con carnes asadas y verduras especiadas, y las copas están llenas de vino hasta arriba, no hasta la mitad como la primera vez que las visitamos.

Pero ellos creen que el heredero es otro, así que nada de eso importa.

Creen que mi incapacidad para congregar al «ejército» de Dese los hizo vulnerables, así que nada de eso importa.

Me doy cuenta de que yo también soy culpable de ello. Rhen hizo mucho bien, tanto que solía asombrarme por su interminable ética de trabajo, pero en cuanto actuó contra Grey, eso pareció eclipsar todo lo demás.

Suspiro. Paseamos. El mercado no parece estar lleno, lo cual me sorprende. Hay una sensación extraña en el aire. No es hostil, y no alcanzo a entenderlo, pero me deja descolocada. Paso los dedos por las telas de seda y examino las figuras de cristal soplado. Todo el mundo es cordial, al menos en mi cara, pero no puedo evitar recordar la primera vez que estuvimos en Silvermoon, cuando Rhen y yo fuimos atacados y apenas salimos vivos.

Me obligo a tragarme los nervios. La situación ya no es la misma, pero soy muy consciente de que solo tengo a Zo a mi lado.

A última hora de la tarde, nadie ha intentado matarme y me muero de hambre. El dolor de lo que sea que me ha hecho Lilith ha desaparecido, y mi orgullo no me deja buscar a Rhen. De todos modos, es probable que esté ocupado. Zo y yo hemos llegado a la parte trasera del mercado, donde los puestos de los vendedores son el doble de anchos y ofrecen productos más caros: armas repujadas, vestidos preciosos, cuero, pieles y joyas pulidas. Los guardias y responsables del cumplimiento de la ley de Silvermoon abundan más aquí atrás y yo me relajo un poco.

Cuando nos acercamos al puesto del músico, los ojos de Zo se iluminan y una mujer bajita y redonda, con un vestido de lana teñida, sale de detrás del mostrador. Parece tener cerca de cincuenta años, con la piel bronceada por el tiempo y el pelo gris muy corto. Su sonrisa es más brillante que el sol.

—¡Zo! —grita, corriendo hacia nosotras—. Ay, Zo, dichosos los ojos. —Entonces se detiene en seco y se agarra la falda para hacerme una rápida reverencia—. Le pido perdón, milady.

No puedo evitar devolverle la sonrisa.

—No es necesario.

—Sé que debería comportarme mejor y no echar a correr hacia un miembro de la Guardia Real —dice, con un poco de asombro fingido en la voz—. Aunque conociera a la guardia cuando todavía se tropezaba con las trenzas en su prisa por ganar a mis chicos en cualquier tontería que estuvieran haciendo.

—Alguien tenía que hacerlo —dice Zo con una sonrisa—. Milady, esta es Grace. Su marido es el Maestro de la Canción de Silvermoon. Grace, esta es la princesa Harper de Dese.

La expresión de Grace se congela un breve instante, haciendo que su sonrisa parezca un poco forzada, pero luego vuelve a hacer una reverencia.

—Es un honor.

—Para mí también —respondo—. Zo habla con cariño de su época de aprendiz. —Es cierto, pero también sé que Zo odiaba que sus padres la obligaran a dedicarse a la música cuando ella anhelaba ser soldado o guardia. Pasaba cada momento libre que tenía aprendiendo esgrima y tiro con arco.

Como alguien que una vez fue obligada a asistir a clase de ballet mediante sobornos de clases de equitación, creo que es la primera cosa que nos permitió estrechar lazos a Zo y a mí.

—¿Dónde está el Maestro Edmund? —pregunta Zo—. ¿Va a tocar luego?

Grace vacila de nuevo, pero luego agita una mano. Probablemente tenga la intención de parecer relajada, pero todo resulta un poco forzado.

—Está con la multitud que ha ido a recibir al príncipe.

Frunzo el ceño.

—¿La multitud?

No se suponía que fuera a haber una multitud. Se suponía que Rhen iba a reunirse con el Gran Mariscal para hablar de sus soldados o de su ejército o de algún tipo de planificación militar. No hemos traído a un contingente de guardias para reunirnos con un gentío.

En especial en una ciudad como Silvermoon, donde la popularidad de Rhen es, en el mejor de los casos, cuestionable.

Un ramalazo de miedo me atraviesa la columna vertebral. Puede que esté cabreada con él, pero no quiero que le pase nada.

No quiero que se vea obligado a hacer algo de lo que luego se podría arrepentir.

Zo ya está dos pasos por delante de mí. De repente, sus ojos examinan a la gente que nos rodea, como si percibiera una amenaza.

—Harper —dice con urgencia, en voz baja—. Deberíamos...

—Lo sé. Encontrémoslo.

Capítulo veintiuno

Rhen

Nadie ha intentado matarme, pero de todos modos siento como si fuera una emboscada.

Cientos de comerciantes y trabajadores abarrotan el patio delantero de la casa del Gran Mariscal. Están enfadados, todos gritan sus preguntas a la vez. Quieren saber por qué deben pagar impuestos a la Corona si estoy decidido a continuar siendo aliado de un país que no nos ha mandado a un ejército. Quieren saber por qué los soldados entraron a la fuerza en Silvermoon cuando el Gran Mariscal intentó bloquear el acceso hace unos meses. Quieren saber cómo vamos a detener otra invasión de Syhl Shallow.

Quieren saber por qué creo que tengo derecho a estar aquí.

No puedo responder así a ninguna de sus preguntas y, de todos modos, no importaría aunque lo hiciera. Son demasiado ruidosos y están demasiado enfadados. Dustan y los demás guardias han formado una barrera entre la gente y yo, pero solo he traído ocho guardias para esta visita. Hemos dejado a los caballos en el establo, así que no podemos huir.

No comprendo cómo el destino puede ofrecer de forma sistemática resultados tan contradictorios a la vez. Vuelvo a estar enfadado con Harper, pero llevo una daga en la cintura que podría detener a Lilith. Por fin tengo conocimiento de los movimientos de Syhl Shallow, pero hay una multitud furiosa a mis pies.

Dustan tiene una mano sobre la espada, pero aún no la ha desenvainado. Tampoco lo han hecho los demás. Ahora mismo, la gente solo está enfadada, pero un arma tiene el potencial de convertir la ira en una sentencia de muerte. He oído los informes de Dustan sobre su intento de capturar a Grey cuando estaba en Blind Hollow, sobre cómo la gente del pueblo se volvió contra los guardias y los soldados, y los expulsaron de la ciudad.

La rebelión es contagiosa, solía decir mi padre. Lo único que se necesita es un rebelde descontrolado y tendrás una docena más en cuestión de días.

Aquí hay más de una docena. Me he puesto la armadura como símbolo de fuerza, pero ahora me pregunto si resultará una necesidad. Mi anterior frustración con Harper se ha desvanecido, sustituida por el pánico penetrante de que esté en algún lugar del mercado, casi sin vigilancia.

Ni siquiera puedo enviar a un guardia a buscarla, porque primero tendría que abrirse paso entre la muchedumbre.

Anscom Perry, el Gran Mariscal, está en las escaleras conmigo, de pie a mi izquierda, pero parece un poco engreído. Sus propios guardias rodean el patio, pero no hacen nada. En este momento, ni siquiera tengo claro de qué lado se pondrían si se produjera una pelea.

Chesleigh está a mi derecha y luce una expresión sombría. Tiene la mano apoyada en su propia arma. Me ha traído historias de unidad y progreso en Syhl Shallow, de *preparación*, y yo aquí ni siquiera puedo reunirme con un hombre para combinar su ejército privado con el mío.

Me sentí un fracaso durante toda la maldición.

Ahora siento que he fracasado por una razón del todo diferente.

Miro al Mariscal Perry y hablo en voz baja.

—Pídales que se marchen.

—¿Por qué? —pregunta, para nada impresionado—. ¿No pide siempre a su gente que diga la verdad?

—No de esta forma, y lo sabe.

Un hombre exclama en medio de la multitud:

—¡Mintió sobre las fuerzas de Dese!

—¡No es el heredero legítimo! —grita una mujer.

Otro hombre se precipita hacia delante y empuja a uno de mis guardias, pero acaba derribado en el suelo. Un niño cercano grita. El guardia empieza a desenvainar su espada.

—¡Alto! —estallo, y el guardia vacila—. Escucharé vuestras quejas, pero no...

—¡Mentiroso! —grita un hombre—. ¡Mentiroso!

Los demás no tardan en entonar el mismo cántico. Ese hombre vuelve a empujar a mi guardia y siento la frustración del guardia por haber recibido la orden de no desenvainar su arma. Tras ver que el empujón no recibe castigo alguno, la gente comienza a empujar a mis otros guardias. Alguien le escupe en la cara a Dustan. Él tensa la mandíbula y mantiene su posición.

Chesleigh se acerca más a mí.

—A veces dar ejemplo con alguien llama la atención de muchos.

—Si somos los primeros en provocar sangre, esto terminará en una masacre. Probablemente la de mis propios hombres.

—No estoy hablando de la multitud. —Desvía la mirada hacia Perry—. Estoy hablando de dar ejemplo con él.

—El patio está rodeado por mis propios guardias —dice el aludido, riendo—. Adelante, inténtelo.

Hace meses, cuando viajé a Hutchins Forge con Grey, nos emboscaron, pero no fue nada parecido a esto. El Gran Mariscal y su Senescal habían conspirado para manipularme y quitarme el dinero, y cuando fracasaron, me vi obligado a dar ejemplo con el Senescal. Ordené a Grey que lo matara, la primera vez que daba una orden para acabar con la vida de alguien. Había causado mucha destrucción como monstruo, pero era la primera vez que era responsable de una como *hombre*. Fue horrible entonces.

Y sería horrible ahora.

El corazón me late como si alguien me apuntara con un arma. Se parece al momento en que Grey se negó a revelar el nombre del heredero. Emberfall está en peligro y me están obligando a actuar.

Cada vez que tengo que hacer algo parecido, lo odio.

Lo odio. Pero no veo otra salida.

—Diles que se retiren —ordeno con firmeza.

—No haré tal cosa —suelta.

—Esto es traición.

—No es traición si no eres el heredero legítimo.

—Comandante —digo, y la voz me sale áspera.

Él se gira para mirarme, y mis guardias están bien entrenados. Uno de los otros se desplaza para ocupar su lugar. La mano de Dustan sigue apoyada en su espada. Su mejilla aún está húmeda por la saliva.

No quiero hacer esto. Grey siempre hacía que pareciera fácil actuar, hacer estas cosas tan horribles. Siempre creí que la siguiente ocasión en que tuviera que poner vidas en riesgo sería más sencillo, pero no es así. Se vuelve más difícil.

El Mariscal Perry debe haber notado que estoy hablando en serio, porque da un paso atrás. Sus guardias han empezado a avanzar.

—¿Crees que puedes mantener a tu gente unida de esta manera? —grita. Me escupe—. No eres mejor que Karis Luran.

Mi pulso se convierte en un rugido en mis oídos. Me preparo para dar una orden. Su sangre manchará las piedras y no habrá manera de deshacerlo. Tampoco puedo deshacer lo que le hice a Grey, pero no había otra opción.

Ahora tampoco la hay.

Casi puedo oír a la multitud conteniendo la respiración. Una pausa, una vacilación.

Un niño grita en medio del tumulto.

—¡Padre! —grita. Otros lo retienen, pero él se libera y corre hacia las escaleras—. ¡Padre!

—Luthas —dice el Mariscal Perry en tono áspero—. Luthas, no te acerques.

—¡Rhen! —grita Harper desde algún lugar lejano. Su voz es tan débil que casi no la oigo—. ¡Rhen!

Me giro y la encuentro abriéndose paso entre los manifestantes, con Zo a su espalda. La gente se mueve y la empuja, pero Harper es intrépida y valiente y se abre camino a codazos. El corazón se me llena de alivio y de pánico al mismo tiempo. Cualquiera podría tener una espada. Cualquiera podría usarla a ella contra mí, aquí y ahora.

—¡Padre! —grita el niño.

—¡Luthas!

Uno de mis guardias se adelanta, con la espada desenvainada.

Recuerdo a Grey a mi lado la última vez que vinimos a Silvermoon. Habló de la destreza de la Guardia Real en la batalla. *Hubo un tiempo en el que se decía que acercarse a la familia real en la calle era una buena forma de perder la cabeza.*

Aparto los ojos de Harper y doy un salto hacia delante, hacia el chico.

—¡Alto! —Me pongo a gritar—. ¡Alto! —Pero la multitud es demasiado ruidosa, la tensión demasiado palpable. El brazo del guardia empieza a caer.

Lo alejo de un empujón y levanto una mano para desviar su espada. El arma impacta contra mi brazalete y resbala. El guardia me mira, atónito.

El niño está en el suelo, con el brazo levantado y la respiración agitada.

Elevo la mirada para buscar a Harper. Mientras alzo los ojos, los gritos a nuestro alrededor cambian.

—¡Es la princesa! —gritan—. La princesa llena de *promesas.*

—¡Dustan! —vocifero—. ¡Encuéntrala!

Pero entonces mis ojos la ubican repentinamente, y Harper desaparece de mi vista con la misma velocidad. Y mi atención se centra en algo muy concreto. Me olvido del Gran Mariscal. Me olvido de la gente. Me olvido de la guerra, de la hechicera y de los guardias que hay junto a mí.

No soy consciente de bajar las escaleras. No soy consciente de haber desenvainado mi arma. Estoy en medio de la multitud, empujando a la gente, recurriendo a mi espada cuando no se mueven lo bastante rápido.

—¡Soltadla! —grito—. No la toquéis. —Mi rabia quema el aire a mi alrededor, caliente y espesa. Cuando llego hasta Harper y Zo, están en el suelo, pero los hombres que las rodean retroceden.

Zo no parece herida pero está de rodillas, con su daga en alto, protegiendo a Harper. Ella tiene el vestido roto, un largo desgarro que va desde el hombro hasta el corpiño. Una capa de la falda ha caído al suelo. Su daga ha desaparecido. Tiene un manchurrón de tierra en la mejilla llena de cicatrices y jadea mientras se lleva una mano al costado, pero intenta ponerse en pie.

Extiendo una mano para ayudarla, pero quiero enterrar esta espada en el pecho de todos los hombres que las rodean. Quiero hacerlo dos veces.

La respiración de Harper se entrecorta y mis ojos encuentran los suyos.

—Estoy bien —dice, aunque su voz vacila, desmintiendo su confianza—. Estoy bien. —Pero en ese instante su pierna débil cede y empieza a caerse.

La agarro y la atraigo contra mí. Solo entonces me doy cuenta de que está temblando.

Hemos pillado a la muchedumbre en un momento de indecisión. Todavía hay muchas promesas de violencia en el aire. No sabría decir si los pobladores están más alarmados por lo que iba a hacer yo o por lo que iban a hacer *ellos*. Mis guardias están a mi espalda y, para mi sorpresa, Chesleigh los ha seguido desde las escaleras con un arma en cada mano.

Miro a los hombres y a las mujeres que nos rodean.

—Vais a dejarnos pasar —digo—. O mandaré ejecutar hasta a la última persona que se interponga en nuestro camino.

—Rhen —susurra Harper contra mi armadura.

—Lo estoy diciendo muy en serio.

Y debe de parecerlo, porque algunos de los hombres se apartan y retroceden un paso. No son soldados. Son comerciantes y estibadores. Tejedores y carniceros. Muy pocos van armados. Hay niños entre ellos.

Habían venido con preguntas y acusaciones. Puede que hayan escupido en la cara a Dustan y empujado a mis guardias, pero no han venido a derramar sangre.

Yo soy el que casi lo hace.

Dustan se coloca delante de mí. Su propia espada está desenvainada.

—Despejad el camino —ordena con brusquedad.

Lo hacen.

—Rhen —susurra Harper. Me clava los dedos en el brazo e intenta dar un paso, pero tropieza—. Espera. No creo que pueda caminar ahora mismo. Solo... Dame un minuto...

No tenemos un minuto. Envaino mi espada.

—Agárrate a mí —le digo. Le paso el brazo por el hombro y luego la alzo. Es tan feroz y decidida que espero que proteste, pero tal vez esté tan agitada como yo, porque su aliento entrecortado tiembla contra mi cuello.

Cuando salimos del patio, se reanudan las preguntas y acusaciones a voz en grito. Mantengo la mirada al frente, agarro con fuerza a Harper y camino a grandes zancadas hasta la caballeriza para recoger nuestros caballos. Me gustaría estar pensando en formas de resolver esto para ganarme de nuevo el respeto de la gente. Para construir mi ejército, para llevar a cabo una gran demostración de fuerza contra el ejército que Grey está preparando contra mí.

Pero en lugar de eso, lo único que puedo pensar es que he venido aquí con la esperanza de proyectar fuerza y propósito, y ahora me siento como si me estuviera retirando.

Pienso en cómo mi pueblo estuvo a punto de morir a mis manos, cuando solo vino en busca de esperanza y de cambio.

Miro a Harper y pienso en lo que hizo, en lo que *paró* y en lo que arriesgó.

Esto puede parecer una retirada, pero en este momento no siento que haya perdido nada en absoluto.

Harper y yo no habíamos montado juntos desde el primer día que llegó a Emberfall. Esa vez, intentó escapar de Ironrose y acabó salvando a Freya y a sus hijos. Necesitábamos caballos de más, así que Harper cabalgó a mi espalda cuando fuimos a la posada Crooked Boar a conseguir una habitación para los demás. En aquel entonces, ella me odiaba.

Para ser sincero, puede que ahora también me odie. No tengo ni idea.

Por otra parte, *no creo* que lo haga. Sus brazos me rodean la cintura mientras Ironwill galopa con firmeza por el camino. No se ha molestado cuando he considerado su expresión de dolor y le he ofrecido compartir el caballo.

Pero no ha dicho nada desde que hemos abandonado la ciudad.

Ni yo tampoco.

El sentimiento de traición que albergaba hace unas horas, cuando me he enterado de la visita de Lilith, se ha marchitado y arrugado hasta convertirse en nada. Me parece mezquino e insolente, como en los primeros días de la maldición, cuando creía que podía dar una patada en el suelo y ordenar algo y que el mundo se enderezaría. Harper intentaba protegerme, como yo he intentado protegerla a ella. En el castillo, frente a mis guardias, me he sentido débil e impotente. Pero cuando he visto a Harper abrumada por esa multitud de hombres, yo... me he olvidado de todo lo demás.

Una vez que nos separan unos cuantos kilómetros de Silvermoon, dejo que el caballo reduzca la marcha hasta que vamos dando un paseo. A mi espalda, Harper permanece en silencio. Dustan cabalga cerca, pero los demás guardias han retrocedido. Chesleigh está entre ellos, junto a Zo.

En los escalones, Chesleigh ha dicho que a veces dar ejemplo con alguien llama la atención de muchos, y esas palabras siguen resonando en mis pensamientos. Suena a algo que mi padre habría dicho. Mi padre habría matado al Mariscal Perry sin dudarlo. Mi padre no estaría en este lío.

No dejo de decirle a Harper que Grey no es apto para ser rey cuando no tengo ni idea de si *yo* lo soy.

—Lo siento —murmura.

La suave voz de Harper en mi hombro me pilla por sorpresa. No, la *disculpa* me pilla por sorpresa.

Giro un poco la cabeza, buscando su mirada, pero sus ojos están fijos en el campo y tiene la mejilla apoyada en mi hombro.

—Solo quería advertirte —continúa—. Es decir... Supongo que no lo necesitabas. Pero siento haber... haber arruinado lo que ibas a hacer.

Dedico un momento a tratar de entender su tono. Suena sospechosamente parecido a como me siento yo. Inseguro. Inútil. Vulnerable.

—No has arruinado nada —digo.

—Bueno, estabas a punto de decirle algo a la multitud, y yo he entrado...

—Estaba a punto de ordenar la muerte del Gran Mariscal. Uno de mis guardias estaba a punto de matar a su hijo.

Eso la hace callar y no sé si eso es algo bueno o malo.

—Como ves —continúo—. No has arruinado nada. Me has impedido hacer algo que no podría deshacer. —Hago una pausa—. Quiero que mi gente tenga fe en que haré lo correcto, lo mejor para su bien. He pasado tanto tiempo recurriendo a la violencia que la he empezado a sentir como la única solución.

Sigue callada, pero siento que su juicio cabalga sobre el aire frío. Ironwill tira de las riendas, así que le doy unos centímetros más para que estire el cuello y luego extiendo una mano para rascarle bajo la crin, justo donde le gusta.

—Creía que estabas enfadado —dice Harper.

—¿Enfadado? —Noto cómo se mueve, así que giro la cabeza y vislumbro sus ojos azules—. Estoy furioso porque Perry haya intentado atraparme. No creo que su intención fuera violenta, pero podría haberse convertido rápidamente en eso. Estoy enfadado porque esperaba ganar otros miles de soldados para el Ejército del Rey y ahora me voy con las manos vacías.

—No... Me refería a que creía que estabas enfadado conmigo.

Dudo y luego apoyo una mano sobre la suya, donde se agarra con fuerza al cinturón de mi espada. Tiene los dedos fríos por culpa del viento, pero se le calientan bajo los míos.

—No. Te agradezco que hayas pensado en avisarme. —Hago otra pausa mientras reflexiono sobre la orden que iba a dar—. Te agradezco que hayas llegado justo en ese momento.

Vuelve a guardar silencio, pero esta vez es contemplativo, así que espero.

Por fin, dice:

—Pero... estabas enfadado de antes. Te has comportado como un imbécil de camino a Silvermoon.

—Ah. —Frunzo el ceño—. Estaba teniendo problemas con algunos pensamientos sobre traición.

—Traición. —Su voz suena hueca—. ¿Cómo... con Chesleigh?

—¿Qué? —Vuelvo a girar la cabeza. Una brisa fría atraviesa los campos, provocándome un estremecimiento en la espalda—. ¿Traición con Chesleigh? No lo entiendo.

Ella agacha la cabeza.

—No importa. ¿Qué clase de traición?

—Lilith ha ido a por ti.

Se queda helada. Siento la conmoción reverberando en su cuerpo.

—Dustan te lo ha contado.

—Es el Comandante de mi Guardia. Por supuesto que me lo ha contado.

Se endereza y levanta la cabeza de mi hombro.

—Debería haberlo sabido. —Alza la voz—. Oye, Dustan. A lo mejor deberías...

—Harper. —Hablo en voz baja para aplacarla—. Una vez me pediste que no culpara a tus allegados por su lealtad.

Cierra la boca y suspira.

—Uff. Vale. —Hace una pausa—. No tenía que mentir al respecto.

—Tú tampoco.

A eso no dice nada.

—¿Te ha hecho daño Lilith?

—Nada que haya dejado una marca. —Respira hondo—. Es horrible, Rhen.

—Lo sé. —Hago una pausa—. ¿No me creías capaz de soportar una noticia así?

—Si no quiero ser tu peón, tampoco quiero ser el de ella. —Vacila—. No dejaré que me use contra ti.

—Sin embargo, ha sembrado la discordia de todos modos. —Suspiro con amargura—. Tiene un *don*.

Harper no dice nada al respecto. Cabalgamos en silencio durante mucho rato, hasta que Ironwill se inquieta y tiro de las riendas.

—Gracias —dice Harper entonces, y cualquier ira en su voz desaparece—. Por haberme rescatado de la multitud. —Se estremece—. Parecía que ibas a arrasar todo el patio.

Emito un ruidito con la lengua y el caballo pasa al galope, ansioso. Harper se aferra con fuerza a mi espalda.

—Por ti, milady, habría arrasado toda la ciudad.

Capítulo veintidós

Harper

Algo ha cambiado entre Rhen y yo, y no estoy segura de lo que es. Es como si algo en su interior se hubiera agrietado. No crea una nueva tensión entre nosotros. En cambio, parece como si todo estuviera... bien. Como si fuera algo que necesitaba romperse.

No has arruinado nada. Me has impedido hacer algo que no podría deshacer.

Parece aliviado. Creo que eso es lo más sorprendente de todo: su alivio. Había olvidado que no quiere recurrir a medidas drásticas, que en el fondo desea lo mejor para su pueblo.

Una vez que llegamos a Ironrose, Rhen deja que Zo y los guardias se ocupen de los caballos y busquen alojamiento para Chesleigh, y luego me ayuda a entrar en el castillo; me lleva casi siempre en brazos hasta que llegamos a las escaleras del Gran Salón, donde le exijo que me baje.

No lo hace.

—Apenas podías desmontar del caballo —dice—. Te acompañaré hasta tus aposentos.

—Puedo agarrarme a la barandilla.

—Mmm. —Sube los escalones a grandes zancadas, como si yo no pesara nada—. He visto los resultados de tus otros intentos de rechazar ayuda, así que perdóname si insisto.

—¡Nunca rechazo la ayuda!

Él resopla.

—Harper.

Harrrrperrr. La forma en la que dice mi nombre hace que me sonroje y me estremezca. Debe de notarlo, porque una luz brilla en sus ojos cuando se detiene frente a mis aposentos y me baja las piernas al suelo. Apoyo una mano en la pared para mantener el equilibrio, lo cual es un reto incluso cuando no tengo un tobillo torcido.

Mi otra mano no suelta su brazo. Tiene una hendidura en la armadura de cuero, así que bajo la mirada. A través de las hebillas veo una abertura profunda que ha penetrado en el acero. Una de las hebillas ha sido cortada por completo.

Frunzo el ceño.

—¿Qué ha pasado?

—Ya te lo he contado: uno de los guardias iba a matar al hijo del Gran Mariscal. Lo he detenido.

Abro la boca. La cierro. Creía que se refería a... con una *orden*. No con su brazo. Tiene suerte de no haber perdido la mano.

—Llamaré a tu dama de compañía —dice Rhen en voz baja.

—¡No! —Pienso en las lágrimas de Freya—. No la molestes. Estoy bien.

Sus ojos recorren mi figura, el vestido roto que solo se sostiene en mi hombro izquierdo por unos hilos y una oración.

—Necesitarás ayuda para vestirte.

—Solo necesito desatarme el corsé. ¿Podrías...? —Me doy cuenta de lo que parece y me sonrojo—. Es decir... no quiero... no importa.

Finge un jadeo.

—*Nunca* rechazo la ayuda —bromea en tono ligero y burlón.

—De acuerdo. —Levanto la barbilla—. Desátamelo.

Él levanta una comisura de la boca y su expresión se vuelve ligeramente lobuna, lo cual es *raro* en él.

—¿Aquí en el pasillo, milady?

Le doy un golpe en medio del pecho, lo cual es ridículo, porque estoy golpeando una armadura recubierta de cuero, pero él me agarra la muñeca de todos modos, sus dedos son suaves pero seguros contra mi piel. Su mirada es intensa y penetrante en la tenue luz del pasillo.

Lo miro fijamente hasta que los latidos de mi corazón se convierten en un rugido en mis oídos. Separo un poco los labios y se me escapa un suspiro. Lo siento más cerca, intimidante pero a la vez no, y recuerdo el momento entre la multitud en Silvermoon, cuando parecía dispuesto a enfrentarse a todos ellos. *Por mí.*

Había olvidado que podía tener ese aspecto. Había olvidado que podía *ser* así.

Trago saliva y me acaricia con el pulgar la base de la palma de la mano antes de soltarme.

—Llamaré a Freya —su voz es más baja, más suave.

—No. —Le tomo la mano y él espera. Siento las mejillas como si las tuviera en llamas. En un minuto, sus guardias habrán acabado con los caballos y aparecerán en el pasillo, o Freya nos oirá aquí fuera y vendrá a comprobar si la necesito. De cualquier forma, voy a perder todo el valor en un segundo, y mis instintos me dicen que Rhen y yo hemos estado luchando para llegar a este momento desde hace mucho tiempo y que no puedo dejarlo escapar.

—Entra —susurro—. Por favor.

Durante medio segundo mi corazón da un traspié, porque espero que se niegue.

En vez de eso, asiente con la cabeza.

—Sí, milady.

Mis aposentos están caldeados, las velas ya están encendidas para preparar mi llegada, el fuego arde alto en la chimenea. Rhen me ayuda a sentarme en el sofá bajo que hay cerca de la ventana y luego se arrodilla para desatarme la bota del tobillo herido.

—Puedo hacerlo... —empiezo a protestar.

Me hace callar con una mirada. Cuando me quita la bota, es una agonía y un milagro a la vez. Puedo ver la hinchazón incluso a través de las medias. Rhen frunce el ceño y me mira.

—Debería llamar a un médico.

—No. No pasa nada. Es solo un esguince. No pasa nada si no me pongo de pie. —Hago una mueca—. No es que antes no estuviera coja.

Él tira de los cordones de la otra bota y me la quita también. Apenas me ha tocado, pero de todos modos me estremezco y se me pone la piel de gallina a lo largo de los brazos.

Eso llama su atención, pero no por la razón correcta.

—Tienes frío —dice mientras se endereza—. Debería traer una manta.

—Deberías quitarte la armadura —digo, y desvía la mirada hacia mí tan rápido como un relámpago—. Lo que quiero decir es que... —Me aclaro la garganta y me acomodo un mechón suelto detrás de la oreja. Aparto mis ojos de los suyos y los poso en el cinturón en el que lleva la espada, lo cual no mejora la situación. Entonces, miro a la pared. Me arde la cara—. Yo estoy bien. La armadura es incómoda.

Me estudia. Ahora no puedo mirarlo. Me ha salvado la vida como un príncipe de cuento de hadas y ahora soy un charco sonrojado en una silla.

Un golpe en la puerta me salva.

—Milord —llama una voz.

—Dustan —dice Rhen. Me toca la barbilla con suavidad—. Volveré en un momento.

Me pasa algo. Me llevo las manos a las mejillas como si eso fuera a enfriarlas. Necesito pensar. Necesito escuchar lo que dice, las órdenes que da. Necesito saber qué está *planeando*, para poder actuar en consecuencia.

Y entonces Rhen vuelve y no tengo tiempo para nada de eso. Saboreo el corazón en la garganta.

Está desabrochándose el cinturón de la espada, deslizando el cuero por la hebilla. Le he visto hacerlo un millón de veces y no debería hacerme palpitar el corazón de esta forma, pero lo hace, y tengo que apartar la mirada de nuevo.

—Le he pedido a Dustan que mande traer la cena —dice en voz baja. Apoya la espada en uno de mis sillones y luego sus ágiles dedos se dirigen a las hebillas de sus brazaletes—. Zo ha dicho que no has tenido oportunidad de cenar en Silvermoon.

—No —digo, pero es un milagro que mi cerebro pueda concentrarse en lo que está diciendo, porque mis ojos se encuentran paralizados por el movimiento de sus manos. Los brazaletes caen sobre el sillón. Solo se desabrocha una mitad de la coraza antes de quitársela por encima de la cabeza y arrojarla con el resto de la armadura. De alguna manera, eso es más atractivo que la lenta y agonizante retirada de todo lo demás.

Siempre va tan peripuesto, tan *perfecto*, que parece un privilegio verlo en pantalones y mangas de camisa, con una única daga a la cintura. Tiene el pelo rubio un poco despeinado y los primeros rastros de barba han aparecido en su mandíbula.

Pero entonces termina y se queda ahí, estudiándome con tanta intensidad que tengo que contener la respiración.

—Debería llamar a Freya —dice, y su voz suena un poco más baja—. Querrás vestirte.

No quiero llamar a Freya.

Trago saliva y luego señalo con la cabeza el lugar donde mi dama de compañía ha colgado un camisón y una bata al lado del armario.

—Ya me ha preparado la ropa. —Dudo—. Si puedes encargarte de los lazos de la espalda.

Entrecierra un poco los ojos, pero su mirada arde en la mía.

—Como tú digas.

Recoge la ropa y me ayuda a ponerme en pie, y yo apoyo una mano en el brazo del sofá cuando se coloca detrás de mí. Está tan cerca que siento su calor y oigo su respiración. Cuando su mano me roza el hombro y me aparta el pelo hacia un lado, casi pego un salto.

Pero entonces las yemas de sus dedos ralentizan la velocidad con la que recorren toda mi piel y trazan una línea con sumo cuidado.

—Aquí tienes una magulladura.

Giro el cuello para mirarlo y en sus ojos hay tormenta.

—¿De verdad?

—¿Lilith? —Su tono ha adquirido un nuevo peso—. ¿O la multitud en Silvermoon?

—¿Cualquiera? Las dos cosas. No lo sé. —Hago una pausa—. ¿Importa? —pregunto, desganada.

—Para mí, sí. —Su aliento abandona mi piel y me quedo quieta—. No tenías que mantener su visita en secreto, Harper.

Harrrrperrr. Cierro los ojos y tomo aire. No debería tener permitido pronunciar mi nombre así cuando estoy... No sé cómo estoy. Así.

Se queda callado un momento y luego sus dedos tiran de los cordones de mi corsé para aflojarlos.

—No era mi intención ser cruel en el viaje a Silvermoon. Perdóname. —Sus manos reducen la velocidad—. Fue un golpe para mi orgullo pensar que creías que una visita de Lilith me destrozaría.

—¿Qué? No. —Me giro hacia él y en el proceso le arranco los lazos de las manos. El gesto supone demasiado movimiento para mi tobillo y la pierna empieza a ceder.

Rhen me agarra por la cintura y me mantiene erguida. Apenas hay un centímetro de separación entre nuestros cuerpos.

—No más mentiras entre nosotros —dice, y suena suave pero firme.

—Quería protegerte —susurro.

—Yo quiero hacer lo mismo contigo. —Levanta una mano para acariciarme la cara—. Tal vez los dos estemos decididos a hacerlo de la forma equivocada.

Clavo la vista en él hasta que me doy cuenta de lo que está diciendo. ¿Acaso hemos pasado tanto tiempo viendo las vulnerabilidades del otro que hemos olvidado sus puntos fuertes? ¿Por eso me sorprendió tanto verlo abrirse paso entre el gentío de Silvermoon?

—¿Termino? —pregunta con dulzura.

Tardo un momento en darme cuenta de que se refiere al vestido. Sus manos a duras penas sostienen en su sitio el corsé que ya ha aflojado. Llevo un vestido interior debajo, así que no corro el riesgo de que todo se caiga al suelo, pero aun así... Desde que llegué a Emberfall, he aprendido a qué se refiere la gente cuando habla de que un vistazo a un tobillo o a un hombro es sexy.

Me doy la vuelta en sus brazos y sus dedos vuelven a agarrar los cordones. El corsé cede por fin, lo arrojo al sofá y luego cruzo los brazos sobre el pecho por instinto. Rhen se queda detrás de mí. Ha vuelto a posar las manos en mi cintura y percibo cada uno de sus dedos. Se me escapa un pequeño jadeo.

—¿La falda también? —dice, y se ha acercado, porque su voz me habla justo al oído, su aliento cálido me roza el cuello.

No puedo respirar. Asiento muy deprisa con la cabeza.

No duda. Sus dedos rozan la parte baja de mi espalda mientras trabaja en los cordones de esa zona, y todo mi cuerpo sufre una descarga.

—Ah, Harper. —Su boca encuentra mi hombro y un pequeño sonido escapa de mi garganta. Los cordones ceden y las faldas forman un montículo en el suelo, dejándome solo con la fina ropa interior. No sé si las rodillas seguirán sosteniéndome.

No hace falta, porque el brazo de Rhen rodea la parte delantera de mi cuerpo para tirar de mí contra él, y se me corta la respiración. Su boca encuentra mi cuello y su mano libre se desliza por mi cadera. Estoy mareada y me cuesta respirar, pero su roce enciende un fuego en mi interior. Intento girarme para mirarlo a la cara, pero es lo bastante fuerte como para mantenerme quieta, sus manos me exploran con lentitud y sus dientes rozan la sensible piel de mi cuello.

—Rhen —susurro. Mis manos caen sobre las suyas, pero no estoy segura de si quiero que se detenga o que continúe—. Rhen.

—¿Milady? —dice, y hay cierto rastro de humor en su tono, pero también esconde una pregunta auténtica. Ha dejado las manos quietas.

Me inclino hacia él, hacia su calor, hacia su fuerza. Esta tela tan fina no deja nada a la imaginación, y la piel se me pone de gallina cuando me doy cuenta de lo juntos que estamos. Me muevo un poco contra él y Rhen emite un sonido bajo, mitad gruñido, mitad súplica. Tensa la mano que tiene apoyada sobre mi cadera.

Suena un golpe en la puerta.

—Su Alteza —llama una voz amortiguada—. La cena ha llegado.

Rhen suspira y hace que su frente repose en mi hombro.

—Infierno de plata —dice, en un tono a la vez apenado y divertido—. El destino debe de odiarme de verdad.

Me río en voz baja y aparto su mano de mi cadera para besarle los nudillos.

—Tráeme la bata —pido—. Tal vez el destino nos esté dando un respiro a los dos.

Capítulo veintitrés

Harper

M e alegro de que haya comida para mantener las manos ocupadas, porque no puedo mirar a Rhen sin sonrojarme. Cada vez que mis ojos buscan los suyos, me distraigo con su boca, con sus dedos, con la forma en la que se lleva un vaso a los labios.

Tengo que pensar. Tengo que hablar. Tengo que... algo. De lo contrario, voy a seguir imaginando la sensación de sus manos sobre mi cuerpo.

Bebo un trago de vino.

—¿Rhen? ¿Qué vas a hacer con Silvermoon?

Duda, como si necesitara un momento para pensar en cómo responder por la misma razón que yo necesitaba un momento para pensar en una pregunta.

—Voy a comunicar al Gran Mariscal que, si sus mercaderes y ciudadanos quieren exponer sus quejas, las escucharé si están dispuestos a presentarlas de forma ordenada.

Eso no es en absoluto lo que esperaba que dijera y clavo la vista en él.

—Pero... ¿qué pasa con el ejército? ¿No era esa la razón por la que hemos ido allí?

—Sí. —Apura su propia copa de vino—. Aunque, a decir verdad, no tengo ni idea de si tenía un ejército que estuviera dispuesto a luchar en mi nombre, o si eso era simplemente un medio para llevarme a Silvermoon bajo sus propias condiciones.

—¿Y qué vas a hacer?

Se levanta para rellenarme el vaso y hace lo mismo con el suyo.

—Llevo meses luchando contra mi gente, Harper, intentando que se unan de nuevo. Hoy he estado a punto de matar a un hombre por haber osado permitir que su gente me cuestionase. —Su voz se vuelve grave—. No tengo ni idea de lo que voy a hacer. Pero derramar sangre frente a una multitud no es el camino hacia la unidad.

Todo mi cuerpo se ha enfriado. No puedo dejar de mirarlo.

—Vaya.

Da un sorbo a su bebida.

—¿Milady?

Vale, puede que no todo mi cuerpo se haya enfriado. Me sonrojo de nuevo y hago una mueca.

—Yo... No sé cómo decir esto.

—No hay mentiras entre nosotros.

—De acuerdo. —Aliso la seda de la bata con las manos y siento cómo se desliza por mis rodillas—. Me estoy dando cuenta de que me obsesioné tanto con las malas decisiones que tomaste que había olvidado que sabías tomar buenas decisiones.

Enarca las cejas, pero se lo piensa antes de hablar, algo que probablemente debería haber hecho yo.

—Como yo —dice—. Contigo.

Eso es inesperado. Estoy a punto de decir que no sé a qué se refiere.

Pero sí lo sé. Está hablando de que ayudara a Grey.

Al igual que yo estoy hablando de que él hiciera daño a Grey.

Pero supongo que podemos añadir otras cosas a esa lista. Como cuando mantuvo la presencia de Lilith en secreto.

Como cuando yo hice lo mismo.

Todas las veces que no le he pedido ayuda y todas las veces que él no ha pedido la mía.

Trago saliva y aparto la mirada. El cuerpo se me ha enfriado por el rumbo que ha tomado la conversación, pero igual que aquellos momentos que pasamos juntos en el granero, me hace sentir bien que entre nosotros solo haya la pura verdad.

—Sigo pensando en mi madre y en si hizo mal al quedarse con mi padre. Jake y yo pasamos mucho tiempo resentidos con él por todo lo que nos hizo sufrir. Es decir... si él le hubiera pegado, eso habría sido una cosa. Pero no lo hacía. No era un mal marido o mal padre. Creo que solo era...

Se me extingue la voz.

—Un mal hombre —termina Rhen en voz baja.

Me estremezco.

Rhen se queda callado durante mucho rato.

—¿Culpas a tu madre por haberse quedado con él?

—A veces —respondo, y la palabra casi me causa dolor físico al pronunciarla—. Pero entonces me pregunto qué dice eso de mí.

Él lo piensa durante un rato y sé que está trazando los paralelismos que yo temo expresar. Cuando habla, me sorprende que su voz sea contemplativa, no defensiva.

—Pienso a menudo en mi padre. Ya te he contado que nunca le fue fiel a mi madre. Pienso en que tuvo un hijo secreto al que envió lejos para que se criara en la pobreza. Pienso en que podría haber tenido un hermano, en que podría haber sido el segundo en la línea de sucesión al trono. —La emoción le estrangula la voz, pero solo por un instante—. Pienso en que nunca habría sido un objetivo para Lilith, en que los hechiceros no habrían sido expulsados de Emberfall. A veces me pregunto si alguna vez fue fiel a alguien que debería haberse ganado su devoción, o si solo pensaba en lo que *él* quería en cada momento de su vida y se limitaba a actuar en consecuencia. —Hace una pausa—. Me pregunto si me vería como un fracaso y también si yo querría que un hombre así me viera como un éxito.

No puedo apartar la vista de él. El «hijo secreto enviado lejos para ser criado en la pobreza» era Grey. Es la primera vez que oigo a

Rhen mencionar a un hermano con algo parecido a la nostalgia en su voz.

—Lo que tengo que recordar —dice— es que a mi padre le tocó una mano diferente a la que me ha tocado a mí. Así como la de tu madre era diferente de la tuya. —Hace una pausa—. ¿Te culpas por haberte quedado conmigo, Harper?

Si me hiciera la pregunta de forma desafiante, se me pondrían los pelos de punta enseguida. Pero quizá por eso no lo hace. Su tono es plano y tranquilo, una verdadera pregunta.

Y es una pregunta muy *buena*, que da en el centro de todas las emociones que he experimentado en los últimos meses. Estaba enfadada con Rhen.

Me culpaba a mí misma.

Sin embargo, de alguna manera, la forma en la que ha presentado todo esto ha expulsado el resquemor. Tal vez sea la constatación de que ambos aportamos experiencias y también expectativas diferentes a cada reto que afrontamos, esas cartas que reparte el destino. Él es el príncipe torturado, y un millón de elecciones superpuestas a otro millón de elecciones lo han traído hasta aquí. Yo soy la chica de las calles de Washington D. C. y he llegado aquí de la misma manera.

Tal vez mi padre creyera que estaba haciéndolo lo mejor que podía.

Tal vez mi madre creyera lo mismo y por eso se quedó.

Tal vez eso es lo único que está haciendo Rhen.

No espera una respuesta, pero tal vez no tenga que dársela. Los ojos de Rhen se apartan de los míos y recoge su vaso.

—En Silvermoon estaba rodeado de guardias y armas —dice—, así que veía a toda esa gente como una amenaza. Pero hasta el momento en que se apartaron de ti, creo que no me di cuenta de que lo único que querían era… una oportunidad para exponer sus quejas.

Me quedo muy quieta. Hay tanto peso en su voz que puedo sentir su presión en la habitación.

Me mira.

—Al igual que Lia Mara solo quería encontrar la forma de alcanzar la paz. —Da un largo trago a su copa de vino—. Al igual que Grey, quería evitarme la lucha para mantener mi trono.

—Rhen —susurro.

—Aquella noche en la posada hubo un momento en el que me desafiaste, en el que comentaste que buscaba un camino hacia la victoria, cuando la maldición me exigía encontrar un camino hacia el amor. ¿Lo recuerdas?

Sí. Asiento.

—Pienso a menudo en ese momento. Me pregunto si luchar contra Lilith durante tanto tiempo me ha hecho olvidar que no toda interacción es un desafío que debo ganar. —Suelta una risa que no tiene nada de divertida—. Me pregunto si Grey también lo sabía. A menudo se daba cuenta de cosas sobre mí antes que yo mismo.

Esa nota de anhelo vuelve a aparecer en su voz y me acerco más a él.

—Tú... te arrepientes de lo que hiciste.

Asiente y luego vacía la copa.

—Mucho. Por multitud de razones.

Me doy cuenta de que él también lo echa de menos. Pero esas sombras vuelven a aparecer en sus ojos y debe de estar agarrando con mucha fuerza el cristal, porque tiene los nudillos blancos.

Le tiene miedo a la magia. Ese es el punto crucial, la base de todo este conflicto. Ese ha sido el problema de este reino durante demasiado tiempo: la magia y el miedo a ella. Comenzó antes de que Rhen naciera, y luego conoció a Lilith. Aquí, la magia nunca tuvo una oportunidad.

Apoyo el pie bueno con cautela y le quito la copa de vino de la mano. Luego, como la noche en que me habló por primera vez de Lilith, me acurruco en la silla con él, metiendo la cabeza bajo su barbilla, sintiendo que suspira contra mí y que parte de la tensión desaparece de su cuerpo.

Alargo la mano y agarro la empuñadura de la daga que le compró a Chesleigh por una suma de dinero imposible, sin pruebas de que funcione. *Impermeable a la magia*. Un arma para acabar con un hechicero. La desenfundo.

Rhen me aprieta la muñeca, pero con suavidad, mirándome a los ojos.

Froto el pulgar contra la empuñadura.

—A pesar de todo, no creo que Grey utilice la magia contra ti, Rhen.

—Esto es la guerra, Harper. Utilizará todo lo que tenga a su disposición.

—Vas a la guerra porque tienes miedo de *Lilith*. Estás arriesgando a tu gente, a *su* gente, por culpa de *Lilith*. Grey pidió paz. Lia Mara pidió paz. —Hago una pausa, pensando en aquel momento en los establos en el que me dijo que yo le habría ayudado a encontrar un camino mejor. Se ha burlado de mí porque no pido ayuda, y tiene razón: no lo hago. Una vez me prometió cualquier cosa que estuviera a su alcance, pero no me gusta pedir nada en absoluto.

Tal vez debería.

—Rhen —susurro—. Te pido paz.

Está casi rígido contra mí. Rhen no retrocede ante un desafío. Syhl Shallow causó mucho daño a Emberfall, pero también lo hizo el propio Rhen. Y Karis Luran está muerta.

Y Lilith quiere una victoria. No una alianza.

Me quita la daga de la mano y le da la vuelta, presionando un dedo contra la hoja, pero no lo bastante fuerte como para hacerse sangre.

—Ya he enviado un regimiento a la frontera —dice—. Y él también.

—Pues... hazles llegar un mensaje. Pide un parlamento.

—Si envío un mensaje así, Lilith...

—Lilith no es el príncipe heredero de Emberfall.

Por un instante, se queda quieto. No estoy segura de que siga respirando. Pero entonces exhala contra mi pelo y dice:

—En efecto, Harper. Yo tampoco.

El corazón me late acelerado en el pecho, pero me muevo para mirarlo.

Se le han oscurecido los ojos castaños y brillan dorados a la luz del fuego.

—Tienes razón, milady —dice Rhen, su voz suave y resignada. Arroja la daga sobre la mesa—. Como en el pasado, la única manera de vencer a Lilith es no jugar.

—¿Vas a ceder a la reclamación de Grey? —Casi no puedo creer que esté pronunciando esas palabras.

—Intentaré alcanzar la paz. —Parpadea, con una pizca de esa chispa familiar en las profundidades de sus ojos. Desliza un dedo sobre mis labios muy despacio—. No estoy cediendo ante Grey. Estoy cediendo ante ti, Harper. *Por ti.*

Se me llenan los ojos de lágrimas. Ojalá pudiera ver el aspecto que tiene ahora mismo. Cómo suena. Creo que, en algún lugar de su cerebro, siente esto como una derrota, pero no lo es. Una vez más, está poniendo a su gente en primer lugar. No solo a su gente, sino también a los súbditos de Syhl Shallow. Está encajando el golpe para que otros puedan prosperar. Siempre he creído que su mayor fuerza le viene de ser paciente, de esperar, no de *exigir* y aguardar a que otros den.

Aprieto una mano contra su mejilla.

—Por el bien de Emberfall.

Sonríe.

—Por el bien de...

Lo silencio con un beso. Es suave y delicado, una simple presión de mi boca contra la suya, pero hasta la última terminación nerviosa enfriada bajo mi piel enciende una nueva llama. Él emite un sonido grave desde el fondo de la garganta y entonces sus manos se posan en mi cintura. De repente me encuentro a horcajadas sobre sus rodillas, mi camisón y mi bata caen sobre sus piernas. Me acerca hasta que estoy pegada a él y enredo los dedos en su pelo. Jadeo, el calor se apodera de mi cuerpo, pero la sensación de su boca en la mía es tan adictiva que no sé si vamos más despacio o más rápido.

Entonces su mano encuentra mi muslo bajo las capas de seda y se me corta la respiración. No llevo nada debajo y si sus dedos se mueven un centímetro más, eso dejará de ser un secreto. Sin embargo, su boca se posa en mi cuello y el pulgar de su mano libre me acaricia el pecho hasta que me estremezco.

Pero entonces se detiene. Sus manos no se aventuran más allá. Respira contra mí, con la frente contra mi cuello. De repente, el aire está lleno de dudas. Incertidumbre. Miedo.

Suele ser tan fuerte y seguro que me pilla por sorpresa. Pero recuerdo por qué nunca habíamos llegado tan lejos.

Mis manos abandonan su camisa y le rodeo el cuello con los brazos para acercarme más. Le rozo la mandíbula con los labios. Al principio no se mueve, y me doy cuenta de que se retira, como siempre. Protegiéndome. Protegiéndose a sí mismo. De los recuerdos, del miedo, de la amenaza muy real de una hechicera que se aprovecha de cada pequeña alegría y la retuerce para torturarlo de la manera más efectiva posible.

—No te rindas ante ella —susurro—. Ni siquiera te rindas ante su recuerdo.

Se aparta un poco, lo suficiente para que pueda mirarlo a los ojos.

—Tampoco te rindas ante mí —le digo, y tengo que tragarme la emoción repentina que me nace en la garganta—. Ríndete a ti mismo. Ríndete al perdón. Ríndete a la felicidad. Ríndete a este momento. No es de ella. Es tuyo. Es mío. Es nuestro.

—Harper. —Cierra los ojos y, por un momento, creo que va a alejarse de mí. Pero entonces me levanta del sillón y me arroja a sus brazos por segunda vez en el día. Me besa tan profundamente que no me doy cuenta de que me ha tumbado en la cama hasta que siento su peso sobre mí y sus manos tiran del lazo de mi bata.

Esta vez, cuando su mano sube por mi muslo, no se detiene. Casi grito cuando sus dedos me tocan, pero él atrapa mi jadeo con un beso. Es tan lento y decidido que no puedo seguir pensando en otra cosa. Todo mi mundo se centra en las sensaciones de mi cuerpo y en el tacto de su mano, en el calor que se acumula en mi vientre. Instintivamente, me acerco a él, mi mano busca su piel, tira de la tela de su camisa, que de repente me molesta. Mis dedos encuentran su cintura, la suave musculatura de su abdomen, el cinturón que ata sus pantalones.

Mi mano baja y él sisea, luego me agarra la muñeca.

—Ha pasado mucho tiempo —dice.

Eso me arranca una risita. Luego mueve la otra mano y mi espalda se arquea de forma involuntaria. Veo las estrellas y me agarro a las sábanas.

—No demasiado —digo, cuando puedo respirar.

Sonríe y, probablemente por primera vez en mi vida, veo que Rhen se sonroja, solo un poco. Se inclina para besarme.

—Vamos a ver cuánto recuerdo.

Capítulo veinticuatro

Rhen

Harper está acurrucada contra mí, su respiración es lenta y uniforme, pero a mí el sueño me esquiva, como siempre. La oscuridad ejerce presión contra las ventanas y entra en la habitación como una visitante silenciosa. El fuego de la chimenea ha disminuido hasta convertirse en brasas, así que proporciona poca luz, pero no me importa. En la negrura, es fácil fingir que no hay preocupaciones esperándome al otro lado de las puertas de su habitación. Estoy abrigado y satisfecho, y Harper está a mi lado.

Quiero tocarla, asegurarme de que es real, de que está aquí, de que el destino no debe de odiarme tanto como pensaba.

Ríndete a ti mismo. Ríndete al perdón. Ríndete a la felicidad.

La felicidad, ¿es eso lo que es? La palabra no me parece lo bastante potente. A menudo olvido que los momentos más importantes de mi vida rara vez acaban siendo sobre mi reino, sobre una guerra o incluso sobre mis súbditos. Olvido que el mundo puede reducirse a dos personas, a un momento de vulnerabilidad y confianza. A un momento de amor que parece eclipsar todo lo demás.

Anoche le dije a Harper que había pasado mucho tiempo, pero estar con ella fue como la primera vez. La única vez que ha significado tanto. Quiero envolverla con mi cuerpo y no soltarla nunca.

Quiero enterrar una espada en el pecho de cualquiera que se atreva a hacerle daño.

Como si mis pensamientos la hubieran despertado, Harper se mueve y parpadea en mi dirección.

—No estás durmiendo.

Me incorporo sobre un codo, le paso un dedo por la mejilla y me tomo un momento para deleitarme con el hecho de *poder* hacerlo. Llevamos tantas semanas tratándonos con sumo cuidado el uno al otro que parece que por fin me he ganado el privilegio de tocarla.

—Pareces sorprendida.

Se sonroja y se acurruca bajo las mantas hasta que solo se ven sus ojos y sus rizos.

—Creía que estarías cansado.

Le rozo la nariz con la mía y susurro:

—Lo estoy.

No sonríe. Desliza la mano por debajo de las mantas y la apoya en mi mejilla. Giro la cabeza para darle un beso en la palma de la mano.

Continúa estudiándome.

—¿Sigues...? ¿Todavía vas a intentar alcanzar la paz?

Lo dice con vacilación, como si esperara que me retractara de mi promesa. Anoche habló de su padre, de todas las formas en las que decepcionó a su madre, y me pregunto si le preocupa que yo haga lo mismo. Eso empaña mi felicidad, pero sé que la confianza no es algo que se gana una vez y ya está, sino que hay que ganársela repetidamente. Asiento con la cabeza y veo cómo el alivio florece en sus ojos.

—Enviaré un mensaje al regimiento de la frontera para que mantenga su posición. Haré que una delegación acuda a Syhl Shallow a decir que me gustaría... escuchar sus condiciones. —Pronunciar esas palabras es más difícil de lo que esperaba. Han pasado muchas cosas entre Grey y yo, y no puedo ignorar el hecho de que ahora es un portador de magia. Que ahora está con un país que causó mucho daño a Emberfall.

Negociar algún tipo de tratado con él se parece a negociar uno con Lilith y siento un nudo en el pecho.

—Irá bien —susurra Harper—. Todo irá bien. Lo prometo.

No puede prometerlo. No lo sabe.

—Cualquier cosa es mejor que una guerra sin cuartel —afirma, y la miro a los ojos.

—¿Cualquier cosa? —dice una voz femenina en la esquina de mi habitación, una sombra que brilla cerca de la chimenea. La voz de Lilith me hace sentir un frío intenso—. ¿Cualquier cosa? ¿Estás *segura*, princesa?

—Largo. —Mi mirada cae sobre la mesita de noche, donde dejé tirada la daga que me trajo Chesleigh. Está detrás de Harper, justo fuera del alcance de mi brazo.

La hechicera sale de las sombras. Por lo general, va ataviada con elegancia y telas finas, el atuendo perfecto para una dama cortesana, pero esta noche lleva una bata violeta atada con un cinturón de raso negro y la tela ondula sobre su cuerpo mientras ella sale de la oscuridad.

—Menudo giro de los acontecimientos —dice, y su voz es un peligroso siseo.

—Te ha dicho que te largases —dice Harper.

Lilith no deja de acercarse a la cama.

—Él no me da órdenes, chica. —La voz le sale afilada, enfadada, lo cual es inusual. Suele ser juguetona. *Terrible*, desde luego, pero su tono es juguetón mientras hace estragos.

—¿Qué quieres?

—Parece que estás intentando cambiar las condiciones —dice. Llega a la cama y, en lugar de detenerse, se sube a las mantas y se arrastra hacia nosotros, con movimientos lentos y lánguidos. Harper se aferra a las sábanas y se echa hacia atrás hasta que sus hombros chocan con el cabecero.

Lilith sonríe, pero no va tras Harper.

Va a por mí. Su mano recorre la longitud de mi pierna por debajo de la manta y yo trato de retroceder.

Pero luego se queda inmóvil. Harper aparece a su lado, con la daga en la mano.

—¿Quieres perder un ojo?

El corazón me da un vuelco en el pecho. No sé si Harper sabe lo que puede hacer esa daga. No sé si funciona en absoluto. Como siempre, tengo muchas esperanzas, muchos planes y muchos deseos, pero los resultados siempre dependen del destino.

Y el destino parece odiarme mucho.

—Esto me recuerda a otra época —dice Lilith, y esa mirada oscura no ha abandonado sus ojos—. A cuando las sábanas estaban arrugadas y calientes y la habitación estaba llena de satisfacción privilegiada.

Me clava las uñas en el cuerpo. Cortan las sábanas. Lo cortan todo. Un fuego me desgarra el abdomen.

—¡Rhen! —grita Harper. Se lanza hacia ella con la daga por delante, pero mi visión está llena de manchas y destellos y no logro ver si logra clavársela.

—Cuando la habitación estaba llena de sangre —dice Lilith.

Vuelve a estarlo. Puedo saborear mi propia sangre, y no sé si me he mordido la lengua o es que hay mucha. Lo único que siento es dolor y su peso sobre mi cuerpo.

Harper grita. Lilith grita.

—Corre —le grito a Harper—. *Corre*.

La cara de Lilith aparece por encima de la mía y en la suya hay un largo reguero carmesí.

—Eras *mío* —sisea. Me clava las uñas en la parte delantera del pecho. Juro que sus uñas me rozan las costillas y grito—. ¿Creías que tu chica rota podría enfrentarse a mí con *eso*?

Harper está gritando, pero mi cerebro no es capaz de dar sentido a las palabras. No sé si está herida, si está luchando, si está huyendo, si se está muriendo.

Lilith arrastra las uñas por mi cara. Siento un tirón y un desgarro en el párpado y, de repente, ese ojo queda ciego por culpa de un chorro de sangre... o algo peor.

Más gritos llenan la sala. Son de mis guardias, dirigidos por Dustan y por Zo.

—Harper —jadeo—. Harper, huye.

—¡Para! —grita Lilith—. ¡*Deja de pensar en ella*! —Las ventanas se rompen, los cristales explotan y repiquetean contra el suelo. Un viento helado recorre la habitación. Le lanzo un puñetazo, pero ella me agarra el brazo y siento que los huesos rechinan unos contra otros. El dolor es cegador. Intento respirar a pesar de él. Intento vivir a pesar de él.

Me agarra la mandíbula y sus ojos inundan mi visión.

—Vas a verla morir —dice, su aliento caliente contra mis labios.

—Voy a verte morir *a ti* —digo con los dientes apretados.

Ella sonríe, pero luego alguien me la arranca de encima. Parpadeo para apartar la sangre y veo que Dustan le clava una espada en el abdomen. Ella jadea y se aferra a la hoja. Por un instante, parece que él saldrá victorioso, pero sé que no es así.

—Huye —me atraganto. No puedo ver cómo hace daño a mi gente—. Vete. Es... es una orden.

Lilith agarra la espada con la mano desnuda y se la arranca, con una mirada casi eufórica. Su bata de seda se ha abierto, revelando un trecho de cuerpo desnudo, y la espada se lleva sangre y otras vísceras con ella. Hay otra herida, más arriba, que sangra en su hombro.

Dustan la mira con horror.

Tiene que huir. Tiene que huir. Tiene que *huir*.

—Huye —jadeo—. Dustan...

Lilith le arranca la garganta con sus propias manos.

Su cuerpo cae, sin vida.

Ella se gira hacia los guardias que estaban a su espalda, con las espadas preparadas. En el puño tiene la piel y el músculo que le ha arrancado del cuello, la sangre le gotea por la muñeca.

Ellos palidecen. Sus espadas caen al suelo. Echan a correr.

Todo esto ya lo he visto antes, cuando lanzó la primera maldición.

No sale mejor la segunda vez.

Mis ojos por fin encuentran a Harper. Tiene una daga ensangrentada en la mano, pero Zo está delante de ella. Apenas me doy cuenta de que Zo ha encontrado mi arco y mi carcaj en el rincón antes de que una flecha saliera volando.

Una atraviesa el cuello de la hechicera. Otra le da en el hombro. Otra en la pierna. Lilith se tambalea y cae de rodillas.

Una nueva flecha le atraviesa la espalda. La hechicera sisea y se arranca los proyectiles. Se quita uno del cuello y la sangre se derrama por su hombro, pero la herida se cierra igual que las otras que tiene en el abdomen.

La herida de su hombro sigue sin curarse y la sangre sigue manando de ella. La miro fijamente, pero mis ojos no quieren enfocar y solo puedo pensar en Harper.

Zo saca la última flecha del carcaj. Tiene los ojos muy abiertos y asustados, pero apunta.

—Rhen. —Harper trata de pasar cojeando por delante de Zo, para llegar a mí.

—¡Vete! —grito. Intento levantarme de la cama, pero las rodillas no me sostienen—. Zo... llévatela. Llévatela.

—¡No! —grita Harper.

Lilith deja de arrancarse las flechas. Ha apoyado una mano en el suelo y ahora resopla. Sin embargo, esto no la detendrá, lo sé.

Solo lo empeorará.

Agarra la muñeca sin vida de Dustan y libera uno de sus cuchillos arrojadizos. Me doy cuenta de lo que pretende hacer y salto hacia ella.

Soy demasiado lento para detener el lanzamiento y lo único que hago es afectar su puntería. La hoja no se clava en el pecho ni en el cuello de Harper, sino que se entierra en la parte superior de su muslo. Ella cae.

Lilith se esfuerza por conseguir otra.

—¡Zo! —chillo—. Llévatela. Llévatelos a todos.

Zo dispara su última flecha y le da a Lilith en el hombro, lo cual la lanza hacia delante. Eso nos pone cara a cara de nuevo. Pero detrás de ella, veo a Zo arrastrar a Harper hacia el pasillo. Zo está gritando órdenes a los guardias que deben de estar viniendo a la carrera para ayudar.

Mi cuerpo está en plena agonía. No logro mantenerme en pie. No puedo moverme. Pero de repente se hace el silencio. Estoy a solas con la hechicera.

Durante mucho rato, escucho la respiración sibilante de Lilith. Y oigo la mía.

El mundo empieza a llenarse de manchas. La sangre se acumula en el suelo de mármol a mi alrededor. Puede que por fin lo haya hecho. Tal vez me haya matado.

Pero Harper ha escapado. Ha escapado.

Al final, oigo un chasquido repugnante y me doy cuenta de que Lilith está tirando de las flechas, una por una.

Pop. Pop. Pop.

Parpadeo en su dirección. Solo me funciona un ojo. Alargo una mano para tocarme la mejilla y encuentro un amasijo de piel desgarrada y sangrienta. Intento no gimotear y fracaso. Deseo que la muerte me encuentre.

Lilith se inclina y me besa. Tiene sangre en los labios.

—Me gustas más así —susurra.

Ella ha escapado. Me centro solo en eso. Solo en eso. Lilith puede hacer lo que quiera conmigo. Harper ha escapado. Está a salvo. Zo la mantendrá a salvo.

—Acaba de una vez —digo.

—Uy, no, Alteza. —Me besa de nuevo, y mi cuerpo sufre un estremecimiento involuntario—. Sabes que te necesito. —Me pasa la lengua por los labios—. Ahora espera aquí mientras voy a arrancarle el corazón a la princesa, como tú me arrancaste el mío.

Capítulo veinticinco

Harper

Hay guardias muertos en los pasillos del castillo. Algunos están clavados a las paredes con sus espadas, mientras que otros tienen unas heridas terribles. La sangre lo cubre todo. Recuerdo la primera semana de la maldición, cuando descubrí una habitación que representaba lo que Lilith les había hecho a Rhen y a Grey. Era horrible.

Esto es como aquello, multiplicado por cien.

Lilith debe de haber estado haciendo esto durante *horas*. Matando de forma lenta y metódica a los guardias y sirvientes para que no nos enteráramos de nada. Yo le rogaba a él para que hubiera paz mientras ella se aseguraba de que nunca fuera posible.

Freya y los niños debían de estar en la habitación que quedaba junto a la nuestra. La dulce y gentil Freya.

La idea de su muerte a manos de Lilith casi hace que se me doblen las rodillas. Zo me está medio arrastrando lejos de todo esto. No soy capaz de decidir si debería ayudarla o luchar contra ella. El cuchillo arrojadizo me ha alcanzado en el muslo, pero ha sido un golpe de refilón y no se ha quedado clavado. Sé que se supone que, si te apuñalan, no hay que arrancarse el arma, pero no tengo ni idea de si pasa algo en caso de que se caiga sola. Mi camisón está empapado en sangre, y entre el cuchillo, el esguince en el tobillo y mi parálisis cerebral, me siento como una marioneta con la cuerda rota.

El aire de la noche es frío y me da de lleno en la cara cuando salimos, pero Zo no se detiene. Voy descalza y no paro de jadear mientras recorremos el pasillo de los establos y me deja en un banco junto a una cuadra. Es de noche y los establos están desiertos. Su propia respiración le sale entrecortada y forma nubes de pánico en el frío aire nocturno. Le tiemblan las manos cuando empieza a desabrocharse la pechera.

—Para —digo. Agito las manos, las retuerzo, sin saber qué hacer con ellas—. Para... ¿Qué estás haciendo...?

—Ten. —Se quita la pechera por la cabeza. Suena como si estuviera resollando.

—Zo... tenemos que volver. Tengo esta daga. Solo tenemos que... Solo tenemos que... Ella... Ella...

Me pone la pechera en las manos.

—Póntela. Ensillaré un caballo.

—Zo...

—¡Póntela! —grita.

Nunca me ha gritado. Creo que nunca la he oído levantar la voz. Estoy tan asustada que mis dedos empiezan a tantear las hebillas de forma automática. Los caballos deben de sentir nuestro pánico, porque todos dan vueltas por sus cuadras, inquietos. Uno de ellos pega una patada contra la pared.

—Tenemos que volver. —Estoy balbuceando. Gimo con cada respiración. Cada vez que parpadeo, veo los dedos de Lilith arrancándole la garganta a Dustan. Veo el abdomen de Rhen convertido en tiras de carne. Como si no fuera nada. No he sido suficientemente fuerte. Ni bastante rápida—. Ella va a... Va a...

—Tenemos que huir. —Saca una brida del armario que hay junto a Ironwill, seguida de una capa que me lanza—. Ponte esto.

Estoy temblando tanto que apenas puedo ponérmela sobre los hombros.

—Zo...

—*No* vamos a volver.

—No podemos abandonarlo...

—Ha matado a todos los guardias del castillo —dice Zo. Le cuesta cuatro intentos abrochar la brida en la cabeza del caballo—. ¿Puedes montar?

Una bota roza los adoquines en el extremo opuesto del pasillo y Zo gira en redondo mientras desenvaina su espada.

Un mozo de cuadra suelta una maldición y retrocede a trompicones.

—He oído a los caballos...

—Huye —le dice ella—. Sal de los terrenos del castillo.

—Pero... pero...

—¡Huye! —estalla. Él asiente rápidamente y se lanza por la puerta.

Un viento frío azota el pasillo, hace crujir las puertas del establo y yo me estremezco.

—Zo. Necesitamos un plan. Necesitamos...

Se acerca a mí. Clava la mirada en la mía.

—¿Qué vamos a hacer, Harper? Le ha arrancado la garganta al Comandante. Con sus propias manos.

Tiene razón. Sé que tiene razón. Tenemos que conseguir ayuda.

No sé quién puede ayudar con esto. Ha matado a todos los guardias. La respiración se me entrecorta de nuevo.

Zo no espera una respuesta. Se dirige a la siguiente cuadra y abre de un tirón la puerta del armario. Otra ráfaga de viento se arremolina por el pasillo y me trae el recuerdo de mi primera noche en Emberfall, cuando el tiempo en el bosque cambió del calor otoñal a una fuerte nevada. Los caballos vuelven a moverse. Algunos emiten un gruñido nervioso. El que está al fondo del pasillo vuelve a patear la pared.

Se me eriza el vello de los brazos.

No sé lo que estoy sintiendo, pero no es bueno.

Zo aparece en la puerta y sé que ella también lo siente.

—Zo —susurro—. Zo, tenemos que irnos.

Deja atrás el segundo caballo y vuelve con Ironwill para subirme a su lomo antes de que esté lista. Ella desliza el pie en el estribo y sube detrás de mí. Sin dudarlo, insta al caballo a ponerse en marcha y salimos volando de los establos.

El viento nos golpea con fuerza y rapidez y casi me arranca de la silla. Las nubes han llenado el cielo, bloqueando la luna y sumiendo el suelo en la oscuridad. Yo llevo las riendas y Zo me rodea la cintura con los brazos.

—Deberías haberte quedado con la armadura —digo sin aliento.

Un chillido ensordecedor rompe la noche, el sonido más fuerte y aterrador que he oído nunca. Ironwill aplana las orejas, su espalda se encoge debajo de nosotras y sale disparado como un... bueno, como un caballo asustado.

—¿Qué pasa? —susurra Zo en mi oído—. ¿Qué está haciendo? ¿Ella puede... cambiar de forma?

—No lo sé. No lo sé. —Hizo que Rhen cambiara de forma, pero nunca he visto que lo hiciera ella misma. Eso no significa que no pueda.

Zo recuerda al monstruo en el que se convirtió Rhen. ¿Es eso lo que tenemos detrás? ¿Ha vuelto a hacerlo?

Echo un vistazo por encima del hombro. Lo único que veo es el cielo negro, destellos de oscuridad. Otro chillido atraviesa el aire. Ironwill vuela hacia el bosque, tirando de las riendas; sus cascos golpean el suelo con fuerza.

Tenemos que llegar al otro lado del bosque. No sé por qué, pero siempre ha habido algo en los límites del territorio de Ironrose que parece limitar el poder de Lilith. Tenemos que atravesar este bosque y luego podremos pensar en un plan para rescatar a Rhen.

Sin previo aviso, mi garganta se ahoga con un sollozo. A mi espalda, también lo hace la de Zo. Sus brazos me agarran con más fuerza.

No tengo palabras. No sé qué decir. Un pánico ciego inunda mis pensamientos. Sigo buscando esperanza, pero no la hay. Todo está mal.

Volvemos a oír el chillido. Algo nos empuja y Zo grita.

—¡Zo!

—Sigue —dice mientras se aferra aún más a mi cintura, pero tira de mí hacia atrás, como si algo la tuviera agarrada—. ¡Sigue!

Clavo los talones en los costados del caballo, pero es casi como si Zo estuviera en el suelo, tirando de mí hacia atrás. En un momento, me van a arrancar de la grupa del caballo.

Entonces ella se suelta. Desaparece. Su grito resuena en mis oídos, solo igualado por los chillidos a nuestra espalda.

Vuelvo a tensar las riendas, pero Ironwill se encabrita, se desboca y casi me arroja al suelo.

—¡Zo! —grito—. ¡Zo!

Unas garras se me clavan en los brazos y grito por la sorpresa. Tiran de mí, me arrastran.

—¡Suéltame! —grito y libero los brazos. Esas garras se enganchan en la armadura que no he llegado a abrochar del todo y, de repente, me asfixian.

Se me viene a la cabeza una imagen de Rhen quitándose la armadura a medio abrochar por la cabeza, librándose de ella. Un sollozo me atenaza el pecho, pero agarro la coraza y me la subo con fuerza, raspándome la cara en el proceso.

Pero funciona. Se suelta. Un chillido de rabia resuena a mis espaldas.

Cruzo la línea de árboles para salir del bosque, me agacho para estar cerca del cuello de Ironwill y nos lanzamos al galope. Mis lágrimas empapan su crin y el viento atrapa mis sollozos, pero nada nos persigue más allá del bosque. Corremos y corremos hasta que la oscuridad nos engulle.

Capítulo veintiséis

Rhen

Pierdo la noción del tiempo. En algún lugar a mi izquierda, oigo un lento e incesante goteo, pero no sé si lleva horas, minutos, segundos o años. No sé si me he desmayado o si he estado despierto todo este tiempo.

El dolor no ha desaparecido.

No consigo abrir el ojo izquierdo y el derecho tiene una costra de sangre que mantiene pegadas mis pestañas cuando parpadeo. El cadáver de Dustan está a unos centímetros. La sangre ha formado un charco en el suelo entre nosotros, pero no distingo dónde acaba la mía y dónde empieza la de él.

Recuerdo esto. De la primera vez, cuando ella mató a mis guardias. Cuando me convirtió en un monstruo que asesinó a mi familia. *Lo recuerdo.*

No quiero recordar.

Levanto una mano para tocarme la cara, pero me encuentro con la piel desgarrada y la carne destrozada y de repente no puedo respirar. Bajo la mano en un movimiento brusco, pero lo hago demasiado deprisa y gimoteo.

—¿Algún problema? —pregunta Lilith, y entonces yo cierro el ojo bueno.

No espera una respuesta.

—Mira lo que he encontrado —dice, y algo fuerte y pesado cae al suelo delante de mí. Gotas de sangre y cosas peores me salpican la cara y me aparto de un tirón.

Pero ella me obliga a abrir el ojo. Es una coraza blindada.

La de Zo, creo. Pero podría ser de cualquiera. Cualquiera de los míos. Es solo una parte de una armadura.

Entonces, un amasijo de carne roja cae encima. Durante mucho rato, mi cerebro no logra entenderlo. Es solo un pedazo de músculo sangrante.

Pero entonces me doy cuenta de lo que es y mi propio corazón se detiene.

—Su corazón, Alteza —susurra Lilith—. Como os había prometido.

Capítulo veintisiete

Harper

Si estuviera de humor para pensar en conexiones místicas, me parecería interesante que la posada Crooked Bear parezca haberse convertido en un lugar de solaz y consuelo cuando algo va mal en Ironrose. Pero esta noche, lo único en lo que puedo pensar es que Rhen está siendo destrozado mientras todos sus guardias y soldados están muertos.

Lo único en lo que puedo pensar es en Zo, arrancada de la grupa del caballo mientras yo me alejaba al galope. O en Dustan, al que le han destrozado la garganta delante de mí.

Me aprieto los ojos con los dedos e intento no sollozar mientras Evalyn, la mujer del posadero, me cose la herida de la pierna y me envuelve el tobillo con una cataplasma.

—Tenga, milady —dice Coale, el posadero, con voz grave mientras me entrega una taza llena de hidromiel caliente. Me tiemblan los dedos, pero la acepto.

—¿La criatura ha regresado? —pregunta Evalyn, su voz apenas es más que un susurro.

—No sé... no sé lo que era. —Me gustaría que Rhen estuviera aquí. Él sabría darle la vuelta a esto, conseguiría que su gente se uniera y luchara contra Lilith.

Pero, por supuesto, si Rhen estuviera aquí, si estuviera bien y a salvo, no habría nadie contra quien luchar.

Ayer tenía razón. Debería haberle dicho a Lilith que me dejara en Washington D. C. Debería haberle dicho que me llevara allí desde un principio.

No puedo luchar contra ella. Tampoco puedo pedirle a nadie que luche contra ella.

Y sé que, si vuelvo, me matará. Lo más probable es que lo haga delante de él.

Rhen se ha pasado toda la vida odiando la magia, pero en este momento desearía tener una pizca de ella, porque...

Me quedo paralizada. El mundo parece inclinarse sobre su eje, solo por un segundo.

No tengo provisiones. Ni siquiera llevo ropa, aparte de una capa y mi camisón. La única arma con la que cuento es esta daga que no vale nada en mis manos.

Pero de repente concibo un plan.

—Evalyn —susurro, y casi me estremezco al hablar, porque ya he pedido mucho a todos los presentes—. No tengo... plata, pero necesito tu ayuda.

Intercambia una mirada con Coale y nuevas lágrimas brotan de mis ojos. No sé qué puedo usar para negociar. Ni siquiera sé cuándo podré conseguir más plata.

Pero he sido pobre antes. He estado desesperada antes. Rhen se burlaba de mí por pedir ayuda, pero sé lo que se siente cuando no hay nadie que la ofrezca.

—Si no puedes —digo, respirando hondo para hacer desaparecer las lágrimas—, lo entiendo. Sé que los tiempos son difíciles para todos...

—Milady. —Evalyn coloca sus manos sobre las mías y las aprieta con fuerza. Levanto la vista y me encuentro con sus ojos—. Ha hecho mucho por nosotros —dice—. También lo ha hecho el príncipe. Todo lo que tenemos es suyo.

—Díganos lo que necesita —dice Coale, con su voz profunda y retumbante. Se acaricia la espesa barba—. Estamos bien abastecidos para el invierno.

Me seco los ojos.

—Necesito ropa. Y un mapa. Y suficiente comida para… —Hago algunos cálculos rápidos, procurando recordar todas las veces que Rhen ha hablado de la distancia y del tiempo de viaje. No tengo ni idea de si esto funcionará, pero no me quedan más opciones—. Cuatro días. Creo. Tal vez cinco.

Evalyn abre los ojos de par en par.

—Milady, ¿vuelve a Dese?

—No. —Se me secan las lágrimas mientras la esperanza brota en mi pecho por primera vez—. Voy a buscar a Grey.

Capítulo veintiocho

Grey

—Otra vez —dice el scraver, y a pesar del frío glacial que transporta el aire crepuscular, tengo que secarme el sudor de los ojos. Me cuesta más respirar que después de una larga sesión de esgrima o de ejercicio.

Para ser sincero, *preferiría* estar practicando esgrima o haciendo ejercicio. Llevo semanas haciendo esto.

—Odio la magia —murmuro en voz baja.

—¿Y esperas engatusarla para que cumpla tu voluntad con tan devotas palabras? *Otra vez.*

Lo fulmino con la mirada, pero luego me agacho y toco el suelo con una mano, tratando de enviar mi poder a un círculo cada vez más amplio. Algunos aspectos de la magia han resultado fáciles, como crear una llama en la mecha de una lámpara, mientras que otros han sido más difíciles, como coser la piel para curarla. Pero enviar mi poder fuera de mí mismo está siendo lo más difícil de todo. Es como correr en un número infinito de direcciones a la vez mientras estoy atado a una roca. Es como si intentara desgarrarme y mantenerme unido al mismo tiempo.

Estamos en el bosque, más allá del campo de entrenamiento, y las ráfagas de nieve se cuelan entre las ramas y se acumulan en la hierba que tengo entre los dedos. Mi poder siente que cada una de ellas impacta contra el suelo mientras intento que mi magia se expanda. Percibo cada brizna de hierba, cada rama caída. El calor del solitario farol que he colocado cerca de la base de un árbol, que no era necesario cuando hemos empezado pero que ahora proyecta finas sombras a lo largo del suelo. Logro expandir mi magia tres metros. Doce. Una liebre salta hacia un matorral y envío mi poder a seguirla.

Mi poder regresa a mí con brusquedad. Es como si me dispararan una flecha. Me balanceo hacia atrás y me caigo de culo con fuerza.

Suspiro.

Iisak baja de la rama alta en la que se había posado y aterriza en silencio frente a mí. Va descalzo y con el pecho desnudo, como de costumbre, y su piel gris oscura es como una sombra en la oscuridad, pero lleva unos brazaletes repletos de cuchillos en los antebrazos. La nieve se acumula en el pelo negro que se enrosca sobre sus hombros y se desliza por sus alas.

—Te has agotado, joven príncipe —dice.

Gruño. Es posible. Pero, ahora mismo, prefiero confiar en las habilidades que *sé* que me protegerán en una batalla, más que en las destrezas que aún no domino.

—Esto debería salirte sin esfuerzo —me presiona—. Deberías pasar menos horas en el campo con tus soldados y más…

—¿Más aquí en el bosque con la magia? —Suelto una carcajada sin una pizca de humor y me pongo en pie—. Los informes dicen que Rhen ha enviado soldados a la frontera y mi magia no puede detenerlos a todos. Pasar menos tiempo entrenando no es la solución.

—Si buscaras tu magia antes de levantar una espada, tal vez no tendrías que preocuparte.

—Aquí, en Syhl Shallow, todo el mundo cree que la magia es una *amenaza* —digo con brusquedad—. En la ciudad hay facciones secretas que planean la muerte de la reina.

—Creo que lo que planean es *tu* muerte.

—Ah. Mucho mejor. —Frunzo el ceño. Si se saliera con la suya, Iisak me obligaría a practicar magia hasta el amanecer. A veces me pregunto si está tan centrado en nuestro éxito porque lamenta sus fracasos con su hijo, el *aelix* perdido de Iishellasa. Me pregunto si adora a Tycho y me alecciona a mí en un intento de llenar el abismo provocado por la pérdida. Ahora mismo, no me importa. Esta lección de magia me recuerda a la forma en que obligué a Solt a seguir entrenando, y no es un recuerdo agradable. Llevamos horas con esto y yo ya estaba agotado incluso antes de empezar.

Señalo con la cabeza los cuchillos que lleva Iisak.

—Ya he terminado. Es tu turno.

—Odio las armas —gruñe, y no sé si se está burlando de mí o si habla en serio.

—Vamos —digo—. Ya me he perdido la cena.

El scraver es bastante letal por sí mismo, y lo he visto destrozar soldados con sus manos desnudas. Pero todo eso requiere proximidad y ya lo capturaron una vez. El arco y las flechas pueden ser demasiado engorrosos en una huida, pero los cuchillos y los brazaletes no reducen su velocidad.

Al igual que me pasa con la magia, se muestra reacio a practicar con algo que no le resulta natural.

Desenfunda uno de los cuchillos.

—Uno podría pensar que tu humor mejoraría por todo el tiempo que pasas con la joven reina, pero...

—Los cuchillos, Iisak.

—Quizá deberías pasar más tiempo *durmiendo*, en lugar de...

Infierno de plata. Desenfundo uno de mis cuchillos y se lo lanzo.

Él salta en el aire, más rápido de lo que parece posible, y mi cuchillo acaba clavado en el suelo, unos metros más allá de donde estaba. Se ríe y un viento amargo recorre el pequeño claro. Agita las alas, lanzándome ráfagas de nieve, pero capto un destello de luz sobre el acero un instante antes de que lance. Preparo mi daga, desvío el cuchillo antes de que pueda incrustárseme en el hombro y casi paso por alto el segundo cuchillo que ha arrojado contra mi pierna. Me hace un corte en el muslo y acaba perdido entre la maleza.

Recojo los cuchillos del suelo.

—Has estado practicando.

—Bastante —afirma—. Tycho está ansioso por tener un alumno.

Tycho. Mi irritación está feliz de encontrar un nuevo objetivo. Tycho ha vuelto a faltar al entrenamiento esta tarde. Es la quinta vez. La jefa de su unidad debería ocuparse de ello, pero no lo ha hecho, y no estoy seguro de si se debe a algún tipo de deferencia hacia mí o si están más que contentos de dejar que fracase. En cualquier caso, es una nueva fractura en la unidad del ejército, y no es que andemos faltos de ellas. Me alegro de que el chico esté pasando tiempo con Iisak, porque a mí me está esquivando de forma notable.

—No sabía que estabas entrenando con Tycho —digo. Me pregunto si Iisak lo hace por el bien de Tycho... o por el suyo propio.

—Lo que es seguro es que no estoy ocupado ayudándote con la *magia*. —Iisak lanza otra vez.

Frunzo el ceño y desvío los cuchillos en el aire.

—Clávalos en un árbol —digo—. No en mí.

—Parece que te viene bien la distracción, Alteza.

Tal vez. Probablemente. Las sombras se alargan, los copos de nieve se convierten en aguanieve que me escuece en las mejillas. Durante el desayuno, Lia Mara se ha quedado extasiada mientras Noah le explicaba las razones de los cambios de tiempo, cómo las *precipitaciones* caen en forma de nieve desde miles de metros de altura en el cielo y luego se derriten y vuelven a congelarse para formar aguanieve. Uno de sus consejeros se ha inclinado hacia otro y ha susurrado:

—¿Cómo puede saber esas cosas? No me fío de estos forasteros y de su *magia*.

Lia Mara los ha oído y los ha interrumpido con un lacónico:

—El conocimiento no debe ser recibido con desprecio. Haríais bien en escuchar a Noah.

Se han callado de inmediato, pero he visto la mirada que han intercambiado.

248 • UNA PROMESA AUDAZ Y MORTAL

Los cuchillos de Iisak se clavan en el árbol a mi espalda con un golpe audible. Han sido buenos lanzamientos, las hojas se han incrustado hondo en la madera. Cuando intento arrancarlos, Iisak me ataca desde un lado y engancha las garras en mi armadura, haciéndome caer al suelo. Me deja sin aliento, pero ruedo y le atrapo el tobillo para que no pueda volar. Intenta arañarme, pero ya me he acostumbrado a sus travesuras y no dejo que me acierte.

En cuestión de segundos, lo tengo inmovilizado, con un ala atrapada bajo mi rodilla y sus cuchillos arrojadizos en la mano, uno de ellos contra su garganta. Ambos respiramos con dificultad.

Por lo general, no me importa combatir con él. A menudo disfruto del desafío, porque Iisak no duda en romperme los huesos y hacerme sangrar, además de tener el talento y la habilidad necesarios para hacerlo.

Esta noche es diferente. El aguanieve cae ahora con más fuerza, hace que me piquen los ojos y se cuela bajo mi armadura. Estoy seguro de que a Iisak le encanta.

—Si no te hace falta entrenar —digo—, tengo hambre. —Dejo caer los cuchillos arrojadizos sobre el centro de su pecho y me levanto del suelo. Él los guarda en sus vainas.

—Como digas, Alteza. —Con una inclinación de cabeza, se lanza al aire y, en segundos, se pierde en la oscuridad y en las ramas que quedan sobre mi cabeza, probablemente para buscarse su propia cena. Recojo el farol titilante y echo a andar. El aguanieve es cada vez más intensa, me moja el pelo, me empapa la ropa bajo la armadura y hace ruido en los tejados de chapa de los barracones de los soldados que hay más allá de los árboles. Salgo del bosque y entro en el camino, sorprendiendo a los soldados de guardia, pero no tardan nada en ponerse en posición de firmes y me saludan. Es más tarde de lo que creía, si han cambiado de turno. Estos dos van ataviados con capas impermeables con capucha sobre la armadura, pero sigue siendo una misión horrible con este tiempo.

—¿Quién es vuestro oficial al mando? —les digo—. Me encargaré de que no estéis aquí demasiado tiempo.

Intercambian una mirada, intentando no temblar.

—El Capitán Solt.

Suspiro para mis adentros. Por supuesto.

Los caminos que comunican los cuarteles están desiertos debido al tiempo y a la hora tardía, y ojalá se me hubiera ocurrido a mí traer una capa impermeable. Las luces titilan a lo largo de la pared del palacio y busco los aposentos de Lia Mara, porque estoy seguro de que me está esperando. En efecto, una sombra oscurece la mitad de su ventana, y siento el corazón ligero por primera vez en todo el día. De repente, desearía *poder* enviar la magia a través del terreno, porque la decoraría con el feroz sentimiento de anhelo, la suave melancolía y la esperanza sin límites, emociones que solo me atrevo a compartir con ella.

Sin proponérmelo, mi magia se filtra en el suelo, extendiéndose más a cada paso que doy, casi como una luz en la oscuridad que solo yo puedo ver. Debería haberla invitado a que viniera con Iisak y conmigo, porque su presencia es siempre un recordatorio de que mi poder nunca responde bien a la fuerza, sino que necesita ser convidado a jugar. Percibo hasta el último camino, hasta la última gota congelada que golpea el suelo, hasta la última piedra en la base de cada barracón. Deben de ser más de cuatro metros, pero intento relajarme ante la sensación de mi magia mientras camino prestándole poca atención, como si fuera un caballo asustadizo al que se puede dar un susto con el mero contacto visual.

Entonces mi magia parpadea contra... algo. ¿Una persona? ¿Una emoción? Sea lo que fuere, la sensación no es positiva, como sucede con mis pensamientos sobre Lia Mara. Pero pasa demasiado rápido y no puedo desentrañarlo, y mi concentración repentina en esa interrupción hace que mi magia regrese en espiral hacia mí como el chasquido de un látigo. Esta vez me mantengo en pie, pero dejo caer el farol y me detengo en seco. El farol cruje, produce un pequeño tintineo de cristal y se oscurece. No puedo oír nada por encima del aguanieve.

Al instante, pienso en las amenazas contra Lia Mara y cambio de rumbo, caminando a grandes zancadas entre los edificios oscurecidos, preguntándome si debería llamar a los soldados que montan guardia junto al bosque o si eso sería demasiado solo por una *sensación*. Sin embargo, ha habido ataques contra la reina con anterioridad. En la ciudad se ha formado una facción contra la magia. Como ha dicho Iisak, es probable que también planeen mi muerte. Justo cuando estoy a punto de volver a por los guardias, oigo una voz que se alza cerca del cuartel de los reclutas. Un hombre habla en syssalah, su tono de voz impregnado de ira. Suspiro y me pregunto si voy a tener que interrumpir una pelea.

Pero al doblar la esquina descubro que es Solt. Está inmovilizando a un recluta encogido contra la pared del barracón con una mano contra su hombro.

Tycho.

Debería exigir una explicación. Debería acercarme y llamarles la atención.

Antes de que haya pensado en todo lo que *debería* hacer, ya he empujado a Solt lejos de Tycho con tanta fuerza que casi lo hago caer. Se recupera más deprisa de lo que esperaba (supongo que puede ser rápido cuando quiere) y me pega. Esquivo el primer golpe, pero no el segundo. Me da justo en la mandíbula y me tira al suelo, pero aprovecho el impulso para rodar. Tengo los cuchillos en las manos antes de haberme incorporado del todo. Solt es solo un segundo más lento, con la mano en la empuñadura y la espada a medio desenvainar antes de que el reconocimiento aparezca en sus ojos.

No sabía quién era yo cuando ha lanzado ese puñetazo, pero ahora lo sabe.

—¡Para! —Tycho está gritando. Ha alzado las manos entre los dos. El aguanieve se desliza por su cara—. ¡Detente! *¡Nah rukt!*

No pelees.

Solt no ha dejado que la espada se deslice de nuevo en su funda. Nunca le he gustado y en sus ojos se libra una batalla mientras lucha con la posibilidad de resolver esto aquí mismo. Estoy seguro de que ve la misma batalla en los míos. La sangre deja un gusto agrio en mi boca, donde me ha pegado. Es más fuerte de lo que creía.

Pero entonces se endereza, dejando que el arma vuelva a su sitio. Me mira con el ceño fruncido por culpa del tiempo.

—Perdóneme, Su Alteza.

Durante medio segundo, me irrita que se haya retirado tan deprisa. Pero ahora los ojos preocupados de Tycho se fijan en mí, no en Solt.

Guardo mis armas y escupo sangre al suelo.

—Vuelve a tus aposentos —digo con brusquedad.

Solt me dedica un saludo brusco y se da la vuelta. Tras una breve vacilación, Tycho hace lo mismo.

Lo agarro del brazo.

—Tú, no.

Me mira. Cuando estábamos en Rillisk, siempre me pareció mucho más joven que los quince años que tiene, pero el tiempo y la experiencia van borrando esa impresión. Las advertencias de Noah suenan con fuerza en mis recuerdos, así que digo:

—¿Estás bien?

Parece sorprendido, como si no esperara la pregunta. Cuando tira del brazo para liberarse, lo suelto, pero desvía la mirada, esquivando la mía. Reprime un escalofrío.

—Estoy bien.

—Te estaba inmovilizando contra la pared. ¿Qué ha pasado?

—No... él estaba... no estaba... no me estaba haciendo daño.

La lluvia cae a cántaros, empapando mi armadura. Estoy helado y el calor acogedor de las habitaciones de Lia Mara parece estar a horas de distancia.

—Habla conmigo, Tycho.

Me sostiene la mirada, pero no dice nada. Un nuevo pensamiento inunda mi cerebro, oscuro y siniestro.

—¿Te está amenazando? —exijo saber—. ¿Te está haciendo daño de alguna manera? ¿Están los demás haciéndote algún tipo de...?

—¡No! Grey. —Cierra los ojos, pero solo por un momento, luego cuadra los hombros y vuelve a mirarme—. No pasa nada con el Capitán Solt. Estaba... estaba hablando conmigo...

—Lo he oído a dos barracas de distancia. Inténtalo de nuevo.

Cuando sigue sin responder nada, afino mi tono para convertirlo en una orden.

—Tycho. *Habla.*

Ahora tiembla y no estoy seguro de cuánto es por culpa del clima y cuánto por mí, pero sus ojos parecen cerrarse un poco.

—Me ha pillado volviendo a escondidas. Ha sido... Ha sido una reprimenda.

Me quedo helado.

—Una reprimenda.

—Ha dicho que tengo la obligación de apoyar a mi unidad. Ha dicho que mi ausencia hará que los otros reclutas piensen que no tienen que seguir órdenes. —Se le sonrojan las mejillas—. Ha dicho que, si tengo tu favor, debería hacer lo posible por demostrar que me lo he ganado, no que me lo has dado.

Infierno de plata.

Vuelve a desviar la mirada y frunce el ceño.

—Ha dicho muchas otras cosas, pero no he podido seguir el ritmo de todo en syssalah.

Lo estudio, pero debo de permanecer callado demasiado rato, porque por fin me devuelve la mirada y cualquier indicio de inmadurez ha desaparecido de su expresión. Solo hay remordimiento y un poco de beligerancia. Es un soldado que mira a un oficial al mando.

—No volveré a faltar a los ejercicios. —Duda, y luego añade—: Su Alteza.

Casi lo corrijo. Nunca me había llamado así y, desde luego, yo nunca se lo había exigido. El aguanieve corta el aire entre nosotros y Tycho vuelve a temblar.

—Ve —digo—. Vuelve a tus aposentos.

Me hace un saludo y corre por los terrenos embarrados hasta que desaparece entre los barracones.

Vuelvo a mirar hacia el palacio. Lia Mara ha desaparecido de su ventana. Sé que Jake o Nolla Verin estarán apostados fuera de su habitación junto con sus guardias, así que no me preocupa, simplemente anhelo su presencia. Eso, y una cena y un fuego caliente. Una oportunidad para deshacerme de esta armadura empapada.

Pero eso tendrá que esperar.

Me alejo del palacio y vuelvo por el camino que atraviesa los barracones.

En lugar de ir hacia Lia Mara, cambio el rumbo y voy a buscar al Capitán Solt.

Capítulo veintinueve

Grey

El aguanieve se ha convertido en nieve y no ha tardado nada en acumularse sobre la hierba y los edificios, silenciando el traqueteo de los tejados de chapa. En Emberfall, al otro lado de las montañas, dudo de que la nieve se haya abierto paso ya hasta el castillo de Ironrose. Solo nos quedan unos días para avanzar por la frontera, para poder cumplir la promesa que le hice a Rhen, y espero que el clima no se nos adelante.

Mis botas hacen crujir la hierba helada y me detengo frente a la puerta de Solt. Ha echado las cortinas contra la noche, pero de su chimenea sale humo y se ve un resplandor en su ventana.

Ay, Tycho. Suspiro y levanto una mano para llamar a la puerta.

Tarda un momento en responder y, cuando lo hace, parece sorprendido de verme. Ya se ha quitado la armadura y ahora lleva una sencilla camisa de lino y unos pantalones de piel de becerro. Tiene el pelo oscuro húmedo y despeinado, y su piel aún está enrojecida por el frío.

Sus ojos se llenan de recelo al instante. Teniendo en cuenta los castigos de Karis Luran o nuestra última interacción en el campo de entrenamiento, es probable que esté preparado para que le prenda fuego.

—Tycho me ha dicho por qué lo has parado —digo.

—Los demás reclutas han notado su ausencia —dice Solt. Su acento es marcado, mucho más grueso que el de la mayoría de los demás, y me pregunto si mi idioma le supone un esfuerzo tan grande como el suyo a mí—. Necesitan poder confiar en que está preparado.

—Estoy de acuerdo. —Dudo—. Me alegro de que hayas tenido unas palabras con él. No debería haberte interrumpido.

Ahora le toca a él dudar. La cautela no ha abandonado sus ojos.

—La líder de su unidad debería haberse encargado.

—Sí. —Hago una pausa—. Y *yo* debería haberme encargado.

Me estudia. El viento barre el sendero y crea remolinos de nieve.

—Tienes soldados apostados junto al bosque —añado—. Con este tiempo, deben cambiar de turno cada cuatro horas.

Su mirada se torna acerada.

—He ordenado que cambien cada dos, pero si insiste en cuatro…

—No. —Siento que la noche ha estado llena de pasos en falso por mi parte—. Dos está bien. —Doy un paso atrás y le hago un gesto con la cabeza—. Perdóname por la interrupción. —Hago una pausa—. Antes… y ahora.

—Por supuesto, Su Alteza. —Lo dice con un poco de amargura, pero también con una pizca de sorpresa genuina. Retrocede para mantener la puerta abierta—. ¿Quiere entrar? —pregunta—. Tengo *meleata* en el fuego.

La *meleata* es un arroz sazonado que se hierve con leche y carne seca, y es un plato común entre los soldados de aquí porque es fácil de hacer y conservar. Al principio me parecía horrible, pero he aprendido que cada cual lo prepara de forma diferente y que eso afecta al sabor, en función de los condimentos preferidos de cada uno. En los aposentos de Solt detecto aroma a naranjas y a canela, lo cual resulta tentador, sobre todo teniendo en cuenta que tengo el estómago vacío.

Pero… es Solt.

Su mirada se vuelve desafiante y me doy cuenta de que espera que me niegue.

Esa podría ser la única razón por la que me ha hecho la oferta.

Doy un paso adelante en la nieve.

—Por supuesto. Gracias.

La puerta se cierra y, a pesar de la compañía, agradezco el calor. Solt mantiene sus aposentos en orden, algo inesperado. Siempre me ha parecido alguien que roza la línea de lo aceptable en un soldado, pero su charla con Tycho y ahora el estado de sus habitaciones hacen que me pregunte si no lo habré juzgado demasiado rápido. La cama está hecha, su armadura cuelga cerca del fuego.

—Puede dejar las armas —dice.

—¿De veras? —digo en tono amenazador.

Se sobresalta y luego se ríe.

—O no, Su Alteza.

Él no va armado y no le tengo miedo, así que me desabrocho el cinturón de la espada y me quito los brazaletes y la coraza. Tengo la camisa empapada por el aguanieve y por la propia nieve, y Solt me lanza una seca. Me sorprende la hospitalidad, pero tal vez a él le sorprenda que no lo haya echado del ejército. Me quito la camisa helada y me pongo la suya.

Mientras me cambio, me mira y remueve la *meleata*, luego frunce el ceño y flexiona la mano. Me pregunto si se habrá hecho daño al golpearme. Todo rastro de humor negro ha abandonado su expresión.

—He oído que fue... —Se interrumpe—. *Rahstan.* —Se señala la espalda—. ¿Azotado?

Habla en tono serio, así que yo hago otro tanto.

—Lo fui.

—Algunos creían que era un cuento —dice—. ¿Un... un mito? Para despertar la confianza de la reina.

—Ella vio cómo sucedía.

—Algunos creían que eso también era un cuento.

—Mmm. —No sé qué más decir a eso. Esta es la conversación más larga que he tenido con Solt y estoy un poco desconcertado. Es un soldado experimentado, bien entrado en la treintena, con los primeros indicios de canas salpicándole las sienes. Durante meses he supuesto que hablaba en syssalah en mi presencia como forma de burlarse de mí, y puede que en parte lo fuera, pero al escucharlo tropezar ahora con las palabras me pregunto si se avergonzaba de su falta de fluidez.

—Mi hermano y yo recibimos latigazos cuando éramos jóvenes —dice—. A Bryon lo pillaron con la hija de un general cuando se suponía que estaba de servicio, y pensó que no lo castigarían porque éramos... *kallah*. ¿Dos iguales?

—¿Gemelos? —intento adivinar.

—¡Gemelos! Bryon creyó que no era probable que pudieran demostrar cuál de los dos había sido. Estaba equivocado. —Me ofrece una media sonrisa y hay algo en ella que resulta un poco triste, un poco melancólico—. No fue nada tan malo como eso —lanza una mirada a mi hombro—. Pero nunca lo he olvidado.

Es la primera vez que lo oigo mencionar a un hermano. Eso debería hacerme pensar en cualquiera de los hermanos a los que Lilith masacró cuando era un guardia, pero no es así. Me hace pensar en Rhen.

—Os castigaron a los dos —digo.

—En efecto.

—¿Dónde está tu hermano ahora?

Solt agarra dos cuencos de un estante cerca de la esquina y empieza a servir *meleata* en ellos. Su respuesta tarda en llegar.

—Cayó en batalla. —Hace una pausa—. Cuando luchamos contra el monstruo.

—En Emberfall.

—Sí. —Sigue de espaldas a mí.

Sabía que esto sería un obstáculo entre los soldados de Syhl Shallow y yo. Solo que no esperaba que me impactara como un puñetazo en la cara.

Vuelvo a repasar todas mis interacciones con Solt durante los últimos meses, poniendo su ira (su *odio* hacia mí) en perspectiva.

Solt se aparta del fuego con los tazones y coloca ambos en la estrecha mesa del centro de la habitación; luego sirve dos tazas de algo oscuro y espeso con una tetera. Me hace un gesto para que me siente y yo lo hago, pero una vez que se ha acomodado frente a mí, mira el cuenco, su cuchara, su taza. A cualquier cosa menos a mí. Me pregunto si estará arrepentido de haberme contado esto.

—Siento lo de tu hermano —digo—. No lo sabía.

Se encoge un poco de hombros y sumerge la cuchara en el arroz.

—¿Por qué iba a saberlo?

Es probable que eso sea más amable de lo que merezco. Acerco la cuchara a la comida y luego dudo. El olor es cálido y acogedor, casi como algún recuerdo olvidado de la infancia. No es algo que esperara asociar con este hombre.

Él malinterpreta mi vacilación.

—¿Teme que haya *veneno*? —Su mirada vuelve a ser desafiante. Parece estar divirtiéndose.

—No —respondo, y me llevo la cuchara a la boca. Puede que no lo conozca bien, pero si Solt quisiera matarme, lo haría con sus propias manos.

Comemos en silencio durante un rato y no sabría decir si hay tensión en el aire. Esto me recuerda a mis días como guardia, cuando podías estar sentado frente a cualquiera, incluso frente a alguien a quien odiabas, pero al fin y al cabo formabas parte del mismo equipo, compartíais las mismas motivaciones... y los mismos enemigos. Llevo semanas intentando pensar en cómo hacer que los soldados me respeten, que me *sigan*, pero quizá lo he hecho de la forma equivocada.

Quizá debería haber pensado en la forma de unirme *a ellos*.

—¿Esperas vengar a tu hermano? —pregunto en voz baja.

Hace un ruido despectivo.

—El monstruo ya no está. No puedo matarlo.

—Emberfall sigue ahí. —Hago una pausa—. Igual que yo.

Se encoge un poco de hombros y luego apura su cuenco con la cuchara, arañando hasta el último grano de arroz.

Como no responde, añado:

—Querías pelear conmigo. Cuando te he empujado para apartarte de Tycho. —Hago una pausa—. No lo has hecho.

Se ríe un poco, pero no como si fuera realmente divertido.

—He visto lo rápido que ha desenvainado esos cuchillos. —Vuelve a flexionar la mano y ahora me fijo en que tiene los nudillos hinchados—. He sentido que uno de los golpes le había dado.

Bebo un trago de la taza que me ha servido. El líquido es muy espeso y dulce, y no sé si me gusta. Dejo la taza a un lado y extiendo una mano.

—Puedo curarte los dedos.

Pierde cualquier atisbo de sonrisa.

Imito su tono y su acento de cuando me ha preguntado por el veneno.

—¿Temes a la *magia*?

Sonríe como si se estuviera divirtiendo de verdad. Extiende una mano y me sostiene la mirada mientras cierro los dedos sobre los suyos.

—De acuerdo, Su Alteza. Muéstreme esas maravillas que se ganaron el corazón de nuestra reina... —Inhala con brusquedad, maldice en syssalah y aparta la mano recién curada de la mía. Se mira los dedos, me mira y luego repite el proceso. La hinchazón ha desaparecido.

Recojo el cuenco y tomo otra cucharada de arroz.

—Menuda maravilla —digo sin emoción.

Enrosca y desenrosca el puño y me mira de forma diferente. Con menos rebeldía. Con mayor consideración.

—No pasa nada —digo—. Puedes seguir odiándome.

—Me ha preguntado por qué no he peleado —dice.

Me encojo de hombros. Tal vez no importe.

—No podía sermonear al chico sobre el respeto y el deber —dice—, y luego atacarlo —Hace una pausa—. No puedo desafiar sus órdenes en el campo. Hay quinientos soldados que reportan a mí.

Lo estudio.

—Son buenas mujeres y buenos hombres —añade—. Nos envían a la guerra. Si arriesgo mi posición, ¿en quién confiarán para guiarlos en la batalla?

En mí, no. No lo dice, pero no necesita hacerlo. Él tampoco confía en mí.

Hay algo en eso que es... casi noble. Puedo respetar que quiera cuidar de sus soldados. Puedo respetar lo que ha perdido. Puedo respetar su mirada cautelosa.

—Tus soldados saben que me odias —digo.

—Bueno. —Suelta un gruñido—. Muchos de ellos me odian *a mí.*

Sonrío.

Solt señala mi cuenco vacío.

—¿Más?

—No. —Dudo—. Gracias.

Él apila nuestros cuencos y los aparta a un lado, luego saca un cubilete de cuero de un estante y lo agita antes de hacer rodar una docena de cubos de madera entre nosotros, sobre la mesa.

—¿Unos dados?

Pienso en Lia Mara, que me está esperando, pero siento que estamos forjando una tregua incierta. Me quedo la mitad de los dados.

—Claro.

Solt pone una moneda sobre la mesa.

—He oído que esta es una forma rápida de quitarle el dinero, Su Alteza.

Eso me arranca una carcajada y luego busco en el bolsillo una moneda.

—Los dados nunca han sido mis amigos. —Lo miro—. Grey.

Alza un poco las cejas y pasa los dados de una mano a la otra.

—Deberías esperar a ver cuánto dinero te quito antes de ofrecerme tu nombre de pila. —Hace una pausa—. Grey.

—Me arriesgaré.

—¿*Gehr Sehts*? —dice, y yo asiento con la cabeza.

Los seis corruptos. En teoría, es un juego fácil, que requiere suerte y habilidad a partes iguales, en el que vas tirando dados hasta que te salen todo unos, luego doses, y así sucesivamente. Soy rápido, pero como siempre, al destino no le importa, y él saca su último seis cuando yo todavía estoy con los cuatros.

Apila las monedas.

—¿Otra vez?

Pongo dos monedas sobre la mesa. Él gana de nuevo. Y luego una tercera vez.

—Me haces sentir como un ladrón —dice.

—Me parece bien, porque yo me siento un poco como si me hubieras robado. —Pongo mis últimas monedas sobre la mesa, pero no recojo mis dados—. Tus soldados también pueden confiar en mí, Solt.

No dice nada al respecto, pero recoge los dados y los agita entre las palmas de las manos. En sus hombros se ha acumulado una nueva tensión y me arrepiento de haber hablado. Cuando sus dados se desparraman por la mesa, no recojo los míos, así que él no vuelve a tirar. Nos quedamos sentados en completo silencio durante un momento.

Por fin, levanta la mirada.

—No esperaba que vinieras aquí esta noche. —Hace una pausa—. No, eso no es cierto. Esperaba que vinieras aquí y me enviaras a *Lukus*.

Lukus Tempas. La Prisión Pétrea, donde Karis Luran confinaba a los peores criminales y a la gente a la que odiaba. Tal vez incluso a la gente que le desagradaba mínimamente. He oído historias sobre los castigos que se aplicaban dentro de esos muros. Algunas de ellas hacen que Lilith parezca una nodriza cariñosa.

—¿Por Tycho? —pregunto.

Asiente. Vacila. Yo espero.

—A muchos de nosotros nos preocupa que nos estés guiando a una matanza —dice, y sus palabras son lentas y cuidadosas y las pronuncia con un fuerte acento—. En la ciudad, hay quienes creen que tu magia te protegerá pero nos dejará vulnerables. Que te unirás a tu hermano y dejarás que sus fuerzas se apoderen de las nuestras. Que utilizarás a nuestra reina hasta que no le quede ningún ejército con el que luchar y entonces destruirás Syhl Shallow como una vez hicimos nosotros con tus tierras.

Ya he oído esas ideas y murmuraciones, esos rumores. Esta es la primera vez que alguien me habla de ello a la cara.

Solt clava la mirada en mí y su voz se tensa.

—El día de los simulacros, creí que querías humillarme. *Otra vez. Otra vez. Otra vez.* —Hace un ruidito de disgusto.

—No quise humillarte más de lo que tú querías humillar a Tycho.

—Exactamente. —Hace una pausa y luego recoge dos dados para deslizarlos entre los dedos—. Un hombre que tuviera la intención de llevar a este ejército a la muerte no habría venido aquí a disculparse conmigo. A un hombre así no le habría importado.

Me quedo inmóvil.

Él recoge el resto de los dados y los sostiene en la palma de la mano.

—Has estado entrenando con Jake —dice, y no le falta razón. He intentado entrenar con los soldados, pero desde que tiré a Solt al suelo, son reacios a darlo todo. Nunca sé si es porque no les caigo bien o porque no les importa, pero, en cualquier caso, nunca ha sido eficaz.

Hasta esta noche, no me había dado cuenta de por qué.

—Mañana —dice Solt—, deberías entrenar conmigo.

Recojo el resto de mis dados para nuestra última partida y los lanzo sobre la mesa. Ni un solo «uno». Solt saca tres y se ríe.

—Se me da mejor la espada que los dados —digo con pesar.

Él sonríe.

—Cuento con ello.

CAPÍTULO TREINTA

Lía Mara

La nieve cae durante la noche, cubriendo el campo de entrenamiento con una fina capa blanca y convirtiendo el bosque de más allá en un brillante conjunto de árboles recubiertos de hielo. Las ventanas de mis aposentos están arrinconadas por cristales y escarcha. Estas nieves tempranas nunca duran mucho tiempo una vez que sale el sol, pero cuando era niña, me encantaba despertarme por la mañana para descubrir que todo mi mundo había cambiado de la noche a la mañana.

Grey se retiró tarde, para cuando se metió en la cama yo ya había dormido, pero de todos modos se ha levantado antes que el sol, está completamente vestido y armado antes de que me dé cuenta siquiera de que estaba despierto. Me doy la vuelta a tiempo para ver cómo se abrocha la pesada capa.

Me mira a los ojos y la calidez de su sonrisa me derrite el corazón, porque sé que es una sonrisa que solo comparte conmigo.

—Quería dejarte dormir —dice en voz baja—. Volveré al mediodía.

—¿No desayunas? —pregunto.

Se pone los guantes sin dedos y se agacha para dejar caer un beso en mis labios.

—Jake y yo vamos a desayunar con los soldados.

—Espera, ¿de verdad?

—Sí. —Se detiene en la puerta, con aspecto de estar dispuesto a librar una guerra en este mismo instante, mientras yo sigo parpadeando para quitarme el sueño de los ojos—. Clanna Sun y Nolla Verin te verán en la sala de estrategia cuando estés lista. Han interceptado dos mensajes relativos a la facción antimagia. Les gustaría duplicar el número de guardias en las puertas de la ciudad. Estoy de acuerdo. Y muchos de los generales creen que deberíamos enviar otra pequeña compañía a través del paso de montaña.

No estoy lo bastante despierta para procesar eso. No me siento muy regia.

—¿Qué?

—Hemos recibido noticias de que Rhen ha movilizado a sus soldados. Una vez que tomes una decisión, haz que me envíen un mensaje al campo. Si decides enviar soldados, hablaré con los capitanes sobre quiénes son los más adecuados.

—Pero...

Ya se ha ido. Me froto los ojos y echo un vistazo a la ventana helada. ¿Va a desayunar con los soldados? Tal vez mi mundo haya cambiado de verdad de la noche a la mañana.

Nolla Verin debe de estar cansada de esperar, porque llama a mi puerta antes de que termine de vestirme, y les digo a los guardias que la dejen entrar. Parece furiosa e impaciente, y va tan cubierta de cuero y armas como Grey. Me sorprende que no dé un pisotón cuando la puerta se cierra tras ella.

—Ese príncipe estúpido ya ha enviado un regimiento a la frontera —dice ella—. ¿Y tú ni siquiera estás *vestida*?

Es tonto e infantil, pero su forma de ser es tan extrema que hace que me entren ganas de tardar todavía más en prepararme. Sumerjo un dedo en un bote de crema perfumada y me lo paso por el cuello.

—Es probable que ese príncipe estúpido esté respondiendo al regimiento que *nosotros* mandamos al otro lado de las montañas. Háblame de los mensajes que has interceptado.

—Ya me he encargado de eso. De nada. En cuanto al ejército, he hablado con Clanna Sun y los generales —dice—. Enviaremos dos compañías a través del paso para estacionarlas al norte de...

—Espera. Para. —Me giro y la miro. Por muy apoyada que me haga sentir Grey, Nolla Verin siempre me hace dudar. Incluso la forma en que *él* ha compartido esta noticia es absolutamente opuesta a la manera en que mi hermana ha irrumpido aquí. *Cuando estés preparada. Cuando tomes una decisión. Si eliges.* Él nunca intenta arrebatarme el control, lo cual siempre resulta fascinante porque muy probablemente se lo cedería sin dudarlo—. ¿De qué te has encargado?

—De los mensajes —dice con paciencia fingida, como si yo fuera demasiado lenta para seguir el ritmo—. Esa facción parece estar organizando otro atentado contra tu vida, pero Ellia Maya ha sustituido los mensajes por otros nuevos que los llevarán directos hasta nuestros guardias.

Un escalofrío se apodera de mi espina dorsal, doblemente frío debido a la forma insensible en que transmite esta información.

—Y... —Tengo que aclararme la garganta—. ¿Qué has hecho con el ejército?

—He mandado un mensaje en el que informo que enviaremos dos compañías a través del paso —dice—. Una apoyará a los soldados ya estacionados allí y la otra empezará un asalto clandestino a los pueblos más pequeños, para que podamos evitar que se corra la voz. Si podemos establecer un cerco alrededor de su regimiento, podremos cortar su cadena de suministros y destruirlos antes de que puedan defenderse.

—Para. —Le sostengo la mirada. Una cosa es detener un atentado contra mi vida, pero comandar mi ejército es otra totalmente distinta—. Nolla Verin, le dimos a Emberfall sesenta días y el límite aún no ha expirado. No voy a empezar a masacrar a su gente solo para obtener ventaja.

Me mira como si hubiera empezado a hablar en otro idioma.

—¿No quieres ventaja? Hermana, esto es la guerra.

La censura en su voz es escalofriante.

—Todavía no estamos en guerra —le digo.

—Tu eterno deseo de paz es muy ingenuo —dice con dureza—, sobre todo mientras la guerra amenaza con destruirlo todo a tu alrededor. El príncipe Rhen ya ha enviado soldados a la frontera. Ya se está preparando para...

—¿Han atacado sus soldados a los nuestros?

—No, pero eso no significa nada.

Me alejo de mi tocador.

—¡Lo significa todo!

—¿Deseas honrar el tiempo que ofreciste, cuando está claro que él no lo hace?

—Se está preparando para la guerra, igual que nosotros. —La fulmino con la mirada—. No voy a faltar a mi palabra.

—Tu palabra —dice en tono de burla—. ¿Recuerdas que ese hombre te hizo prisionera? ¿Que mató a Sorra? ¿Que rechazó cualquier intento de alianza?

Sus palabras me golpean como una bofetada. Me acuerdo de todas esas cosas. Nolla Verin ve que me estremezco y se acerca.

—Hay rumores —dice en voz baja— de que Grey nos destruirá desde dentro...

Levanto la cabeza.

—No lo hará.

—Sé que no lo hará —dice, pero hay algo en su forma de hablar que hace que me pregunte si ella también ha caído presa de esos rumores. Me pregunto hasta qué punto la facción antimagia ha empezado a hundir sus garras en mi país—. Pero tu pueblo será menos propenso a creerse los rumores si tomas medidas concluyentes contra las fuerzas de Rhen. Si ven que Grey sigue tus órdenes y no usa su poder contra nuestros soldados.

La estudio. Al otro lado de mi ventana, el sol se arrastra desde el horizonte y los carámbanos que se han formado durante la noche han empezado un incesante goteo contra la piedra de mi alféizar.

Cuando no digo nada Nolla Verin suspira, y una pizca de fiereza desaparece de su expresión. Me coloca un mechón de pelo detrás de la oreja.

—Vamos a destruir a sus soldados de todos modos —dice con suavidad—. ¿Qué importancia tienen unos días si eso impide que perdamos a los nuestros?

Trago saliva. Me gustaría que Grey estuviera aquí. Echo de menos su frialdad a la hora de decidir y evaluar.

En el momento en que se me pasa por la cabeza, me arrepiento. Aquí, las decisiones son mías. Soy la reina. El hecho de que no quiera pensar en destruir soldados (ni los suyos *ni* los nuestros) no significa que no vaya a ocurrir. Y tal vez ella tenga razón y debamos actuar con decisión para conseguir ventaja.

Recuerdo haber cabalgado por las colinas de Emberfall, contemplando la devastación que ya habíamos provocado en el país. Quería paz entonces y la quiero ahora, pero he fallado. Dos veces. La primera vez porque Rhen no confió en mi oferta y la segunda porque no quiso llegar a un acuerdo cuando le ofrecimos sesenta días. No quiero fracasar una tercera vez. Nolla Verin tiene razón: debemos aprovechar cualquier ventaja que tengamos.

Pero la guerra no trae la paz a nadie. Y aunque Rhen no confiara en mí, eso no significa que mi oferta de una alianza no fuera sólida. Si quiero gobernar con templanza y amabilidad, mi primera auténtica acción como reina no debería ser una traición a algo que ofrecí a otro gobernante.

—Esperaremos los pocos días que nos quedan —digo—. No enviaremos otra compañía.

Por el aspecto de Nolla Verin, parece como si le hubiera dado un puñetazo en el estómago.

—¿No has oído que el príncipe Rhen ha enviado a un regimiento completo a la frontera?

—Sí. Porque *nosotros* lo hemos hecho.

—Ha enviado mil soldados...

—¡Están dentro de sus fronteras, Nolla Verin! ¡Tiene permitido prepararse para la guerra!

—Porque le has hecho demasiadas advertencias —dice ella—. Porque quieres ser amable, quieres ser amada y quieres ser...

—No, hermana —le digo. De algún modo consigo abstenerme de darle una bofetada, lo cual seguro que haría que se cuestionara estas acusaciones de bondad—. Porque quiero ser justa y quiero ser recta, y quiero lo mejor para mi pueblo y el suyo.

Se acerca un paso más a mí.

—No eres justa y recta. Eres débil y te dejas llevar con facilidad. Tu gente no te quiere, al igual que la gente de Rhen no lo quiere a él.

—Tú crees que la única forma de conseguir algo es con una espada en la mano —digo—. Y *no* lo es.

—Lo es —insiste—. No serías reina si no hubieras aprendido tú misma esa lección.

Sus palabras me dejan inmóvil. Porque yo maté a nuestra madre. La única razón por la que tengo este trono es porque hice exactamente lo que ella ha dicho. He llegado hasta aquí gracias a una espada, nuestra propia *ley* exige que el título de reina sea tomado mediante la violencia. ¿Cómo pude pensar que podría gobernar Syhl Shallow sin ella?

—Lo sabes —dice, y habla en voz baja y amable—. Sabes lo que hay que hacer.

Es tan feroz, hermosa, inflexible y decidida. Sin embargo, nunca la he envidiado por ninguna de esas cosas. Una vez creí que sería una gran reina.

Pero nunca fue capaz de enfrentarse a nuestra madre. Ella nunca habría intentado alcanzar la paz.

—No es lo que hay que hacer —replico en voz baja—. Es lo que tú *crees* que debe hacerse. Mantendré mi palabra.

Sus ojos arden como el fuego cuando me fulmina con la mirada.

—Te equivocas. Y de todos modos llegas demasiado tarde. Ya he enviado la orden.

—La revocarás —contesto con brusquedad.

—No lo haré.

Cierro las manos en puños.

—No eres reina, Nolla Verin.

—Bueno, al menos actúo como tal.

Respiro con fuerza.

—No, no lo haces. Actúas como una niña que ha olvidado quién es. Anularás esa orden o tendrás que sacar tu daga y reclamar el trono tú misma.

Abre los ojos de par en par. Da un paso atrás.

Pero entonces, durante un terrible segundo, se lo piensa. Puedo ver esa idea parpadeando en sus ojos. Su mano se mueve hacia sus armas. En ese segundo, mi corazón parece detenerse. Esperar.

Hace meses, nuestra madre la envió a buscarme, como parte de una prueba para demostrar su lealtad. Nolla Verin no fue capaz de hacerlo.

Pero eso era diferente. *Entonces*, ella todavía estaba destinada a ser reina y no necesitaba matarme para demostrarlo.

Ahora mismo, tendría que hacerlo. Esta tensión entre nosotras se alarga hasta que casi no puedo respirar.

Al final, una eternidad después, suspira y aprieta los dientes. Sus manos se relajan a los lados.

—No. No voy a reclamar el trono. —Endereza los hombros—. Pero tampoco revocaré la orden.

El corazón me vuelve a latir y tengo que tomar aire. Por primera vez me doy cuenta de que, por muy unidas que estemos y pese a lo mucho que hayamos soportado juntas, todavía hay una parte de ella que me ve como alguien débil, una reina que necesitará a alguien que se encargue de los aspectos más... desagradables de gobernar. En lugar de ver mi alianza con Grey como una bendición para nuestra fuerza militar, puede que ella (y todos los demás) lo hayan visto como un movimiento cobarde por mi parte.

Me recorre un estremecimiento *literal*, ya que recuerdo la forma en que me comporté en el campo de entrenamiento.

Tal vez sea el momento de cambiar eso.

—De acuerdo. —Me alejo de ella y me dirijo a mi armario para buscar mis botas—. Si no piensas anular la orden, entonces lo haré yo.

El cielo está lleno de nubes y el aire es frío y húmedo mientras atravieso los terrenos a grandes zancadas. Como estaba en mitad de un ataque de cólera, solo me he puesto una capa ligera, y ya me estoy arrepintiendo. Nolla Verin me pisa los talones y no ha dejado de intentar convencerme de que estoy cometiendo un error. En mis aposentos, se ha comportado con mucha energía y decisión, pero ahora dirige un flujo constante de susurros a mi hombro mientras su aliento furioso crea nubes efímeras en el aire.

—Esto es imprudente e irresponsable —sisea—. El ejército de Rhen tendrá ventaja.

La ignoro y sigo caminando.

—Quedarás como una *tonta* —dice—. Grey estará de acuerdo conmigo. Ya lo verás.

No digo nada.

—Tus oficiales ya creen que eres débil —continúa—, y ahora vas a contradecir una orden que fue emitida hace media hora.

—Una orden que has dado *tú* —digo, pero hay un pequeño y molesto aguijón de duda que no deja de pincharme en la espalda. *Parecerá* débil haber dado una orden tan contundente y luego retractarse. Pero eso es culpa de ella, no mía.

Ese aguijonazo de duda me dice que no importará, que la debilidad es la debilidad.

Una debilidad que también parecen enfatizar los intentos de asesinato. Hay demasiada incertidumbre. Incluso entre los que me son leales, se sigue desconfiando de la magia. Se sigue desconfiando de *Grey*. Mis pasos casi vacilan.

Pero nos acercamos a los soldados mientras entrenan y me doy cuenta de que muchos de ellos se han reunido para observar un combate cerca del centro del campo. Tardo un momento en reconocer a Grey, porque es muy poco habitual que yo esté aquí para verlo luchar. Es tan amable y paciente *conmigo* que he olvidado que puede estar tan concentrado y ser tan fiero e implacable.

Sus espadas giran bajo la tenue luz del sol, chocando entre sí con tal fuerza que la visión hace que me estremezca desde aquí. La nieve bajo sus botas se ha convertido en fango, pero ninguno de los dos da la impresión de tener problemas de equilibrio. El combate parece no requerir esfuerzo y ser letal. Verdaderamente despiadado. No me doy cuenta de que me he detenido hasta que Nolla Verin habla a mi espalda.

—Ya lo ves. *Él* estará de acuerdo conmigo. Este *ejército* estará de acuerdo conmigo.

El aguijonazo de la duda vuelve a pincharme.

El oponente de Grey es ese soldado al que ordenó luchar una y otra vez, el Capitán Solt. ¿Es un combate *real*? ¿Están luchando en serio?

Vuelvo a avanzar a grandes zancadas. Los soldados se separan a medida que nos acercamos y se inclinan cuando paso entre ellos, pero mis ojos están puestos en la lucha. El estómago se me revuelve al pensar en todas las formas en las que el ejército podría tomarse estas pequeñas contiendas.

Solt se mueve, pero Grey se agacha y avanza. Por primera vez, Solt pierde el equilibrio y cae, derrapando en el barro y la nieve. Junto a mi hombro, Nolla Verin contiene la respiración. Espero que Grey atraviese con su espada el cuerpo del hombre caído.

Pero no lo hace. Envaina su espada. Le tiende una mano. Está sonriendo.

Solt le toma la mano y se pone en pie. También sonríe.

—Es demasiado rápido, Su Alteza.

—Tengo suerte. —Grey sacude su brazo—. Tus golpes son como los de un martillo.

—Los dos tenéis suerte —dice Jake, que está a un lado—. Creía que alguien iba a perder una mano.

Transcurre un momento mientras miro de un lado a otro. No estoy segura de lo que acaba de ocurrir aquí. Solt es el primero que se percata de mi presencia, se endereza y se pone firme de inmediato.

—Su Majestad.

Grey se gira y parte de esa concentración despiadada se convierte en calidez cuando me mira a los ojos. Es una mirada tan atenta, tan *íntima*, que ya siento que el rubor me sube por el cuello. Cuando *él* dice «Su Majestad», me entra un escalofrío.

Veo cómo sus ojos me observan a mí, luego a mi hermana, que seguramente estará furiosa a mis espaldas, y después a los guardias que nos siguen. Mira a un escudero que está cerca, y luego se acerca y reclama la capa que debe de haber abandonado antes del combate. Espero que se la ponga sobre los hombros, pero he olvidado las costumbres que trae de Emberfall, así que me sobresalto cuando me la pone sobre los hombros. Mi rubor se desvanece. Veo que los soldados intercambian miradas y me pregunto si esto también será visto como una debilidad.

—¿Estás bien? —dice, en voz muy baja.

—Estoy bien. —Hago una pausa—. Tengo entendido que mi hermana ha dado la orden de que se envíe a una compañía al paso de montaña.

—Hemos sido informados de las intenciones de Nolla Verin —dice Grey.

Por supuesto que sí. No ha pasado mucho tiempo, pero Grey no es de los que vacila. Lo más probable es que ya haya despachado mujeres y hombres al paso de la montaña.

Luego añade:

—Les he dicho a los capitanes que tendríamos soldados preparados, pero que esperaríamos a que la orden viniera de la propia reina.

No puedo dejar de mirarlo. Quiero echarle los brazos al cuello. Quiero romper a llorar.

Ninguna de esas opciones es propia de una reina. Asiento, pero la voz me sale entrecortada.

—Bien. Me gustaría esperar hasta que se haya agotado el tiempo que prometimos.

—¡Esto es una temeridad! —estalla Nolla Verin—. Tienes la *oportunidad* de sacar ventaja y la vas a *desperdiciar*.

Grey la mira, y sus ojos son fríos y duros como el acero.

—¿Así que crees que tenemos que hacer trampa? ¿Dudas de la fuerza y de la capacidad de nuestro ejército?

Eso hace que mi hermana se detenga en seco. Observo cómo los soldados vuelven a intercambiar miradas.

Nuestro ejército. Unas palabras muy sencillas, metidas en una simple frase, pero siento su peso mientras resuenan entre los soldados que las han oído, repetidas en susurros entre los demás. Nolla Verin ha luchado entre ellos durante años. Muchos asumieron que ella estaría en mi lugar.

Pero no lo está. Yo soy la reina y ella es la que me dijo que tenía que luchar por mí misma. Tal vez no se dé cuenta, pero ella es la que me obliga a adoptar una postura firme: ni los asesinos, ni Grey, ni mi gente. Mi hermana.

—¿Crees que tienes derecho a contradecir a tu reina? —pregunto, y los susurros aumentan de volumen.

—*Nayah* —dice Solt, y los soldados se ponen en guardia. El silencio cae sobre los campos.

Nolla Verin sigue mirándome. La lluvia, fría y pesada, empieza a caer del cielo.

De repente, me doy cuenta de que no es a ella a quien le debo unas palabras. No es a ella a quien tengo que convencer. Miro a los soldados.

—No dudo de mi ejército —digo en syssalah—. No dudo de vuestra capacidad. No dudo de vuestra lealtad. No dudo de vuestra fuerza. Os pido que no dudéis de la mía. Somos Syhl Shallow. —Respiro hondo y grito a la lluvia—. Tenemos la magia de nuestro lado, y nos *levantaremos* y saldremos *victoriosos*.

Durante un brevísimo segundo se impone un silencio absoluto, con mucho potencial en el aire. No estoy segura de lo que ha pasado entre Grey y el Capitán Solt, pero eso nos ha ayudado a recorrer la mitad del camino hasta este punto. Soy yo la que tiene que llevarnos hasta el final del camino y no estoy segura de que esto sea suficiente.

Pero entonces Solt se arrodilla.

—Syhl Shallow se levantará —repite con ferocidad—. Tenemos la magia de nuestro lado. —Se golpea el pecho con el puño—. Syhl Shallow saldrá victorioso.

A su espalda, fila tras fila, cientos de soldados hacen lo mismo, arrodillándose bajo la lluvia en un campo embarrado. Por primera vez, todos los ojos están puestos en mí, no en mi hermana.

Mi hermana, que respira hondo y se arrodilla.

—Syhl Shallow se levantará —dice, y a pesar de todo, hay convicción en su voz—. Tenemos la magia de nuestro lado. Syhl Shallow saldrá victorioso.

Grey se acerca a mí y me da la mano.

—*Nuestra* fuerza —dice con suavidad.

Asiento con la cabeza. Una pequeña llama ha comenzado a arder en mi pecho y no es amor, porque ese sentimiento lleva gestándose un tiempo, y no es duda, porque ha sido sometida a golpes. No, es esperanza. Le aprieto la mano.

Al otro lado del campo, cerca de la carretera que se aleja del palacio, suena una señal de aviso. El sonido es fuerte y atraviesa la lluvia, y un centenar de cabezas se giran para mirar. Es el anuncio de que se acercan exploradores, pero no es común que ocurra a mediodía. Entonces oigo el ruido de unos cascos al galope y miro a Grey. Es aún menos frecuente que vuelvan a gran velocidad.

Algo debe de haber ocurrido en Emberfall. Algún cambio que requiere atención urgente. Nuestros informes decían que Rhen había estacionado un regimiento cerca del paso y supuse que era para evitar que los nuestros avanzaran.

Pero tal vez su intención fuera asaltar a los nuestros.

Grey mira a Solt.

—Que vuelvan a la formación. Di a los demás capitanes que estén listos para recibir nuevas órdenes.

Tengo el corazón en la garganta. Acabo de hacer una promesa a estos soldados y esta es mi oportunidad de cumplirla. Miro a Nolla Verin.

—Quiero reunirme con los generales. Encuentra a Clanna Sun y haz que se presente en el campo de inmediato.

Ella asiente rápidamente.

—Sí, Su Majestad.

Los exploradores atraviesan los terrenos y sus caballos se detienen delante de nosotros con un derrape, rociando aguanieve y barro y resoplando vapor en el aire frío. Los animales están agotados y resbaladizos por el sudor y la lluvia.

Una exploradora desmonta y me ofrece una reverencia torpe mientras resuella.

—Su Majestad —dice en syssalah—. El Capitán Sen Domo tiene a una prisionera en el puesto de guardia.

—¿Una prisionera? —dice Grey.

—Sí —dice la exploradora. Habla deprisa, jadeando entre frases—. Entró directamente en el campamento del ejército. Ha hecho muchas peticiones, entre ellas que se le permita ver a la reina. Al principio creyeron que estaba confundida, porque estaba bastante herida, pero no se ha desviado en ningún momento de su historia de que el príncipe Rhen ha sido herido y sus guardias y soldados masacrados.

Jadeo.

—¿Qué? —dice Jake—. Solo he pillado la mitad de eso.

Grey también ha fruncido el ceño.

—¿El príncipe Rhen está herido?

—Y sus guardias y soldados están muertos —digo. Miro a la exploradora—. ¿Su regimiento?

—Sigue en pie —dice—. Parecen… no haberse enterado. Nuestros soldados no han entablado combate. —Hace una pausa—. No saben de dónde vino.

—¿Es una soldado? —pregunta Jake.

—¿O una espía? —añade Grey.

—Tampoco, Su Alteza. —La exploradora por fin recupera el aliento—. Dice ser la amada del príncipe Rhen, la princesa Harper de Dese.

CAPÍTULO TREINTA Y UNO

Harper

Aquí todo está húmedo, helado y es horrible. O tal vez solo sea yo.

La herida de cuchillo que tengo en el muslo está hinchada y caliente, un poco de costra amarilla rodea los bordes y no sé si estoy temblando porque tengo frío o si tengo fiebre. Lo más seguro es que sean ambas cosas, sobre todo porque estoy sentada en un suelo de piedra, apoyada contra una pared de piedra. El dolor del muslo hace tiempo que bloqueó lo que me pasó en el tobillo cuando estaba en Silvermoon, y ahora me duele todo. Llevo dos días con las muñecas y los tobillos encadenados, tengo la piel en carne viva y no recuerdo la última vez que comí algo. Solo visto unos pantalones de piel de becerro, un blusón y un chaleco con cordones.

Mi capa y mi armadura han desaparecido, pero me han dejado mi daga. He rogado y suplicado por ella, declarando que era para Grey, balbuceando que le sería de ayuda. Los soldados pusieron los ojos en blanco y me la dejaron atada al muslo, pero está claro que no soy una gran amenaza. Los soldados no han sido *crueles*, pero tampoco han sido complacientes. No estoy del toda segura de lo que esperaba: me alejé de la posada como si pudiera cabalgar hasta su campamento y que me llevaran directamente hasta Grey y Lia Mara.

Así que ya han pasado tres días desde que llegué a su campamento, si es que he llevado bien la cuenta, lo cual dudo bastante. Hace siete que dejé a Rhen con Lilith. Los primeros días pensaba en el momento en que ella apareció en mis aposentos y las lágrimas me llenaban los ojos, pero la desesperación se imponía al dolor y al agotamiento. Cabalgaba rápido y sin descanso, galopando por Emberfall como si pudiera escapar de mis lágrimas, como si pudiera llegar a la frontera, conseguir ayuda y rescatar a Rhen de Lilith.

Pero hace unos días, las lágrimas dejaron de salir y ahora solo siento... resignación. No me queda esperanza. Creía que sería muy fácil. *Tengo que encontrar a Grey*, me decía. Como si los soldados de Syhl Shallow fueran a jadear y a decir: *Por supuesto, milady*. Como si fuera una princesa de verdad. Como si no fuéramos a enfrentarnos en una guerra.

Durante un tiempo, pensé que los soldados de Syhl Shallow me matarían sin más. Durante un tiempo, *deseé* que me mataran, porque cuando me encadenaron por primera vez, mi imaginación se desbordó y creí que me violarían y me abandonarían a mi suerte para que muriera. Pero parece que muchos de sus oficiales son mujeres y, aunque nadie es gentil, tampoco me han puesto contra la pared y me han arrancado la ropa.

Mataría a alguien por un poco de agua. Por otra parte, me parece una tarea hercúlea levantar la cabeza, así que tal vez no sea una buena idea.

Tal vez me dejen aquí lo suficiente como para que muera de todos modos.

Lo siento, Rhen.

Estaba equivocada. *Puedo* formar nuevas lágrimas.

Los pasos de unas botas suenan con fuerza en algún lugar al otro lado de la pesada puerta de madera, pero los ignoro. He dejado de esperar comida. He dejado de esperar cualquier cosa.

Pero la cerradura chirría y la puerta se abre. Veo a un nuevo soldado con una armadura verde y negra. Su expresión es tan severa, sus ojos tan fieros, que casi me encojo, hasta que parpadeo y me doy cuenta de que estoy mirando a Grey.

Por un momento, casi me quedo sin aliento. He estado desesperada por encontrarlo y ahora está aquí. Está *aquí*.

Parece tan imposible que, por un instante aterrador, creo que estoy alucinando. Parece igual y diferente a la vez, como si de repente ocupara más espacio en el mundo.

—¿Eres real? —susurro.

Otro soldado vestido de verde y negro se arrodilla a mi lado. Casi me alejo, pero entonces habla:

—Harp —dice una voz familiar, y descubro que estoy mirando a mi hermano.

—Jake —la voz me sale ronca—. Jake. —Sueno como si no hubiera hablado en un año. Me caen lágrimas de los ojos.

Me pone una mano en la frente, en las mejillas.

—Está ardiendo. Quitadle estas cadenas. ¡Eh! —Gira la cabeza, y me doy cuenta de que otros soldados los han seguido hasta mi celda, pero todos se confunden en una masa de verde y negro—. *Bil trunda* —espeta Jake.

No aparto la mirada de él durante un largo rato, porque no sé si está hablando en otro idioma o si mi cerebro se ha rendido por fin. El pelo oscuro y rizado de Jake ha crecido lo suficiente como para caerle sobre los ojos, y cualquier suavidad de su rostro ha quedado transformada en una expresión cincelada.

Sus ojos buscan los míos y se aleja un poco.

—Han dicho que estabas herida. —Ahora habla con más suavidad—. ¿Dónde estás herida?

Otro soldado se acerca con las llaves y Jake casi se las arrebata de la mano. Los grilletes caen de mis muñecas y él apenas tiene tiempo de desencadenarme los tobillos antes de que use toda mi fuerza para lanzarme hacia delante. El movimiento hace que me duela la pierna y proteste por el esfuerzo, pero no me importa. Cierro los brazos alrededor de su cuello y no quiero soltarlo nunca.

—Jake —gimoteo.

Me atrapa. Me abraza.

—Todo irá bien —me dice con suavidad, y eso me recuerda todas las veces que nos escondíamos en su habitación, cuando los delitos de nuestro padre nos salpicaban. Jake también me susurraba palabras tranquilizadoras—. Todo irá bien, Harper.

Pero aquello no iba bien. Y esto tampoco.

—Su pierna —dice Grey—. Jake, está sangrando. —Gira la cabeza y habla con uno de los otros soldados—. Trae un poco de agua.

Mi hermano me apoya en la pared y yo miro a Grey. Mi cerebro sigue insistiendo en que esto no es real, que no lo he conseguido, que es un sueño febril.

—El Temible Grey —susurro, y se me quiebra la voz.

Demostrando ser digno de su apodo, no pierde el tiempo con las emociones. Se arrodilla a mi lado y saca una daga.

La respiración me sale entrecortada y me agarro al brazo de Jake.

Los ojos de Grey se encuentran con los míos y *ellos* no han cambiado. Fríos, atentos, concentrados.

—¿Ya no confías en mí?

Tal vez no debería. Estamos en bandos opuestos de una guerra. Pero le devuelvo la mirada e, incluso con la fiebre y el agotamiento, pienso en todo lo que hemos soportado juntos, desde el momento en que me secuestró hasta el momento en que le ofreció a Lilith su espada con las manos extendidas en un intento por salvarme la vida. Recuerdo cuando traspasó la puerta de mi apartamento, roto y ensangrentado, desesperado por mi ayuda. Recuerdo la pasión que había en su voz en el pasillo en sombras, cuando él era el Comandante de la Guardia Real y yo acababa de aceptar ser la princesa de Dese. Cuando Grey puso a prueba mi confianza. Cuando me hizo entender lo que había aceptado.

Mi deber es sangrar para que él no lo haga, había dicho entonces Grey. *Y ahora mi deber es sangrar para que tú no lo hagas.*

Ahora soy yo la que sangra y él espera con una daga en la mano.

Trago saliva.

—Confío en ti.

Corta la venda sucia y me la retira de la pierna con un movimiento suave. Debe de haberse formado una costra en la herida, porque de repente veo estrellas y jadeo. Me ahogo. Arqueo la espalda. Voy a vomitar. De la herida sale pus y sangre y los bordes están ennegrecidos, con extraños hematomas que recorren todo el muslo.

Mi hermano gruñe, alarmado.

—Mierda, Harp, ¿cuánto tiempo lleva así?

—No podía esperar —digo, y no consigo ver con claridad—. Creo que está infectada.

—¿Eso *crees*? Grey...

—Puedo arreglarlo. —Y antes de que me dé tiempo a preguntar cómo o qué implica eso, se quita un guante y apoya la mano sobre mi herida.

Grito. He mentido, he mentido, he mentido, no confío en él para nada, esto es peor que cualquier dolor que alguien haya padecido nunca. Es demasiado, demasiado intenso, como si hubiera agarrado un puñado de carne y me lo hubiera arrancado de la pierna. Esto tiene que ser una pesadilla. Esto es una tortura. Me voy a desmayar otra vez.

Pero luego... no me desmayo. El dolor desaparece. Por primera vez en días, siento la cabeza repentinamente... despejada. Todavía me siento débil y agotada y me muero de hambre, pero los moratones y el pus que rodeaban la herida del cuchillo han desaparecido, dejando solo una estrecha cicatriz donde los bordes de la herida se habían puesto negros. Estoy empapada en sudor y jadeando, pero mi cuerpo deja de temblar por la infección y empieza a temblar por el frío.

Guau.

Jake se quita la capa y me envuelve con ella, y agradezco el calor que me da, pero no puedo dejar de mirar a Grey. He oído algunos rumores sobre lo que ocurrió entre él y la gente de Blind Hollow, sobre cómo los salvó con magia, pero hasta este momento no había entendido bien lo que significaba.

Lilith destrozó a Dustan y a los demás guardias con este mismo tipo de poder.

Me estremezco. De repente entiendo el terror de Rhen. No sé si es por el recuerdo de lo ocurrido o por la idea de que ese tipo de potencial esté al alcance de Grey, pero, en cualquier caso, me quedo sin palabras. No sé si debería sentirme agradecida o aterrorizada.

Ambas. Está claro que ambas.

El Temible Grey, *sin duda*.

Puede que él sea capaz de verlo en mi expresión congelada, porque se levanta y se pone el guante. Sus ojos no revelan nada.

Una mujer se abre paso entre los soldados y estos retroceden con deferencia. Reconozco su vibrante pelo rojo antes de reconocer su rostro. La reina Lia Mara viste una túnica azul oscuro con cinturón y lleva una pesada capa de lana para protegerse del frío.

—Princesa Harper —dice. Siento que debo ponerme de pie, así que me agarro al brazo de Jake y dejo que me ayude a incorporarme. Lo que sea que haya hecho Grey no me ha curado del todo, y uno de mis tobillos casi cede, así que me apoyo en mi hermano para mantenerme en pie. Era capaz de parecer regia e impasible cuando era la prisionera de Rhen, pero no sé si podré hacer lo mismo después de haber pasado varios días sin comer y con la pernera del pantalón hecha jirones en la zona de la rodilla.

Tampoco sé cómo debo llamarla, y llevo días encadenada, probablemente por orden de ella. He oído muchas historias sobre la crueldad de Karis Luran, pero también sé que esta chica acudió una vez a Rhen con deseos de paz.

Su expresión no es de enfado, pero está claro que tampoco es cálida ni de bienvenida.

—Mis exploradores me han comunicado que les has dicho que el príncipe Rhen está herido —dice.

—Sí. —Pero en cuanto pronuncio esa palabra, se me traba la lengua. Estaba muy decidida a llegar hasta Grey, a rogarle su ayuda, pero ahora estoy aquí y me preocupa estar dándoles una ventaja. ¿Qué fue lo que dijo Rhen?

Esto es la guerra, Harper. Grey usará cualquier cosa a su disposición.

Lo más probable es que Lia Mara hiciera exactamente lo mismo. Quería hablar con Grey. Creía que él lo entendería. Creía que me ayudaría.

Quizá. Ojalá.

Al ver los fríos ojos verdes de Lia Mara y la mirada severa de Grey, no me siento nada esperanzada.

Pero entonces Lia Mara dice:

—Eso no es obra de nosotros —Su tono es grave—. Mis soldados han recibido la orden de cumplir los sesenta días que os concedimos.

¡Uy! Un segundo. ¿Cree que he venido hasta aquí para culparlos?

—¡No! Sé que no ha sido Syhl Shallow.

Ella frunce el ceño.

—¿Entonces quién atacó al príncipe?

Miro a Grey.

—La hechicera. —Tomo aire—. Es Lilith. Ha vuelto.

Desde la distancia, el Palacio de Cristal no se parece en nada al castillo de Ironrose. Mientras que este último siempre me recuerda a algo que se podría ver en un folleto de algún tipo de aventura europea de cuento de hadas, el Palacio de Cristal se encuentra muy por encima de la ciudad, parcialmente construido en la ladera de la montaña. El cielo se refleja en unos ventanales enormes y brillantes, y unos extensísimos campos cubiertos de nieve recorren los terrenos del palacio hasta terminar cerca de un bosque con árboles cubiertos de hielo. No esperaba que un país que una vez intentó quemar Emberfall hasta los cimientos pudiera tener un aspecto tan hermoso.

Esperaba que Grey se sorprendiera al mencionar a Lilith, pero no ha sido el caso. Algunos de los soldados han intercambiado miradas y han murmurado entre ellos, pero Lia Mara ha pedido silencio y la han obedecido. Luego ha propuesto que fuéramos al palacio para discutir el asunto en privado. Creía que se refería a mí y a ellos, pero Jake me ha subido a un carruaje para llevarme lejos del puesto de exploradores donde estaba retenida. Así que ahora estoy sola con mi hermano, traqueteando por calles rocosas mientras me acurruco, tiemblo y contemplo por la ventana el palacio que cada vez está más cerca.

Me gustaría poder identificar lo que ha cambiado en él. No es la confianza, porque a Jake nunca le ha faltado, pero ha ganado algo. O tal vez haya perdido algo.

Jake rompe el silencio.

—Grey también te habría arreglado el tobillo.

Tiemblo, y esta vez no tiene nada que ver con el frío. Puede que el modo en que Grey ha hecho desaparecer la infección y ha curado la herida haya sido milagroso, pero no dejo de pensar en los dedos de Lilith arrancando músculo y tendones del cuello de Dustan con el mismo tipo de poder. He venido aquí porque supuestamente tiene magia, pero saberlo y experimentarlo de primera mano son dos cosas muy diferentes.

—Con una vez es suficiente.

Jake frunce el ceño.

—¿Qué significa eso?

No digo nada. Ni siquiera sé *qué* decir.

—¿Así que a Rhen le aterroriza la magia y ahora a ti también? —pregunta.

—No estoy aterrorizada. —Pero lo estoy. Es obvio que lo estoy. Vi lo que Lilith podía hacer. Sentí que arrancaba a Zo de la grupa de mi caballo.

—Te dije que vinieras conmigo, Harp. Te lo dije.

Tardo un momento en darme cuenta de que se refiere a meses atrás, cuando Grey huyó por primera vez de Emberfall con Lia Mara.

Frunzo el ceño.

—Me alegro mucho de haber aparecido medio muerta y que decidas empezar con un «te lo dije».

Él también mira por la ventana.

—Por tu aspecto, es un milagro que no estés muerta del todo.

Tampoco sé qué decir a eso.

—Me ha costado mucho llegar hasta aquí, Jake.

—No estoy hablando del *viaje*, Harper. —Vuelve a mirarme—. Estoy hablando de lo que pasó con Lilith. Con Rhen. ¿Cuántas veces tienes que sacrificarte por ese tío para que te des cuenta de que eres la única que lo pierde *todo*? Todas las veces.

Pienso en Rhen, en sus ojos, tan cálidos y atentos. *Voy a intentar alcanzar la paz. No estoy cediendo ante Grey, Harper. Estoy cediendo ante ti. Por ti.*

Se me llenan los ojos de lágrimas. No soy la única que lo está perdiendo todo. Rhen también.

—No fue así, Jake. Él no es así.

Jake suelta una palabrota y mira hacia otro lado.

—Suenas como mamá.

Eso me hace el mismo daño que una bala. Pliego los brazos sobre el vientre, pero no puedo contener mis emociones. Las lágrimas caen por mis mejillas.

Mi hermano suspira. Se baja del asiento para arrodillarse frente a mí y me agarra de las manos.

—Lo siento —dice en voz baja—. Yo solo... desearía que pudieras verte a ti misma. Cuando he entrado en esa celda y te he visto ahí tirada...

Retiro una mano de las suyas para pasármela por los ojos.

—Rhen no me hizo esto.

—Sí, bueno, no pudo evitarlo.

—Podría estar muerto, Jake. Ella podría haberlo matado. —Pero mientras lo digo, sé que no creo que sea cierto. Ella podría haberlo matado cien veces. Un millón de veces.

Una vez que esté muerto, su juego se habrá acabado.

—Bueno —dice Jake—. No estás muerta. Lo has conseguido. Estás a salvo.

Parpadeo.

—¿Qué?

—Estás aquí. —Hace una pausa y vuelve a mirarme—. Lo has conseguido.

—¿Crees... crees que he venido aquí porque estaba huyendo? —Se me secan las lágrimas de golpe. ¿Es eso lo que todos piensan? ¿Es por eso por lo que me han metido en un carruaje en lugar de sentarme a la mesa para planear una estrategia?

Jake me mira como si estuviera loca, lo cual lo confirma.

—¿Sí?

—No, idiota. —Me vuelvo a pasar la mano por los ojos y luego le doy un empujón en el pecho—. He venido a buscar ayuda.

Capítulo treinta y dos

El castillo está fresco y silencioso, pero no me importa el frío. Si estuviéramos en pleno verano, el hedor de los cadáveres sería insoportable. De todos modos estoy dispuesto a morir congelado, así que no he encendido fuego en días. Todavía no tengo el valor de mirarme en un espejo. No veo nada con el ojo izquierdo desde que Lilith nos atacó y, cuando me toco la cara con la mano, lo único que encuentro son las elevaciones de unas costras gruesas y una hinchazón que me duele cuando paso por encima de ella las yemas de los dedos.

Solo han transcurrido unos meses desde que se rompió la maldición, tras una eternidad de aislamiento con Grey, pero por algún motivo no he tardado nada en olvidar lo tranquilo que se vuelve Ironrose cuando no hay guardias ni sirvientes en los pasillos, ni niños riendo mientras suben las escaleras, ni platos que tintinean, ni papeles que se agitan, ni espadas que se entrechocan en el campo de entrenamiento.

Lilith dejó los cadáveres en los pasillos y me dijo que pensara en mis crímenes mientras se pudrían a mi alrededor. Cuando la maldición me mantuvo cautivo por primera vez, hizo lo mismo con mi familia, pero entonces yo era un monstruo. Cuando la estación volvió a empezar, todo en el palacio retornó a su estado anterior, a la primera mañana en que me maldijo: ningún cadáver, nadie en absoluto.

Esta vez no hay maldición, y aunque la hechicera me ofreciera un medio para salir de este infierno, lo rechazaría. Pero tal vez ella sepa que he aprendido la lección o tal vez crea que esto es mejor que verme fracasar durante otra eternidad. No me ofrece ninguna maldición. No hay trato. Ningún medio que proporcione alivio. Todos los pasillos de Ironrose apestan a sangre y a muerte. Tuve arcadas durante horas y me encerré en una habitación vacía, pero al final necesité comer. Podría estar dispuesto a morir congelado, pero morir de hambre era demasiada tortura.

De todas formas, lo más probable es que Lilith no me deje morir. No me dejará huir. Prometió seguirme si lo intentaba, masacrar a cualquiera que se atreviera a ofrecerme refugio. Así que aquí me he quedado. No la he visto en días, aunque no me atrevo a esperar que haya terminado conmigo. Grey se ha ido. Harper está muerta. ¿Qué más se puede llevar? La desesperación es lo único que me queda.

Me he pasado horas sacando cadáveres del castillo, colocándolos sobre alfombras de terciopelo uno a uno para arrastrarlos por las escaleras de mármol y luego cargarlos en un carro que yo mismo he enganchado. Falta un caballo en el establo: Ironwill, mi corcel favorito, y también el de Harper. En cierto modo, me alegro de que se haya ido, aunque espero que escapara al bosque después de que Lilith matara a Harper y a Zo. Por otra parte, la hechicera es lo bastante despiadada y vengativa como para matar también a mi caballo.

A pesar de lo terrible de esta tarea, me siento agradecido por tener algo que hacer. Cuando me quedo quieto, mis pensamientos agitan la agonía de todo lo que he perdido. De todos modos, sería peor no hacer nada con los cuerpos. Sé lo que le ocurre a un cadáver una vez que empieza a descomponerse, y no tengo ningún interés en ver cómo ese efecto se multiplica por cien.

De vez en cuando, un explorador o un soldado llega al castillo con mensajes, peticiones o preguntas sobre las acciones que pienso emprender. El primero entró al galope en el patio, me vio arrastrando un cadáver por los adoquines, gritó y luego huyó. No sé qué ha soltado Lilith en los bosques que rodean Ironrose, pero he oído gritos a lo lejos y el crujido de las hojas, y hay poca gente que llegue hasta el castillo. Quizá haya maldecido a otro príncipe y lo haya convertido en un monstruo.

Sea lo que fuere, me deja tranquilo y no pretendo investigar.

A pesar del aire frío, me tomo una pausa de arrastrar cadáveres para pasarme una manga por la frente, pero las heridas me provocan tirantez en la cara y me roban el aliento por un momento. Tres docenas de cuerpos carbonizados yacen ya en fila bajo los árboles. Me parece mal quemarlos, pero no puedo enterrarlos a todos y los animales ya han empezado a picotear los cadáveres.

Para ser sincero, no creía que nada pudiera ser peor que quedarse atrapado aquí para siempre, convertido en un monstruo que arrasaba con todo estación tras estación, pero está claro que Lilith no tiene límites.

Sin previo aviso, la hechicera habla desde algún lugar cercano.

—¿Qué vas a hacer con todos ellos, Alteza?

Su voz me produce una sacudida, y desearía que no fuera así. Desearía que no pudiera seguir provocando miedo solo con su cercanía.

No respondo. Vuelvo a subir a la carreta e insto al caballo a volver al castillo.

Algunas personas pudieron escapar. Lo sé porque no están los cadáveres de *todos*. Al principio esperaba que alguien encontrara ayuda, pero no tardé en darme cuenta de que no hay ayuda posible. Nadie puede detenerla.

Unas manos caen sobre mis hombros y yo jadeo y me alejo de un tirón. El caballo sigue avanzando.

Lilith me susurra al oído.

—No puedo creer que pensaras en usar esa estúpida arma para atacarme. Como si nunca me hubiera topado con el acero de Iishellasa.

Me estremezco e intento liberarme.

BRIGID KEMMERER • 289

Se inclina para acercarse más y su aliento me resulta cálido y enfermizo.

—Como si no se la hubiera dado yo misma a la espía.

Jadeo.

—Estás muy sorprendido —se ríe—. Como si no llevara una eternidad jugando a estos juegos contigo, príncipe Rhen. —Hace una pausa—. ¿Quién crees que ha avivado la discordia en Syhl Shallow? ¿Quién crees que susurra sugerencias de asesinato a cualquiera que quiera escuchar? —Me roza la oreja con la lengua y es como el beso de una espada acabada de salir de la forja—. Debías usarla con *Grey*, no conmigo.

Me estremezco. Es diabólica. No hay forma de detenerla.

Es inútil intentarlo siquiera.

—Incluso he enviado órdenes a tus tropas, Alteza. Usando tu sello. —Me clava las uñas en los hombros. Su roce extiende la rigidez por mi espalda—. Los soldados que tienes en la frontera atacarán al regimiento de Syhl Shallow. Traerán la guerra a Emberfall y ganaremos. He enviado tropas para rodear el castillo.

Qué tontería. Si quiere gobernar Emberfall a mi lado, no debería dejar que los soldados de Syhl Shallow se acercasen al castillo.

—Grey vendrá a por ti —se queja—. Ya no tienes la daga. Te matará, y lo sabes.

Sí. Lo sé. Una vez creí que necesitaba matar al heredero para proteger mi trono, y él tendrá que hacer lo mismo si quiere reclamarlo.

Ese pensamiento me produce un inesperado nudo en la garganta. Hay demasiadas cosas que desearía haber hecho de otra manera.

Habría cedido ante él. Habría negociado la paz. Fue la última petición de Harper.

Casi su último deseo.

Me estremezco al respirar.

Ahora Lilith ha ordenado a mis soldados que ataquen. Nadie querrá escuchar nada sobre una alianza.

—Grey vendrá a por ti —dice—, y yo estaré al acecho. —Un viento fuerte sopla a través de los árboles y me hace temblar. Lilith cierra los brazos alrededor de mi cuello—. Estaré al acecho para poder matar al único hombre que aún se interpone en mi camino.

Capítulo treinta y tres

Lía Mara

Mi sala de estrategia está caldeada gracias al rugiente fuego de la chimenea y me encuentro con gente que, por una vez, parece concentrada en un objetivo común, pero mis pensamientos siguen reproduciendo el momento en el que Harper ha mirado a Grey con lágrimas en los ojos y lo ha llamado «el Temible Grey». O el momento en el que él se ha arrodillado y ha dicho: «¿No confías más en mí?», con esa voz tranquila que creía que solo reservaba para mí. Los celos son mezquinos e inútiles, sobre todo ahora y, sin embargo, no puedo ahuyentarlos de mi cabeza. Harper y Grey tenían una historia juntos, y aunque no resultara en nada más que en una amistad entre ellos, sigue siendo claramente... *algo*. Ella estaba herida y ha corrido hacia aquí. Por él.

Eso es significativo.

Nolla Verin está inmersa en una conversación con Clanna Sun y dos de los oficiales del ejército, el General Torra y el Capitán Solt, debatiendo si esto significa que debemos atacar ahora o que debemos esperar el ataque de otra criatura mágica, pero los ojos de Grey están fijos en mí. Seguro que se ha dado cuenta de que estoy inquieta. Se da cuenta de todo.

No sé qué decirle.

Al final no tengo que decir nada, porque Jake irrumpe en la estancia. Nunca se comporta con mucha pompa, así que no me sorprende que empiece a hablar.

—Harper está con Noah. Le he llevado comida y ropa limpia. —Se pasa una mano por la nuca—. No sé qué ha pasado, pero está... está bastante alterada.

—¿Así que ha venido aquí en busca de refugio? —pregunto.

—Una petición audaz de una enemiga —dice Nolla Verin, pero su voz no suena tan fuerte como podría haberlo hecho ayer. Me mira—. En especial de una enemiga que una vez hizo prisionera a nuestra reina.

—Ella no es *mi* enemiga —suelta Jake, y los oficiales del ejército intercambian una mirada.

—Quizá deberíamos continuar esta conversación en privado —propone el General Torra mientras le echa una mirada a Solt.

Y así como así, estamos en desacuerdo de nuevo.

—Harper es la hermana de Jake —digo sin ninguna inflexión especial en la voz—. Puedo entender su simpatía.

—¿Va a revelar información sobre la hechicera? —pregunta Nolla Verin—. ¿Qué está dispuesta a ofrecer?

—Deberíamos tener cuidado por si es una trampa —dice Solt. Lanza una mirada a Grey, y me doy cuenta de que la repentina aparición de Harper ha añadido un rastro de duda a cualquier resolución que hubieran alcanzado esta mañana—. Esto podría ser una estratagema para obligarnos a actuar.

—No es una estratagema —dice Jake—. Y no ofrece nada. —Hace una pausa—. Quiere rescatar a Rhen. Ha venido a pedir ayuda para derrotar a Lilith.

—¡Ayuda! —Enarco las cejas—. ¿Busca nuestra ayuda para desafiar a la hechicera?

—La nuestra, no. —Jake mira a Grey—. La tuya.

El desacuerdo estalla entre los demás. Nolla Verin quiere interrogar a Harper. Clanna Sun cree que esto podría ser una distracción planificada, sobre todo si tenemos en cuenta los pocos días que nos quedan. Solt y Torra piensan que podría ser una trampa, una forma de atraer a nuestros soldados a su muerte. Pero Grey no ha dicho demasiado desde que entramos en esta sala y ahora permanece mudo. Su expresión es imposible de leer: su cara de soldado. Me gustaría saber lo que está pensando.

Jake lo mira fijamente desde el otro extremo de la mesa.

—Cuando estabas herido y desesperado y casi muerto, viniste a buscar a Harper. Literalmente te caíste por la puerta y sangraste sobre mi alfombra. No debería sorprenderte que ella haya decidido buscarte ahora.

Miro a Grey.

—¿Es eso cierto? —susurro, con más suavidad de la que creía.

—Sí. —Me mira—. No tenía otra opción.

Así como cree que Harper no tenía otra opción. Ni siquiera tiene que decirlo en voz alta. Puedo sentirlo en sus palabras.

—Ella te ayudó —digo, y ni siquiera es una pregunta.

—Sí —dice Grey. No aparta los ojos de los míos—. Harper ayuda a cualquiera que lo necesite.

Recuerdo la noche en que el príncipe Rhen lo encadenó a un muro, cómo Harper también lo ayudó a escapar entonces. No por beneficio político, no formaba parte de ninguna estratagema. En ese momento, pensé que era debido a una chispa entre ellos, y tal vez había algo de eso, pero es probable que parte de ello fuera simplemente... Harper. Cuando Rhen me hizo prisionera, Harper vino a mi habitación y se disculpó. No me ofreció amistad, pero me ofreció bondad. Compasión. Empatía.

El recuerdo hace que una parte de mis celos se marchite. No desaparecen por entero, pero sí una parte.

No tengo ni idea de lo que esto significa para nuestra guerra, pero no creo que esté mintiendo. No creo que sea una trampa. Mi madre aprovecharía la oportunidad para lanzar un ataque contundente, para arrasar Emberfall mientras el príncipe fuera más vulnerable. Nolla Verin prácticamente incrusta los dedos en la mesa, esperando que yo haga lo mismo.

Todo este tiempo, he querido la paz. He querido lo mejor para mi pueblo. Eso no significa nada si no lo quiero para *toda* la gente.

—Entonces ve a hablar con ella —le digo, y me cuesta pronunciar las palabras—. Averigua lo que necesita.

Grey se levanta enseguida, y me gustaría que no se diera tanta prisa. Inhalo con brusquedad y él vacila, sus ojos encuentran los míos. Está esperando a que le diga que no lo haga.

Me contengo. Obligo a mis labios a cerrarse.

Sin embargo, soy la única que permanece en silencio.

—Su Majestad —dice Clanna Sun—. Si van a reunirse en privado, los rumores...

—A la mierda con los rumores —gruñe Jake—. Mi hermana no es una especie de espía.

—Entonces, ¿es una asesina? —pregunta Solt.

—¿Una cómplice? —inquiere Nolla Verin.

Grey suspira.

—Como ha dicho Jake, a la mierda con los rumores. Si creéis que Harper está aquí como parte de un complot siniestro, estáis invitados a venir a verlo por vosotros mismos.

CAPÍTULO TREINTA Y CUATRO

Grey

Jake me sigue, lo cual esperaba, pero también lo hacen Solt y Nolla Verin. Esperaba que Lia Mara también se nos uniera, pero ha preferido quedarse atrás para calmar las plumas erizadas de Clanna Sun y del General Torra. No lo ha dicho, pero le inquieta que Harper esté aquí.

A mí también, pero probablemente no por las razones que ella tiene en mente.

Lilith ha vuelto. No sé cómo sobrevivió. Recuerdo haberle cortado la garganta en el otro lado, en Washington D. C.

Y ahora está atormentando a Rhen de nuevo.

Me pregunto durante cuánto tiempo ha estado pasando. Pienso en las veces que vi a Rhen después de huir a Rillisk. ¿Estaba ella allí cuando me mandó arrastrar encadenado? En aquel momento lo asustaba mucho la magia. Y también cuando fui con Lia Mara para ofrecerle sesenta días. Se apartó cuando me acerqué. A pesar de todo, la preocupación y la incertidumbre me atenazan. Sé lo que ella puede hacer. Sé lo que _ha hecho_.

Cuando llegamos al pasillo que lleva a la enfermería, me detengo y me dirijo a Jake.

—Deberías esperar aquí.

Él mira a Solt y a Nolla Verin y, aunque Jake nunca ha tenido ningún desacuerdo parecido a los que he tenido yo, con nadie, la aparición de Harper ha cambiado eso.

—De ninguna manera —dice.

—Si los motivos de tu hermana son inocentes, no deberías temer a nada —dice Nolla Verin.

—Mi hermana no habría venido aquí si no estuviese desesperada —dice Jake.

—Basta —digo, y mantengo la voz baja. La mirada de Jake es fiera, tiene la mandíbula tensa. Ahora mismo, su devoción por su hermana no nos ayudará—. Aguarda —le digo—. Por favor.

Veo cómo su mirada se llena de desafío y espero que intente apartarme para pasar él, a pesar de mi petición. Cuando Jake y yo nos conocimos, era agresivo y hostil, pero también es valiente y leal, como su hermana. Cuando le pedí que fuera mi mano derecha, le dije:

—Recibir órdenes requiere confianza, Jake. Tendrías que confiar en mí.

—Puedo hacerlo —había dicho entonces.

Es la primera vez que le pido que lo demuestre.

Durante un momento que se hace eterno, no dice nada, y la ira nubla su expresión. Pero al final da un paso atrás para colocarse contra la pared.

—De acuerdo —dice.

Le doy una palmada en el hombro y sigo adelante. A mi espalda, Solt murmura algo a Nolla Verin y yo suspiro para mis adentros. Todos nuestros intentos de unir a nuestro pueblo estaban empezando a surtir efecto y ahora todo parece estar deshaciéndose.

La enfermería siempre está un poco fría, porque Noah a menudo se distrae tanto con su trabajo que se olvida de añadir otro tronco a la chimenea, y esta tarde no es diferente. Está sentado en un taburete junto al estrecho catre en el que Harper está acurrucada bajo una manta de punto suelto, y él parece estar envolviéndole el tobillo con trozos de muselina. Ninguno de los dos mira hacia la puerta, y Tycho está sentado en el catre vacío que hay junto a ellos, con el pequeño gatito naranja en el regazo, que está mordisqueando el borde de sus brazaletes. Habla con timidez.

—Noah ha dicho que debería llamarlo *Salam*. Significa «paz» en... Se me ha olvidado.

—Árabe —dice Noah.

—Y entonces Iisak dijo...

—Espera —pide Harper—. ¿Quién es Iisak?

—Tycho —le digo, y se sobresalta tanto que el gatito salta de su regazo para desaparecer bajo el banco de trabajo, desde donde me sisea con petulancia.

—¡Grey! —exclama Tycho, pero se repone con rapidez y se endereza—. Su Alteza. —Sus ojos se dirigen a la puerta, y no sé si está viendo a Nolla Verin o al Capitán Solt, pero su cara palidece un poco—. E-el entrenamiento ha-ha sido cancelado p-porque...

—Lo sé —digo—. Estoy aquí para hablar con Harper. —Miro en dirección a la puerta—. A ver si puedes encontrar a Iisak. Tiene que ser informado de lo que ha sucedido. —Estoy bastante seguro de que Iisak ya se ha enterado de alguna cosa, si es que no lo sabe ya *todo*, pero Tycho necesita una tarea.

—Por supuesto —dice Tycho. Asiente con la cabeza—. Ahora mismo. —Se desliza por la puerta.

Noah ata el vendaje.

—Podrías habernos dado otros quince minutos —dice, seco—. Hace tiempo que no puedo hablar con alguien que sepa lo que es un estetoscopio.

—Tendremos tiempo. —Harper me mira y luego su mirada se desvía hacia la gente armada hasta los dientes que tengo detrás. Su expresión se torna vacía—. O... espera. A lo mejor estoy a punto de ser ejecutada.

Una de las cosas más admirables de Harper es que se enfrenta a todos los retos sin miedo, incluso cuando no tiene absolutamente ninguna razón para creer que saldrá viva de un enfrentamiento. A Lia Mara le ha sorprendido que Harper fuera capaz de convencer a un explorador para que avisara a la reina, pero a mí no me habría sorprendido que Harper hubiera ido caminando hasta Syhl Shallow con los pies descalzos para llamar ella misma a la puerta principal del palacio.

—No vas a ser ejecutada. —Hago un gesto hacia el catre que Tycho acaba de abandonar—. ¿Puedo?

—Claro. —Harper mira detrás de mí, a Solt y a Nolla Verin, que probablemente la estén fulminando con la mirada. Una luz brilla en sus ojos cuando sus ojos vuelven a encontrarse con los míos—. *Su Alteza.*

No sé si me está tomando el pelo o se está burlando de mí, pero lo ignoro. Me acomodo en el catre y, entonces, solo por un momento, me asalta un recuerdo: estar sentado con Harper en la enfermería de Ironrose. Entonces, yo era el herido. Las vendas me apretaban el pecho y Emberfall se encontraba bajo la amenaza de invasión de Syhl Shallow.

Como ahora. Solo que esta vez, estamos en bandos opuestos. La chispa en sus ojos se ha nublado y sé que ella está recordando lo mismo.

Entonces parpadea y desvía la mirada, y sospecho que está ahuyentando las lágrimas, pero la voz le sale firme.

—No puedo creer que estés aquí.

—El sentimiento es mutuo —digo.

Ella suelta una carcajada sin humor.

—Estoy segura de que es cierto. —Vuelve a mirar a Nolla Verin y a Solt—. ¿Quiénes son tus secuaces?

Solt da un paso adelante y su tono es despiadado.

—Está hablando de la hermana de la *reina*...

—Capitán —salto.

Harper entrecierra los ojos y mira a Nolla Verin.

—Ah, claro. Me acuerdo de ti. Intentabas ligar con Rhen.

Nolla Verin no se mueve.

—Me alegro de no haberlo hecho —se burla—, si el príncipe y su gente han sido vencidos por este hechizo con tanta facilidad, seguro que nuestras fuerzas...

Harper deja caer el chal y se pone en pie mientras acerca una mano a la daga que lleva en el muslo. Nolla Verin desenvaina una espada.

—Ya es *suficiente*. —Me levanto y pongo una mano entre las dos. Harper parece inestable sobre sus pies, pero la veo dispuesta a enfrentarse a Nolla Verin con las manos desnudas, de ser necesario.

—Por favor, no destruyáis mi enfermería —pide Noah a lo lejos, y las dos chicas se quedan quietas. Debe de haber salido al pasillo para estar con Jake.

Miro a Harper. Está muy pálida, con los ojos cansados y ojeras.

—Deberías sentarte —le digo.

Sus ojos se pasean entre Solt y Nolla Verin.

—No lo creo.

—Jake dice que no estabas huyendo de Emberfall —le digo—. Que has venido a buscar mi ayuda.

—Sí —afirma, tensa—. Es verdad.

—Tenías que saber que no encontrarías al hombre que una vez prestó juramento a la Guardia Real. —Hago una pausa—. Tenías que saber que no encontrarías al Comandante Grey.

Eso llama su atención. Parpadea. Vacila.

—Lo sabía —susurra—. Lo sabía. —Pero me devuelve la mirada como si eso fuera precisamente lo que estuviera buscando, alguien que asintiera con la cabeza, la llamara «milady» y pidiera que le indicaran cuál era la amenaza más cercana.

—Siéntate, Harper.

No se sienta y se estremece cuando uso su nombre de pila.

Ese pequeño respingo hace que me dé un tirón por dentro.

—He venido aquí porque eras mi amigo —dice en voz baja—. ¿Aún lo eres?

Eso provoca un tirón aún más fuerte.

Debe de notarse en mi expresión, porque suaviza la mirada y da un paso hacia mí.

—Grey. Por favor. He venido aquí porque Rhen era tu amigo, porque...

—*No* era mi amigo —la suelto, y ella retrocede, con los ojos muy abiertos. Mi ira me sorprende incluso a mí, como si hubiera esperado todo este tiempo para salir a la superficie—. Entiendo por qué hizo lo que hizo, Harper. Pero no era mi amigo.

—¿Y entonces qué? ¿Vas a dejarlo allí, con ella?

—¡Estamos en guerra!

—Una guerra que declaraste *tú*.

—No puedo salvar la vida de un hombre que va a lanzar sus fuerzas contra mí —digo—. No es posible que creas que...

—Iba a pedir una tregua.

Me detengo en seco.

—¿Qué?

—Iba a pedir una tregua. —Nuevas lágrimas brillan en sus ojos—. O la paz, o una alianza o lo que sea. No iba a luchar.

—Mentiras —espeta Solt.

—¡No es una mentira! —retruca Harper.

Él maldice en syssalah.

—Su príncipe ha enviado regimientos a la frontera.

Harper me mira fijamente.

—También el tuyo.

—No soy su príncipe —digo. Ella toma aire como si estuviera lista para respirar fuego, así que afilo el tono de voz—. Harper. Siéntate. —Señalo el catre—. *Ahora*.

Ella cierra la boca, pero se sienta. Su mirada se ha vuelto fría y dura. Cuando me ha visto por primera vez en el puesto de guardia, sus ojos estaban llenos de alivio y desesperación, pero ahora me mira como a un adversario.

No sé si puedo remediarlo. No sé si debería querer remediarlo.

Vuelve a mirar a mi espalda.

—Si no vas a ayudarme, entonces déjame ir o arrójame a un calabozo o...

—Con mucho gusto —dice Nolla Verin.

Suspiro y me acomodo en el catre de enfrente.

—Cuéntame qué ha pasado.

—No voy a hacer esto como un interrogatorio. Diles que se vayan.

—Aquí no puede dar órdenes —dice Solt—. Es una prisionera.

—Entonces encerradme. —Extiende los brazos y, de una manera que solo Harper es capaz de llevar a cabo, resulta a la vez abiertamente desafiante y derrotista—. He terminado.

—Le concederemos la intimidad que solicita —dice Lia Mara desde la puerta, y me giro, sorprendido—. Nolla Verin —continúa—. Capitán Solt. Retiraos al pasillo. —Lo hacen, pero Lia Mara se queda en la puerta—. *Princesa* —dice sin burla, pero dando a entender que lo sabe todo sobre la farsa de Harper con Dese—. Te recuerdo que me acerqué a tu príncipe con la esperanza de una alianza pacífica y, en cambio, me hizo prisionera y mató a mi guardia.

Harper la mira fijamente.

—*Yo* no hice esas cosas.

—Lo sé. —Lia Mara hace una pausa—. También sé que ayudaste a Grey a escapar, algo que sin duda fue un gran riesgo para ti. —Suaviza la voz, solo un poco—. Sé que ya buscó tu ayuda una vez, cuando estaba en gran peligro.

Harper traga saliva.

—Lo hice porque es mi amigo. —Me mira—. *Era* mi amigo.

—No lo creo —dice Lia Mara, y Harper frunce el ceño, pero ella continúa—. Puede que fuerais amigos, pero creo que lo habrías hecho por cualquiera que te lo hubiera pedido. Creo que eres amable y misericordiosa y que por eso no has dudado en cabalgar hacia un país que ha declarado la guerra a Emberfall, con la única intención de encontrar ayuda para un príncipe que ha causado mucho daño.

—Amable y misericordiosa. —Harper me mira de nuevo y frunce el ceño—. Grey dijo una vez que la bondad y la misericordia tienen un límite y que entonces se convierten en debilidad y miedo.

—¿De verdad? —Lia Mara entra en la habitación, capturando mi mirada con la suya—. ¿Eso crees?

Le devuelvo la mirada.

—Ya no.

El más mínimo atisbo de sonrisa encuentra sus labios y sus mejillas se tiñen de un tenue tono rosado.

—Os dejaré para que tengáis una conversación en paz. Sé que tenéis mucho que discutir. Su hermana comienza a protestar y Lia Mara añade—: Si el Capitán Solt y Nolla Verin no pueden guardar silencio, encontraré una tarea que los mantenga ocupados. —Sale por la puerta, llevándoselos con ella y dejándonos en silencio.

Harper no aparta la mirada de mí. En sus ojos hay cautela e incerteza. Después de un momento, traga saliva y mira hacia otro lado.

—No debería haber venido. Ha sido un error. —Se le quiebra la voz y hace una pausa para estabilizarla—. Sé que estamos en guerra. Sé que lo odias. Es que no sabía a dónde ir.

Nos quedamos sentados en silencio durante mucho rato. Este momento me recuerda a otro, cuando estaba cansada y asustada y en una tierra extraña, y entonces tampoco sabía si confiar en mí. Me levanto del catre para rebuscar en el banco de trabajo de Noah hasta encontrar una maltrecha baraja de cartas y vuelvo a sentarme frente a Harper. Arrastro una pequeña mesa entre nosotros y mezclo los naipes.

—Como en los viejos tiempos —dice, y se le vuelve a quebrar la voz.

—Como en los viejos tiempos —acepto. Las cartas se juntan y reparto. Harper acepta sus cartas.

—¿Rescate del Rey? —pregunta.

—Sí. —Pongo una carta boca arriba. El tres de piedras. Elijo un ocho de piedras de mi mano y lo pongo en la mesa—. Ya casi no juego a las cartas.

—¿No?

—Aquí juegan a los dados.

—¿Cómo se juega a los *dados*? —Tal vez el juego sea calmante, porque la emoción se ha evaporado de su voz y ahora simplemente suena cansada.

—No deberías preguntármelo a mí. Se me da fatal.

Eso le arranca una carcajada.

—Lo dudo. No hay nada que se te dé mal.

—Te prometo que sí.

Ella deja una carta. Jugamos en silencio durante un rato, con el fuego crepitando en la pared. No había olvidado lo mucho que me gustaba jugar a las cartas, pero no sabía que me traería tantos recuerdos. No solo recuerdos con Harper, sino también con Rhen. Al principio, cuando la maldición nos atrapó por primera vez, solos, le dejaba ganar todas las partidas. Se dio cuenta enseguida y se puso furioso. Declaró que no necesitaba a alguien que se preocupara por su orgullo y, en lo que se refería a las cartas, es probable que fuera cierto. Me preguntó si también lo dejaba ganar cuando nos enfrentábamos con las espadas y se sorprendió cuando admití la verdad, que ningún espadachín pondría en auténtico riesgo a un miembro de la familia real.

Desenvainó una espada allí mismo.

—Lucha conmigo —había dicho—. No me dejes ganar, Comandante. Es una *orden*.

Así que lo hice. Lo desarmé en menos de un minuto. Todavía lo recuerdo respirando con dificultad, sin dejar de mirarme en ningún momento, con una franja de sangre en el antebrazo.

Recuerdo que me sobresalté cuando, en lugar de pillar un berrinche, se puso en pie, se recolocó la chaqueta y dijo:

—Enséñame cómo lo has hecho.

Una de las cosas más sorprendentes de la maldición no tuvo que ver con la magia, ni con los tormentos, ni siquiera con la propia Lilith. Fue el descubrimiento de que Rhen nunca se había dado cuenta de lo ignorante que era y lo protegido que estaba, y de lo mucho que quería aprender cuando se le daba la oportunidad.

Dejo una carta sobre la mesa.

—No lo odio —digo en voz baja.

Harper vacila, luego deja sus cartas para apretarse los ojos con los dedos.

—Se arrepiente mucho, Grey. Lo que hizo lo está destrozando. Te juro que estoy diciendo la verdad. De verdad iba a ofrecerte una tregua.

—Te creo. —Mi tono es grave—. No estoy seguro de que eso importe.

—¿Por qué? —gime—. ¿Por qué no iba a importar?

Tomo aire para responder, y ella dice:

—Una vez me dijiste que, si Rhen lo permitía, aceptarías los castigos de Lilith multiplicados por cien. Esta es tu oportunidad. *Ahora*, Grey. Lo está matando. Ella... —Su voz queda ahogada por un sollozo—. Es tan horrible. A él lo aterroriza la magia. Sabes cómo es ella. Sabes lo que hará.

Sí. Lo sé.

Esto es demasiado. Hay demasiados recuerdos. Siento el pecho tenso y los pensamientos llenos de hielo, que es como me siento cuando creo que debo actuar.

—Mató a Dustan —dice Harper—. Le arrancó la garganta delante de mí. Y a Zo... de alguna manera a Lilith le crecieron alas o creó otro monstruo, porque arrancó a Zo de la grupa de mi caballo. —Harper se rodea el abdomen con los brazos—. Por favor, Grey. Por favor. Toma Emberfall si quieres. Pero, por favor, tienes que ayudarme a salvarlo. No queda nadie más. No hay otra manera.

Miro hacia otro lado. Sus lágrimas, sus palabras, vuelven a tocarme la fibra. No debería importarme. Estamos en guerra. ¿Cuál es la diferencia entre que Rhen muera a manos de Lilith o a las mías?

—Por favor —susurra Harper—. Grey. Puede que no sea tu amigo, pero es tu *hermano*. Habéis pasado toda la vida juntos. Eso tiene que significar algo. Tienes que *sentir* algo.

—Lo siento —digo, y mi voz es áspera.

—Entonces, ¿ayudarás? —pregunta con la mirada clavada en mí.

Inspiro, pero no estoy seguro de cuál será mi respuesta.

De todos modos, no importa, porque los ojos de Harper ven algo a mi espalda y grita.

CAPÍTULO TREINTA Y CINCO

Harper

Me echo hacia atrás en el catre tan deprisa que casi me caigo por el otro lado. Las cartas acaban esparcidas por todas partes. Casi puedo saborear mi corazón en la garganta. Una criatura alada ocupa el marco de la puerta, con sus ojos negros destellando a la luz de las antorchas, y no sé si debería esconderme bajo otro catre o echar mano de una de las armas de Grey.

¿Me ha encontrado Lilith? ¿Ha enviado a este monstruo tras de mí? ¿Esto es lo que le ha hecho a Rhen? ¿Ella...?

—Harper. —Grey está de pie, con una mano extendida hacia mí para aplacarme—. No te inquietes.

Está demasiado tranquilo. Demasiado despreocupado.

Entonces me doy cuenta de que los «esbirros» de Jake y de Grey han seguido a la criatura hasta la habitación. También lo ha hecho Tycho. Parecen más alarmados por mi reacción que por... eso.

No están teniendo un ataque de pánico.

Nadie está teniendo un ataque de pánico.

Jake pasea la mirada entre la criatura y yo.

—Uy. —Parece avergonzado y divertido de una forma que solo puede conseguir un hermano—. Hola, Harp. Este es Iisak. Es un scraver. Y un amigo.

Un *scraver*. No entiendo cómo este lugar todavía tiene la capacidad de impactarme. Iisak es aterrador y hermoso a la vez, va sin camisa y descalzo a pesar del frío, su piel es del color de las nubes de tormenta. Es fácilmente tan alto como Grey, aunque sus alas oscuras hacen que ocupe más espacio, y es delgado, con venas que resaltan en los músculos de los brazos. Sus dedos terminan en garras.

—La princesa de Dese —dice, y su voz es un chasquido seco, las puntas de sus colmillos brillan cuando habla. Me ofrece una reverencia, y no puedo asegurarlo, pero creo que hay un toque burlón en ella.

Trago saliva.

—Hola...

Se adentra más en la habitación mientras yo intento enderezarme. Mi pierna débil está aún más débil debido a la lesión de mi tobillo y me siento torpe e insegura mientras consigo poner los pies debajo de mí. Estoy completamente desequilibrada, lo que no es precisamente muy raro, y mi corazón sigue en la garganta. ¿Debo disculparme? ¿Hacer una reverencia? ¿Correr aterrorizada?

Miro a Jake y a Grey.

—¿Esto es...? —Entrecierro los ojos mientras intento pensar en lo que Lilith podría hacer, en el daño que podría causar. No puedo evitar la sensación de que algo así me persiguió en los terrenos de Ironrose. No lo vi con claridad, pero recuerdo unas pesadas alas que bloqueaban la luz de la luna, una forma oscura que parecía absorber las sombras. Pensé que era Lilith, o algo que ella había creado—. ¿Es real? —le pregunto a Grey—. ¿Es un hechizo?

Grey frunce el ceño.

—Es real.

—¡Un hechizo! —dice Iisak, y al menos parece divertido, porque imagino que si estuviera cabreado podría desmembrarme en segundos. Se acerca y me preparo para lo que venga.

Se detiene al otro lado del catre y distingo que sus ojos son verdaderamente negros, sin nada de blanco, y esos colmillos parecen afilados como cuchillas. Me deja sin aliento, pero me mantengo firme.

—El joven príncipe tenía razón —dice—. Una vez dijo que eras valiente. Una princesa en espíritu, si no de nacimiento.

El joven príncipe. Por un momento creo que se refiere a Rhen, pero no consigo que eso tenga sentido en mi cabeza.

Pero debe de referirse a Grey... Lo que significa que Grey dijo eso de mí una vez. Ha estado tan frío y distante desde que he llegado aquí que creía que había acabado con nuestra amistad como una vez renunció a su familia, pero tal vez... Tal vez estuviera equivocada.

Me humedezco los labios.

—No sé si soy valiente.

—Has venido en busca de la ayuda de un forjador de magia —dice Iisak—. Te has puesto de pie y te enfrentas a mí, aunque puedo oler tu miedo.

—Iisak —dice Grey, y detecto una nota de advertencia en su tono, pero también un poco de exasperación.

Iisak lo mira y una brisa fresca se arremolina en la habitación para hacerme temblar.

—Ella te ha traído un problema que no puedes atravesar con tu espada.

—Ha traído un problema que no estamos obligados a resolver —dice Nolla Verin desde su lugar junto a la pared.

Un pequeño chirrido cerca del suelo llama mi atención y miro hacia abajo, preparada para otra criatura de pesadilla, pero es el pequeño gatito naranja de Tycho. *Salam*. El gatito se enrosca entre las piernas de Iisak. El scraver lo toma en brazos con un movimiento fluido y el animalillo se relaja casi de inmediato contra su pecho y empieza a ronronear. Es desconcertante ver que una criatura tan aterradora sea casi... tierna.

—He oído lo suficiente sobre esta hechicera para creer que estarás obligado a solucionarlo —dice Iisak sin ninguna inflexión en la voz. Sus ojos negros observan mi pierna—. Ella también ha traído una espada de acero de Iishellasa.

Doy un paso atrás automáticamente, mi mano cae sobre la empuñadura.

—¿Sabes lo que es?

—Sí. —Extiende una mano con garras—. ¿Puedo?

Dudo.

—¿Qué es el acero de lishellasa? —dice Noah.

—Ata la magia —responde Lia Mara.

—Sí —dice Grey—. Una vez tuve un brazalete fabricado por la hechicera que me permitía cruzar entre mundos.

—Esta daga probablemente *repela* la magia. —El scraver flexiona los dedos y hace un gesto en dirección al arma—. ¿Puedo, princesa?

No quiero dársela. Creía que vendría aquí con un plan para rescatar a Rhen, pero en lugar de eso me he encontrado con que no hay nadie en quien pueda confiar.

Los ojos de Jake encuentran los míos desde el otro lado de la habitación.

—Harp —dice mi hermano en voz baja—. No pasa nada. Puedes dejársela.

Me humedezco los labios y saco la hoja.

Las manos del scraver se enroscan alrededor de la empuñadura. Coloca al gatito en el catre con suavidad.

—¿Tu mano? —le dice a Grey.

Los ojos de Grey no se apartan de los míos, pero extiende una mano sin miedo. El scraver le pasa la hoja por el dorso de la mano. Uno de los guardias que hay cerca de la pared suelta un juramento en su idioma.

Grey jadea y se echa hacia atrás, tapando la herida con la otra mano. La sangre gotea detrás, entre sus dedos. Mira a Iisak y luego a mí.

—Como he dicho —dice Iisak, su voz es un gruñido bajo—. Repele la magia.

Grey levanta la mano. La sangre aún fluye libremente. Se queda mirando la herida con una expresión de asombro mezclada con frustración.

—No puedo curarla.

—En efecto. —El scraver me mira—. ¿De dónde has sacado esto?

Noah suspira y toma un rollo de muselina de una mesa de suministros.

—Al menos puedo ser de utilidad en *esto*.

Grey mira a Iisak.

—Seguro que podrías habérnoslo enseñado con un ejemplo más pequeño.

Pero el scraver sigue mirándome. La temperatura de la habitación parece bajar quince grados y me estremezco.

—Dime, princesa. —Las palabras le salen como un gruñido bajo—. ¿De dónde has sacado esto?

La tensión en la habitación se ha duplicado.

—De Rhen —digo en voz baja—. La compró.

—¿A quién? —pregunta Lia Mara.

Dudo, pero Rhen ya ha perdido. Estoy aquí.

—A una espía —susurro.

—¡Una espía! —grita Nolla Verin. Atraviesa la habitación como una tromba—. ¿Qué espía? ¿Qué has…?

—Suficiente. —La voz de Lia Mara es tranquila, pero suena con fuerza—. ¿Cómo se llama esa espía?

—Chesleigh Darington —digo—. Dijo que su familia fue asesinada por Karis Luran. Fue capaz de infiltrarse entre vuestro pueblo. —Dudo de nuevo—. Dijo que había gente en Syhl Shallow que conspiraba contra el trono, que había una facción en contra de la magia que había conseguido varios artefactos.

Grey y Lia Mara intercambian una mirada y yo trago saliva.

—Está muerta —susurro—. Lilith mató a toda la gente que había en el castillo… y ella estaba allí esa noche. Debía de estar entre ellos.

La habitación permanece en absoluto silencio durante mucho rato, sin interrupción, hasta que Noah levanta la muselina del dorso de la mano de Grey y dice:

—Necesitarás puntos. Voy a buscar una aguja.

Grey suspira y vuelve a fulminar a Iisak con la mirada.

Lia Mara tiene una mirada más evaluadora.

—Háblame más sobre esa hechicera. ¿De verdad crees que se conformará con Emberfall?

—Está resentida con Rhen por el papel que su familia jugó en la destrucción de su pueblo —dice Grey.

—Syhl Shallow también jugó un papel en ello —dice Iisak—. Los hechiceros no se habrían visto obligados a buscar refugio en Emberfall si hubieran sido bienvenidos aquí. —Hace una pausa, mirándome, y otro latigazo de viento frío susurra contra mi mejilla—. ¿Por qué has creído que yo era un hechizo?

Literalmente, ningún aspecto de mi llegada aquí ha salido como esperaba. Pero a lo mejor necesitaba hacer añicos mis expectativas antes de poder empezar de nuevo.

—Por lo que le hizo a Rhen —musito—. Por lo que me hizo a mí. —Miro a Grey—. Por lo que te hizo a ti.

Él no dice nada. Hay mucho peso en su mirada.

—Sabes lo que le está haciendo —digo—. Te acuerdas. Sé que te acuerdas. —Se me quiebra la voz. Estábamos tan cerca de algún tipo de…. algo antes de que el scraver entrara, y desearía poder rebobinar el tiempo hasta ese momento—. Por favor, Grey. Sé que no tengo nada que ofrecer. Ningún reino, ninguna alianza. Pero por favor. Tienes que ayudarme a salvarlo. *Por favor*.

Ninguno de ellos parece querer ayudarme. Ninguno de ellos parece sentir empatía siquiera. Este es el Temible Grey en todo su esplendor. Jake está estoico e impasible: no es un secreto lo que siente por Rhen.

—Yo también le pedí clemencia una vez —dice Grey.

—Yo también —dice Tycho, y habla en voz baja pero firme.

Eso me afecta como si me hubieran lanzado un dardo al pecho. Sé que lo hicieron. Lo recuerdo. Es probable que no tenga derecho a pedirle nada a Grey en nombre de Rhen.

—¿Qué quiere? —pregunta Lia Mara—. La hechicera.

—Quiere gobernar Emberfall —digo—. Y quiere obligar a Rhen a que esté a su lado mientras lo hace.

—¿Y por qué es tan cruel?

La pregunta me obliga a quedarme inmóvil.

—¿Importa? ¿Por qué alguien es cruel?

—Siempre hay una razón —afirma Lia Mara—. Y si pretende erigirse en mi adversaria en vuestro lugar, me parece que es relevante.
—Se coloca al lado de Grey. Cuando ella lo mira, él le devuelve la mirada y su expresión cambia, se suaviza.

Espero que pregunte si Lilith será una amenaza para su país o si vale la pena explotar la repentina debilidad de Rhen para sacar ventaja.

En vez de eso, Lia Mara extiende la mano hacia él y sus dedos se enroscan alrededor de los de Grey con tanta suavidad que resulta casi igual de incongruente que el hecho de que el scraver tenga al gatito en brazos.

Lia Mara dice:

—Es tu hermano, Grey. —Suena muy tranquila—. ¿Quieres salvarlo?

Grey vacila y luego me mira.

—¿Por qué le compró esa daga a una espía?

Oigo lo que pregunta en realidad. *¿Rhen la compró para usarla contra mí? ¿O la compró para usarla contra Lilith?*

No sé qué decir.

No estoy segura de que necesite que lo diga.

—Era la guerra —susurro.

Grey tensa la mandíbula, recoge la daga y se la guarda en el cinturón. Vuelve a mirar a Lia Mara y luego a los soldados que están a la espera, entre los que se encuentra mi hermano.

—Lilith no se detendrá con Rhen —dice—. Tiene que saber que Syhl Shallow estaba planeando atacar. Puede que no le importe la guerra, pero el conflicto le resulta de gran interés. Rhen habría tratado de salvar a sus soldados y de montar una defensa que implicara la menor pérdida de vidas humanas posible. —Otra pausa—. A Lilith no le importará. Lo obligará a enviar a un soldado tras otro a la batalla, hasta que todos estén muertos. Los suyos y los nuestros.

—¿Crees que puedes detenerla? —pregunta Lia Mara.

Grey mira a Iisak.

—Podemos intentarlo.

Por primera vez desde mi llegada, la esperanza florece en mi pecho.

—Espera. ¿De verdad?

—Ya tiene a un regimiento estacionado en la frontera —dice Grey—. Necesitaremos un contingente pequeño de soldados, porque ella espera un asalto completo, y no hasta dentro de unos días. Capitán Solt, elija entre los de su compañía. No más de diez. Tendremos que salir al anochecer.

—Grey —susurro, con la voz llena de asombro—. ¿Lo harás? ¿Lo salvarás?

—Detendré a Lilith —dice con voz fría y oscura—. Protegeré Syhl Shallow. —Hace una pausa—. La vida de Rhen no me concierne.

Se aleja, pero bien podría haberme apuñalado con la daga antes de salir. Tengo que presionarme la tripa con una mano.

—Ven —dice Lia Mara. Me toma la mano—. Me encargaré de que te preparen una habitación.

No quiero que me guste nada de este lugar, pero el palacio es verdaderamente magnífico. Me han asignado una habitación enorme con grandes ventanales que dan a los extensos campos y a la ladera de la montaña. Esperaba que Jake viniera a sentarse conmigo un rato, pero no lo he visto. No he visto a nadie. Me traen comida, pero por lo general me dejan sola. El sol parece ponerse sobre las montañas, derramando haces rosas y púrpuras sobre la reluciente ciudad.

Ni siquiera sé si me llevarán con ellos. ¿Me dejarán aquí? ¿Seré una especie de prisionera en caso de que las cosas vayan mal con Rhen? No había considerado esa posibilidad. Grey se mostró muy frío cuando se dio la vuelta y empezó a dar órdenes.

Yo le pedí clemencia una vez.

Sí que suplicó. Lo recuerdo. ¿Pero es eso lo único que importa? ¿Pasaron una eternidad juntos, soportando las cosas más terribles que soy capaz de imaginar, pero su relación se reducirá a una mala decisión? E incluso mientras pienso eso, ¿la mala decisión fue de Rhen al ordenar a sus guardias que buscaran un látigo, o acaso la tomó Grey al huir y elegir mantener su derecho de nacimiento en secreto?

No sé a quién pretendo engañar. Los dos estaban equivocados. A veces tomamos decisiones tan nefastas que las buenas palidecen en comparación.

Alguien llama a la puerta y casi pego un salto.

—Adelante —digo. Espero que sea mi hermano.

En su lugar, aparece Grey. Viene solo.

Estoy tan sorprendida que me quedó mirándolo durante un largo momento antes de levantarme de la silla.

—Grey.

—Haré que te traigan una armadura —dice sin preámbulos—. No se te permitirá llevar un arma.

—¿Voy a ir? —me sorprendo.

—Existe la preocupación de que esto sea una trampa.

Aprieto los labios.

—Así que soy tu rehén.

Su expresión no revela nada.

—En realidad, esperaba que actuaras como consejera. Mis soldados no sabrán qué esperar mientras nos dirigimos a Emberfall. —Hace una pausa—. Sería de gran ayuda para alcanzar un clima de buena voluntad.

—Si tengo la oportunidad de rescatar a Rhen, haré lo que necesites de mí.

No dice nada al respecto. Me mira la pierna.

—Sigues herida. Puedo curarte.

Me quedo petrificada.

—Con magia.

—Sería mejor que no fueras una carga en el viaje.

—Bueno. —Me dejo caer en la silla—. No me gustaría ser una *carga*.

Grey no pica. Acerca un taburete bajo y se deja caer para sentarse frente a mí, sin perder el tiempo con los cordones de mis botas. Noah le ha cosido el dorso de la mano, donde tiene una diminuta hilera de nudos negros. Grey es muy clínico, muy eficiente, pero me estremezco de todos modos. Tengo muchos recuerdos de él, todos arraigados en mis primeros días en Emberfall. La forma en que me sostuvo el brazo y me enseñó a sostener una daga. La forma en que se puso a mi espalda y me enseñó a lanzar un cuchillo. Cómo me colocaba el puño cuando me enseñaba a dar un puñetazo o la manera en que ajustaba mi postura cuando estaba aprendiendo a manejar la espada.

Cuando permaneció herido y aterrorizado en mi apartamento después de que Noah lo cosiera, cómo sus ojos seguían buscando los míos para tranquilizarse.

Cómo se desabrochó los brazaletes en aquel sucio callejón de Washington D. C. y me los colocó en los antebrazos.

No tengo monedas ni joyas que dejarte, había dicho. *Pero sí armas*.

La forma en que me salvó de los soldados de Syhl Shallow en el campo de batalla, cómo me atrajo hasta sus brazos. *La mantendré a salvo*, le había asegurado a Rhen.

Ay, Grey. Puedo entender por qué está enfadado con Rhen, pero nunca he pensado de verdad en lo que significaría para mí y para Grey estar enfrentados en esta guerra. Tal vez, si hubiera jugado las cartas del destino de manera diferente en cualquier punto, podríamos haber sido más que amigos, pero no lo hice. Él tampoco. Pienso en ese momento en el patio trasero de la posada, cuando él se fue con Lia Mara y yo regresé con Rhen. Me pregunto dónde estaríamos ahora si mi elección hubiera sido diferente. Si la suya lo hubiera sido. Me pregunto cómo sería mirar a Rhen como a un enemigo, como a alguien que está al otro lado de un campo de batalla, y esa posibilidad hace que mi corazón se estremezca.

Sea lo que fuere lo que Grey y yo seamos, no quiero que seamos enemigos. No quiero que él y Rhen sean enemigos. Se me forma un nudo en la garganta. No puedo respirar.

Debo de emitir un sonido o hacer algún movimiento que capta su atención, porque levanta la vista, alarmado.

—Milady —dice en voz baja.

Milady. No puedo soportarlo. Me lanzo hacia delante y le rodeo el cuello con los brazos.

—Por favor, Grey —digo mientras presiono la cara llena de lágrimas contra su hombro—. Eras mi amigo. Por favor, no seas así.

Probablemente sea el movimiento más imprudente del mundo, porque él tiene unos cuatro millones de armas y hay mucha gente en este castillo que cree que todo sería más fácil si yo estuviera en una tumba en este mismo instante.

Pero Grey me atrapa, con sus manos fuertes y suaves contra mi cintura. Baja la cabeza y siento, más que oigo, su suspiro. No me abraza del todo, pero no me aparta.

—Por favor —digo—. No quiero ser tu enemiga.

—Yo tampoco. —Habla en voz muy baja, muy tranquila—. Tampoco quiero serlo de Rhen.

Me alejo un poco para mirarlo.

—Pero... no lo vas a rescatar.

—Nos hemos estado preparando para la guerra, Harper. Le ofrecí confianza. Le ofrecí amistad. Le ofrecí *fraternidad.* Lo rechazó todo y yo he tenido que hacer las paces con eso. Tal y como están las cosas, estos soldados apenas confían en mí. Lo que les has oído decir a Solt y a Nolla Verin no será lo último. No puedo convertir esto en una misión para rescatarlo. Se negarían.

—¡Podríamos ir solos! Podríamos...

—¿*Solos*? He pasado semanas junto a Lia Mara, convenciendo a este ejército de que soy aliado de su reina. Convenciendo a estos soldados de que estoy con ellos. ¿Cómo podría desaparecer en medio de la noche con la princesa de Dese?

Siento que todo esto es muy infructuoso.

—Pero...

—No, Harper. No les haré eso. —Sus ojos se oscurecen, su tono es más afilado—. *Y mucho menos* se lo haré a ella.

Me quedo inmóvil. Hay un tono protector en su voz que no había escuchado nunca antes. Cierto brillo en sus ojos. Tengo que retroceder más y cambiar de postura en la silla para estudiarlo. Estaba cegada por toda la charla sobre lealtad y estrategia, que tanto me recuerda a Rhen, pero ahora me centro en la última parte de esa frase, en la intensidad de su mirada.

Ah. *Ah.*

Está enamorado de ella.

—Puedo tomar medidas para proteger Syhl Shallow —continúa Grey—. Y lo haré. —Hace una pausa—. No puedo prometer que protegeré a Rhen —dice—. Pero puedo hacer un voto para destruir a Lilith, si soy capaz.

—Y si Rhen sobrevive, ¿qué pasará entonces? ¿Qué pasará con esta guerra?

—Dijiste que quería la paz, ¿no es así?

—Sí —digo—. La quiere. Lo juro.

—Bien. —Grey me quita la bota del pie, centrado de nuevo—. Si sobrevive, entonces podrá demostrarlo.

Capítulo treinta y seis

Lía Mara

El cielo nocturno vuelve a estar lleno de nubes y las ráfagas de nieve atraviesan el viento. Apenas puedo ver a los soldados que se marchan, lo cual supongo que es el objetivo. Iisak los seguirá desde el cielo. Ya está muy por encima, casi invisible en la oscuridad crepuscular.

Nolla Verin está esperando en el interior del palacio con Clanna Sun, porque vamos a discutir los planes de contingencia, pero yo estoy en los jardines congelados, viendo cómo el pequeño grupo de soldados cabalga hacia las puertas de la ciudad. Hemos pasado semanas y semanas preparándonos para la guerra, pero ni una sola vez he pensado en lo que sentiría en este momento, al observar los destellos de sus armas mientras se alejan de los campos de entrenamiento. Nunca me he dado cuenta de que me sentiría como si hubiera entregado una parte de mí misma, una parte que ahora lleva Grey consigo.

Ha venido a buscarme antes de partir y a robarme unos minutos de intimidad durante los cuales debería haberle susurrado advertencias y promesas y haberle dicho que mi corazón late solo por él. En lugar de eso, sus labios se han posado sobre los míos y he inhalado su aliento hasta que me he mareado de deseo y los soldados han gritado su nombre.

Grey me ha besado por última vez y luego ha susurrado contra mis labios.

—Volveré junto a ti.

He enganchado los dedos en su armadura antes de que pudiera apartarse.

—¿Me das tu palabra?

Ha sonreído, me ha tomado la mano y me ha besado las yemas de los dedos.

—Es un juramento. —Luego se ha ido, toda suavidad borrada de su rostro, cualquier vulnerabilidad desaparecida de su cuerpo.

Pero ahora estoy de pie, observando, esperando. Una parte de mí no quiere abandonar este jardín hasta que lo vea regresar.

Escuché lo que Harper dijo sobre la hechicera, las cosas que le hizo a Rhen y a su gente. He oído las historias de Grey acerca de lo que ella solía hacer.

Podría morir.

Ese pensamiento entra en mi cabeza sin previo aviso y, una vez allí, echa raíces. Tengo que deshacerme de él.

No puedo.

Puede que no lo vuelva a ver.

La idea resulta vertiginosa. Tengo que apretarme el abdomen con una mano. Y entonces vomito la cena aquí mismo, en el jardín.

Capítulo treinta y siete

Grey

Cuando viajé por primera vez a Syhl Shallow con Lia Mara, al principio nuestro grupo estaba fracturado, con frentes claramente divididos: Tycho y yo, Jake y Noah, Lia Mara e Iisak. Eso hizo que las conversaciones fueran tensas y las noches incómodas, dejando a todo el mundo irritado y susceptible.

Este viaje de vuelta a Emberfall es peor.

El Capitán Solt eligió a diez soldados, como se le pidió, y la mayoría de ellos son letales y experimentados, pero para mi sorpresa Solt incluyó a Tycho entre ellos.

Cuando le pregunté al respecto, dijo:

—El chico es de Emberfall. Puede que necesitemos a un explorador que hable la lengua con fluidez.

—Inteligente —dije.

Solt gruñó.

—También necesitaremos a alguien que cave una zanja para la letrina.

A su favor, hay que decir que Tycho ha hecho todo lo que se le ha pedido. Ha cepillado a los caballos, limpiado el cuero de los arneses, traído cubos de agua y cavado zanjas. Nunca ha rehuido el trabajo duro. Han pasado tres días y solo hemos cabalgado de noche, así que lo veo tirarse de bruces sobre su saco de dormir en el mismo instante en que se lo releva del trabajo.

Harper se ha pegado a su hermano, lo que ha generado algunas miradas de los demás soldados, así que he intentado mantener las distancias con ambos y he optado por sentarme con Solt a la hora de comer. No quiero dar a nadie de nuestro grupo la impresión de que no soy parte de ellos. Por desgracia, esto me deja con poca conversación, porque Solt está frío y distante, y solo habla cuando se le dirige la palabra.

Mi único y verdadero compañero es Iisak, que surca los cielos cuando cabalgamos de noche y luego aterriza al amanecer y me exige que practique mis habilidades. Antes, la magia era un problema porque no la entendía y, además, no quería entenderla.

Ahora la magia es un problema porque sé dónde están mis límites, limites que la propia Lilith no comparte.

He llegado a observar mi saco de dormir con la misma desesperación que Tycho, pero cuando intento descansar lo único que hago es preocuparme. No creo que Harper me esté llevando a una trampa, que sé que es lo que ocupa los pensamientos de los otros soldados, pero tampoco estoy seguro de si Rhen de verdad quería la paz o si sus deseos eran de naturaleza más estratégica. Sé que Harper cree lo mejor de él, pero yo he visto lo peor.

Sé que esta daga es impermeable a la magia: los irritantes puntos en el dorso de mi mano son prueba suficiente de ello. Pero no sé si bastará.

No sé si puedo derrotar a Lilith. No sé si puedo salvar a Rhen.

No sé si puedo ayudar a unir estos dos países.

Y en lo más profundo, en lo más oscuro, un pensamiento que casi no quiero admitirme ni a mí mismo: no sé si podré mantener el juramento que le he hecho a Lia Mara. Puede que posea magia, pero no tengo la misma habilidad que Lilith para manejarla. Ella atrapó Ironrose en una maldición que parecía eterna y ahora sé que eso requiere una complicada estratificación de magia que no domino ni de lejos.

El sueño resulta ser esquivo en el mejor de los casos, y yo no soy menos huraño e irritable que los demás.

Al cuarto día, ya hemos rodeado al regimiento de Rhen sin dejar atrás la cercanía del bosque. Esta noche tendremos que salir de él por la ladera de la montaña, lo que supondrá la etapa del viaje más arriesgada hasta ahora, así que practico con Iisak durante un tiempo más corto de lo habitual y luego él va a explorar los caminos desde arriba para ver si encontraremos resistencia o si corremos el riesgo de ser descubiertos.

Apenas ha salido el sol, pero la mayoría de los soldados ya se han dormido. Parece que han llamado a Tycho para que vigile el campamento, porque está sentado contra un tronco no muy lejos del fuego. Me escabullo entre los árboles, preguntándome si lo encontraré dormitando, pero debería darle más crédito a Tycho. Apenas hago ruido, pero él se levanta del suelo, con una flecha preparada en la cuerda antes de estar completamente erguido.

Presiono la flecha contra el arco para que no la deje volar.

Tiene los ojos muy abiertos, la respiración un poco acelerada, pero el alivio florece en su mirada.

—Lo siento. —Vacila, aflojando la cuerda del arco—. Su Alteza.

—No lo sientas —digo—. Has reaccionado deprisa.

El elogio provoca que se sonroje, solo un poco. Guarda la flecha en su carcaj y se cuelga el arco del hombro.

—Es la primera vez que me piden que haga de centinela.

—Han elegido bien —digo.

Su rubor se intensifica.

—Me preocupa más quedarme dormido.

—Me sentaré contigo.

Parece sorprendido y tal vez un poco receloso, pero asiente.

—Como digas.

Me siento, apoyo la espalda en un árbol a unos metros de distancia, y él también se sienta mientras deja el arco en el regazo. De madrugada, el bosque es silencioso y frío, los caballos atados están tan cansados como los soldados. Apenas he hablado con Tycho desde que me enfrenté a él en mitad del aguanieve hace unos días. Con otra persona podría haber cierta tensión, pero al tratarse de Tycho, no hay ninguna. Como el silencio es tan agradable, dejo que se ins-tale entre nosotros mientras el sol sale por completo, dejando que mis pensamientos vayan a la deriva.

Si no tengo cuidado me quedaré dormido, así que intento llenar el silencio.

—¿Alguna vez piensas en el torneo?

El torneo de Worwick es el lugar donde me escondí cuando hui por primera vez de Ironrose. Durante meses, Tycho fue mi única compañía y mi primer confidente cuando Rhen empezó a buscar al heredero desaparecido. Fueron los tres meses más sencillos de mi vida, hasta que dejaron de serlo. Solía enseñarle esgrima básica en el polvoriento estadio, hasta que Tycho se enteró de la verdad sobre quién era yo y exigió aprender esgrima real.

Tycho me mira sorprendido.

—¿El de Worwick? Todo el tiempo.

—¿Cuántas veces crees que ha contado la historia de nuestra captura?

Tycho sonríe.

—Por lo menos un centenar. Probablemente cobre una cuota solo por oír cómo lo cuenta.

Conociendo a Worwick, seguro que es verdad.

—Es extraño volver a estar en Emberfall—dice Tycho—. ¿No crees?

—Sí. —Recuerdo la primera noche en la que Rhen y yo descubri-mos que los soldados de Syhl Shallow estaban en Emberfall. No es-peraba vestir sus colores menos de un año después. Había jurado que defendería a Rhen con mi vida. Nunca pensé que tendría que enfrentarme a él.

La idea de que se enfrente a Lilith a solas me afecta más de lo que debería.

—¿Crees que nos encontraremos con las fuerzas de Rhen? —pre-gunta Tycho, y habla más bajo, más suave, así que miro en su dirección.

—Podría ser —digo. Se queda callado, así que añado—: ¿Tienes miedo?

Vacila y, por un segundo, se me ocurre que no quiere admitirlo ante mí, y menos ahora. Su voz baja aún más y dice:

—Tengo miedo de que, cuando llegue el momento, no sea capaz de matar a alguien.

Presiento que tiene algo más que decir, así que lo miro y espero. Quizá mi silencio lo haya animado, porque continúa.

—Los demás reclutas parecen casi entusiasmados con la perspectiva —dice—. Tienen canciones sobre la sangre que derramaremos en Emberfall.

Recuerdo lo que dijo Noah el primer día que encontré a Tycho escondido en la enfermería. Pensé que los demás podrían haberle hecho una novatada, por su juventud, por su procedencia, por su amistad conmigo. Pero pareciera ser que no se trataba de eso en absoluto.

No creo que estén haciendo nada malo, había dicho Noah. *Creo que solo están siendo soldados.*

Recuerdo los días en los que entrenaba para ser Guardia Real.

—Esos cánticos tampoco son raros aquí —digo.

—Lo sé. —Duda.

De nuevo, espero. El bosque que nos rodea es tan silencioso que puedo oír el viento deslizándose entre las hojas.

—Cuando era niño —dice—, teníamos gatos que dormían en las vigas de nuestro granero. Una de las gatas tuvo gatitos, y mis hermanas y yo los adorábamos. Jugábamos en el granero durante horas después de hacer nuestras tareas. —Hace una pausa, y la luz del sol se abre paso entre los árboles, pintando de oro su pelo—. Una noche, mi padre perdió una partida de cartas contra unos soldados y no tenía las monedas que había prometido. Irrumpieron en nuestra casa. Uno de ellos... él... mi madre... bueno. —Se le tensa la voz y toma aire antes de cambiar el rumbo del discurso—. Los demás soldados entraron en el granero. Teníamos una vaca y uno de ellos sacó una espada y la degolló. Mis hermanas gritaban, todos gritábamos mientras nos aferrábamos a los gatitos. —Duda, pero luego su voz se acelera, como si no pudiera soltar las palabras con la suficiente rapidez—. Sacó una daga y empezó a arrancarles los gatitos de las manos a mis hermanas. Los mató uno por uno. Dijo: «Me gusta cuando chillan». —Los ojos de Tycho brillan con furia—. Me metí el gatito en la camisa. No dejó de arañarme, pero no me importaba. Y entonces me dijo: «Apuesto a que tú también chillas». —Se estremece, y no sabría decir qué cobra más fuerza en su voz, la ira actual o el miedo de entonces.

Para ahí y está tan quieto que creo que no respira.

Hay más detrás de toda esta historia. Tiene que haber más. Pero esto es lo máximo que me ha contado nunca, así que me callo.

—Estaba haciendo daño a mis hermanas. Me hacía daño a mí. —Se encoge, no aparta la mirada de los árboles—. No pude detenerlo. Mi padre estaba llamando a gritos a los guardias, así que me soltó antes de que lo atraparan. Pero yo no... no puedo ser así. No puedo... deleitarme con ello. —Frunce el ceño, parece un poco avergonzado de haber admitido todo eso.

Pienso en el gatito de la enfermería de Noah.

—Ser soldado no requiere crueldad —digo en voz baja—. Ni jarana.

—¿No? —pregunta. Levanta el arco de forma significativa y luego da una palmadita a la daga que lleva atada al muslo—. ¿Ni un poco?

—Cuando entré en la Guardia Real —digo—, tuve que quitar una vida. —Ese momento se me quedó grabado en la memoria por muchas razones. Todavía puedo oír la campana sonando, todavía puedo oler mi propio sudor y el miedo—. Era un hombre condenado a muerte, pero seguía siendo una vida. Si no lo hubiera hecho, yo habría muerto y mi familia habría pasado hambre. ¿Es eso crueldad?

No tiene respuesta.

Me apoyo en el árbol.

—Esos hombres que hirieron a tu familia... no lo hicieron porque fueran soldados, Tycho. Puede que tuvieran las habilidades y el armamento para causar daño, pero ahí no radicaba su crueldad. Defenderse a uno mismo, defender a tu propia *gente*, tampoco hace que un hombre sea cruel. Cuando llegue el momento de usar la fuerza letal, no me cabe la menor duda de que lo harás bien y lo harás con honor.

O morirás.

Eso no lo digo. Estoy seguro de que ya lo sabe.

Sus ojos están en el horizonte, pero veo que está pensando en ello.

Pero entonces su mirada encuentra algo y se pone en pie con un movimiento fluido. La flecha vuelve a su mano y la encaja en la cuerda justo cuando mis ojos ven el objetivo, un indicio de movimiento entre los árboles a cien metros de distancia.

—Grey —susurra.

Ya estoy de pie junto a él. Mis ojos rastrean los árboles, buscando algo más. Podría ser un explorador solitario o podría ser un ataque.

Allí. Un destello rojo y dorado, casi oculto por los árboles, pero lo suficientemente lejos del primero como para dudar de que sean exploradores trabajando juntos.

—Espera —le digo a Tycho, y él asiente sin dejar de tensar la cuerda del arco. El sol está saliendo más allá del bosque, pero todavía es temprano y unas sombras pesadas persisten aún entre los árboles. Mientras observo, más soldados vestidos de dorado y rojo aparecen entre la espesura, desde todas las direcciones, atravesando el follaje.

Hay más de dos docenas.

Tycho está inmóvil a mi lado, a la espera de una orden, apuntando con la flecha y preparado. Pero todos los demás están durmiendo, y... Me giro para echar un vistazo... estamos rodeados. No sé cómo lo han sabido, cómo nos han rastreado, pero no importa. Si grito para avisar a los demás, atacarán. Si Tycho dispara, atacarán.

—¡Grey! —Tycho me empuja al suelo justo cuando oigo el chasquido de la cuerda de un arco y me agacho en un movimiento reflejo. Una flecha se incrusta en el árbol donde estaba apoyado.

—Devuelve el fuego —le digo, pero él ya lo está haciendo, disparando flechas con calma y concentración.

Ojalá tuviera un arco. Podría devolver el fuego junto con él. Tal y como están las cosas, estoy a diez metros del campamento y ahora los soldados se deslizan entre los árboles con más confianza. Me disparan, y también a Tycho, pero yo hago caer las flechas en el aire mientras él las sigue lanzando.

—*Rukt* —grito a mis soldados dormidos—. ¡Solt! ¡Jake!

A lo lejos, un hombre grita y cae, con una flecha clavada en el cuello.

—Esa era la última —dice Tycho sin aliento, pero desenvaina su espada.

Lo agarro del brazo.

—Vamos. —Las flechas llenan el aire a nuestro alrededor y una rebota en mi armadura. Grito mientras corro hacia el campamento—. ¡Solt! ¡Jake!

No vamos a ser lo suficientemente rápidos. Son demasiados. Los soldados de Rhen aparecen entre los árboles por todas partes. Solt ya está de pie, gritando órdenes, pero una flecha le atraviesa el brazo. Otro soldado ni siquiera logra levantarse del suelo antes de recibir una en el pecho. El corazón me late con fuerza, pero todo parece suceder a cámara lenta, con perfecta claridad. Nos superan: nos masacrarán o nos harán prisioneros.

En lo alto, Iisak chilla entre los árboles y el aire se enrarece para después volverse helado. Oigo maldecir a uno de los soldados de Emberfall. Las flechas apuntan al cielo. Un soldado me intercepta, su espada se encuentra con la mía en un choque de acero. Con la misma rapidez, lo reduzco. A mi lado, Tycho hace lo mismo.

Iisak acuchilla a otro soldado antes de que pueda acercarse a mí. Una ráfaga de viento frío atraviesa el bosque. Me suelta un chillido y luego se eleva más, esquivando por poco un cuchillo arrojadizo.

—¡Magia! —dice.

Magia. Cierto.

No sé cómo puedo concentrarme en la magia cuando no dejo de esquivar espadas.

—Yo te cubro —dice Tycho.

Mis pensamientos son un remolino demasiado rápido, imposible de calmar. Una vez noqueé a todos los que estaban en el patio de Rhen mediante la magia, pero nunca he podido repetirlo. He sido capaz de hacer retroceder a los soldados uno a uno durante un combate de esgrima, pero aquí no hay solo uno, son docenas.

Recuerdo la noche en la que lo practiqué con Iisak, cuando lancé mi poder a la tierra. No podía cubrir mucha distancia, pero cuando pensaba en Lia Mara, mi magia parecía buscarla de forma automática. Toco el suelo con una mano. Tomo aire. A mi espalda, la espada de Tycho se encuentra con otra y quiero girarme de golpe, para unirme a la refriega. Envío mi magia al suelo y esta vuelve a mí, sin querer colaborar. Esto no es natural. Gruño de frustración. La magia no es automática.

Capto un parpadeo de movimiento en mi visión periférica y levanto la espada, pero Solt ya está allí, cubriendo mi otro lado.

El chillido de Iisak retumba en el bosque. La luz del sol resalta todos los detalles y huelo la sangre en el aire. Vuelvo a respirar y apoyo la mano en el suelo.

Otro hombre con armadura dorada y roja aparece de detrás de un árbol, con su espada apuntando directamente a Tycho. Solo tiene un brazo y me sorprendo al darme cuenta de que lo reconozco. Recuerdo cómo luchó, cómo no cedió ni siquiera cuando estaba agotado y jadeando en la arena polvorienta. Los ojos de Jamison se abren de par en par cuando me reconoce, pero no duda.

Arcos de plata en el aire helado. Tycho va a ser un segundo demasiado lento.

Transmito mi poder al suelo y le doy un empujón. El viento resuena entre los árboles, helado en su intensidad, cargando ráfagas de nieve que aparecen de la nada.

Derribo a Jamison. Derribo a todos los soldados. Están en el suelo, sin moverse. A mi lado, Solt respira con dificultad, la sangre gotea de la herida que tiene en el brazo. A seis metros de distancia, la mayoría de nuestros soldados están haciendo lo mismo, parecen aturdidos por el hecho de que la batalla, literalmente, se nos haya ido de las manos.

Yo estoy igualmente aturdido. Mi propia respiración está un poco agitada.

—Mátalos a todos —dice Solt en syssalah.

Eso me devuelve a la realidad.

—No —digo—. Dejadlos. Levantad el campamento. No estarán inconscientes mucho rato.

—¿*Dejarlos*? —repite.

—Sí. Dejadlos.

Iisak se instala en unas ramas, cerca de nosotros.

—Su Alteza. Podrán seguirnos.

—Entonces tenemos que cabalgar a toda velocidad. En marcha. —Miro a Tycho, que parece aturdido por sus propias razones. Le doy una palmada en el hombro—. Como he dicho antes, lo has hecho bien. Muy bien.

—Gracias —dice, pero su voz suena hueca. Enfunda su espada.

—Esto era una trampa —espeta Solt a mi espalda, y alzo la vista para encontrarme a Harper y Jake en medio de los demás soldados. Ella tiene los ojos muy abiertos, asustados y enfadados.

—Tal vez —dice ella—. Pero no he sido yo quien la ha tendido. —Avanza a grandes zancadas hacia mí, pasando por encima de los cuerpos de los soldados de Rhen que yacen en la maleza—. No tengo nada que ver con esto. Rhen no ha tenido nada que... —Se detiene en seco, mirando hacia abajo, y frunce el ceño—. Es... es Chesleigh.

Chesleigh.

—¿La espía? —exijo saber—. ¿La espía que encontró la daga de acero de Iishellasa?

Solt también se dirige hacia ella.

—¿La espía de Rhen estaba entre ellos? Despiértala. La interrogaremos...

—No podéis —dice Harper sin emoción. Se pone en cuclillas—. Ha recibido dos flechazos. Estoy segura de que está muerta.

—Levanta la vista para mirarme—. No puedo creer que sobreviviera a Lilith para morir aquí.

Solt y yo la alcanzamos al mismo tiempo. Harper tiene razón: dos flechas sobresalen del pecho de la mujer. Tiene el pelo oscuro trenzado en la cabeza y una cicatriz en la mejilla que he visto cientos de veces en el Palacio de Cristal.

Solt suelta un juramento en syssalah, luego saca su espada y se la clava en el pecho.

Harper se echa atrás.

—Mierda. Ya estaba muerta.

—Se merece algo peor —dice él.

—Estoy de acuerdo —digo. Tengo el pecho tenso por la preocupación. Miro a los demás soldados—. Levantad el campamento. Tenemos que irnos.

Harper me mira.

—¿Qué pasa? ¿La conoces?

—No se llama Chesleigh, sino Ellia Maya. —Miro a Jake—. No es solo una espía. Es una asesora de la reina.

Capítulo treinta y ocho

Lía Mara

Llevan fuera varios días. No se sabe nada, lo cual está bien e incluso era de esperar, pero no dejo de mirar al horizonte, esperando que un explorador traiga malas noticias.

Noah cena conmigo y con Nolla Verin todos los días, y aprecio la compañía de alguien que también se preocupa por un hombre en particular, no solo por si Grey y mis soldados (*nuestros* soldados) tienen éxito. Mi hermana rara vez se aparta de mi lado, así que nadie se ha atrevido a atacarme, pero con la ausencia de Grey, de todos modos tengo los nervios tensos, me siento ansiosa y mareada. Después de acostumbrarme a compartir mi cama, ahora la siento fría y vacía por la noche.

—Estáis los dos muy taciturnos —dice Nolla Verin la quinta noche—. ¿Acaso no tenéis fe en vuestros amados?

Noah y yo intercambiamos una mirada.

—No tiene nada que ver con la fe —digo.

—Cuando tenía dieciséis años —dice Noah—, mi hermana estuvo destinada en Afganistán. Es... es otro lugar. Una zona de guerra. Mis padres estaban bien la mayor parte del tiempo, pero cuando nos sentábamos a cenar, su asiento vacío... era un recordatorio constante. —Hizo una pausa—. Fue un año deprimente.

—Tu hermana era una guerrera —dice Nolla Verin.

—Sí, lo era. —Esparce la comida alrededor del plato, pero no toma ningún bocado. Suelta una risa un poco triste—. Nunca pensé que volvería a esperar noticias sobre un soldado.

En la puerta del comedor aparece una paje y el corazón me da un vuelco. Pero la chica se limita a hacer una reverencia y extiende un papel en mi dirección.

—Han entregado un mensaje para usted, Su Majestad.

Acepto el papel y leo el mensaje. Es del Capitán Sen Domo, del puesto de guardia del puerto de montaña.

> El príncipe Grey ha enviado el mensaje de que los soldados de Emberfall han atacado a su grupo. Hubo dos bajas, incluyendo a la consejera de palacio Ellia Maya. Se dirigen hacia el castillo de Ironrose. Los informes indican que un segundo regimiento de Emberfall se ha unido al primero.

Tengo que leerlo tres veces, como si de repente fuera a aparecer más información, pero, por supuesto, no aparece ninguna.

¿Ellia Maya está muerta? No estaba con ellos. No lo entiendo.

No soy capaz de levantar la vista de la carta para mirar a Noah. Sus palabras de hace un momento sobre esperar noticias de un soldado parecen premonitorias. Jake y Tycho estaban entre los soldados. También Iisak. Seguramente Grey sabría que yo recibiría este mensaje. No tengo ninguna duda de que los habría mencionado específicamente si ha podido hacerlo con Ellia Maya.

Todavía no entiendo por qué ella estaba *allí*. Ha estado trabajando en la ciudad desde hace semanas, intentando rastrear el origen de la facción antimagia. Ella fue la que encontró los textos sobre el acero de Iishellasa y la que descubrió que existía una facción.

Intento considerar más a fondo el significado de esta carta. ¿Los atacaron? El objetivo de mandar a un grupo pequeño era poder viajar de forma discreta, sin ser detectados. No habrían iniciado una batalla.

Pienso en Harper, que apareció para pedir ayuda. ¿Era una trampa? ¿Hemos sido unos ingenuos?

Si este mensaje viene de Grey, debía de tener una razón para mencionarla. Él sabría que yo estaría confundida.

—Léelo —dice mi hermana. Sus ojos están atentos a mi cara y habla en voz baja.

Miro a Noah y luego leo la carta en voz alta. Cuando llego al nombre de Ellia Maya, mi hermana jadea.

Noah suelta el tenedor sobre el plato. Sus ojos están llenos de sombras y recelo.

—¿Por qué estaría con ellos? —gime Nolla Verin—. ¿Era una rehén? ¿Quién ha hecho esto? —Su voz se vuelve despiadada—. ¿Y él ha trasladado a otro regimiento? Están yendo al matadero. Esto es una *trampa*.

—No creo que Harper estuviera llevando a nadie al matadero —dice Noah. Hace una pausa—. Creo que Lilith está manipulando al príncipe Rhen.

—No importa quién esté detrás —dice Nolla Verin—. Han trasladado a más soldados a la zona. Si permitimos que esto continúe sin control, dará igual lo que haga Grey, porque lo aislarán de Syhl Shallow. No puede enfrentarse a todo un ejército con un puñado de soldados.

—Acabas de pedirme que tenga fe en él —digo con brusquedad—. Y la tengo. —Mis pensamientos no dejan de dar vueltas y se niegan a calmarse. Siento que la respuesta está ahí, fuera de mi alcance. Grey tenía que saber que yo no entendería el mensaje. ¿Por qué no me dio más información sobre Ellia Maya? No tiene sentido.

—¿Fe? ¿Contra un *ejército*?

El estómago se me revuelve de nuevo.

—Sí. Contra un ejército.

Pero ella tiene razón. Ni toda la fe del mundo va a detener a miles de soldados. Incluso aunque Grey haya hablado de la hechicera, su poder está limitado por la ubicación, por el número de personas a las que puede afectar. Es poderosa, pero no todopoderosa.

Como tampoco lo es él.

Incluyendo a la consejera de palacio Ellia Maya.

Vuelvo a leer la carta. Y una quinta vez.

—¿Qué estás *haciendo*? —exige mi hermana.

—Estoy pensando. —La leo por sexta vez. Él debía de esperar que me sintiera confundida y también que este mensaje pasara por muchas manos antes de llegar a mí.

Puede que lo haya estado contemplando de forma equivocada. Quizás el mensaje no esté en lo que dice, sino en lo que no dice.

¿Qué dijo Harper sobre una espía? *Dijo que su familia fue asesinada por Karis Luran. Dijo que había una facción en contra de la magia que había reunido varios artefactos.*

La familia de Ellia Maya fue asesinada. Y lo sabía todo sobre la facción porque ella misma la estaba investigando. Le contó a Nolla Verin que no se habían descubierto armas porque ella misma le había vendido la daga a Rhen.

Ellia Maya no estaba con ellos cuando se fue, lo que debe de significar que fue asesinada mientras estaba entre los soldados de Emberfall.

Y si Ellia Maya estaba trabajando contra mí, podría no ser la única persona en palacio involucrada con la facción antimagia. Se me hiela la sangre.

Es justo lo que Grey sospechaba. Por eso no ha incluido más información, no solo sobre Ellia Maya, sino sobre sus propios planes.

Cómo me gustaría que estuviera aquí. Mi pueblo siente mucha inseguridad sobre mi gobierno, sobre mis elecciones, sobre mi alianza con un forjador de magia. No quiero tomar la decisión equivocada.

Tal vez ese haya sido siempre el problema. He pasado tanto tiempo preocupándome por cómo se percibirían mis acciones que se me ha olvidado prestar atención a qué acciones serían las *mejores*.

Sin duda, la peor decisión sería no hacer nada.

Mi ejército está preparado para la guerra. Grey está en Emberfall, puede que capturado o muerto, o peor, a merced de alguna hechicera.

No puedo protegerlo, pero puedo proteger a mi gente.

Miro a mi hermana.

—Convoca a los generales. No envíes a un mensajero, quiero que hables con ellos en persona. No podemos arriesgarnos a que aumente la insurrección. Pero si Rhen ha mandado refuerzos al norte, enviaremos los nuestros a través del paso de la montaña.

Ella deja caer el tenedor.

—Ahora mismo.

Prácticamente desaparece de la habitación, dejándome a solas con Noah. Siento un nudo en el pecho.

Lo miro y veo mis propias preocupaciones reflejadas en sus ojos marrones.

—¿Tu hermana luchó en una guerra?

—Sí.

—¿Salió victoriosa?

—Murió.

Sus palabras caen como una piedra en un estanque, rompen la superficie y se hunden hasta el fondo.

—Perdóname —digo en un susurro.

Él esboza una sonrisa triste.

—Murió luchando por aquello en lo que creía —dice—. No creo que ella quisiera que lamentaras su pérdida.

—Lamento la tuya.

Alarga la mano para darme un apretón.

—Yo también tengo fe en ellos, Lia Mara. —Se levanta—. Prepararé suministros.

Parpadeo.

—¿Suministros?

—Vas a enviar a un ejército a la guerra. —Hace una pausa—. Si algo aprendí durante la batalla de Emberfall, es que hará falta un médico.

CAPÍTULO TREINTA Y NUEVE

Si antes no era popular, ahora lo soy todavía menos.

El ataque del bosque fue aterrador, porque *sé* que Rhen no envió a esos soldados tras nosotros y sé que no enviaría a ningún otro regimiento tan al norte. Él tenía pensado ceder. Sé que es así.

Sin embargo, no sé lo que esto significa. ¿Está Lilith obligándolo a que lo haga? ¿O es que ella ha tomado esta decisión por su cuenta? Sigo pensando en la conversación que tuvimos durante nuestra última noche juntos, cuando le dije que había empezado a esperar que tomara malas decisiones y resultó que él había empezado a esperar que yo hiciera lo mismo.

Fui a buscar a Grey con la esperanza de salvar a Rhen y ahora me preocupa haber hecho la peor elección de todas. No he conseguido un rescate; en cambio, he hecho que nos atacaran.

Podría sentirme un poco mejor si Grey no estuviera tan distante. Es inquietante verlo manejar la magia. Es como si tuviera una nueva razón para ser el Temible Grey.

Pero no es solo la magia. Parece que está interpretando un papel, asumiendo un reto que no quería. Puede que los soldados no confíen en él por completo, pero seguro que lo escuchan. ¡Y mi hermano! La última vez que vi a Jake y a Grey juntos, el odio estallaba cada vez que establecían contacto visual, pero ahora ya no hay tensión entre ellos. Son amigos. Más que amigos: se *respetan* el uno al otro. Eso podría ser más impactante que cualquier otra cosa. Me he aferrado a Jake porque no conozco a nadie, pero veo que su lealtad está con Grey, con estos soldados, con este ejército. Con su causa.

Pienso en toda la tensión y en la incertidumbre en torno a Ironrose (en torno a todo Emberfall, en realidad) de los últimos meses y todo ello me entristece un poco.

O tal vez sea el hecho de que estoy sentada sola, sobre un tronco, cerca de un fuego que empieza a apagarse.

Es probable que falte una hora para que oscurezca del todo y los demás soldados han empezado a preparar los caballos. Capto un movimiento por el rabillo del ojo y al principio creo que es Jake trayendo la cena, o el desayuno, o como sea que lo llamemos desde que dormimos todo el día y cabalgamos toda la noche.

Para mi sorpresa, es Grey. *Puede* que me haya dicho diez palabras desde que dejamos Syhl Shallow. Cuatro de ellas fueron: «¿Te han hecho daño?», la mañana que nos atacaron, y cuando le dije que no, me hizo un gesto con la cabeza y se alejó para ocuparse de sus soldados.

—Ah, hola —digo—. Te has acordado de que existo. —Suena mal cuando sale de mi boca, pero apenas he dormido en días y me estoy quedando helada.

Grey recoge una rama del suelo y la utiliza para avivar el fuego. Ignora mi tono.

—Llegaremos a Ironrose por la mañana.

—Lo sé. —Nos hemos alejado de los senderos transitados, pero he empezado a reconocer los pueblos cuando pasamos por ellos en la oscuridad de la noche.

—Iisak está haciendo un reconocimiento aéreo, pero ya nos han tomado por sorpresa antes. ¿Rhen tiene soldados rodeando el castillo?

—No lo sé.

Me mira, y su mirada es oscura y sombría.

—Has aceptado actuar como consejera.

Su tono dice que no acepta tonterías. Tal vez eso funcione con sus soldados, pero yo solo quiero hacerle un gesto grosero. Clavo la vista en el fuego.

—Bueno, pues esta consejera no tiene ni idea. No había ningún ejército cuando Lilith o lo que sea me echó del recinto. Ella los mató a todos... —Pienso en Zo y en Freya y siento un nudo en el pecho—. Los mató a todos. Rhen podría estar allí solo. Podría tener a todo el ejército rodeando el castillo. No lo sé.

Él no dice nada.

Yo no digo nada.

Tengo que pensar en otra cosa que no sea en que Rhen se haya quedado a solas con Lilith durante días, porque mi imaginación está conjurando tantas cosas horribles que podrían fácilmente ser ciertas. Pero aquí todo es un recordatorio flagrante de la inmensa cantidad de formas en las que hemos fallado.

Al final, Grey suspira y espero que se dé la vuelta y se marche.

En cambio, se sienta a mi lado.

Finjo un grito ahogado.

—¿Qué dirá la gente?

—Bastantes cosas, estoy seguro. —Se queda callado un rato y no sé cómo llenar el silencio, así que no lo hago. Al final, dice—: Sospecho que *creíste* que encontrarías al Comandante Grey. Que correría en auxilio de Rhen.

—No. —Mi voz suena hueca. Tal vez tenga razón. No lo sé—. Creí que iba a encontrar a mi amigo. Que encontraría al hermano de Rhen. —Me he quedado sin lágrimas, así que miro fijamente al fuego y tomo aire—. No tenía otra opción.

—Opción. —Suelta una risa burlona—. Siempre hay alguna opción.

—Tienes razón —digo—. Tú tuviste otra opción todos esos años que pasaste secuestrando chicas para él.

—Sí, la tenía. Elegí el camino que me llevaría a romper la maldición. Juré que daría mi vida por él y me atuve a ese juramento.

—Hasta ahora.

Eso lo hace callar. Vuelve a suspirar.

—Sé lo que dijiste sobre tus soldados —digo en voz baja—. Que no puede ser una misión para rescatarlo. Que quieres ver si lo de la paz iba en serio. —Hago una pausa—. Pero ¿qué es lo que quieres *tú*, Grey? ¿Quieres que Rhen sea tu hermano? ¿O es solo una forma de aprovecharte de tu ventaja otra vez?

—¡Otra vez! —Se da la vuelta con la cabeza—. ¿Cuándo me he aprovechado yo?

—Cuando fuiste por primera vez a Syhl Shallow. Cuando declaraste la guerra. Sabías que estaba roto y herido. Sabías que todavía estaba lidiando con todo lo que Lilith le había hecho.

—No me *aproveché*. —Su voz es tensa—. Sus soldados estaban masacrando a su gente para llegar hasta mí. Intentó matar a Tycho. Sus guardias habrían arrasado con Blind Hollow. Él habría...

—Te habría escuchado, Grey. —Hago una pausa—. Si le hubieras dicho la verdad. Desde el principio.

Me mira.

—¿De verdad lo crees?

Quiero decir que sí.

Pero no estoy segura.

Clavo la vista en el fuego.

—Antes de... Lilith... tuvimos una gran conversación sobre cómo habíamos olvidado que la otra persona sabía tomar buenas decisiones. Para él, la más importante fue lo que os hizo a ti y a Tycho. Para mí, fue elegir rescatarte.

Emite un ruidito de irritación.

—Tú y Rhen os sentís atraídos por los extremos, el heroísmo, la generosidad, los *rescates*, Harper, y sin embargo ambos parecéis decididos a llevar a cabo esas hazañas sin ayuda, sin considerar siquiera cómo verán vuestros actos quienes os rodean.

Lo dice como si nada, como si me dijera que la hierba es verde, pero yo me quedo mirándolo boquiabierta.

—¿Qué?

Me mira.

—He empezado a preguntarme si la maldición se habría prolongado tanto tiempo si Rhen se hubiera limitado a explicar su situación a todas las chicas. Si hubiera buscado una aliada en lugar de crear adversarias a las que tuviera que cortejar y encandilar. —Hace una pausa—. Y tú misma huiste del castillo, de mí, *del propio Rhen*, muchas veces. Incluso cuando ya no huías por miedo, hacías las cosas sin preocuparte por cómo afectarían a su pueblo, por cómo lo afectarían *a él*.

No puedo dejar de mirarlo. Grey siempre ha sido estoico y reflexivo, pero en Syhl Shallow ha encontrado su voz y está claro que no teme usarla.

—Huiste a Syhl Shallow en busca de mi ayuda —continúa—, sin considerar ni por un momento mi posición, lo que tu petición significaría para un país que me ofreció refugio (¡*refugio*, Harper!) después de que Rhen atacara a sus soldados, destruyera la mitad de su ejército y encarcelara a su reina cuando ella buscaba una alianza.

Trago saliva. Tiene razón. No tuve en cuenta nada de eso.

Pienso en mi conversación con Rhen, esa sobre las malas decisiones que parecen correctas en el momento en que las tomas. Pienso en cómo se burló de mí por intentar manejar las cosas por mi cuenta, por rechazar la ayuda. Pienso en cómo Jake dijo que le recordaba a mamá, en cómo he estado preocupada todo este tiempo por si me estaba quedando con un hombre por las razones equivocadas.

Quizá yo también he sido como mi padre. Él no *intentaba* tomar malas decisiones. Yo tampoco. Solo quiero ayudar a la gente.

Igual que papá quería ayudar a nuestra familia.

La idea me sacude y tengo que llevarme una mano al pecho, pero luego enderezo los hombros.

—Fui a Syhl Shallow en busca de tu ayuda —le digo—, porque eres el único que puede detenerla. —Lo miro a los ojos—. Y porque debajo de toda esa charla sobre lo mucho que quieres ser leal a Syhl Shallow, creo que quieres rescatar a Rhen tanto como yo.

Me sostiene la mirada. Durante mucho rato no dice nada, pero veo la emoción que se agita en sus ojos.

—Juraste dar tu vida por él, Grey —digo—. Significó algo para ti y no puedes darle la espalda a eso, aunque creas que sí.

Suspira y se pasa una mano por la mandíbula. Cuando vuelve a mirarme, su mirada es fría y opaca, lo cual desmiente mi afirmación. Tal vez sí pueda darle la espalda.

—No sabes si tiene soldados rodeando el castillo. Dime lo que sabes.

Uf. Vale. *Vale.*

—Te he contado todo lo que sé. Ella los mató a todos. —Recito lo que ya le he dicho una docena de veces—. Los guardias, los sirvientes... Zo y yo no encontramos a nadie vivo en el castillo. Había cadáveres por todas partes. —Considero el hecho de que esperaba que Chesleigh estuviera muerta a manos de Lilith, pero la esperanza siempre me defrauda, así que no me atrevo a esperar que nadie más haya huido—. Un mozo de cuadra nos encontró en el establo y le gritamos que huyera. No sé... no sé si lo hizo o si escapó. Un monstruo nos persiguió fuera del recinto. No sé si Lilith convirtió a Rhen en algo, o si fue ella. O si... —Alzo la mirada al cielo, bajo la voz y tiemblo—. O si fue algo como Iisak.

—He estado hablando con él acerca de eso —dice Grey—. Los hechiceros fueron una vez grandes aliados de los scravers, pero el tratado con Karis Luran obligaba a que estos permanecieran en los bosques de hielo de Iishellasa. Ahora Karis Luran está muerta y es posible que Lilith haya reclutado a un nuevo aliado. —Su tono resulta lúgubre.

Vuelvo a temblar.

—¿Así que Rhen podría estar atrapado allí con ella y con alguna cosa como él?

—Es posible.

—¿Podría haber vuelto a convertirlo en un monstruo?

—Lo hizo una vez, no tengo la menor duda de que podría hacerlo de nuevo. —Hace una pausa—. Sobre todo, si lo ha manipulado con otra maldición. Hay cierto elemento de consentimiento en ese tipo de magia. La primera vez, Rhen aceptó la maldición para salvar su propia vida, y ambos pagamos el precio.

—¿Tú puedes hacerlo, Grey? —Hablo en voz muy baja, porque me asusta un poco la respuesta—. ¿Convertir a alguien en un... en un monstruo?

—No lo he intentado. —Duda—. Rhen perdía casi todo el sentido de sí mismo cuando se transformaba. No puedo hacerle eso a otra persona.

—¿Y si...? —Trago saliva y lo suelto de golpe antes de acobardarme—. ¿Y si me lo hicieras a mí?

Frunce el ceño.

—¿Qué? No.

—Una vez dijiste que, cuando era un monstruo, Rhen era una criatura mágica que podía dañar a Lilith. ¿Qué pasaría si me convirtiera en algo como... algo así? ¿Y si pudiera derrotarla yo misma? ¿Y si yo...?

—¿Y si destrozas a mis soldados? ¿Y si viras hacia el norte y masacras a las filas de Rhen? ¿Qué pasa si matas a Lilith y luego al propio Rhen? No, Harper. No.

—Pero...

—¿Y si me matas *a mí* y nadie puede detenerte? —Sacude la cabeza con fuerza—. No viste el daño que causó, estación tras estación. No quieres eso. Te lo aseguro. —Se estremece, solo un poco, pero no es algo que le haya visto hacer nunca, y es más profundo que sus palabras—. *Te lo aseguro.*

Tenso la mandíbula y vuelvo a mirar hacia el fuego. Él solo tiene una daga. Incluso yo veo que su magia no podrá con la de Lilith. Todo esto parece inútil.

—Como siempre —dice, y su voz es más baja, más suave—, tus objetivos son nobles. Heroicos. —Una pausa—. Como ya dije una vez, no podría haber elegido a nadie mejor, milady.

Giro la cabeza y lo miro. Lo dijo en el castillo, cuando Rhen se había convertido en un monstruo. En aquel entonces, todo parecía también muy poco esperanzador.

Me restriego las lágrimas.

—Sí te importa. Sé que te importa.

—Sí. —Vuelve a mirar al fuego y suspira—. Solo que no estoy seguro de que eso sea suficiente.

CAPÍTULO CUARENTA

Grey

El cielo nocturno es del mismo negro que la tinta y está salpicado de estrellas mientras nuestros caballos se abren paso a través del terreno irregular. Estamos a menos de una hora del castillo de Ironrose y seguro que podría encontrar el camino de vuelta a ciegas. Recuerdo haber cabalgado por estas colinas cuando era miembro de la Guardia Real y, más tarde, cuando hice lo posible por alejar del pueblo al monstruo que era Rhen.

Jake cabalga a mi lado, pero llevamos horas en silencio, ya que hemos dado órdenes de no pronunciar palabra en la medida de lo posible. No hay ninguna tensión entre él y yo, aunque me preocupaba que su lealtad hacia su hermana pueda causar alguna ruptura entre nosotros. Pero esta noche, Harper viaja cerca de la parte trasera junto con Tycho, y Jake permanece a mi lado, alerta como siempre.

Ahora que estamos tan cerca, el miedo me atenaza el corazón. Dejé a Lia Mara en Syhl Shallow con la promesa de que volvería, pero ya nos las hemos visto con una emboscada y no tenemos ni idea de lo que Rhen podría haber planeado, o de lo que Lilith podría haber hecho. No tengo ni idea de si hay alguien en palacio que siga representando una amenaza para Lia Mara. No tengo ni idea de si ella habrá entendido mi mensaje o de cómo responderá. Con cada paso que doy hacia el castillo de Ironrose, cada latido de mi corazón es una súplica para que regrese al Palacio de Cristal y la proteja a toda costa.

Pero sé lo que Lia Mara querría: que terminara esta misión, que mis acciones protegieran a su pueblo. No me cabe la menor duda de que Lilith no tardará en centrarse en Syhl Shallow.

Y aunque no quiera admitirlo, la verdad es que me importa si Rhen vive o muere.

Intento despejar la mente, pero todas estas preocupaciones parecen presionar con más fuerza, si cabe. Mi caballo debe de percibir mi tensión, porque tira de las riendas y se pone de lado hasta que las aflojo y le murmuro unas palabras suaves.

Jake me mira por encima del hombro.

—Un centavo por tus pensamientos.

—Aquí no tenemos centavos, Jake.

—Ya sabes a qué me refiero.

No digo nada. No sé qué decir.

Después de un largo momento, habla, en voz muy baja, muy suave.

—Estás preocupado por Lia Mara.

—Siempre.

—Nolla Verin está allí. Noah está allí.

Lo miro.

—Yo no estoy allí.

—¿Crees que Ellia Maya estaba trabajando sola?

Lo miro de reojo.

—No.

—¿Quieres dar la vuelta?

Sí. Se me tensa aún más el pecho. Ojalá pudiera extender mi magia hasta Syhl Shallow, para comprobar que esté a salvo.

—No podemos.

Se queda callado y el viento amargo azota el espacio que hay entre nosotros.

—¿Te preocupa tener que matar a Rhen?

—Me preocupa que Lilith amenace su vida para manipularme. —Siento el peso de su escrutinio, así que añado—: Me preocupa que funcione.

Él reflexiona sobre el tema un rato.

—Harper me dijo una vez que cuando Lilith amenazó con matarla a ella y a Rhen, ofreciste tu vida a cambio de las de ellos.

Mantengo la mirada en el horizonte.

—Lo hice.

—Ya te lo he dicho antes —dice—. Rhen tuvo una eternidad para ser tu amigo y no lo fue. —Hace una pausa—. También tuvo tiempo de ser tu hermano, pero envió a sus soldados a por ti cuando supo la verdad.

—Lo sé.

Aun así.

Me mira de reojo.

—Cuando ofreciste tu vida por ellos, no tenías nada más por lo que vivir, Grey.

Esas palabras me golpean como una flecha.

—Gracias —digo. Siento que me falta el aliento.

Se encoge de hombros como si no acabara de resolver el dilema existencial que me atormenta desde hace días.

—No hay que darlas.

Las estrellas que tenemos delante se difuminan, cambian y se oscurecen, lo que indica que Iisak está descendiendo del cielo. Abre sus alas negras de par en par y yo alzo una mano para pedir a nuestros soldados que se detengan. Un viento frío se cuela entre los caballos y me estremece.

—Su Alteza —dice Iisak, con una voz casi más suave que un susurro—. He volado hasta el castillo. No he visto a ningún otro scraver en los terrenos y he intentado llamar en nuestra lengua. No ha habido respuesta.

No sé si eso es algo bueno o malo.

—¿Qué más?

—Los terrenos del castillo parecen desiertos, como indicó la princesa. El príncipe Rhen estaba solo en sus aposentos.

Frunzo el ceño.

—¿Despierto? —Estamos en plena noche.

—Sí. No parece... estar bien. —Hace una pausa—. Hay soldados estacionados al sur y al este del castillo. Al menos dos regimientos.

El Capitán Solt cabalga cerca y suelta un juramento en syssalah cuando escucha las noticias de Iisak.

—Dos regimientos. —Su tono es hostil—. Esta princesa nos ha llevado a una trampa.

—Tal vez, no —digo.

—¿Igual que el otro ataque no fue una emboscada? —dice, enfadado—. Si cabalgamos hacia el castillo, estaremos rodeados. Deberíamos volver a por refuerzos.

—Rhen se estaba preparando para la guerra, al igual que nosotros.

—Tenemos diez soldados. ¿Tu magia puede detener a dos mil?

Bueno, en eso tiene razón. Vuelvo a mirar a Iisak.

—¿Estás seguro?

—Sus campamentos hacen que el castillo parezca diminuto. —Hace una pausa—. Aunque no parecen estar en alerta máxima. —Mira a Solt—. No sospecho de una trampa.

Solt escupe al suelo.

—Tampoco sospechabas de una hace dos días, scraver.

Iisak gruñe.

—Es suficiente —digo—. Iisak, ¿hay alguna señal de la hechicera?

—No. —Hace una pausa—. Hay docenas de cadáveres quemados a lo largo de la linde de los árboles junto al castillo. Muchos de ellos visten de rojo y dorado.

Infierno de plata.

—Que entre ella y lo rescate —dice Solt—. Si es que es tan seguro.

—Lo haré —dice Harper desde la oscuridad, en un tono acerado—. No tengo miedo. ¿Lo tiene usted, capitán?

Él le espeta algo en syssalah, y estoy seguro de que es mejor que ella no sepa lo que está diciendo. Lo fulmino con la mirada.

—Suficiente, Capitán.

Si los soldados no están alertas, podríamos colarnos sin que nos detectasen. Por otra parte, si Lilith está allí, rara vez hace algo pequeño. La hechicera podría causar un gran alboroto y lograr que todo el ejército cayera sobre nosotros. La verdadera ironía de esta situación es que me gustaría que Rhen estuviera aquí para pensar en la estrategia a seguir.

Inspiro despacio.

—Jake.

—Estoy listo.

Al menos alguien lo está.

—Nos dividiremos en tres grupos. Uno para vigilar el terreno, otro para vigilar la entrada del castillo, otro para entrar y encontrar a Rhen y a la hechicera. Te quiero en la entrada.

—Entendido.

—Quiero entrar —dice Harper.

Tomo aire para responder y ella se apresura a seguir hablando.

—Voy a ir, Grey. No estoy indefensa. No estoy desvalida. Pero ella me lo ha arrebatado dos veces, y si tú no vas a salvarlo, entonces voy a...

—De acuerdo —la interrumpo.

Ella cierra la boca.

—Ah.

Miro a Solt.

—Elige a los soldados que harán de centinelas y dale los otros a Jake. Solo necesito uno conmigo.

—Sí, Su Alteza. —Su mirada es dura como el pedernal. Gira la cabeza—. Recluta —espeta—. Vas a asaltar el castillo.

Tycho se adelanta. Tiene los ojos muy abiertos en una combinación de esperanza y preocupación.

—Sí, señor.

No sé qué decir.

Me siento como si esto fuera un insulto, una amenaza. Pero le he dicho a Solt que eligiera.

Y el otro día, Tycho detuvo el asalto.

Pienso en mi conversación con Noah, cuando él había dicho: *Solo tiene quince años.*

Y en mi desdeñosa respuesta. *Cuando tenía quince años, intentaba llevar la granja de mi familia.*

¿Y cómo acabó eso, Grey?

La granja de mi familia fracasó. *Yo fracasé.*

No quiero que Tycho fracase.

Me lo imagino enfrentándose a Lilith. Recuerdo cuando me arrestaron durante el torneo de Worwick, cómo Tycho intentó salvarme y cómo Dustan lo agarró por el cuello y lo estranguló hasta que cedí. Tycho se sacudió como un pez en un anzuelo.

Pero, ayer, sostuvo el arco como si fuera una extensión de su brazo. No se acobardó ante la violencia. *Te cubriré*, dijo, y lo hizo, me dio tiempo para usar la magia.

Extiendo una mano.

—Buena elección.

Tycho se sonroja, pero alarga la mano y estrecha la mía.

Le hago un gesto con la cabeza y miro a los demás.

—No quiero que se nos acabe la oscuridad. Busquemos un lugar para atar los caballos.

Capítulo cuarenta y uno

Rhen

L levo días sin dormir.

Puede que semanas.

Al otro lado de mi ventana, el cielo nocturno está plagado de estrellas, las mismas estrellas que he observado siempre. No me había dado cuenta de la suerte que tuve de que Grey se quedara conmigo durante toda la maldición, porque esta soledad, este *aislamiento*, son profundos. El castillo nunca ha estado tan silencioso, tan oscuro, tan frío.

Veo el reflejo de mi cara en la ventana, el ojo y la mejilla destrozados, con más claridad de la que me gustaría, pero ya no me importa. Ojalá me hubiera dejado ciego por completo.

—Deberías embellecerte con una armadura —dice Lilith. No sé cuánto tiempo lleva aquí, pero ha acabado frustrada conmigo. En lugar de engatusarme o de burlarse, ahora me habla con los dientes apretados, con fuego en la voz.

Supongo que tendrá algo que ver con mi firme negativa a seguir satisfaciendo sus caprichos. No me muevo de la ventana.

—Póntela tú.

—Los soldados de Syhl Shallow nos invadirán en minutos.

—¿En minutos? —pregunto sin moverme—. ¿La guerra me ha encontrado por fin?

—He traído tu espada, Alteza. —El reflejo del arma brilla en la ventana—. ¿No quieres defenderte?

—No.

—Tienes dos regimientos estacionados junto al castillo, ¿y no vas a dirigirlos?

Me doy la vuelta y la miro.

—Si quieres que alguien los dirija, hazlo *tú misma*.

Me mira durante un largo rato. Luego resopla.

—¿Deseas que me enfrente a Grey en persona? Muy bien. —Levanta la espada y apoya la hoja en su hombro.

—Espera. —Es como si me arrancara la palabra, pronunciarla me provoca dolor.

Grey. *Grey está aquí.*

Me siento aterrado. Aliviado. Tengo un nudo enorme en el pecho, el corazón me late a toda velocidad. Cada latido parece susurrar su nombre. *Grey. Grey. Grey.* Es mi enemigo. Es mi hermano. Está aquí. *Aquí.* No puedo respirar.

—Está aquí para matarte —sisea.

Sí. Sí, por supuesto que sí.

Esto es la guerra.

—Vendrá —susurra—, y sacará su espada e intentará tomar todo lo que es tuyo con el filo de su acero.

El miedo me recorre las entrañas, hasta que me preocupa no volver a respirar.

—*Tú* has tomado todo lo que es mío.

—Todavía no. —Pasa un dedo por el filo de la espada y se hace sangre—. Piensa en tu gente, Alteza. Podría traerte la cabeza de todos los soldados que han jurado protegerte.

Miro fijamente esa línea de sangre. *Todavía no.* Tiene razón. No se lo ha llevado todo.

Grey está aquí. Para matarme.

—Piensa en todos los cuerpos que puedes arrastrar, Alteza.

Cierro los ojos. Me cuesta respirar.

—Grey está aquí para robar tu trono —dice Lilith—. Si sale victorioso, mataré a todos tus súbditos, uno por uno, mientras tú observas. Mientras su antiguo *príncipe* mira. Todos los niños. Todos los padres. Todas las mujeres. Todos los hombres. Miembro a miembro. Tendón a tendón.

Me estremezco.

Una vez más, amenaza a todo mi reino mientras los soldados de Syhl Shallow llaman a mi puerta, amenazando con la guerra.

Solo que esta vez, estoy solo. Harper ya no está. Grey es mi enemigo.

Suelto un largo suspiro. Me palpita la cabeza y me duele el pecho.

Pero voy a por la espada.

Mis botas impactan contra el suelo de mármol y resuenan en los pasillos vacíos.

Me tiemblan las manos. Mi armadura es pesada. O tal vez yo sea débil.

Le prometí a Harper que intentaría alcanzar la paz.

Esto no es paz.

Como siempre, no hay solución. No hay salida. No hay forma de ganar. No importa el camino que escoja, el destino siempre coloca a Lilith al final. Tendré que luchar y uno de los dos caerá.

Trato de encontrar los bordes fríos de mis pensamientos. Ella me lo ha quitado todo. Esto no debería importar. Grey no dudaría en matarme. Que esté *aquí* es prueba suficiente.

Este hombre es tu hermano.

El recuerdo de las palabras de Harper me roba el aliento y me detengo en el pasillo, jadeando. Tengo que apoyar la mano en la pared.

Lilith no se lo ha llevado *todo*.

Oigo un susurro procedente de algún lugar lejano del castillo. Un rasguño, seguido de un crujido de madera. Me quedo inmóvil. Mis miembros se enderezan, casi por voluntad propia. Mi mano encuentra la empuñadura de mi espada.

Casi no puedo oír por encima de los latidos de mi corazón.

Cuento hasta diez, hasta veinte, intentando ralentizar la respiración. En todos los años que estuvimos atrapados por la maldición, nunca temí una invasión, nunca temí a nadie. Siempre tuve a Grey a mi lado.

Ahora estoy solo.

Otro rasguño, tal vez una pisada. Más cerca.

Dejo de respirar por completo. Cada latido de mi corazón es de pura agonía. De miedo. Como siempre, no hay salida. No hay forma de ganar.

El aire transporta un susurro. Puede que una palabra. Una orden silenciosa. El sonido de un movimiento.

Están en el castillo. Un grupo de soldados, tal vez. Docenas. Cientos.

No importa. Tengo el corazón en la garganta. Avanzo a grandes zancadas para encontrarme con ellos, doblo la esquina de la gran escalera con la mano en la empuñadura de la espada.

Casi me choco de frente con Grey.

Mis pensamientos trastabillan y entran en pánico. Está *aquí*, con la mano en la empuñadura de su propia espada. Tiene la mano libre detrás, asumo que para indicar a los soldados que esperen. Parece un poco cansado por el viaje y los caminos, y su mirada es fría y oscura, pero está aquí. Está *aquí*. Con su arma preparada, vestido con los colores de Syhl Shallow, verde y negro. Lleva una pequeña corona de oro incrustada en la armadura, justo sobre el corazón.

Está aquí para matarte.

Tal y como ella ha dicho.

Grey me ve y se detiene en seco. El mundo parece reducirse a este momento, todas las estaciones de la maldición se limitan a él y a mí en un castillo vacío. Una y otra vez, le pedí que me matara. Para proteger a mi gente. Para salvarles la vida. Para acabar con esto. Él se negó, una y otra vez. Mi respiración acaba siendo un fuerte ruido en los oídos que apenas ahoga los latidos de mi corazón.

Aquí no hay camino posible hacia la victoria.

Bueno, tal vez uno. Desenvaino mi espada.

En la mirada de Grey aparece la alarma, pero siempre ha sido rápido y mortal, y hoy no es diferente. Ha desenvainado su espada y la ha entrechocado con la mía antes de que me dé tiempo a parpadear.

Doy un paso atrás, fuera de su alcance, y él corta el aire.

Viene tras de mí, pero dejo caer mi espada. Se estrella contra el mármol, el acero resuena en la sala vacía.

Sigo a mi arma y doblego las rodillas en el frío suelo. Levanto las manos.

—Me rindo. —Se me quiebra la voz—. Grey, me rindo. Perdóname. Te lo ruego. Por favor. Mátame. Por favor. —Estoy balbuceando, pero sus ojos están muy oscuros, arden llenos de emoción. No se ha movido—. Por favor, Grey. Debes hacerlo. Acaba con ella. Ha matado... —Se me vuelve a quebrar la voz—. A Harper. Está muerta. Lilith no puede... no puede... Por favor, mátame.

Da un paso adelante y jadeo. Grey nunca ha sido de los que dudan.

Pero extiende su mano libre y agarra la mía. Lo hace con firmeza y me sorprende recordarlo, que me resulte familiar: de mil combates diferentes que acabaron conmigo en el suelo, de todas las veces que me caí de un caballo, de todas las veces que Lilith me dejó hecho un desastre y Grey ayudó a que me levantara.

De la *última* vez en que estuve en el parapeto del castillo, aterrorizado ante la idea de saltar.

Cuando Grey extendió la mano y agarró la mía.

Tiene la respiración acelerada, al igual que yo.

—Eres un príncipe de Emberfall —dice en tono áspero—. No te arrodillas ante nadie.

Levanto la mirada hacia él.

Y entonces, sin preámbulos ni explicaciones, Harper aparece por la esquina. Varios rizos se le han escapado de las trenzas. Habla en un susurro apresurado.

—Le he dicho a Tycho que *no* voy a...

Su mirada se posa en mí y pone cara larga.

—Rhen. Ay, Rhen.

Debo de estar muerto. O soñando. Sin duda, esto es un nuevo método de tortura de Lilith.

La miro a ella y luego a Grey. Su mano sigue apretando la mía.

—Estás viva —susurro.

—Estoy viva. —Tiene que secarse una lágrima—. Escapé. Fui a buscar ayuda.

Vuelvo a mirar a Grey. Mis pensamientos no pueden procesar todas estas emociones.

—Tienes que sacarla de aquí. Lilith está aquí. Nos matará a todos.

—Tal vez, no. —Tira de mi mano—. Levántate, hermano. Hay una batalla que debemos ganar.

CAPÍTULO CUARENTA Y DOS

Lía Mara

Nunca he dirigido a un ejército. La armadura me resulta rígida y poco familiar, pero no me importa el peso si eso significa que estoy protegida. Cabalgo con los generales en la retaguardia y nos reunimos con mi regimiento al otro lado del paso de montaña. Rhen ha estacionado aquí a sus propios soldados, como prometió, pero corren rumores sobre el enfrentamiento con el príncipe mágico, sobre cómo venció en una emboscada pero dejó vivos a los soldados de Emberfall.

Recuerdo la primera vez que Grey y yo cabalgamos juntos por estos valles, cuando ofrecimos a Rhen sus sesenta días. La gente de Emberfall estaba ansiosa por recibirlo, incluso conmigo a su lado. Corren muchas historias sobre las vidas que Grey salvó en Blind Hollow, de cómo se enfrentó a la Guardia Real para proteger al pueblo. Mis generales quieren atacar al regimiento enemigo, pero me pregunto si hay una forma mejor.

Si Nolla Verin estuviera aquí, ordenaría un asalto a gran escala, pero por eso la he dejado en palacio y he cabalgado yo con el ejército.

Pido a mis generales que envíen un mensaje al regimiento de Rhen y soliciten una reunión con sus oficiales.

Clanna Sun está a mi lado y habla en tono preocupado.

—Podrían atacar, Su Majestad. Los está alertando de nuestra presencia.

Es la única consejera que he traído conmigo y la única persona del castillo que conoce la traición de Ellia Maya. Sirvió a mi madre desde antes de que yo naciera y casi es más leal a Syhl Shallow que yo misma. Puede que *no me guste* Clanna Sun, pero confío en ella.

—Si atacan —digo—, tomaremos represalias. Pero primero hablaremos de paz.

Su respuesta llega en menos de una hora y sus oficiales arriban en menos de dos. Todos son hombres, lo que no me sorprende, pero los dirige un teniente, lo que sí me sorprende. Al hombre le falta un brazo y mira a mis soldados con recelo.

Noah está en la tienda de los oficiales con nosotros y lo observa con sorpresa.

—Jamison.

Jamison también parece sorprendido de verlo.

—Doctor Noah.

—¿Conoces a este hombre? —pregunto.

—Un poco —dice Noah. Duda—. Perdió el brazo en la primera invasión de Syhl Shallow. —Otra pausa—. Y luchó en la batalla en la que la criatura expulsó a las fuerzas de tu madre.

—Ah. —Miro a Jamison—. ¿Así que ha venido a vengar tal agravio, teniente?

—No. —Mira a Noah y luego vuelve a mirarme—. Yo estaba entre los soldados que intentaron derrocar la pequeña fuerza de Grey hace unos días.

Al oír eso, Noah se levanta para ponerse a mi lado.

—Has visto a Jake.

—Sí. —Jamison me mira—. También a Grey. —Hace una pausa—. Los superábamos mucho en número, pero él usó magia para detener el ataque.

No sabría decir si está enfadado por el uso de la magia o por no haber tenido éxito, o si acaso está aquí por una razón completamente distinta.

—Tenemos entendido que la hechicera ha regresado a Emberfall —digo—. Y tiene la intención de controlar al príncipe Rhen.

—Hemos oído el mismo rumor de una de nuestras espías —dice Jamison. Vuelve a mirar a mis soldados, con una expresión de inquietud—. Estaba en el castillo cuando la hechicera atacó, pero murió en el asalto.

Una *espía*. Se me eriza el vello del cuerpo.

—¿Esa *espía* os dijo que Grey estaba liderando a un grupo de soldados para entrar en Emberfall y detener a la hechicera?

—No sabíamos que Grey estaba aquí por eso. —Vuelve a sostenerme la mirada y su tono es ponderado—. Dijo que estaba aquí porque ha llegado el momento de la guerra.

La palabra *guerra* parece añadir una capa de tensión al aire, sin ninguna necesidad.

—Así es —digo—, pero esperaba que pudiéramos encontrar una forma de alcanzar la paz.

Jamison toma aire.

—He oído rumores al respecto, sobre cómo una vez intentó llegar a un acuerdo pacífico con el príncipe Rhen.

—Esos rumores son ciertos.

Duda.

—He luchado junto a Grey. Más de una vez. Es un hombre de honor.

—Sí —coincido—. Lo es.

—Y podría habernos matado con su magia, estoy seguro.

—Sí. Podría haberlo hecho.

—Nuestra espía dijo que el ejército de su madre no es menos despiadado bajo su gobierno.

—Vuestra espía tenía razón —digo—. Mi ejército no es menos despiadado. —Hago una pausa—. Eso no significa que nuestros soldados tengan que enseñar los colmillos.

—Entonces, ¿de verdad está aquí para discutir sobre paz con el príncipe Rhen?

—Lo estoy.

Si puedo. Si Grey tiene éxito. Si sobrevive. Si derrota a la hechicera.

Se me revuelve el estómago y me esfuerzo por mantener una expresión neutral.

Jamison mira a los oficiales que lo acompañan.

—Hay regimientos rodeando el castillo de Ironrose, preparándose para repeler el ataque de Syhl Shallow. Si de verdad está aquí en busca de paz, podemos ofrecerle una escolta hasta Ironrose para usted y un séquito de veinte hombres. —Se aclara la garganta y mira a mis oficiales superiores, la mayoría de los cuales son mujeres—. O... mujeres. Como usted quiera. Nuestro regimiento mantendrá su posición si el suyo lo hace.

—Ni pensarlo —dice Clanna Sun en syssalah.

—De acuerdo —le digo a Jamison—. Estaremos listos en una hora.

—Tienen miles de soldados preparados para la *guerra* —sisea Clanna Sun cuando me doy la vuelta—. Y tú eres nuestra reina.

—Lo sé. —Siento que me falta un poco el aliento—. Elige a los veinte que nos acompañarán.

Me detengo junto a Noah antes de salir de la tienda.

—Jake está vivo —digo en voz baja.

Asiente con la cabeza y luego hace una mueca.

—Al menos... lo estaba.

Extiendo la mano y le doy un apretón.

—Todavía lo está.

Me devuelve el apretón.

—Estás haciendo posible la paz.

Me sonrojo sin poder evitarlo.

—Grey se lo agradecería al destino. Tal vez tuvimos suerte de que Grey se encontrara con un soldado al que conocía.

—No es suerte. —Noah habla con firmeza, su tono es serio—. Ganarse esa confianza no es cuestión de suerte, Lia Mara. Te la ganas con cada minuto en el que haces lo correcto. Y Grey también. —Me da otro apretón de manos—. Ve. Tráeme a mi novio.

—¿Traerlo de vuelta? Noah, tienes que venir conmigo.

Capítulo cuarenta y tres

Grey

Nos hemos retirado a los aposentos de Rhen. Los pasillos siguen empapados de la sangre de todos aquellos que murieron a manos de Lilith y el castillo huele a muerte y a descomposición. Parece que a Rhen le falta un ojo, pero es difícil saberlo, porque tiene mucha suciedad y sangre coagulada en la cara y en el pelo. También tiene cuatro costras largas y mugrientas que le recorren la cara desde el nacimiento del pelo hasta el ojo derecho y que bajan por la mejilla hasta curvarse en la mandíbula. Es evidente que la mano que está detrás es la de Lilith.

Él no está... bien, había dicho Iisak.

Eso está bastante claro.

Llevo semanas temiendo el momento de volver a enfrentarme a él. Temiendo la idea de matar a un hombre al que una vez juré proteger, temiendo la idea de caer ante su espada en caso de no ser capaz de hacerlo.

No esperaba encontrarlo así.

Debería habérmelo esperado. Recuerdo los tormentos de Lilith. Recuerdo lo mucho que Rhen soportó por mí.

Y veo lo mucho que ha soportado esta vez.

Rhen no le ha soltado la mano a Harper. Están sentados juntos en la tumbona junto a la chimenea, y él no deja de mirarla, como si esperara que fuera a desvanecerse de la habitación.

—No pasa nada —susurra Harper, y se le entrecorta la respiración—. Estoy aquí.

—Habría ido a buscarte —dice él—. Me dijo que te había matado.

—Lo intentó.

—Tienes que irte. —Me mira—. Sácala de aquí. Lilith hará algo peor. Lo sabes, Grey. Lo recuerdas.

—He venido a derrotarla, no a huir. —Llevo un rato paseando entre la puerta, donde Tycho hace guardia, y la ventana, donde he susurrado el nombre de Iisak, aunque no ha aparecido. Lo oigo soltar un chillido en la distancia. Me pregunto si los soldados han empezado a acercarse al castillo.

—¿Grey? —dice Harper con suavidad—. ¿Puedes curarlo?

Detengo mi paseo y me giro.

Rhen se queda petrificado. Su mirada se encuentra con la mía y parece retroceder de forma involuntaria.

He visto esto una docena de veces con la gente de Syhl Shallow, pero es diferente al tratarse de Rhen.

—Una vez que ha empezado la curación, no puedo inmiscuirme. —Hago una pausa—. Pero puedo arreglar el resto. ¿Te duele?

Rhen sacude la cabeza con rapidez, pero es mentira, *tiene* que ser mentira. Es evidente que se le ha empezado a infectar, veo zonas donde tiene la piel hinchada y muy roja.

Tycho mira hacia dentro desde la puerta.

—No duele —dice como si nada, y esa afirmación demuestra una generosidad de la que solo Tycho es capaz. Rhen también le hizo daño a él una vez.

Pero Rhen tiene un largo y horrible historial con la magia. Así que sí, muchas de sus acciones han sido en un esfuerzo por proteger a su pueblo, pero en el fondo han sido un escudo para su miedo, su incertidumbre, su dolor.

Después de un largo momento, Rhen suelta las manos de Harper y se endereza para sentarse sin ayuda. Una sombra de su habitual independencia desafiante se desliza por su rostro.

—Haz lo que dices.

Ya puestos, podría decir: *Hazlo lo peor que puedas.*

Cruzo la habitación y arrastro un taburete bajo para sentarme frente a él.

—No soy Lilith —digo, y mi tono no es amable. En todo caso, un poco de ira se cuela en mis palabras—. No te haré daño.

No dice nada, solo me mira como si se estuviera preparando. Pero cuando extiendo la mano para tocarle el rostro, Rhen me agarra la muñeca. Su agarre es firme sobre mi brazalete, se le marcan los tendones del dorso de la mano.

—No tengo miedo —dice, y el hecho de que hable como si le faltara el aliento me hace pensar que es otra mentira. Pero luego añade—: No lo *merezco*, Grey.

Eso me toca una fibra en el pecho y frunzo el ceño.

—Soportaste sus tormentos por mí —digo en voz baja—. Estación tras estación. Lo que me hiciste no puede deshacer eso.

—Tú *te quedaste* conmigo —dice—. Estación tras estación. Mucho después de que debieras haber huido. Lo que hice... —Se le quiebra la voz—. Lo que te hice...

—Ya ha pasado —digo—. Lo hecho, hecho está. —Porque así es—. Una mala decisión no debería hacer desaparecer mil buenas decisiones.

Me mira con mucha intensidad, respirando casi de forma temblorosa.

Le miro la mano, con la que sigue agarrándome con fuerza la muñeca.

—Rhen. Suéltame.

Parpadea y me doy cuenta de que es la primera vez que de verdad le he dicho lo que tiene que hacer.

Lo que resulta más chocante, probablemente para ambos, es que me obedezca.

Toco con los dedos su cara destrozada y él se estremece antes de poder contenerse. Está muy tenso, con las manos cerradas en puños y los nudillos blancos. No importa lo que diga, está claro que le tiene miedo a la magia. Pero percibo el momento en que mi poder empieza a funcionar, porque relaja la mandíbula. Deja de tensar los hombros. El dolor disminuye. Se reduce la hinchazón, la infección se desvanece. Una vez le salvé el ojo a un hombre, pero el daño en la cara de Rhen es demasiado extenso y fue causado hace demasiado tiempo. Tiene el ojo cerrado. Estoy seguro de que la cicatriz será profunda.

Este no es el peor estado en el que he visto a Rhen, ni mucho menos, así que no me cuesta demasiado alejar cualquier pena de mi mirada.

—Si hubiera sabido que eras mi hermano —dice, con voz áspera y temblorosa—, te habría obligado a irte el primer día de la maldición.

Sacudo la cabeza.

—Si hubiera sabido que eras mi hermano, habría permanecido a tu lado igualmente. —Percibo el momento en que la curación termina y retiro la mano mientras lo miro con los ojos entrecerrados—. Aunque debo reconocer que no habría soportado ni la mitad de tus tonterías.

Se sobresalta y luego casi sonríe. Se lleva una mano a la mejilla como si esperara que el daño hubiera desaparecido, pero debe de palpar la marca de la cicatriz, porque la sonrisa se evapora, dejando solo una mirada sombría en el ojo que le queda.

Harper vuelve a darle la mano.

—No pasa nada —dice con suavidad—. Las cicatrices significan que has sobrevivido a algo terrible.

—Sí, princesa —susurra una voz desde el otro lado de la habitación. Es Lilith, su voz serpentea en mitad del silencio—. En efecto, ha sobrevivido a algo *terrible*. ¿Pero acaso no lo hemos hecho todos?

Me pongo de pie con las armas desenfundadas y solo recurro a mi magia como segunda opción. Pero llego un segundo demasiado tarde y su poder me empuja, tira los muebles y hace trastabillar a Harper y a Rhen.

—¿Es que no lo ves? —me pregunta—. Eres *débil*, Grey. Yo he tenido toda una vida para aprender a manejar este poder. Tú solo has tenido a tu disposición unos pocos meses.

—No solo dispongo de la magia —digo, y saco unos cuchillos arrojadizos de mi brazalete. Se le clavan en la cintura y se tambalea hacia atrás. Tycho tiene un arco en las manos y, con la misma rapidez, le clava una flecha en el pecho.

Voy tras ella.

—Me aseguraré de que esta vez estés muerta de verdad. —Entonces saco mi daga, la única arma que he reservado para este momento, la única arma que sé que marcará la diferencia.

Apunto directamente al corazón.

Ella grita y me empuja con una mano, obligándome a retroceder. Es como si convocara una ráfaga de viento frío y me tambaleo, intentando mantenerme en pie. Invoco mi propia magia, pero es como enfrentarse a un huracán con un trozo de seda. Puedo sentir cómo se deshilachan los bordes de mi poder. Se me empiezan a romper los huesos de los dedos y dejo de agarrar la daga con tanta fuerza. Mi magia se activa para curar la herida, pero tan pronto como curo un hueso, otro se fractura. El viento es intenso, helado, y ojalá apareciera Iisak, ojalá dominara mi poder, ojalá cualquier cosa.

Se me rompe otro hueso y grito. Me va a obligar a tirar el arma.

—Eres demasiado *débil* —repite.

—¡Aquí! —grita Tycho, y lanzo el arma en su dirección, pero el viento hace que me piquen los ojos mientras los muebles se vuelcan, y no sé si ha conseguido atraparla. Harper da un paso adelante, pero el viento también le da de lleno y hace que salga volando contra la pared de piedra.

Lilith está de pie en medio de la vorágine, con el pelo flotando en todas direcciones y la sangre brotando de sus heridas. Se ríe.

—¿Creíais que podríais detenerme? —pregunta—. Con todo lo que os he hecho, ¿y creíais que podríais *detenerme*?

Tycho se tumba en el suelo y se arrastra con la daga en la mano, los dientes apretados, los ojos cerrados contra el viento.

Lilith lo ve. Sonríe. Es aterrador.

—¡Tycho! —chillo—. ¡Tycho, espera!

—Ay, Grey —canturrea—. Has encontrado a un perrito faldero.

Luego se arranca los cuchillos del pecho, echa la mano hacia atrás y los lanza.

Capítulo cuarenta y cuatro

Rhen

No pienso. Salto. El chico lleva armadura, pero conozco el talento de Lilith y esos cuchillos van directos a su cuello. Me estrello contra él y rodamos por el suelo. Uno de los cuchillos se estampa contra mi armadura y rebota, pero el destino nunca me lo pone tan fácil, así que el otro me hace un corte en el cuello y en la mandíbula. Grito. La daga de Tycho sale disparada y rueda por el suelo de mármol.

Pero está vivo. Está jadeando debajo de mí y me mira sorprendido.

—¿Estás bien? —le pregunto.

Asiente rápidamente.

—Está sangrando.

Me paso la mano por la cara y la noto resbaladiza por la sangre.

En algún lugar al otro lado de la ventana, una criatura chilla en la oscuridad. Lilith se adueña de la daga. Arrastra un dedo sobre la punta y veo brotar la sangre.

—Sé lo que es esto. —Mira a Grey y parte del viento se calma, pero su fuerza sigue empujándonos—. ¿De dónde la has sacado *tú*?

Parece que él tiene más suerte que el resto, porque sigue en pie, frente a ella, resistiendo su poder. Su mirada resulta oscura y furiosa; sus manos agarran con fuerza sus armas, pero no puede avanzar.

—Sé dónde voy a clavarla.

Se ríe.

—Mírate. Ni siquiera puedes *tocarme* —dice. Su mirada se desplaza hacia mí—. Rhen, ¿te gustaría ver cómo le saco el corazón del pecho esta vez?

—Adelante, inténtalo —dice Harper, y su voz transmite ferocidad, aunque suena débil. He visto cómo se daba un golpe contra la pared. Tiene sangre en el pelo.

—Como siempre, eres demasiado *débil*. Rhen, te he ofrecido muchas oportunidades. Tu gente destruyó a mi pueblo. Tú me usaste y me rechazaste. Tu reino *caerá*.

—Grey ha traído a un ejército —digo—. Mi reino iba a caer de todos modos. Y también lo harás tú, cuando vengan a por él. Puedes matarnos a nosotros, pero no puedes matarlos a todos.

—¿Un ejército? —Se ríe de nuevo—. Grey ha traído a un puñado de soldados.

Mis ojos buscan los suyos, pero Grey no aparta la vista de ella.

—¿No has traído ningún ejército? —pregunto.

—He venido a matarla —dice—. No a quitarte el trono.

Lilith aplaude, encantada.

—¡Eres un tonto, Rhen! Por eso tu destino siempre será caer. Te has rendido ante un hombre que ni siquiera ha venido con un batallón de soldados. Te has rendido ante un hombre que ha venido con una chica rota y un chico al que probablemente hayan destetado hace una semana.

Da un paso adelante, hacia Grey, sin que el viento la afecte en absoluto. Está empezando a despellejar las mejillas de Grey, pero a ella apenas le levanta las faldas.

—Y tú. Tu lealtad fue una vez algo de lo que sentirte orgulloso y ahora te sientas a mendigar las migajas de tu enemigo. Una vez fui amistosa con Karis Luran. Imagino que puedo serlo con su hija.

Grey habla con los dientes apretados. Las manos se le han puesto rojas y se le han desollado por culpa del viento, y le sangran los nudillos.

—No te acerques a Lia Mara.

—Sí que me acercaré —dice ella—. Ya lo creo.

La ventana se rompe hacia dentro, los cristales explotan. Una gran forma negra aterriza dentro y rueda por el suelo. Despliega las alas, y yo contengo la respiración; luego suelto un juramento y retrocedo mientras arrastro a Tycho conmigo.

Pero el chico no parece asustado. Se le iluminan los ojos.

—¡Iisak! —exclama, sorprendido.

La criatura ni siquiera da señales de haberlo oído. Se lanza hacia Lilith con las garras por delante, justo cuando un viento gélido entra por la ventana abierta y se forman cristales de hielo en las paredes. De repente, la habitación está helada y es más difícil moverse, como si mis miembros se hubieran congelado.

Por primera vez, veo a Lilith vacilar y retroceder. Su mirada ya no parece victoriosa, sino que tiene los ojos abiertos de par en par por la conmoción.

—¿Nakiis? —pregunta. No conozco la palabra, no sé lo que significa.

—Nakiis, no —sisea la criatura—. Su padre. —Y entonces le clava las garras, destrozando el vestido y despedazándole la carne. La sangre florece a lo largo del satén. La criatura gruñe y el ruido es lo bastante amenazante para hacerme temblar. Lilith emite un sonido ahogado. Por un instante se me ocurre que esto será todo, que por fin encontrará la muerte aquí mismo, delante de mí.

Pero Lilith sigue teniendo esa daga en la mano.

Sé lo que es esto, había dicho.

Se la clava a la criatura justo en el costado de la caja torácica. Luego la saca y repite el movimiento.

Y otra vez.

Y otra vez.

El viento en la habitación muere. El hielo de las paredes se derrite.

—¡No! —grita Tycho. Se aleja de mí, tratando de llegar hasta la criatura. Grey es capaz de avanzar a grandes zancadas, con una espada en la mano y apuntando con ella a Lilith. La criatura comienza a alejarse de la hechicera y ella emite un sonido gorgoteante y ahogado, pero levanta la daga una vez más.

En lugar de atacar a la criatura, ataca a Grey.

No hay viento, no hay resistencia. Me muevo sin pensar. Me arrojo sobre Lilith e impacto contra su cintura. Hay mucha sangre. Ya estaba herida, así que casi se derrumba bajo mi peso.

No me había dado cuenta de que todavía tenía una daga en la mano hasta que me la clava en el hombro, justo donde termina mi armadura. Siento como si me diera con un atizador de hierro. El dolor rebota por mi cuerpo sin fin. Alguien grita. Alguien solloza.

Lilith está jadeando; su cara, manchada de sangre, sobre la mía.

—Eres un estúpido —sisea.

No creo que haya nada que pueda doler más, pero me arranca el puñal del hombro y me coloca la punta bajo la barbilla, presionando hacia arriba hasta que siento que me raja la piel y apenas puedo respirar.

No veo nada. Solo la horrible cara de Lilith.

—Suéltalo —dice Grey. La punta de su espada aparece en el cuello de Lilith.

—Puedo matarlo antes de que me mates —dice ella—. Grey, una vez estuviste dispuesto a prestarme un juramento. ¿Todavía lo estás?

—No. —Respiro de forma temblorosa—. Deja que me mate. Deja que me mate.

—No —dice Harper—. No. Grey. Por favor. Grey.

Lilith clava la mirada en mí.

—Ella siempre *ruega* por ti, Rhen.

—¡Hazlo! —le espeto a Grey con brusquedad, y luego me ahogo en un jadeo cuando ella presiona la daga contra mí—. Hazlo, Grey. Es mi turno de sangrar para que tú no lo hagas.

La hoja en el cuello de la hechicera no vacila. Oigo la respiración de Grey, acelerada y llena de pánico.

—Hazlo —digo casi sin aire—. No cometas el mismo error en el que incurrí yo una vez.

—¡Haz algo! —grita Harper—. ¡Grey, usa tu magia!

Lilith me sonríe y baja el volumen de su voz hasta que me dirige un susurro conspirador.

—¿Te das cuenta de que tiene tanto miedo como tú?

—Usa tu magia —dice Tycho. La voz le sale pastosa y es entonces cuando me doy cuenta de que era él quien estaba sollozando—. Eres más fuerte que ella.

—No lo es —responde Lilith—. Y se rendirá ahora mismo o mataré al príncipe Rhen.

—Maldíceme —dice Harper. Su voz también revela que está llorando—. O transfórmame. Conviérteme en un monstruo, Grey. Conviérteme en un monstruo.

—No —murmuro.

Algo parpadea en los ojos de Lilith. El viento en la habitación se levanta.

—No esperaré a tu juramento, *príncipe Grey*.

—¡Hazlo! —grita Harper—. ¡Grey, hazlo! ¡Déjame matarla!

—No —repito. El miedo me ahoga. Sé lo que hice yo como monstruo—. Grey. No.

Lilith se inclina.

—¿Recuerdas cuando intentaste matarme? —le dice a Grey—. Déjame enseñarte cómo alargar una muerte.

La daga me atraviesa la piel.

—¡Maldíceme! —grito, y mi voz casi se pierde en el viento. Clavo las uñas en el suelo, intentando levantar la cabeza—. Grey, maldíceme. Todo lo que tengo, es tuyo. Átame con magia, hazme algo que...

Mi voz desaparece. La habitación se hace más pequeña. El viento muere. Lilith grita.

Y entonces pierdo el sentido de mí mismo y me convierto en el monstruo una vez más.

Capítulo cuarenta y cinco

Harper

He visto a Rhen así antes, pero sigue siendo aterrador y hermoso a la vez. Esta vez, también le falta el ojo en esta forma, las cicatrices moteadas de azul y púrpura lo hacen parecer al mismo tiempo más monstruoso y más resplandeciente.

Su transformación ha hecho retroceder a Lilith y a Grey. Rhen ruge y mi corazón salta de terror.

En algún lugar de la habitación, Tycho se atraganta con un sollozo y gime:

—Infierno de plata.

Por un instante, me aterra que se vuelva contra nosotros. El monstruo siempre actuó de forma indiscriminada y sé que Rhen causó mucho daño bajo esta forma, un daño que no pudo controlar.

El viento atraviesa la habitación, volcando el resto de los muebles y estampándonos a los demás contra las paredes. Pero el monstruo en el que se ha convertido Rhen no se inmuta. Vuelve a gruñir, y el gruñido acaba en un chillido que hace que se rompan todos los cristales.

Lilith grita de rabia. Cierra el puño sobre la daga e intenta ponerse de rodillas. La luz hace relucir las escamas de Rhen y se levanta sobre las patas traseras, dejando su pecho al descubierto.

Por una impresionante y aterradora fracción de segundo, siento como si hubiéramos vivido este momento antes: Lilith con una espada en la mano, amenazando con matar a Rhen en su forma de monstruo.

Yo, obteniendo impulso de los pies contra el suelo y corriendo para salvarlo.

—¡No! —grito, y salto, como lo hice en el pasado.

El gruñido de Rhen sacude la habitación. Oigo a Grey gritar y entonces siento que choco contra el suelo de mármol, sin acercarme a Lilith. Rhen ha retrocedido ante la espada y le sisea a la hechicera. Tengo la cara de Grey delante de la mía.

—Nunca me perdonaría —jadea.

La espada de Lilith vuelve a oscilar hacia delante y yo grito. Yo nunca lo perdonaré. Nunca la perdonaré. Nunca perdonaré a nadie.

Pero Grey se aparta de mí, se agarra al vestido de Lilith y tira con fuerza de él. Le concede a Rhen un centímetro de espacio, pero no será suficiente.

Entonces sus faldas estallan en llamas, una repentina explosión de calor que nace donde Grey ha agarrado el dobladillo. Lilith grita y el viento de la habitación se arremolina mientras convoca su magia para apagar el fuego y curarse.

Es solo un instante de distracción, pero es suficiente.

En un momento, Lilith está allí, rodeada de humo y de llamas que ya han empezado a devorarle la piel.

Al momento siguiente, el monstruo la destroza.

El sonido es aterrador. La escena es aterradora. Jadeo. Parpadeo. No puedo apartar la mirada. Tiene las garras cubiertas de sangre. Sus preciosas escamas brillantes están salpicadas de sangre.

Todo está salpicado de sangre.

De repente, la habitación está tan silenciosa que no oigo nada que no sea mi respiración. El fuego se extingue en una nube de humo. Grey está de rodillas. Está sangrando, tiene la piel en carne viva. Me incorporo a trompicones, lo cual me lleva demasiado tiempo, y mis pies no quieren funcionar bien. El monstruo gruñe y se gira. Tycho está agachado sobre Iisak, que no se mueve, pero Rhen no les presta atención. Cuando ve a Grey, chilla, y el sonido hace que quiera encogerme sobre mí misma.

—Harper —dice Grey. Levanta las manos—. Harper.

—Rhen —susurro. Avanzo de rodillas, medio arrastrándome, hasta que llego junto a Grey—. Rhen, estoy aquí. —Yo también levanto las manos—. Transfórmalo, Grey. *Vuelve* a transformarlo.

Grey toma aire y se pone en pie con cuidado.

—No puedo. ¿No te acuerdas? Solo él puede.

El monstruo Rhen vuelve a gruñir, pero aprieta la cara contra mi pecho y me sopla aire caliente en las rodillas. Se me retuercen las tripas y se me escapa una lágrima.

—Pero yo ya lo quiero. —Se me entrecorta la respiración—. Él ya me quiere.

En el pasillo estallan los gritos y el monstruo levanta la cabeza. Otro gruñido grave retumba en su pecho. Las voces son un clamor en syssalah y no logro entender ni una palabra.

Pero entonces Jake y el Capitán Solt aparecen en la puerta. Jake suelta un juramento.

—Santo...

El cuello de Rhen serpentea y le ruge. El Capitán Solt palidece y saca una espada.

—¡Alto! —grita Grey.

Rhen gira la cabeza para rugirle en la cara a Grey. Gimoteo y retrocedo, pero Grey no se mueve.

—No puede volar —dice Solt—. Podemos matarlo.

—No —dice Grey, y habla en tono suave. Rhen vuelve a rugirle en la cara y el sonido hace temblar las paredes.

—Tranquilo. —Grey levanta las manos. Suena muy calmado; es así como les habla a los caballos o a los niños—. Rhen. Tranquilo.

—Te partirá en dos —dice Tycho. Se pone en pie, dando tumbos.

—No lo creo —susurra Grey. Otro gruñido sale de la garganta de Rhen, pero Grey, sin miedo, apoya una mano contra su cara, debajo de su único ojo bueno.

—Vuelve en ti —dice en voz baja—. Vuelve a ser tú mismo, hermano.

El aire sufre un ligero temblor y entonces Rhen aparece ante nosotros. Se tambalea un poco, como si estuviera borracho o desorientado, pero extiende una mano y Grey lo atrapa.

—¿Está muerta? —pregunta Rhen.

—Está muerta.

Vuelve a tropezar hacia delante, pero esta vez, cuando extiende la mano, Grey lo atrapa y envuelve a su hermano en un abrazo.

CAPÍTULO CUARENTA Y SEIS

Grey

No sé durante cuánto rato nos limitamos a quedarnos así, pero se me hace demasiado corto, y el peligro no parece haber sido eliminado. La hechicera ya no está, pero sigue habiendo un ejército en algún lugar fuera de este castillo. Tycho respira de forma entrecortada, y Solt y los demás soldados permanecen en la entrada de la habitación. La armadura del Capitán tiene rasguños por todas partes y en su mejilla veo las marcas de unas garras. Jake tiene sangre en el pelo.

Iisak está en el suelo, inmóvil. Tycho está a su lado, sosteniéndole la mano.

Me arrodillo junto al scraver. Su sangre ha formado charcos brillantes en el suelo de piedra. Espero que tenga los ojos cerrados, que su pecho ya no se eleve al respirar, pero me mira y parpadea, demasiado despacio.

—Iisak. —Pongo una mano en la herida sin pensarlo mientras preparo mi magia, pero él cierra los ojos y sacude un poco la cabeza.

Mi magia no lo cura. Las heridas siguen sangrando.

La daga antimagia está tirada en el suelo, en el centro de un charco de sangre.

Ha recibido al menos una docena de puñaladas. Iisak me aprieta la mano.

—Ayúdame —digo, y mi propia voz vacila—. Ayúdame a ayudarte.

Vuelve a sacudir la cabeza, un movimiento apenas perceptible.

—Sálvalo —dice, y sus ojos brillan con desesperación, antes de cerrarse.

Le vuelvo a apretar la mano, pero la suya se queda flácida. Su pecho no vuelve a elevarse.

—No. ¡No! —Tycho se sorbe la nariz y me mira—. ¿Puedes...? —empieza, pero debe de detectar mi mirada atormentada, porque se calla.

No puedo. Toda esta magia y aun así no puedo salvar a uno de mis amigos. Tantas pérdidas y, sin embargo, siempre hay espacio para más. Siento un nudo en el pecho y tengo que obligarme a respirar a pesar de su presencia.

Jake se arrodilla a mi lado y me pone una mano en el hombro.

No tenías nada más por lo que vivir, había dicho antes. Ahora, esas palabras parecen un presagio.

Pero entonces recuerdo lo que ha dicho Iisak, y eso me atraviesa.

—Sálvalo —repito. Miro a Tycho y frunzo el ceño, y luego a Rhen, a Jake y a Solt—. ¿Salvar a quién?

El Capitán Solt se adelanta y envaina su espada.

—Al otro, me imagino. Vino hacia nosotros a través de los árboles. Lo derribamos con una flecha que le atravesó el ala, pero Iisak nos detuvo. Habló con él, pero el otro parecía enfurecido. Cuando despegó hacia el cielo pensamos que podías estar en peligro, así que cambié de rumbo y vine hacia aquí.

Hay demasiadas revelaciones sorprendentes en esa declaración.

El otro.

Lo derribamos con una flecha.

Podías estar en peligro, así que cambié el rumbo.

Recuerdo los chillidos lejanos en el bosque mientras nos acercábamos. Harper dijo que había sido perseguida por algo como Iisak.

Las palabras de Lilith cuando Iisak la atacó.

¿Nakiis?

Nakiis, no. Su padre.

Iisak ha atravesado la ventana para atacar a la hechicera. Siempre es paciente y perspicaz, se toma su tiempo para evaluar una amenaza antes de actuar. Pero hoy ha entrado de un salto a la habitación y se ha lanzado sobre ella. No le ha importado la magia, no le han importado la política ni el entrenamiento ni nada más que la rabia desenfrenada.

Recuerdo una conversación que tuve con Iisak, cuando vimos por primera vez lo terrible que podía ser Karis Luran. Le pregunté por qué se arriesgaba a pasar un año de servicio bajo su control con la débil esperanza de encontrar alguna vez a su hijo.

Me habría arriesgado a pasar toda una vida, había dicho. *¿No lo harías tú?*

Dudé, y entonces él dijo: *Lo harías. Si fueras padre, lo harías.*

Tycho es un segundo más rápido que yo. Se pone de pie.

—¿Dices que está en el bosque? Llévame hasta él.

El scraver herido yace desmadejado en la base de un árbol, con las alas inertes y extendidas sobre el suelo. Resulta casi invisible en la oscuridad. Tiene los ojos cerrados y su pecho apenas se eleva, lo que me recuerda al día en que vi por primera vez a Iisak, acurrucado y casi sin vida en una jaula del torneo de Worwick. Aquí, sin embargo, el hielo cubre el suelo a su alrededor y brilla a la luz de la luna. Una flecha parece haberle atravesado el ala y la caja torácica. Al acercarnos, me doy cuenta de que hay alguien con él, alguien humano, agazapado en la oscuridad y cubierto con una capa.

Me detengo en seco, mi mano cae sobre la empuñadura de mi espada, y los otros se frenan detrás de mí.

El individuo encapuchado se percata de nuestra presencia al mismo tiempo, se pone de pie y desenvaina una espada. El scraver emite un gruñido bajo desde el suelo y abre los ojos de golpe. Esos dedos con garras se clavan en la tierra escarchada.

Los soldados a mi espalda murmuran en syssalah y también desenvainan las espadas.

—Esperad —digo.

Tycho aparece a mi lado.

—Está herido —dice—. Grey. Está herido.

La esquiva figura parece enderezarse, sorprendida, y luego se acerca a nosotros a grandes zancadas mientras se retira la capucha de la capa.

A mi lado, Harper jadea y empieza a correr hacia delante.

—¿Zo? ¡Zo! —Sin tener en cuenta la espada, envuelve a su amiga en un abrazo. Habla con una prisa desenfrenada—. ¿Cómo...? ¿Qué...? ¿Cómo...?

Zo le devuelve el abrazo, pero mira por encima del hombro de Harper hacia mí, hacia Rhen, hacia los otros soldados. No ha soltado su espada y me puedo imaginar el aspecto que debe tener esta escena, el príncipe heredero rodeado de soldados de Syhl Shallow.

—¿Cómo... cómo lo hiciste?

—Tranquila, Zo —dice Rhen—. Han pasado muchas cosas.

Ella lo mira fijamente, contempla su cara destrozada.

—Ya lo veo.

El scraver que está detrás de ella vuelve a gruñir.

A mi lado, la respiración de Tycho se ha vuelto superficial.

—Grey. Ayúdalo.

Dudo. Sé lo que ha dicho Iisak, pero también sé lo que ha dicho Solt. Este scraver ha atacado a nuestros soldados. Él atacó a Harper. Si todo eso es cierto, está claro que trabajaba para Lilith.

Tycho no espera mi respuesta. Enfunda su espada y avanza a grandes zancadas.

El gruñido del scraver se convierte en un chillido desgarrador y apoya las garras contra el suelo. Sus alas se mueven un poco mientras intenta ponerse de pie. Pero entonces tose y es un sonido áspero y horrible. De sus labios brota sangre. Sus ojos son charcos negros y fríos, muy diferentes de la mirada cálida y a la vez irónica que siempre tuvo Iisak.

—No —dice Zo. Se desembaraza de Harper para ponerse delante de Tycho—. No le hagas daño.

Tycho la mira como si se hubiera dado un golpe en la cabeza.

—No voy a hacerle daño —dice en voz baja. Levanta las manos para demostrar que es inofensivo y luego se arrodilla frente al scraver, que no ha dejado de gruñir.

Entonces me fijo en el charco de sangre bajo su cuerpo.

Sálvalo.

—¿Eres Nakiis? —pregunta Tycho. Extiende una mano—. ¿El hijo de Iisak?

El gruñido se detiene, pero solo por un momento. Entonces, el scraver da un manotazo con sus garras. Tycho se lleva un golpe en la muñeca y tiene suerte de estar usando un protector. Las garras atraviesan la hebilla de cuero y le abren una brecha en el dorso de la mano. El chico retrocede a trompicones. Solt saca la espada y avanza a grandes zancadas.

—¡No! —grita Zo—. Está herido, pero no es un enemigo. No me mató y podría haberlo hecho. Podría haberlos matado a todos. Ella lo obligó a hacer muchas cosas.

—Intentó matar a Harper —dice Rhen con agresividad.

—Pero no lo hizo —responde Zo.

Solt me mira, esperando una orden.

Miro al scraver.

—¿Eres el hijo de Iisak? ¿Eres el rey de Iishellasa?

Me gruñe.

—Soy Nakiis. Pero el rey es mi padre.

—*Era* —digo, y nada en este momento me parece amable o tranquilizador, pero intento que mi voz transmita ambas cosas—. Tu padre *era* el rey. Ha caído frente a la hechicera. —Hago una pausa—. Iisak me ha pedido que te salvara. —Otra pausa—. Lo haré, si me dejas.

Escupe sangre al suelo y puedo oír su respiración entrecortada desde aquí.

—No pienso estar atado a otro mago.

Eso hace que me pregunte qué le hizo Lilith, cómo lo sometió a su voluntad. Su voz está llena de rabia y de furia, y un poco de miedo también. Lilith no dejó más que dolor y sufrimiento a su paso y no debería sorprenderme encontrar a otra criatura cuya mente haya acabado destruida por culpa de sus juegos.

—No te ataré —digo con cuidado—. Tu padre me dijo una vez que los hechiceros y los scravers fueron grandes aliados.

—*Fueron* —enfatiza, su tono se hace eco del mío. Pero el mero esfuerzo de hablar debe de agotarlo, porque apoya la frente en el suelo y vuelve a toser.

Me acerco a él y me arrodillo como lo ha hecho antes Tycho.

—No he podido ayudar a tu padre —le digo—. Pero puedo ayudarte a ti.

—¿A qué precio? —La voz le sale rasgada y débil.

—Sin coste alguno.

—¿Lo juras?

—Lo juro.

Después de un momento, asiente con la cabeza.

No lo dudo. Saco la flecha de un tirón y derramo sangre fresca. Ruge de rabia e intenta girarse, pero está demasiado débil. Pongo la mano sobre la herida. La piel se cierra. Su respiración se alivia. El ala se cura.

Parpadea y levanta la cabeza.

—¿Eres Grey? —pregunta.

—Lo soy.

—Mi padre ha dicho que me ayudarías. Ha dicho que iba a buscarte. —Se pone de rodillas y extiende sus alas, luego parece sorprendido cuando quedan dobladas en su sitio, contra su espalda—. Fueron las últimas palabras que me dedicó.

Dudo.

—Ha pasado los últimos años buscándote.

—Entonces su tiempo no ha sido en vano —dice con amargura.

—Era mi amigo, Nakiis. —Extiendo una mano—. También puedo ser el tuy...

—Ningún hechicero es amigo mío. —Me clava las garras en la mano, abriéndome la palma, y luego da un salto para elevarse en el aire.

—¡Espera! —grita Tycho, pero el scraver ha desaparecido. Nos quedamos mirando hacia arriba durante un largo rato.

La respiración de Tycho se entrecorta.

—Iisak ha muerto por él.

—También ha muerto por mí —digo, y siento el peso de mis palabras.

—Y su hijo acaba de... irse —dice Jake.

Recuerdo las historias de Iisak sobre su hijo, sobre cómo Nakiis huyó de Iishellasa para no reclamar su derecho de nacimiento, sobre cómo su relación era complicada en el mejor de los casos.

Y luego, en algún momento, Lilith se metió por medio y lo más probable es que lo empeorara todo. Flexiono la mano mientras las heridas se cierran. Después de todo lo que ha pasado Rhen, no puedo culpar al scraver por no querer tener nada que ver conmigo.

Miro a Rhen, a Harper y a Zo, que siguen apartados de mis soldados, con expresiones de cansancio e inseguridad. El Capitán Solt los mira con ganas de venganza. La distancia entre todos ellos parece enorme. Lia Mara tiene muchos planes para una alianza pacífica, pero a pesar de todo lo que hemos logrado aquí esta noche, cualquier camino hacia delante va a estar plagado de desafíos.

—Espera —dice Harper, volviéndose hacia Zo—. ¿Has dicho que el scraver podría haberlos matado a *todos*? ¿A quiénes?

—A mucha gente del castillo —dice Zo—. Gran parte del servicio. Incluso Freya y los niños se salvaron. La espía, Chesleigh, fue capaz de colarlos a través del bosque, grupo por grupo. Las pérdidas habrían sido mucho mayores de lo contrario.

Harper suelta un juramento.

—Supongo que no puedo seguir odiándola.

—Yo, sí —digo, y a mi espalda oigo a Solt gruñir en señal de acuerdo.

—Cuando Nakiis me arrancó del caballo —continúa Zo—, estaba a punto de matarme, pero entonces dijo que la hechicera le había ordenado que le llevara tu corazón. Pude convencerlo de que le entregara el corazón de un animal, y se llevó mi armadura como prueba. —Zo mira a Rhen—. No era malvado. No era cruel. Solo hacía lo que podía para sobrevivir. En cierto modo, simplemente estaba... maldito.

—Entonces tiene mi gratitud —dice Rhen. Sus ojos se encuentran con los míos.

No sé qué decir. El silencio se extiende entre nosotros durante un largo momento.

El espacio que hay entre él y yo de repente parece vastísimo. Se ha rendido en el pasillo y me ha salvado la vida como monstruo, pero sigue siendo el príncipe heredero. Su ejército aún rodea este castillo.

Es casi como si se diera cuenta de ello en el mismo momento que yo, porque una nueva luz brilla en sus ojos.

No soy el único que lo advierte.

—El ejército de Emberfall sigue bloqueando nuestra salida, Alteza —dice el Capitán Solt, grave—. Deberíamos atarlo. Así tendremos ventaja.

—Me enfrentaré a mi ejército en mis propios términos —dice Rhen en tono sombrío—. Les diré que se retiren.

—No me fío —dice Solt.

Rhen mira a Harper.

—La confianza se construye sobre la base de acciones. —Vuelve a mirarme—. Debería haber confiado en ti cuando más importaba.

—Yo también —digo. Miro a Solt—. Rhen no es nuestro prisionero. Es mi hermano.

—En efecto —dice Rhen, y para mi sorpresa, su voz no parece cargar ningún peso. De hecho, suena más ligero de lo que recuerdo—. Enfrentémonos a mi ejército. Dejadme presentarles al heredero legítimo.

Me sobresalto y lo miro sorprendido.

Rhen sonríe y luego me tiende una mano.

—Por el bien de Emberfall.

Se la estrecho.

—Por el bien de todos.

CAPÍTULO CUARENTA Y SIETE

Lía Mara

Con un grupo pequeño que no necesita esconderse, somos capaces de cabalgar a toda velocidad por Emberfall. Recuerdo haber atravesado a escondidas el bosque con Grey, cómo parecía que tardábamos una hora en recorrer cada kilómetro, pero ahora parece como si voláramos. Tengo el estómago revuelto por culpa de la ansiedad y me siento como si no hubiera comido en días. No he creído en el destino ni un solo día de mi vida, pero Grey sí, y ahora me encuentro rogándole al destino.

Deja que sobreviva.

Deja que vuelva conmigo.

Mantenlo a salvo.

Por favor.

Los oficiales del ejército de Rhen cabalgan en la vanguardia y la retaguardia, actuando como escoltas, tal y como prometieron. Al principio mis propios soldados se mostraron recelosos y reticentes, pero hemos avanzado sin incidentes. Cuando nos detuvimos para dar de beber a los caballos, vi a uno de los soldados de Emberfall prestar un trozo de pedernal a uno de mis oficiales cuando el suyo cayó en las profundidades del arroyo. Esta mañana, uno de mis propios soldados ha ayudado a uno de Rhen cuando la cincha de su montura ha empezado a deshilacharse. Noah se mueve entre ambos grupos con facilidad cuando nos detenemos, curando heridas menores cuando es necesario, pero sobre todo permanece a mi lado.

Reducimos la velocidad de los caballos a un mero trote cuando se acerca el amanecer y Noah cabalga a mi lado. Me ofrece la corteza de un pan.

—Deberías comer.

Sacudo la cabeza.

—No tengo hambre.

—Bueno, tu cuerpo necesita algo de comida, aunque tu cabeza no lo crea.

Acepto el pan porque sé que será implacable si no lo hago, pero cuando arranco un trozo con los dientes, solo quiero vomitar sobre mi caballo.

Sacudo la cabeza y doy un trago a mi cantimplora.

—Estoy demasiado nerviosa.

No dice nada por un momento, pero percibo que me estudia.

—Da mordiscos pequeños —dice.

—¿Cuánto falta? —pregunto. Para apaciguarlo, arranco un trocito de pan.

Mira el horizonte.

—Pasamos el giro hacia Silvermoon hace una hora. Si mantenemos este ritmo, llegaremos al castillo antes del amanecer.

—¡El amanecer! —Observo a mis soldados—. No descansaremos más de cinco minutos.

Noah se ríe.

—¿No recuerdas a Jake golpeando a Grey cuando no quería descansar?

Lo miro a los ojos.

—¿Tú no estás preocupado?

Eso lo espabila.

—Cinco minutos.

—Deberían ser tres. —Tiro de mis riendas.

Me encantan las montañas de Syhl Shallow, pero las ondulantes colinas de Emberfall tienen algo apacible, sobre todo cuando la luz del sol se abre paso en el horizonte, enviando rayas de color púrpura por el cielo. Los caballos resoplan y expulsan vapor mientras sus cascos golpean el suelo. Ahora reconozco el territorio que rodea el castillo de Ironrose, la amplia franja de bosque que circunda el mismísimo castillo. Queda una última colina por subir y entonces habremos llegado.

El corazón me late con fuerza contra las costillas. Estamos aquí. *Grey, estamos aquí.*

Luego avanzamos por la colina y vemos a los soldados. Hay cientos de ellos. Miles de ellos. Todos en formación.

Clanna Sun tira de las riendas.

—¡Es una trampa! —grita—. ¡Retirada!

Mis soldados y oficiales se detienen también, los caballos se encabritan en protesta. Me rodean a toda prisa. Se oye un grito del ejército en la base de la colina. Los soldados de Emberfall que nos habían escoltado parecen alarmados.

—¡Esperad! —ordeno. Levanto una mano y miro a Clanna Sun—. ¡He dicho que *esperéis*!

Obedecen. Los caballos patalean y hacen cabriolas, tirando de unas riendas demasiado tensas. Echo un vistazo a Jamison, cuya mirada pasa de nosotros a los soldados que esperan en formación en el valle.

Antes de que tenga la oportunidad de decir algo, él afirma rápidamente:

—Su Majestad. Bajaré hasta ellos. Les explicaré la situación.

Un grupo de soldados de Rhen ha montado a caballo y ha comenzado a cabalgar hacia nosotros. Está demasiado oscuro para ver con claridad, pero detrás de ellos veo las sombras de los arqueros con sus arcos preparados.

—Ve —le digo a Jamison.

—Esto es una temeridad —me sisea Clanna Sun—. Tu madre *nunca* habría...

—Yo *no* soy mi *madre* —le digo con brusquedad—. Y recuerda tu lugar.

Ella cierra la boca.

Jamison baja la colina al galope y, cuando llega a los jinetes que se han adelantado, todos se detienen. Desde aquí no puedo oír lo que dicen y es como si el corazón dejara de latirme mientras espero. No podríamos correr más que este ejército. No tendríamos la posibilidad de plantarles cara. Podrían masacrarnos a todos aquí mismo.

Pero entonces un soldado se aleja del pequeño grupo y su caballo corre por el césped. Al acercarse, veo los colores de su armadura y el negro de su pelo.

Me bajo de la silla de montar.

—Apartaos —les ordeno a mis oficiales—. Apartaos.

Empiezo a avanzar a zancadas hacia delante justo cuando su caballo alcanza la colina y Grey salta al suelo antes de que su montura se haya detenido.

El corazón me palpita con fuerza y las rodillas me flaquean, pero me obligo a caminar hasta situarme frente a él. Su mirada transmite agotamiento y mucho dolor, y tiene sangre por todas partes: en el pelo, en las manos, en amplias franjas sobre la armadura. Le toco la cara como si tuviera que demostrarme a mí misma que está aquí, que está vivo, que estamos juntos.

—Estás bien —digo, deseando que las palabras sean ciertas—. Estás bien.

Él apoya sus manos sobre las mías.

—Estoy bien.

—Grey —dice Noah, a mi espalda, tenso—. ¿Jake?

Los ojos de Grey miran detrás de mí.

—Jake está bien. Está en la base de la colina. No sabía que estabas aquí, o habría subido a caballo. —Grey vacila y sus ojos vuelven a sostenerme la mirada. Tensa las manos sobre mis dedos—. La hechicera está muerta. Hemos perdido a Iisak.

Siento un nudo en el pecho. Sabía que esta lucha comportaría pérdidas. Sostengo la mirada herida de Grey y pienso en la razón por la que vino a Emberfall.

—¿Y Rhen?

—Ha sobrevivido. —Hace una pausa—. Ya no estamos en guerra. —Hay tanto peso en su voz que sé que tiene más para decir, pero Grey parece darse cuenta de que estamos rodeados por soldados, tanto de Syhl Shallow como de Emberfall. Frunce el ceño—. ¿Qué... qué ha pasado? ¿Por qué estás aquí?

Siento un poco más ligero el corazón. Quiero decirle que he desentrañado su mensaje, que sé que Ellia Maya estaba trabajando contra nosotros. Quiero decirle que hemos acordado la paz, que los soldados estaban dispuestos a parar. Que, si Rhen ya no está dispuesto a ir a la guerra, por fin podremos dejar de lado nuestras diferencias por el bien de toda nuestra gente. Quiero echarle los brazos al cuello y no soltarlo nunca. Quiero oír los latidos de su corazón, sentir su aliento y dormir mil días a su lado.

En cambio, se me revuelve el estómago y retrocedo mientras me tapo la boca con una mano.

—Lia Mara —se alarma.

Tomo aire para responder, para decirle que estoy bien. En lugar de eso, vomito sobre sus botas.

—Lo siento —jadeo, mortificada—. Lo siento. He estado enferma de preocupación...

Y luego, para mi horror, lo vuelvo a hacer.

—¡Noah! —lo llama Grey, y hay preocupación en su voz. Me retira el pelo con las manos.

—Ah, sí —dice Noah, y no suena preocupado en absoluto. Si acaso, parece estar divirtiéndose—. Sobre eso.

Capítulo cuarenta y ocho

Rhen

Pasan las semanas y el castillo vuelve a llenarse de gente para reemplazar a las personas a las que hemos perdido. Soldados y guardias, sirvientes y lacayos, muchos rostros nuevos, nombres nuevos, voces nuevas que resuenan por los pasillos. Harper estuvo encantada de descubrir que Freya y los niños estaban entre los que habían escapado gracias a Chesleigh, la espía, junto con gran parte del personal que yo había creído muerto cuando Lilith se abrió paso por el castillo.

Harper se queda conmigo con frecuencia, pero pasa tiempo con su hermano, con sus amigos, y dedica sus horas a la gente con la misma frecuencia. Como siempre, sigo sintiendo cada pérdida de forma aguda, así que me quedo en mis aposentos. Sobre todo, porque esta vez no pienso en reconstruir Emberfall, sino que le dejo esa tarea a Grey. Cuando miro a los guardias que sobrevivieron, pienso en los que murieron. Veo a un sirviente en los pasillos y recuerdo algún cadáver que arrastré fuera del castillo. En lugar de reunirme con los consejeros y los Grandes Mariscales, me aferro a las sombras de mis habitaciones.

Creía que me aliviaría en cierta medida, pero no es así.

Me siento tan atrapado como lo estaba por la maldición.

¿A dónde puedo ir? ¿Qué voy a hacer? Cuando salga de esta habitación, la gente no dejará de mirarme o desviará sus ojos hacia otro lado a toda prisa.

Harper dijo que las cicatrices significan que sobreviví a algo terrible.

También son un recordatorio de que *fui* algo terrible.

Una noche llaman a mi puerta, mucho después de que la mayor parte del castillo se hubiera dormido. Incluso sin Lilith, mis horas de sueño son irregulares y llenas de inquietud, plagadas de pesadillas, así que en las noches en las que estoy solo, suelo leer frente al fuego hasta que mis ojos ya no pueden más.

Pero esta noche, me enderezo y la curiosidad me hace decir:

—Adelante.

El pestillo de la puerta hace clic y Grey pasa. Está solo.

—Sabía que estarías despierto —dice, y soy incapaz de leer nada en su voz.

—¿Por tu magia? —pregunto.

Casi sonríe, pero no hay rastro de humor en ello. Me mira a los ojos.

—No, de hecho, más bien por... una familiaridad eterna.

Ah. Sí, claro. Vuelvo a mirar hacia el fuego.

Lo he visto en el castillo, por supuesto. No puedo quedarme *todo el día* en mis aposentos. Pero ha estado ocupado, siempre atareado, siempre rodeado de gente, mientras que yo me he vuelto invisible poco a poco, ya que la gente se apresura a apartar la mirada. Él es el heredero, el príncipe heredero, el rey que muy pronto será coronado. Es el hombre que nos salvó de una terrible hechicera, utilizando su propia magia para curar a los heridos y reparar nuestra fracturada relación con Syhl Shallow. Oigo la adoración, los halagos; la gente ha descubierto que hay un nuevo hombre en el poder, alguien que no ha sido puesto a prueba y que no sospecha nada. Alguien a quien se puede engañar, estafar y engatusar.

Aprenderá. Yo lo hice. Y Lia Mara parece inteligente. No me cabe ninguna duda.

Todos estos pensamientos hacen que se me tense el pecho, así que me aclaro la garganta.

—¿Estás planeando tu vuelta a Syhl Shallow?

—¿Tan ansioso estás de que me vaya? —habla en tono ligero, casi burlón, pero también es una pregunta genuina.

—No. —Dudo y lo miro. No quiero admitir que no quiero que se vaya, que no quiero que continúe existiendo esta tensión entre nosotros, pero no tengo ni idea de cómo expresarlo. Al igual que yo no puedo esconderme en mis aposentos todo el día, la reina Lia Mara no puede estar lejos de Syhl Shallow para siempre. Pronto caerá nieve en el puerto de montaña y ya es un viaje lo bastante duro en la época de más frío incluso cuando una no está embarazada.

Grey inhala como si estuviera a punto de decir algo y luego se detiene para mirarme.

Recuerdo que cuando vino a dar su ultimátum, se plantó en el Gran Salón y dijo: *¿Desenvainamos nuestras espadas y resolvemos esto ahora mismo?* Entonces, el aire estaba lleno de hostilidad, de arrepentimiento, de dolor, de pérdida, y de un leve atisbo de esperanza.

Ahora no es igual, pero tampoco es del todo diferente.

Me muevo hacia delante en mi silla y abro la caja de madera pulida que hay en la mesa a mi lado para sacar una baraja. Sin mirarlo, empiezo a mezclar los naipes.

—¿Te apetece jugar?

—¿A cartas? Sí.

Se sienta frente a mí y hay cierto entusiasmo en su voz que me hace levantar la vista.

—¿Has echado de menos las *cartas*, Grey?

—En Syhl Shallow juegan a los dados. —Hace una pausa cuando empiezo a repartir—. Siempre pierdo.

—¿De verdad? Deberías enseñarme a jugar.

—No hay estrategia. —Levanta la mano y me mira por encima de las cartas—. Lo odiarías.

En contra de mi voluntad, vuelvo a sentir un nudo en el pecho. Me conoce demasiado bien.

Yo lo conozco *a él* demasiado bien.

Grey echa una carta. Un nueve de espadas.

Eso me anima a ponerme en movimiento y elijo un naipe de mi mano. Jugamos en silencio durante un rato, hasta que el juego empieza a aliviar un poco la tensión que flota en el aire.

—Si no te opones... —comienza.

—Eres el príncipe heredero —digo mientras uso una reina para capturar a uno de sus reyes—. No puedo oponerme a nada.

—Eres mi hermano —dice, algo acalorado—, y el hijo de un rey, y de hecho el segundo en la línea de sucesión. Puedes oponerte a muchas cosas.

Me sorprende su repentina vehemencia. Pero también... me conmueve. Lo miro de reojo.

—Puede que sea el segundo en la línea de sucesión al trono, pero a juzgar por el estado de tu amada, eso es solo cuestión de meses, creo.

Él levanta la vista, yo sonrío y él parece avergonzado.

—Bueno.

Sonrío con ganas. Es raro ver a Grey nervioso, aunque sea por un momento.

—Adelante, Comandante —me burlo—. Haga su petición.

Él parpadea y por un momento pienso que a lo mejor he ido demasiado lejos y que ese muro de tensión volverá a alzarse entre nosotros. Pero entonces dice:

—Ah, sí, por supuesto, milord. Solicito humildemente un alojamiento modesto para mí y para Lia Mara durante el invierno, si no es una petición demasiado irrazonable...

—Espera. ¿Qué? —Me enderezo y frunzo el ceño—. ¿Hablas en serio?

—Sí. —Tira una carta al montón—. Como sabes, la nieve puede bloquear el paso cualquier día, así que viajar hacia el norte puede ser un poco imprudente. Y Lia Mara ha recibido noticias de su hermana de que las facciones en contra de la magia se han envalentonado y ha habido ataques contra el palacio. No sabemos quién más puede estar trabajando con ellos. El ejército está preparado, así que están bien protegidos, pero... —Se encoge de hombros—. Prometimos

392 • Una promesa audaz y mortal

una alianza pacífica con Emberfall, para que Syhl Shallow se benefi-
ciara por fin del comercio y del acceso al mar. Nos gustaría volver
cuando podamos demostrar que funciona.

—Sabia decisión —digo, y lo digo en serio—. No necesitas mi
permiso para quedarte aquí, Grey. El castillo de Ironrose es tuyo.
Todo esto es tuyo. Debería pedirte permiso yo a ti.

—Nunca —dice en voz baja—. Ironrose es tu hogar, mientras
quieras que lo sea.

Vuelvo a sentir un nudo de emoción en el pecho y tengo que
bajar la mirada a las cartas.

—Yo... veré si Harper quiere quedarse.

Duda y no dice nada.

Volvemos a jugar en silencio, el fuego chisporrotea. El castillo
está frío, los pasillos silenciosos, pero aquí estamos en una cálida
burbuja. Grey me ha visto en mis peores momentos y las cicatrices
nunca atraen su mirada. Por eso, le estoy agradecido.

—El Gran Mariscal de Silvermoon —dice despacio.

—El Mariscal Perry —Asiento.

—Ha hecho muchas grandes promesas.

Resoplo.

—Estoy seguro. Seguro que te prometería una velada con su
esposa si creyera que con ello se ganaría tu favor. —Hago una pausa—. A menudo promete más de lo que puede dar. Yo desconfiaría a
menos que hayas visto lo que te ofrece. No creo que sea un hombre
deshonesto, solo es astuto.

Grey añade una carta en el montón.

—¿Y la Gran Mariscal de Kennetty?

—Violet Blackcomb. Siempre habla con dulzura. Nunca es demasiado obstinada. Pero es honesta y cree en hacer lo mejor para su
gente. Es una buena aliada. Es a su Senescal, Andrew Lacky, al que
tienes que vigilar. —Ajusto las cartas en la mano y pongo una en el
montón.

Espero que me interrogue sobre los demás, pero no lo hace.
Vuelve a guardar silencio.

—Si te vas —dice con cuidado—, ¿a dónde irás?

—Ah... He oído que necesitan un mozo de cuadra en un torneo de Rillisk.

Eso le arranca una carcajada, lo que me hace sonreír, entristecido.

—Eres un espadachín con talento —dice, su tono es bajo al citar lo que le dije cuando estábamos atrapados por la maldición—. Te escribiré una carta de recomendación.

Se está burlando, y yo debería devolverle la sonrisa, pero en lugar de eso me quedo inmóvil. Me falta un ojo. Dudo de que tenga mucho talento como espadachín. Puedo afirmarlo ya.

Me tiemblan las manos. Dejo las cartas. Flexiono los dedos.

Grey deja las suyas. Se apoya en la mesa y habla en voz muy baja.

—Rhen —dice—. ¿Qué quieres *tú*?

Quiero...

Lo miro.

—No lo sé.

—¿De verdad?

Me encojo un poco de hombros.

—Fui criado para ser rey, Grey. No sé ser otra cosa. —Me señalo la cara—. Nadie querrá mirarme. ¿Exhiben rarezas en ese torneo tuyo? Tal vez pueda ganar algunas monedas.

Grey suelta un suspiro entre dientes y se pasa una mano por la nuca.

—Infierno de plata, Rhen. ¿Eras así de sombrío cuando estábamos atrapados juntos o lo he olvidado?

Me echo hacia atrás y me sobresalto tanto que no soy capaz de decidir si estoy enfadado o divertido.

Pero Grey no ha apartado la mirada y no hay malicia en su expresión. Me pongo de pie y me dirijo a mi mesita auxiliar.

—Es probable que siempre haya sido así de sombrío. ¿Te apetece una copa de algo dulce?

—Sigo sin aguantar bien el licor. Acabaré en el suelo.

Sirvo dos vasos.

—Estupendo. Me uniré a ti.

Bebemos. Sirvo dos vasos más y recupero las cartas.

—¿Por qué has venido? La verdad.

Vuelve a vaciar el segundo vaso tan rápido como el primero, compone una mueca y luego tose.

—Te habría dicho la verdad sin el alcohol.

—Lo sé. Pero es más divertido así. —Hago una pausa—. Habla, mientras puedas hacerlo sin arrastrar las palabras.

—Harper ha venido a buscarme. Está preocupada por ti. —Baja la voz—. En realidad, yo estoy preocupado por ti.

Ah, Harper. Me encojo de hombros y sirvo una tercera ronda.

—Lia Mara ha tenido una idea —dice Grey.

—¿De verdad?

—Ha sugerido que, ya que no podemos viajar al norte, en vez de eso visitemos tus ciudades del sur, no como aliados, sino...

—Tuyas, Grey. —Vacío el vaso—. Son tus ciudades del sur.

— ...como hermanos —termina.

Me quedo muy quieto durante un largo momento y apoyo el vaso en la mesa. Siento tantas emociones llenándome el pecho que no les encuentro sentido.

—¿Así que sería un desfile del príncipe fracasado? ¿Quieres meterme en una jaula?

Una mirada sombría aparece en su expresión y me doy cuenta de que estoy poniendo a prueba su paciencia. Sin embargo, mantiene la voz firme.

—No, me gustaría que viajaras a mi lado.

—¿Para enseñarme todo lo que he perdido?

—Solo la mitad. Luego tendrías que girar la cabeza, me imagino...

Le lanzo un puñetazo, pero el licor ya me ha hecho efecto y Grey lo esquiva. Pierdo el equilibrio e intento recomponerme para volver a pegarle. Por desgracia, a él el licor le ha afectado el doble y cuando trata de esquivarme, acabamos cayendo y nos llevamos la mesa con nosotros, provocando que la madera se astille al ceder una pata bajo nuestro peso. La botella se rompe contra el suelo de mármol, seguida de inmediato por los vasos.

Un guardia abre la puerta de golpe.

—¡Milord! ¿Está usted...? —Se detiene en seco—. ¿Milores?

—Es un malentendido —digo. Hago una mueca de dolor y me llevo una mano a la cabeza—. Sobre dónde estaba arriba.

Grey se ha tumbado en el mármol a mi lado y se ha acercado.

Señala el techo.

—Te dije que era por ahí.

Lo sabía. Ya está farfullando. Miro a la puerta.

—Estamos bien. Fuera.

La puerta se cierra sin una sola palabra más.

Grey me mira.

—No he querido ofenderte.

—Lo sé. —Miro al techo—. Creo que... —Pierdo el hilo de mis pensamientos. Van a la deriva—. Creo que buscaba ofenderme. No me has quitado nada. Yo cedí.

No dice nada al respecto y permanecemos tumbados entre los cristales y la madera rotos durante mucho rato.

—Te pido que te quedes —dice en voz baja—. Que te unas a mí, Rhen.

No sé qué decir. No sé lo que quiero. No sé a dónde ir. Ni siquiera sé si *quiero* ir.

Pero miro a los ojos oscuros de Grey.

—Sí, milord. Como ordene mi rey.

Capítulo cuarenta y nueve

Lía Mara

Estoy redactando una carta para mi hermana, mi pluma raya el pergamino a toda velocidad. Por alguna razón, me siento agotada todo el día, pero cuando cae la noche creo que podría dirigir a un ejército. Freya, la dama de compañía de Harper, ha sido una gran fuente de información sobre todo lo relacionado con la maternidad y, gracias al té de jengibre que me trae todas las mañanas, he dejado de vaciar el contenido de mi estómago sobre las botas de cualquiera que tenga la mala suerte de hablarme en el momento equivocado.

Nolla Verin me ha escrito sobre cómo ha crecido la facción contra la magia en Syhl Shallow, sobre las pequeñas escaramuzas contra el palacio que hasta ahora han sido frustradas. Le hablo de nuestros planes aquí, de cómo me gustaría establecer rutas comerciales y de las promesas de buenas relaciones entre nuestros países antes de regresar.

Todavía no le he contado a mi hermana lo del bebé. No quiero darle esperanzas cuando las cosas parecen tan inciertas. Noah me dice que es pronto, que pueden pasar muchas cosas, que el aborto espontáneo es bastante común. Freya vio mis labios temblorosos mientras me lo explicaba, se inclinó y dijo:

—Ha tenido muchas náuseas. Es una buena señal. —Intento recordarme eso cuando siento el estómago como si estuviera en mitad del mar durante una tormenta.

Pero hay otra razón por la que no le he contado a Nolla Verin lo del bebé, una razón por la que me sentí aliviada cuando Grey aceptó quedarse en Emberfall durante el invierno: este niño será portador de magia al igual que su padre. Una cosa es convertir a Grey en un objetivo, un hombre que puede defenderse con armas y magia.

No voy a convertir a mi hijo en un objetivo.

La puerta cruje a mi espalda y sé que es Grey.

—Has estado con Rhen hasta muy tarde —digo sin levantar la vista del papel.

—Echaba de menos jugar a las cartas.

Sonrío y meto la pluma en el tintero.

—Bueno, eres...

Desliza las manos por mis hombros y se inclina para besarme el cuello desde atrás.

—Has estado bebiendo.

—Quizás un poco. —La voz le sale ronca.

—Huele a más que *un poco*.

—Es posible que hayamos roto una botella.

Me giro dentro del círculo de sus brazos.

—¿Qué? —pregunto, pero él se inclina para besarme. Por un momento resulta glorioso, porque su roce es suave y su boca se mueve con seguridad, y sabe a canela, a azúcar y a algo más intenso.

Pero entonces mi estómago decide tener otras ideas. Me echo hacia atrás y me tapo la boca con una mano.

Grey se sobresalta, luego sonríe, y hay algo en esa mirada que resulta dulce y protector a la vez.

—Perdóname —dice.

—Ya se me pasará —digo, con la mano amortiguando mis palabras.

—¿Pido un poco de su té?

Sacudo la cabeza, trago saliva y luego cierro los ojos.

Más que sentir a Grey, percibo que se arrodilla a mi lado, pero entonces su mano se posa sobre mi vientre, que aún no ha empezado a hincharse y curvarse a causa de la maternidad. Se inclina para hablarme directamente al abdomen.

—Deberías ser amable con tu madre.

Me rio con suavidad, y las náuseas se me pasan de repente. Abro los ojos de golpe.

—Ha funcionado.

Una luz brilla en sus ojos.

—Ya sabe que no toleraré la desobediencia.

—A lo mejor simplemente ha decidido que era hora de descansar.

Me sostiene la mano.

—Sí. Y tiene mucha razón. Es hora de descansar.

Dejo la carta y la pluma sobre el escritorio y lo sigo hasta la cama.

—Nolla Verin dice que ha habido más ataques. Que la lucha contra la magia se encarniza, no se debilita.

Grey se acurruca a mi alrededor, su aliento en mi pelo, su mano apoyada en mi abdomen.

—No tengas miedo, mi amor. Nadie te tocará. —Hace una pausa, y su voz adquiere un tono más acerado—. Y ten por seguro que nadie se atreverá a tocar a nuestro hijo.

Capítulo cincuenta

Harper

He viajado con Rhen a docenas de ciudades en los últimos meses y él siempre ha estado al frente: rodeado de guardias, dictando órdenes, y pasando de la cordialidad y la gracia a la altivez y la distancia sin despeinarse, según la situación. Su habilidad para leer a la gente era casi asombrosa. Siempre se ha comportado como un líder y cada acción era rápida, decisiva y absoluta.

Ahora vamos detrás. Si no lo espoleara para mantener el ritmo, creo que dejaría las riendas sueltas para que el caballo pudiera deambular y pastar, y perderíamos de vista al resto del grupo. Un peletero le hizo un parche que cubre las peores cicatrices. Es de un cuero oscuro y aceitado, con pocos adornos y pequeñas hebillas. Rhen no iba a ponérselo, pero entonces un niño pequeño lo vio y gritó durante cinco minutos seguidos, así que ahora lo lleva siempre consigo. Jake le dijo que parecía un pirata, lo que en realidad creo que pretendía ser un cumplido, pero llegué a pensar que Rhen iba a atravesarle el pecho a mi hermano con su espada.

Hoy hace más frío y la nieve ha empezado a caer del cielo para acumularse en las crines de los caballos. Rhen me mira.

—Deberías ir en el carruaje con Lia Mara.

—Me preocupa que vuelvas atrás si te dejo solo.

—No me volveré. Grey ha dado una orden. Voy a obedecer.

—No te ha dado una *orden*, Rhen.

—Va a ser coronado rey. Literalmente todo lo que dice es una orden.

Suspiro y miro al cielo. Los copos de nieve me hacen cosquillas en las mejillas.

—De nuevo —dice—, insisto. Deberías ir en el carruaje.

—No quiero ir en el carruaje. Quiero ir *contigo*.

Él mira por encima.

—Te enamoraste del príncipe heredero, Harper. Yo ya no lo soy.

—No, idiota. Me enamoré *de ti*. De ti, Rhen. No me importa tu corona.

—A mí tampoco, la verdad —se limita a decir. Hace una pausa—. Pero... ¿qué más hay?

No puedo apartar la mirada de él, algo sorprendida.

Pero también un poco escandalizada conmigo misma, por no haberme dado cuenta del verdadero motivo de todas sus cavilaciones, de su angustia, del modo en que se movía por el castillo como un fantasma.

La maldición se ha roto. Lilith se ha ido. Emberfall ya no está en peligro.

Y Rhen ya no es el príncipe heredero.

Es un hombre que dedicó su vida a su pueblo y ahora lo ha dejado todo atrás. Un hombre que construyó su mundo alrededor de la estrategia, la planificación y la razón, y ahora ya no le queda nada de eso.

—¿Sabes? —digo lentamente—. Cuando Grey me llevó de Washington D. C., también perdí de vista cualquier posible futuro que pudiera llegar a tener.

Me mira sorprendido.

Me encojo de hombros y no aparto la mirada de la parte trasera de los demás componentes del grupo.

—No iba a gobernar un país ni nada por el estilo. Pero aun así.

—¿Y qué hiciste? —dice, con voz áspera.

—Sabes lo que hice. —Hago una pausa—. Intenté todo lo que pude para volver. —Me tenso a causa de un acceso de emoción inesperada—. Y luego... Eso no funcionó. Así que tuve que buscarme un nuevo camino. Un nuevo futuro. Una nueva forma de avanzar.

Me mira fijamente.

—¿Estás contenta con tu nuevo futuro, Harper?

—Sí —digo con énfasis—. Has traído la paz a Emberfall, Rhen. Tú lo hiciste. Grey iba a traer la guerra. *Tú* le diste la paz.

Ahora le toca a él poner cara de asombro.

—Te echó de menos —digo con suavidad—. Cuando llegué a Syhl Shallow, me habló mucho de la batalla, la guerra y de cómo protegería a Lia Mara y a su pueblo, pero a la hora de la verdad, marchó al castillo de Ironrose para salvarte. Da igual lo que dijera, iba a ir tras Lilith. Tenía miedo de que ella te usara en su contra.

Rhen se estremece.

—No te ordenó que vinieras con él —digo—. Y creo que lo conoces mejor que eso. Te *pidió* que vinieras con él porque te quiere aquí. —Hago una pausa—. Igual que yo te quiero aquí.

No dice nada.

—¿Recuerdas cuando acepté ser la princesa de Dese por primera vez? —pregunto—. Tuvimos una conversación en la que dijiste que no podía ayudar a todos tus súbditos y yo dije que podíamos ayudar a *algunos* de ellos.

—Sí. —Toma aire y su voz se vuelve muy suave—. Y tenías razón.

—Puedes hacerlo ahora, Rhen. No tienes que ser el rey para marcar la diferencia para tu pueblo. —Hago una pausa, ya que la importancia de lo que estoy diciendo también me impacta. Las ráfagas de nieve caen entre nosotros—. Igual que yo no tenía que ser una princesa. Podía simplemente... ser Harper.

Me mira, y puedo ver la emoción en sus ojos, solo por un momento, antes de que la oculte. Pero estira la mano para tomar la mía y me besa los nudillos.

—Eres más de lo que merezco.

—Bueno. Dijiste que arrasarías una ciudad por mí.

Espero que eso lo haga sonreír, pero en cambio me da un suave apretón en la mano... y me suelta.

No sé si le he recordado lo que podía hacer como monstruo o si le he recordado lo que no puede hacer si no es el rey, pero no importa.

—¿Recuerdas cuando me dijiste que no tenía que robar nada? —le pregunto—. ¿Que podía pedirlo y tú me lo darías?

—Sí. —Me responde en voz baja y en un tono muy suave mientras mira al frente, así que ahora no puedo verle el ojo, y no tengo ninguna pista sobre sus emociones.

De todos modos, sigo adelante.

—Grey también lo haría por ti, Rhen. Si le dijeras lo que quieres, te lo daría. Solo... solo *dile*...

—¡No lo sé! —estalla—. ¡No lo *sé*, Harper! Nunca he sido otra cosa.

Se me corta la respiración. Esta vez no ha hablado en voz baja y los soldados y los guardias se detienen en seco.

Vuelve a ser el centro de atención, pero no por la razón que él quiere.

Grey estaba cabalgando cerca del frente, pero hace que su caballo dé la vuelta y galopa hacia nosotros.

—¿Qué pasa?

—Nada —dice Rhen, cortante.

Grey me mira.

Tomo aire para decir lo mismo, pero luego me detengo.

—Grey, nos dirigimos a Rillisk, ¿verdad? ¿Es allí donde te encontraron?

—Sí.

—Así que sabes moverte por la zona. —Dudo—. ¿Tal vez durante las primeras horas podrías deshacerte de la mayoría de los guardias y caballos, y simplemente... no ser el futuro rey y ser su hermano?

Rhen resopla y mira hacia otro lado con desprecio.

—Los guardias nunca lo permitirán.

Grey lo estudia y luego, despacio, sonríe.

—¿Quién dice que tengan que saberlo?

CAPÍTULO CINCUENTA Y UNO

Rhen

Nunca he caminado por una ciudad como plebeyo. He dejado cualquier cosa que denote riqueza en el carruaje, al igual que Grey. Llevamos botas sencillas, pesadas capas de lana, solo una espada y una simple daga en la cintura. Tycho nos sigue por las calles, porque también conoce Rillisk, y le he dicho a Grey que era una temeridad que anduviéramos por entre las casas *completamente* solos.

Sin embargo, es fascinante. Las calles están abarrotadas de gente que no me cede nada. Nadie se aparta de mi camino, nadie me mira dos veces. Un hombre me roza el lado ciego y me aparto lo más rápido que puedo, solo para estar a punto de chocar con una mujer mayor a la que le faltan casi todos los dientes.

Me agarra del brazo y me golpea en el dorso de la mano.

—¡No te acerques tanto, rufián!

La miro fijamente, sorprendido, y ella resopla y se aleja entre la multitud.

A mi lado, Grey suelta una risa amable.

—Recordaré este momento.

—Como yo.

Un poco más abajo, me empuja hacia una taberna tomándome del brazo; en el interior, el olor a pan horneado y a carne asada es intenso. Tycho nos sigue, pero se queda en las sombras, cerca de la puerta. El local está lleno de clientes, pero encontramos una mesa en un rincón.

—El chico sería un buen guardia —le digo a Grey.

—Todavía es joven.

—Tú también lo eras.

Nunca he estado en un lugar como este, donde la cerveza fluye libremente, la mesa parece un poco pegajosa y la gente habla sin preocuparse por quién pueda estar escuchando. Al principio, estoy tenso, seguro de que podría salir una espada o una flecha de cualquier parte, pero al mirar a mi alrededor, me doy cuenta de que no hay nada que temer.

Y, de todas formas, yo ya no importo.

Al principio, la idea me sobresalta, pero luego descubro que hay cierta libertad en ello, igual que había un poco de libertad en seguir la *orden* de Grey. En hacer lo que me dicen en lugar de ser el que manda. Tomo una larga inspiración y luego suelto todo el aire en lo que parece la primera vez desde hace meses.

Desde hace años.

Desde… siempre.

—Ya tienes mejor aspecto —dice Grey.

Frunzo el ceño.

—Tal vez.

Una camarera ha estado revoloteando de mesa en mesa, sirviendo platos llenos de comida y jarras de cerveza, pero cuando se detiene en la nuestra, mira dos veces cuando ve a Grey.

—¡Hawk! —grita aliviada—. ¡No me lo puedo creer! Tú… Tú… —Se interrumpe. Su rostro palidece y se muerde el labio. Una arruga aparece entre sus cejas—. Yo… Tú… Su Alteza…

—Chist. —Grey se lleva un dedo a los labios—. Hawk será suficiente.

Se acerca.

—¿Te estás escondiendo? ¿Hay un golpe de Estado? He oído que ese horrible príncipe Rhen iba a intentar matarte…

Toso.

—Un hombre verdaderamente horrible, seguro.

—No me estoy escondiendo —dice Grey—. Y mi hermano no es tan horrible.

Ella abre los ojos como platos y me mira.

Me encojo de hombros.

Se endereza y respira hondo.

—Os traeré un poco de cerveza —dice por fin, con decisión. Luego, sin previo aviso, le da a Grey un abrazo impulsivo, atrayendo su rostro hacia su impresionante pecho—. Me alegro mucho de que estés vivo —dice—. Estaba muy preocupada.

Y luego se va.

—Voy a decírselo a Lia Mara —digo.

—Te mataré personalmente.

—Oh, Hawk —me burlo en falsete—. Estaba muy *preocupada*.

—Eres peor que Jake.

Asiento con la cabeza en dirección a la tabernera.

—¿Qué te hizo dejar a esa? —Sonrío—. Me sorprende que no la esté siguiendo un pequeño mago.

Grey me da un golpe en la cabeza y me río.

—Jodi era una amiga —dice—. Nada más.

—Ya, claro —digo en tono monótono—. Eso parece muy probable.

—Lo es. —Me lanza una mirada reposada a través de la mesa—. Cuando estaba en Rillisk, tenía demasiado miedo de que la Guardia Real apareciera para arrastrarme de vuelta encadenado.

Lo miro a los ojos.

—Ah. Ya veo.

No decimos nada.

Me pregunto si siempre existirá este titubeo tenso entre nosotros, si todos los errores de ambas partes nos han llevado a un punto en el que nada podrá redondear del todo las aristas.

Pero entonces pienso en lo que dijo Harper, en cómo no dejó de intentar volver a casa y en cómo al final eso no funcionó.

¿Acaso toda la tensión proviene de mí? ¿Es esta mi manera de tratar de volver a casa?

¿Simplemente tengo que... parar?

Echo un vistazo a la abarrotada taberna. Jodi reaparece con dos jarras de cerveza. Le guiña un ojo a Grey y dice:

—Tu hermano parece muy *peligroso*. —Y luego me golpea el hombro con la cadera.

Me atraganto con la bebida, pero dejo una moneda en la mesa. Ahora me guiña el ojo.

—Voy a decírselo a Harper —dice Grey.

Sonrío.

Sienta bien sonreír.

Respiro hondo.

—Me alegro de que me hayas traído aquí.

—Yo también. —Hace una pausa—. Me alegro de que te hayas quedado.

No le digo que fue porque él me lo pidió. Puede que yo también lo necesitara a él.

—No fui criado para ser rey —dice en voz baja—. Yo... —Se interrumpe y vacila—. Pensé en ti a menudo, cuando estaba en Syhl Shallow. —Desvía la mirada hacia otro lado—. Ansiaba tu consejo. —Hace una pausa—. Sé... que esto no ha sido fácil para ti. Sé que no estás hecho para ceder.

Me encojo de hombros y doy otro sorbo a mi bebida.

—Ansío tu consejo ahora —dice con suavidad.

Levanto la mirada.

—Syhl Shallow está plagado de facciones que se oponen a la magia. Las Casas Reales de Lia Mara no confían en mí. No tengo tu habilidad con la política o el drama de la corte. No conozco a tus... *mis* Grandes Mariscales. No conozco a este ejército, a estos guardias. —Sus ojos son oscuros, están llenos de emoción en sus profundidades—. Ansío tu consejo. Si estás dispuesto a darlo.

Le devuelvo la mirada. *Una nueva forma de avanzar.*

Extiendo una mano.

—Por el bien de... —Dudo. Ya no es solo Emberfall—. ¿De qué?

Grey toma mi mano y me da un fuerte apretón.

—Por el tuyo y el mío, hermano. Por el bien de todos.

AGRADECIMIENTOS

Llevo cinco minutos mirando la pantalla y llorando, así que de esto se trata la cosa.

Anoche le dije a mi marido que este es mi duodécimo libro, y no sé cómo escribir los agradecimientos sin que todo suene repetitivo y trillado. Le estoy tan agradecida a tanta gente que no quiero limitarme a escribir un párrafo y darlo por terminado. (Además, he sentado un precedente para mí. No puedo escribir agradecimientos largos en once libros y luego garabatear un único párrafo en el número doce). Mi marido me dijo: «¿No puedes escribir sobre la pandemia? Ha afectado mucho a tu escritura».

Y sí. Lo hizo. Afectó mucho a todo y a todos. Escribo esto en agosto de 2020, y quién sabe cómo va a cambiar el mundo para cuando estés leyendo este libro. Este ha sido un año duro, desde el dolor por todas las personas que hemos perdido por culpa del COVID-19, pasando por la pena por los objetivos y los sueños que parecían convertirse en humo y cenizas, hasta el recordatorio diario de que en realidad no tenemos ni idea de lo que nos deparará el mañana.

Esto es lo esencial, amigos. No tenemos *ni idea* de lo que nos deparará el mañana.

Así que permitidme dar las gracias a todas las personas que han estado aquí apoyándome a lo largo de todos los ayeres que no parecían tan garantizados como siempre este año.

Voy a empezar por mi marido, Michael, que ha sido mi roca durante este año y todos los demás. Hace poco me dijo que no siente que yo cuente con él tanto como él cuenta conmigo. Ay, cariño. Cuento contigo *para todo*. Básicamente, escribí y edité este libro mientras estaba encerrada contigo y tres niños. No podría hacer esto sin ti. No puedo imaginarme que *nadie* fuera a apoyarme más de lo que lo haces tú.

También tengo una tremenda deuda con mi increíble editora Mary Kate Castellani, que trabajó en esta obra durante una pandemia, durante su baja por maternidad, y también mientras estaba encerrada con niños mucho más pequeños que los míos. Si alguien merece una medalla, es Mary Kate. Siempre logras que lo que escribo sea mucho mejor, y te estaré eternamente agradecida por todo lo que haces. Solo que ojalá no tenga que volver a escribir un libro de esta manera, ¿te parece?

En ese mismo sentido, el equipo de Bloomsbury es siempre una fuente inagotable de apoyo y estímulo, y estoy muy agradecida por todo lo que hacéis. Muchas gracias a Cindy Loh, Erica Barmash, Faye Bi, Phoebe Dyer, Claire Stetzer, Beth Eller, Ksenia Winnicki, Rebecca McNally, Diane Aronson, Melissa Kavonic, Nick Sweeney, Nicholas Church, Donna Mark, Jeanette Levy, Donna Gauthier, y a todas las personas de Bloomsbury que contribuyen al éxito de mis libros. Y gracias al equipo de ventas de Macmillan por vuestros incansables esfuerzos orientados a promocionarlos. Un agradecimiento especial a Lily Yengle, Tobias Madden, Mattea Barnes y Meenakshi Singh, por su increíble trabajo en la gestión del equipo de calle de esta trilogía.

Hablando del equipo de la calle, si formáis parte de él, gracias. Significa mucho para mí saber que hay miles de personas interesadas en lo que escribo y nunca olvidaré todo lo que habéis hecho para dar a conocer a Rhen, a Harper, a Grey y a Lia Mara.

Mi agente, Suzie Townsend, de la Agencia Literaria New Leaf, ha sido un pilar absoluto para mí desde que unimos nuestras fuerzas el pasado otoño. Suzie, muchas gracias por tu tiempo y tu orientación.

Estoy deseando ver lo que nos depara el futuro. También quiero dar las gracias a Dani Segelbaum por su trabajo entre bastidores.

Tengo una enorme deuda de gratitud con mis amigas escritoras Gillian McDunn y Jodi Picoult, porque, para ser sincera, no sé cómo habría superado este año sin vosotras. Desde leer mis manuscritos hasta prácticamente sostenerme la mano, escucharme, hablar conmigo y apoyarme, estoy muy agradecida por teneros a ambas en mi vida.

Varias personas leyeron y ofrecieron sus opiniones sobre este libro mientras estaba en marcha, y quiero dedicar un momento a agradecérselo especialmente a Reba Gordon, Ava Tusek e Isabel Ibanez.

Muchísimas gracias a todos vosotros también. Gracias por formar parte de mi sueño. Es un honor que os hayáis tomado el tiempo de invitar a mis personajes a vuestro corazón.

Por último, con enorme cariño y agradecimiento, a mis chicos. Puede que, con todo lo que hemos pasado este año, me haya llevado más tiempo escribir este libro, pero no cambiaría ni un segundo de todo el tiempo que he podido pasar con vosotros.

¿TE GUSTÓ
ESTE LIBRO?

Escríbenos a

puck@edicionesurano.com

y cuéntanos tu opinión.

ESPAÑA ▶ 🔗 /MundoPuck 🐦 /Puck_Ed 📷 /Puck.Ed

LATINOAMÉRICA ▶ 🔗 🐦 📷 /PuckLatam

▶ /PuckEditorial

¡Gracias por vivir otra
#EXPERIENCIAPUCK!

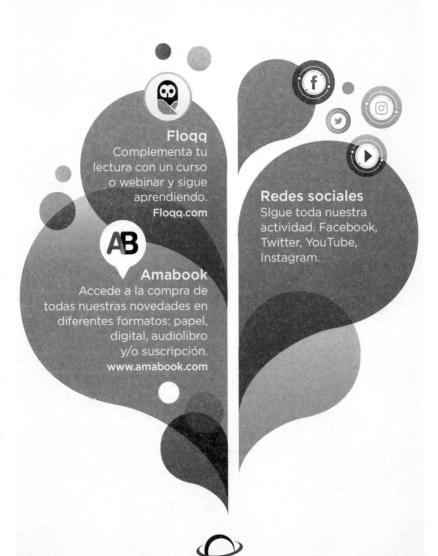